王小林著

古事記と東アジアの神秘思想

汲古書院

まえがき

今からちょうど百年前の一九一九年、京都大学東洋史研究室の教授であった内藤湖南は、『歴史と地理』という雑誌に「日本上古の状態」という文章を寄せ、『古事記』を含む古代史の研究をめぐる学界の因襲的かつ閉鎖的な雰囲気に触れながら、次のように批判した。

明治以降私学が盛になつたと言つても、やはり此の本国中心主義が依然として国史界を支配して居り、少しきはどい研究法を用ゐると、動もすれば神職及び教育家等から道具外れの攻撃を受けることを常とした。……日本上古に関する見解程度は、今日に於ても依然として国学者流の圏套を脱しない。今後の研究に於いて、国史上の一大問題とせなければならない。

明治も終わりに近づき、時あたかも日本の国運が日清、日露戦争と立て続けに勝利を収めていた頂点にあって、湖南が指摘する本国中心主義のナショナリズムの気風が横行跋扈していたであろうこの時期に、あえてこのような厳しい言葉を国史学界に投げかけた湖南には、それなりの勇気を必要としていたに違いない。そして、今から考えれば、当時彼が言っていた「きはどい研究法」とは、今日でいうクロス・カルチャー（Cross Culture）またはクロス・ディシプリナリー（Cross Disciplinary）的なものだったかもしれない。

事実、湖南の著作をひもとけば、そこには、古代東アジアの文化を俯瞰する広大な視野の下、多種多様な史料を縦横に駆使しながら、古代の政治、文化、宗教などについて鋭く観察し、的確な判断や評価を下す姿勢が鮮やかに浮かび上がってくる。それだけでなく、論述の中で「比較」の方法が繰り返し強調されていることからも、湖南がいかに固定された視角への不信感と警戒感を持っていたかが窺える。この点は、彼が藤貞幹や平田篤胤の学問について、その言説の信憑性はともかく、視野の広さと方法の多彩さに関して手放しといってよいほどの賞賛を与え、逆に、国学者流の「圏套」（＝束縛）から脱け出ようとせず、いつまでも研究の視野を自国内に限定している者たちに対しては、「低能」という言葉まで浴びせている態度にも明確に現れている。

ところが、以上のような発言から百年が経った今日、湖南が批判するような古代史の研究をめぐる状況は果たして改善されただろうか。

ここに奇しくも思いあわされるのが、同じ京大東洋史研究室に所属し、最晩年に『謎の七支刀』を世に公表した宮崎市定が、七支刀をめぐる自らの研究に対する学界の黙殺ぶりに憤慨し、その著書のあとがきに記した次の言葉である。

この通り前後を貫通して合理的に説明したものは従前嘗て無かったところである。そこでこの書が一たび世に出れば、日本古代史の一節は当然書き換えられるべきものと窃かに期待していた。ところが実際は、一部熱心な賛成者があるにも拘わらず、学界そのものの反応は全く冷淡で、いわば完全に無視されてしまったのである。以前から薄々感じていたことだが、我国の国史学界は東洋史に比べても、ずっと封建的である。特に考古学界が最も甚しい。だからこそ、「三国志魏書倭人伝」に、卑弥呼が死んで、大いに冢を造るに径百余歩（大約百五十メートル）と明文があるのを錯誤として黜け、狭い見識の上に立って、間違った古墳時代年表を造ったりする結果に陥るのである。

湖南から宮崎までの一世紀近くの間に、歴史学が日進月歩の発展をとげているにもかかわらず、それぞれ時代を別にしていた二人の学者が、国史学界に対して期せずしてかくも似たような発言をしたことは、やはり何かを象徴的に語っていると言わざるを得ない。

ところで、湖南と宮崎の発言を改めてそれぞれの文脈において吟味すれば、湖南が用いた「圏套」と、宮崎が用いた「封建」という言葉は、いずれも国史学界の視野の偏狭さ、態度の保守性に対する批判と見て差し支えはなかろう。この点、筆者の個人的な観察からいえば、少なくとも『古事記』の研究について、両者が指摘する雰囲気は、この一世紀近くの間には、あまり変わらなかったように思われる。突き詰めていえば、それはやはり、古代東アジアの流動的な歴史環境の中で『古事記』の成立とその歴史的、文化的意義を考えるより、それ自体を神話伝承に始まり、各天皇の時代が順次に生起する自律的な発展として見なすものであり、その歴史像も一国中心主義に流れがちなものであった。このような状況は近年比較文学・比較神話学の方法が導入されることによって、いくらか好転したとはいえ、『古事記』を古代東アジアの文化交流というコンテキストの中で考察する研究は、やはり僅少である。

小著は、上記のような湖南と宮崎両氏によって示唆された角度から、『古事記』の成書過程を、古代東アジアの神秘思想との交流の中において捉え直そうとするものである。特にこれまであまり重視されなかった緯書や朝鮮史料、更に『帝王世紀』をはじめとする中国の史書との関係を検証しながら、『古事記』の成立という根源的な問題をはじめ、その東アジアにおける歴史的、思想史的位相についても検討してみたいと思う。湖南がいう「きはどい方法」かどうか分からないが、あえて批判やそしりを覚悟し、そして試行錯誤を重ねながら、小著が少しでも『古事記』の研究者や愛読者のために問題解決の新たな糸口を提供し、または意義ある問題提起を示すものとなることを願っている。

目 次

凡　例

一、本書が引用する上代文献の原文及び訓読文は、基本的にすべて岩波日本古典文学大系、岩波新日本古典文学大系、岩波日本思想大系にもとづく。

二、本書が引用する緯書関連の文献は、とくに断らない場合、基本的に安居香山・中村璋八編『重修緯書集成』（全八巻、明徳出版社刊）にもとづく。

三、本書が引用する『帝王世紀』は、上海図書館蔵訓纂堂叢書本『帝王世紀』にもとづく。

四、緯書などにある特殊な漢字を除き、一部漢字を新字体に改めた。また、一部の引用漢文を訓読文だけにした。

古事記と東アジアの神秘思想

木田章義先生に

第一章　『古事記』と緯書

一、『古事記』成書の謎

『古事記』は現在でも多くの謎に包まれた書物である。『古事記』の研究史はすでに数世紀続いてきたにも関わらず、この書物の撰者が太安万侶という民部卿従四位下の官人であり、その内容は天地開闢から小治田天皇（推古天皇）に至るまでの天皇家の歴史を記すものだということ以外、その成立の背景、経緯および利用された文献（帝紀、旧辞）の性質などについて、我々は依然として確実な知識を持ち合わせていない。

『古事記』の研究者には、国語学国文学出身が多く、研究テーマも多くの場合その文字表現や文学性に集中していることが目立つ。歴史学者は、平安以降の膨大な史料に恵まれていることもあり、彼らから見れば、『古事記』は文学作品または神話資料として参考になるが、史書として扱うには、その神話的な内容や物語性に拠って、いわゆる科学的、合理的な判断を容易に下し得ないという已む得ない事情があろう。つまり、『古事記』の研究は、傍証に援用しうる同時代の文献が極端に乏しいため、新たな仮説や推論に対して首肯することがしばしばためらわれ、さりとて反論するにも、これといった有力な根拠がないという窮屈な状況に置かれてきたのである。かくして、『古事記』の研究の障碍は、ほかならぬ『古事記』自身が抱える、その一見独特な歴史事情から来ていると言ってよい。

また、『古事記』の文章も問題の一因となっている。ほぼ純漢文風の編年体で書かれた『日本書紀』に比べれば、『古事記』の文章は事実と虚構のみならず、記事と記事の間にもとくに明確の境界がなく、実際、真福寺本『古事記』の影印を手に取って眺めてみれば、かつて小島憲之氏が「万葉語」の「語層」（「語性」）を論じる際に用いられた概念でいう「口承圏」の言葉と漢籍に基づく「漢籍圏」（文字圏）の言葉の混在が目立っている。(1) この点はまた、江戸時代国学の勃興に従い国学者たちに重宝がられ、古代日本の言語と文化をそのまま内包した重要な文献として高い評価を受けてきた原因でもある。このため、その歴史文献としての性格に関する疑問の方がいつの間にか薄れてしまい、『日本書紀』のように漢籍史料との関連において比較されることもあまりなかったのである。

ただ、右に述べたような事情があるにしても、『古事記』の研究に大きな進展が見られない主な原因は、やはり研究の方法と姿勢にあるのであろう。少し視野を広げてみれば、変体漢文で書かれているとはいえ、『古事記』も、同時代の東アジアの歴史文献と同様、漢字文化圏（Sinosphere）という広大な沃野に生えた巨木であり、その成長には、何よりも古代東アジアの伝統文化の光と、風と、土壌があったことは言うまでもない。したがって、『古事記』をもう一度そうした古代東アジアのパノラマの中において検討し、分析することは、最も手近にして着実な方法ではないかと思う。本書はこのような視点から、なるべく実証的な方法でもって、二、三の具体的な表現を手がかりに、『古事記』における古代中国の讖緯思想の受容と変容の状況について考察し、ひいては『古事記』の成書過程という、この古くて新しい課題に挑んでみたいと思う。

二、反正記の小さな糸口

漢文を読み慣れた者にとって、『古事記』の文章表現の不自然な箇所は、多くの場合その独特の変体漢文に由来するものとして、文意理解に支障がない限り、たいがい軽く受け止められ、またはそのまま見過ごされてしまう。しかし、特に変体漢文というわけでもなく、また文法上何の問題もないような、一見史実風の記述でありながら、何となく不自然な感じを覚えるような箇所も少なくない。そうした表現をどのように理解するかは、基本的にケースバイケースの形で、読者その時その時の判断に委ねるほかはないが、中には、一度その成り立ちや意味について注意深く分析すれば、時として『古事記』の性質につながる重要な手がかりを提供してくれる事例も存在する。ここに、他の天皇記事に比べ、格別に短い、僅か一五〇字未満の反正天皇記事を例にしたい。まず、その全文を掲げよう。

弟、水歯別命、坐㆓多治比之柴垣宮㆒、治㆓天下㆒也。此天皇御身之長、九尺二寸半。御歯長一寸広二分、上下等斉、既如㆓貫珠㆒。天皇、娶㆓丸邇之許碁登臣之女、都起郎女㆒、生御子、甲斐郎女。次、都夫良郎女。二柱。又、娶㆓同臣之女、弟比売㆒、生御子、財王。次、多訶弁郎女。並四王也。天皇之御年、陸拾歳。丁丑年七月崩。御陵在㆓毛受野㆒也。

この記事は、数多くある天皇記事の中でも、内容、分量ともにむしろ目立たない方に属し、従来の研究にもさほど関心を寄せられなかったようである。しかし、その記述内容を細心に読めば、どうしても疑問に思われる点が浮かび上がってくる。例えば、文中の反正天皇の容貌に関する描写、「御身の長、九尺二寸半。御歯の長さ一寸、広さ二分、上下等しく斉ひて、既に貫ける珠の如くなりき。」というところが、いくら原文に沿って読もうにも、なかなかその意味が正確に読み取れないものである。

この部分に対する疑問は、早くも本居宣長の『古事記伝』によって示されている。

色の白く美麗しくて、玉の如くなるを云なるべし。貫とは、並びたるさまに因て云ならむ。……さて水歯別と申す御名は、如此御歯の美麗しく坐るに因て、負賜へるなり。……さて御歯の広さ二分ならむは、尋常と異なること無きに、かく挙云るは、如何なる故ならむ。【若古の一尺、今の七寸ばかりならぬには、二分は殊に尋常のよりも細かるべし。】若くは此は却て細きを奇しとするにもあらむか、【長さ一寸なるに、広さ二分ならむは、殊に細くして奇しかるべきなり、さて凡て物の長さを度るに、尋と云、束と云は、本よりの古言なり、丈尺寸分と云は、漢字につきて、設けたる訓なるべきか、されど慥には知がたし、さて其量は古の一尺は、今世の七寸計やあ

りけむ、此事未委くは得考へず、令の時の御定は、もはら、唐代のから国のさだめに依られたりと見ゆ】（三十八之巻）

一貫して神話伝承を合理的な解釈でもって捉える姿勢に徹していた宣長らしい、文字表記や表現に即した、忠実な読みとなっているが、しかし、疑問はやはり合理性のうちに収め切れないほど、大きくはみ出ている。現代に至って、この一文に対する訳文は、

○この天皇は、ご身長九尺二寸半であった。御歯の長さは一寸、幅が二分で、上下の歯がきちんとそろって、全く珠を貫いたようなすばらしさであった。（小学館日本古典文学全集）

○この天皇は、御身の丈が九尺二寸半、御歯の長さが一寸、広さが二分。上下の歯並びが同じようにそろっていて、まったく珠を貫いたようにみごとであった。（次田真幸『古事記全訳注』講談社学術文庫）

○この天皇は、御身の長が九尺二寸半、御歯の長さが一寸、幅が二分、上の歯も下の歯も均一に揃い、あたかも真珠を貫いたようであった。（中村啓信『古事記』角川文庫）

○この天皇は、御身長九尺二寸五分、御歯は、長さ一寸、幅二分、上下等しく整う、全く玉を連ねたようにお美しかった。（蓮田善明『現代語訳古事記』岩波現代文庫）

となっているが、その内容については例えば、

歯の長さは約二センチメートル、広さ（幅）約四ミリメートル。細すぎるということに不審が残る。「広さ」を厚さととる説もあるが、それでは言葉に即して不適。（同右古典文学全集頭注）

とのように、文字通りに解するには、やはり歯の様相についての疑問が残る。現在、一文に対する意見が分かれており、日本思想大系頭注では、

長さに比べて広さが狭いので、広さを幅でなく厚さと解する説もある。いずれにせよ、水（瑞）歯別の語義の説

> 明。

としているに対して、新潮日本古典集成『古事記』（西宮一民校注）が次のような説を示している。

> 歯の縦横が約二センチ、厚さが約四ミリ。この見事な歯と歯並びが、水（瑞）歯別命の名の由来となる。

二センチが歯の縦横をいい、二分（四ミリ）は厚さをいうとの見解である。

一方、『日本書紀』の反正天皇即位前紀を見れば、『古事記』とは僅かな違いがあるものの、やはり天皇の歯について特別な記述をしている。

> 瑞歯別天皇、去来穂別天皇同母弟也。去来穂別天皇二年、立為皇太子。天皇初生レ於二淡路宮一。生而歯如二一骨一。容姿美麗。於是有レ井、曰二瑞井一。則汲レ之洗二太子一。時多遅花、有二于井中一。因為二太子名一也。多遅花者、今虎杖花也。故称謂二多遅比瑞歯別天皇一。

この「生而歯如一骨」という表現について、谷川士清『日本書記通証』、河村秀根『書紀集解』を始め、古典文学大系などは一切問題視せず、唯一、古典文学全集『日本書紀』の頭注が、

> きれいに歯が並んでいるさま、乱ぐい歯でない歯並みをいうのであろう。

とコメントしているだけである。かくして記紀では、反正天皇の歯並みをかたや「御歯長一寸広二分、上下等斉、既如貫珠」、かたや「歯如一骨」のように詳細に記し、表現がいささか異なるが、ともに尋常ならぬ歯の様子を描く点において共通している。

時代が降り、平安時代末期の成立とされる、内大臣中山忠親の仮名文による『水鏡』という歴史書にも、反正天皇の記事、とくにその歯について詳らかに記されている。

> 次のみかど反正天皇と申しき、仁徳天皇第四の御子、履中天皇の御弟なり。御皇后磐之媛なり。履中天皇の御世二年正月に東宮に立ち給ふ、御年五十。履中天皇御子おはせしかども、この帝を東宮には立て奉らせ給ひしなり。

丙午の年正月二日位につき給ふ、御年五十五。世を知らせ給ふこと六年。帝御かたちめでたくおはしましき。御長九尺二寸五分、御歯の長さ一寸二分、上下調ほりて玉を貫きたるやうにおはしき。生れ給ひし時、やがて御歯ひとつ骨の如くにて生ひ給へりき。さて瑞歯の皇子とぞ申し侍りし。この御世には雨風も時に順ひ、世安らかに、民ゆたかなりき。位につき給ひて次の年十月に、都河内国柴垣の宮に遷りにき。

この外、帝王系図の類を基礎に和漢年代記を書き入れた平安時代成立の『扶桑略記』（第二）にも、左記のような関連記事が見られる。

反正天皇　十九代、号瑞歯天皇、治六年、壬子歳生、王子男一人、女三人、無二継位人一仁徳天皇第四子、母皇后磐之媛也。丙午歳正月二日戊寅、生年五十五即位。天皇生時、歯如二一骨一。於是有レ井、世謂二瑞井一。則汲二此水一、沐浴二太子一。故云、瑞歯皇子。容貌美麗、身長九尺二寸五分、歯長一寸二分、上下等斉、猶如二貫玉一。此代、風雨順時、五穀成熟、天下太平、人民豊饒。

また、十四世紀に成立した、神代から鎌倉時代後期の後伏見天皇に至るまでの年代記である『帝王編年記』巻五にも、次のような簡潔な記録が収められている。

反正天皇　瑞歯別天皇

仁徳天皇第三子。履中同母弟也。仁徳天皇四十年壬子誕生。天皇生而歯如二一骨一、歯長一寸二分、広二分。身長九尺二寸。容姿美麗。丙午歳正月戊寅、即位。年五十五。

右記三つの文献内容は、明らかに『古事記』と『日本書紀』の内容をない交ぜにしたものである。さらに、『新撰姓氏録』丹比宿祢の条にも、左記のような記述がある。

皇子瑞歯別尊、淡路宮に誕生ませる時、淡路の瑞井の水を御湯に灌ぎ奉る。時に虎杖の花飛りて御湯の瓮の中に入る。

この記事も、主として記紀の記述に基づき、若干変容した内容となっている。また、延慶から文保年間（十四世紀初頭）に成立した『八幡愚童訓』（甲）にも、こうした変容が見られる。いわゆる三韓征伐の戦に赴かんとする神功皇后の容貌を描写するにあたり、

皇后、既敵国ニ向ハセ給フ。其御事ガラ勇々敷大将軍ト見ヘ給フ。御長九尺二寸、御歯ハ一寸五分ニ光アリ。御歳ハ卅一、芙蓉ノ膚柔ニ媚テ力モ不坐、初春ノ風ニ靡クナル青柳ヨリモ嫋ニ、羅綺ノ衣猶重キ事ヲ機婦ニ可妬。

との内容となっているが、身長と歯に関する表現は明らかに反正記を踏襲したものである。これによって、反正天皇の特異な身長と歯並びが、一種の神聖な象徴として受け継がれ、語られている傾向さえ窺える。

さて、右に取り挙げてきた事柄は、一見ささいなことのようであるが、ここの疑問は、やはり宣長が、「かく挙云るは、如何なる故ならむ」と問いているように、何故、反正天皇の歯について、記紀ではこのような特別な記述をしたものだろうか。

三、神々の風貌

「大君は神にしませば」という『万葉集』の成句を引用しなくても、『古事記』の時代において、天皇は既に「神」と同等の地位にあったことがよく知られている。(2) したがって、同じく神の地位にあった反正天皇の容貌をめぐる記述は、果たして当時の天皇や神に対する一般的な認識であったかが、ここでは疑問になろう。『古事記』上巻の内容を熟知する者ならば、むしろかつて井上哲次郎が「想像雄偉」という言葉でもって形容した神々の形姿が印象深いはずである。(3) それは例えば左記の一連の例において具体的に確認される。

○伊邪那美命……頭には大雷居り、胸には火雷居り、腹には黒雷居り、陰には拆雷居り、左の手には若雷居り、右

の手には土雷居り、左の足には鳴雷居り、右の足には伏雷居り、並せて八はしらの雷神成り居りき。

○伊邪那伎命……ここに左の御目を洗ひたまふ時に、成れる神の名は、天照大御神。次に右の御目を洗ひたまふ時に、成れる神の名は、月読命。次に御鼻を洗ひたまふ時に、成れる神の名は、建速須佐之男命……。

○また食物を大気津比売神に乞ひき。爾に大気津比売、鼻口及尻より、種種の味物を取り出して、種種作り具へて進る時に、速須佐之男命、其の態を立ち伺ひて、穢汚して奉進ると為ひて、乃ち其の大津比売神を殺しき。故、殺さえし神の身に生れる物は、頭に蚕生り、二つの目に稲種生り、二つの目に粟生り、鼻に小豆生り、陰に麦生り、尻に大豆生りき。

○次、伊予之二名島を生みき。此の島は、身一つにして面四つ有り。面ごとに名有り。……次に、筑紫島を生みき。此の島も亦、身一つにして面四つ有り。面ごとに名有り。

このように、神代記から随意に挙げられた神々の形姿に関する描写を見れば、そこにあるのは、古代人の自然信仰をベースにした、あくまでも自然物の「かたち」で顕現している神である。仮にその容貌を確認しようとしても、それは次の『古語拾遺』と『日本書紀』神代紀の内容に見られるような方法しかなかったようである。

是に、思兼神の議に従ひて、石凝姥神をして日の像の鏡を鋳しむ。初度に鋳たるは、少に意に合はず。〔是、紀伊国の日前神なり。〕次度に鋳たるは、其の状美麗し。〔是、伊勢大神なり。〕儲け備ふること既に畢りて、具に謀れる如し。……則ち、天児屋命・大玉命、日御綱〔今、斯利久迷縄といふ。是、日影の像なり〕を以て、其の殿に廻懸らし、大宮売神をして御前に侍はしむ。〔是、大玉命の久志備に生みませる神なり。今の世に内侍の善言・美詞をもて、君と臣との間を和げて、宸襟を悦懌びしむるが如し。〕

時に、高皇産霊の息思兼神と云ふ者有り。思慮の智有り。乃ち思ひて白して曰さく、「彼の神の象を図し造りて、招祷き奉らむ」とまをす。故、即ち石凝姥を以て、冶工とし、天香山の金を採りて日矛に作る。又真名鹿の皮を全剗にして、天羽糲に作る。此を用ちて造り奉る神は、是即ち紀伊国に坐します日前神なり。

（神代紀第七段一書第一）

かくして「像・象＝みかた・かた」「状＝かたち」などの表現から、神の実際の形姿容貌ではなく、あくまでも鏡のような、仮の「かたち」に止まっているという古代人の観念が読みとれる。そして、近代に入って、天皇中心の国家体制が確立するにしたがい、記紀神話の視覚化、図像化がはかられ、神々もにわかにイメージを与えられるようになったのである。(4)

もし、「神」を神秘思想の核心的な概念と見なすならば、日本における神秘思想の特徴をなしているのは、神を尊びながらも、その神が「八百万神」に象徴される如く、何にでもあり得るという、包括範囲の広さであろう。この点、例えば大山喬平と佐藤弘夫などの諸氏が論じたように、古代日本の「古層の神々」は王宮から国土へ広く分布していたにもかかわらず、決して具体的な容貌をもって顕現せず、アマテラスひとつにしても、上代から中世にかけて、その具体的なイメージが仏教との交渉を経て、中世に至ってようやく形成されたようである。(5) 神々のイメージは、そうした神仏習合の過程を経て、平安以降になって神像彫刻として初めて登場したことが指摘されている。(6)

こうした現象をもたらしたのは、諸外国の「神」と日本の「神」観念の相違であり、この点、とくに日本に近い中国と韓国との関連において論じられることが多かった。例えば、かつて諏訪春雄氏は日中両国の神の属性を論じるにあたり、日本人の神観念に三つの段階、即ち、精霊神→祖霊神→国家神、があったことを指摘しつつ次のように述べたことがある。

精霊神は主として縄文時代に、祖霊神は弥生時代に、国家神は古墳時代以降に発生してのちに受けつがれたカミガミである。精霊神はいわゆるアニミズムの神々である。山川草木、動植物、人物、自然現象などの根底に存在し、遊離しうごきまわりながら超自然的なはたらきをするものと信じられていた。この精霊神は、山の神、田の神などの過渡期を経て、祖霊神へとうつっていく。……仮面はこの自然信仰の時代や精霊神信仰の時代から制作されていたはずであるが、日本や韓国ではその存在が定かでないのにたいし、中国の仮面は、自然信仰、精霊神信仰の時代から既に様式を調えていた。(7)

(「日本と中国の神観念」)

神の起源は「精霊」に溯り、それが祖霊の段階に至り、徐々に具象を持つようになったのであるが、仮面としての神は古代の日本と朝鮮ではやはりそれほど発達していなかった、という見解である。

右の見解を言い換えれば、古代日本の神は、最初から具体的なイメージを持たなかったということであろう。この点、益田勝実氏が「アマテラスの宗像降臨」や「日本の神話的想像力」などの論において指摘した神の性質ともほぼ一致している。益田氏は、アマテラスをめぐる日本古来のまつりに関する記述が微細であるにもかかわらず、そのほとんどが装飾品や儀式の記録からなっていること、アマテラスの容貌について何一つ描写らしきものは存在せず、その代わりに「たま」と「託宣」が繰り返し強調されていることに注目し、いわゆる神の所作は、すべて道具、モノを通して表現されているという特徴を全体的に見られる共通点とした上で、記述の重点は、一度とて神そのものの形姿や容貌に集中したことがないと指摘している。(8)

一方、宗教学者の岸本英夫氏も、世界宗教を背景とした日本における神のあり方について、次のように述べている。

しばしば神道の聖典と考えられてきた古事記や日本書紀の中には、神々についての詳しい物語りや叙述はある。しかし、神社を中心とした民衆の実際の宗教的な営みとして現われる信仰と、記紀の物語りの神々との間には、大きな距離がある。実際の信仰の面からみた場合には、神道においては、崇拝の対象である神々の性格よりは、崇拝の環境である神社の境内の醸し出す雰囲気の方が、むしろ重要な意味を持っている。神道の神の性格がはっきりしないのは、歴史的な理由に拠るところも多いが、神道が、神よりは、むしろ神社を中心にして発達してきたという点に負うところが多い。……神道の神々は、キリスト教の神のように、全在ではない。個々の神が、平生どこに存在するかについては、なお異説があるが、少なくとも、この地上の世界において、神々の常在するところは、それぞれの神社である(9)。これは極めて重要な指摘である。「たま」にしても「託宣」や「祟り」にしても、すべて「形無き」ものであり、これは最終的に日本の神社に祀られる神々の形態を特徴づけている。そもそも、神だけでなく、人間の容姿、容貌についても、古代の日本人は、極力その詳細な観察や描写を避けてきた傾向が強い。顔を持たない神々とはむしろ心理的な距離が近いという点が、中国や西洋とは大きく異なるところである。

日本における「神」の観念に、最初から容貌をめぐる具体的イメージというものが付随していなかったことから、反正記の天皇の身長、御歯を「尺」「寸」「分」のような方法で記すことは、やはり異例と言わざるを得ない。宣長を始めとする研究者たちを困惑させたのも、神代記の一見荒削りで、実は骨太な古代人の精神によって創り上げられた神々の形姿と相反する、このような一風変わった「神」への視線であろう。

四、各種文献に見る異常な歯

上代日本文献における神々の容貌に関する事例が少ないのは、決して想像力が足りなかったのではなく、神々しい対象をあえて人間の容貌でもって描くことが極端に忌まれていたというその心性からであろう。逆に、後述するように、異常に細やかな描写になるほど、それはいわゆる「異類異形」として怪しまれる対象として扱われ、神の部類から外された事例に見ることが多い。この傾向は、異常な「歯」をめぐる記述にも現れている。

例えば、民俗学の分野では、柳田国男の「山の人生」の中に、次のような観察が記されている。

「日本はおろかなる風俗ありて、歯の生えたる子を生みて、鬼の子と謂いて殺しぬ」と、『徒然慰草』の巻三には記してある。江戸時代初めの頃の人の著述である。なおそれよりもはるかに古く、『東山往来』といふ書物の消息文の中にも、家の女中が歯の生えた児を産んだ。これ鬼なり山野に埋むるにしかずと近隣の者が勧めるが、どうしたものだろうかという相談に答えて、坊主にするのが一番よろしからうといっている。すなわち以前は相応に頻々と、処々にこのような異様の出来事があったかと思われるのである(10)。

文中に挙げられる『徒然慰草』と『東山往来』のほか、柳田は『奇異雑談集』、『玄同放言』、『摂陽群談』、『南総之俚俗』、さらに沖縄の『遺老説伝』などにも、類似の説話があることを指摘し、そうした「鬼の子」と異常な「歯」の結びつきが、共通した特徴として認められることを確認している。

また、戦前から戦後にかけて、フィールドワークを通して広く民俗調査を行っていた大藤ゆきの『児やらひ』という書物にも、新生児が歯を持つことについて、

歯が生えるといふことは赤児の成長の一つの大きな段階であります。しかも他の事柄に例があるやうに余り早く初生歯の生えるのを忌み、生れた時から又は四ヶ月以内に歯の生えるのを鬼子といつて嫌ふのは全国何処でも同じです。出生時に歯の生えてゐるのは母親が高下駄をはいて餅搗きを手伝つたからだと云ふ土地もあります(11)。

のように記した上で、歯を生えた赤ん坊を「鬼」として見た風習がかつて日本に存在していたことを指摘している。

同じ民俗学の例として、新生児には歯が生えるという伝承は、日本だけでなく、台湾の民間にもあることが、今から百年前にまとめられた『蕃族調査報告書』によって確認される。

一九〇九年に成立した台湾総督府「臨時台湾旧慣調査会」（略称「旧慣会」）所属の「旧慣会蕃族科」は、一九一三年から調査成果を二十七冊の調査報告、図像、研究報告として出版している。佐山融吉編の『蕃族調査報告書』（合計八巻）は、当時として最新の人類学のフィールドワークの成果を収録したものであり、原住民の社会生活を知る上で貴重な材料となっている。

この『蕃族調査報告書』には、いわゆる阿里山蕃の知母撈社（トフヤ社）の小社（分村）にあたる、流々柴社（プグ社）で祀っているヤエプク神についての伝承として、次のような内容が収められている。

昔「ペオンシイ」ニ一人ノ娘アリケリ、或雨ノ降ル日ニ、河ニ出デヽ漁シケルニ、河ハ濁リテ、何所ニ魚ノ居ルトモ分ラザレバ、唯程ヨキ所ニ網ヲ張リヌ。然ルニ魚ハ一匹モ捕レズシテ、短キ棒一本カカレリ。忌忌シサノ余リ、力任セニ下流ニ遠ク投ゲヤリテ、再ビ網ヲ張リシニ、其棒逆流シテ再ビ網ニ入レリ。不思議ナレバトテ、懐ニ入レ、今日ハ水濁リテ猟ニ不便ナリ。明日又来ランナド独言シテ網ヲ畳ミテ家ニ帰リ。先ヅ懐ヨリ棒ヲ出サントテ、手ヲ入レテ見レバ棒ハナシ。途中ニテ失ヒシヤ不思議ヨト思ヒシモ、気ニモ止メズ、其日ハ其儘過シケリ。然ニ翌朝懐妊セル様子ナリ。余リノ事ニ家族ニモ打チ明ケズ、病ト云ヒテ床ニアリシガ、暫時ニシテ腰痛ヲ感ジ、時ヲ定メテ至ルニ打チ驚キ庭ニ出デシニ、早ヤ一人ノ男ノ子ヲ分娩セリ。見レバ髪一面ニ生ヒ宛ラ、熊ノ如キ児ナリ。暫時ニシテ歩ミ、又歯ノ数ハ大人ノ如シ。五日モタタヌ中ニ、早山ニ行キテ狩シ。大熊ヲモ猶ホ鶏ノ如ク提ゲ来ル。一度叫ベバ山岳モ裂ケン許ナルニ、皆驚キ怖レタリ[12]。（曹族阿里山蕃）

右の記録は口承から書き取ったものとはいえ、生まれた子が「髪一面ニ生ヒ宛ラ熊ノ如キ児ナリ暫時ニシテ歩ミ又歯ノ数ハ大人ノ如シ」であり、とくに「歯」に関する記述が、反正天皇の記事と類似する。

無論、こうした「歯」に関する特別な記録は、時代、地域の隔たりもあり、直接『古事記』と結びつけることは出来ない。ただ、益田勝実氏によれば、この系統の話は中国の雲南、四川などの地方にも伝えられているほど、その範囲は広く東アジア全体に及ぶ[13]。こうしたことから、両者の間に必然的な関係がなくても、特異な歯をめぐるある種の共通の民俗学的な観念や思想が日本列島を離れたところにもあったことをここに書きとどめるだけの価値はあろう。

ここでむしろ注目したいのは、柳田と大藤の指摘している歯をめぐる俗信が、反正天皇の記事の主旨とはほとんど正反対のものとなっている点である。もし、『古事記』と右記のような民俗的な慣習との間に何らかの関係があったとすれば、同じような容姿を持ちながら、片や神々しい天皇、片や忌まわしい鬼という、いかにも相矛盾した二種類の認識を生み出したのは、果たしてどのような原因だろうか。

こうした事象を理解するのに、神話伝承の発生とその変容という、複雑な歴史背景を考慮する必要がある。この点、例えば益田勝実氏が、かつて神話研究の問題について述べた次の意見が想起される。

現在の日本神話の研究は、方法的に見ると、三つの有力な流儀があるように思う。(1)記紀の神話の本文批判をぬきにして、いきなり近世・近代の民間習俗的契機だけで解明しようとするやり方――民俗学者が好んで進む方向。(2)七・八世紀の歴史事情の投影で、急遽政策的に神話をデッチ上げたとして説明するやり方――文献史学が好んで進む方向。(3)神話の要素要素を伝播説で説明し尽くし、本来根生いのものは皆無とする素っ裸思想に徹するやり方――比較神話学が好んで進む方向。これらのどれにもわたくしは加担しえない。[14]

一貫して上代神話の細部からその内的構造を解き明かす益田氏にしてごく自然の発言である。益田氏が指摘する(1)の手法は、現在でも上代文学を研究する者にとって誡めの言葉として重く響くであろう。記紀神話の本文批判を無視した民俗学の発生論は、安易な結論を導き出すによってかえって問題の本質を隠蔽してしまうおそれがあるからである。以上の諸例は民俗学の分野に属するが、一方、そこから目を移せば、尋常ならぬ歯の記述が、柳田国男にも言及された『東山往来』を始めとする多くの文献にも認められる。

まず、『東山往来』に見られるのは、産まれたばかりの子供に歯が生えた場合、いかに対応するかに関する、左記の書状による問答である。

謹言。愚昧之人、非レ聞不レ悟。賢知之士、非レ教不レ敏。誠哉斯言。弟子於有二不レ審レ事者一、必諮二貴房一。貴房随被レ垂レ恩答。為レ悦莫レ如レ之也。抑々弊宅、有二雑使女一、以二今朝一産レ男、而其子口生レ歯、似二成人之貌一。近隣彼此奇レ之言、此児不吉、生レ歯是鬼也。不如レ埋二山野一云々。爰自暫留二置之一、先承二案内一。取捨随レ仰也。仍先驚聞。

謹言。（『続群書類従』第十三輯下・東山往来往状）

所二令レ問給一、生初有レ歯之児事、乍レ悦承畢。相法所レ判、生二有レ歯之児一、為二才智相一。都無害事。且出二一両証一、所謂震旦之珍后、有レ歯而生、貽二美名於後代一、離二凶悪於宮内一。代曇衍法師者、沼州人也。生而有レ歯、遂為二華厳祖師一、終昇二天門之大虚一。是則善財第三十三知識歟。沙門法礪、是震旦人也。生時牙歯全具。入道以来、深窮二大教一、名聞二四海一云々。我朝反正天皇誕生時、歯如二一骨一。是又未二即位一時、号為二瑞歯皇子一即位之後、天下泰平、人民豊饒云々。而近代人、聞学浅故、恐二異相一耳。須レ養二件児一、令レ成二法侶者一也。謹言。（返状）

このように、生まれながらにして歯が生えるということは、何ら不思議なことではなく、むしろ高貴な身分の象徴だということを、問われた者が、反正記や漢籍を根拠に力説している。

ところで、『東山往来』がいう「所謂震旦之珍后、有歯而生」という記事が『続高僧伝』巻八に見られる。

釈曇衍。姓夏侯氏。南兗州人。初生之時牙歯具焉。世俗異レ之。七歳従学聡敏絶倫。十五擢為二州都公事一。有レ隙便聴二釈講一。十八挙二秀才一貢二上鄴都一。過聴二光公法席一。即稟帰レ戒。棄二捨俗務一専二攻仏理一。学流二三載一績二鄰前達一。

ここでは、曇衍の生まれた時の様子を、「初生之時牙歯具焉」――生まれながらにして歯が全部揃っていた、というように記している。また、同じ『続高僧伝』巻二十二「法礪」篇にも次のような一節が見える。

釈法礪。俗姓李氏。趙人也。因レ宦遂二家於相一焉。生而牙歯全具。迄二於終老一中無二虧毀一。堅白逾常。登年学位便欣二大法一。

ここでも、曇衍の記事とほぼ一致するような内容が確認される。ただ、『続高僧伝』は、梁の初めから唐の初めに至る約一六〇年の間の僧伝を集めた、いわば漢土において編集されたその性質から、高僧の容姿にまつわる描写の出典も、仏典に拠るかどうかは不明である。

以上挙げた諸例は、それぞれ時代、ジャンルを異にしながらも、すべて歯の形の特異性でもってその人並み外れた性質を強調する共通点を抱えている。ただ、時間順から言えば、『続高僧伝』の記述が最も古く、続いて『古事記』、『東山往来』という順番になる。これらの記事の間に何らかの関連性があるとすれば、『続高僧伝』は、溯れる最も古い文献となる。そして、この文献の記述を基準にしてみれば、歯の特異性が、鬼の形相を特徴づけるものではなく、むしろ高僧の「徳」の象徴として見なされていることが分かる。つまり、「山の人生」や『児やらひ』において鬼として扱われるのは、もともと聖なるもののシンボルから変化した一つの結果かもしれない。そうなれば、なぜ高貴な身分の象徴が、民話の世界で鬼の形相を形容するものとまで化したか、ということが疑問になる。以下、反正記の内容を手がかりに、少し範囲を広げてこの問題について考えてみたい。

五、『日本書紀』の天皇描写

反正天皇の異常な風貌の由来を考えるにあたり、『古事記』より八年遅れて成立した『日本書紀』の内容を確認する必要がある。反正記の記述に類似する表現、それも天皇の形姿を描くものとして、『日本書紀』の方にも多く見られるからである。

①天皇生而明達、意礭如也。（神武天皇）
②天皇風姿岐嶷、少有二雄抜之気一。及レ壮容貌魁偉、武芸過レ人。（綏靖天皇）
③識性聡敏、幼好二雄略一。（崇神天皇）
④生而有二岐嶷之姿一。（垂仁天皇）
⑤天皇容姿端正、身長十尺。（仲哀天皇）
⑥幼而聡明叡智、貌容壮麗。父王異焉。（神功皇后）

⑦幼而聡達、玄監深遠。動容進止。聖表有レ異焉。（応神天皇）
⑧幼而聡明叡智、貌容美麗。（仁徳天皇）
⑨生而歯如二一骨一。容姿美麗。（反正天皇）
⑩天皇生而、神光満レ殿。（雄略天皇）
⑪天皇生而白髪。（清寧天皇）
⑫幼而聡頴、才敏多識。（仁賢天皇）
⑬墻宇嶷岐、不レ可レ得レ窺。（安閑天皇）
⑭是天皇為レ人、器宇清通、神襟朗邁。（宣化天皇）
⑮姿勢端麗、進止軌制。（推古天皇）
⑯為レ人柔仁好レ儒。（孝徳天皇）
⑰生而有二岐嶷之姿一、及レ壮雄抜神武。（天武天皇）

反正記の内容と比較して分かるように、『日本書紀』でもやはり形姿容貌に対する特別な意識が認められる。かつて津田左右吉はこうした記事を「説明説話」と定義づけながら次のように論じたことがある。

> 　ここまで説いて来て、余は聖徳太子に関する推古紀の記載について、重要なる疑問を提起しようと思ふ。推古紀元年の条に「当厩戸而不労、忽産之、」とあるのが、例へば瑞歯別について「生而歯如一骨」といひ白髪について「生而白髪」といってあるのと同じく、厩戸の名の説明説話に過ぎないものであること（法王帝説に太子の子として馬屋古女王の名のあること参照）、同じ条の「生而能言」、「兼知未然」、二十一年の条の片岡の餓者についての物語、並に上にも述べた二十九年の条の高麗僧恵慈の言といふものなどが、何れも太子の聖者たることを示すために作られたものであること、などは事新しくいふまでもない。[15]
> （「用明紀から天智紀までの書紀の記載」）

このように、津田左右吉は記紀の天皇記事のみならず、『上宮聖徳法王帝説』に見える聖徳太子伝承の内容をも、彼が「説明説話」と名づける同類のものとして見なしている。確かに、当該文献における聖徳太子の出生譚では、

池辺天皇後、穴太部間人王、出於二廄戸一之時、忽産生二上宮王一。王命幼少聡敏、有レ智。至二長大之時一、一時聞二八人之白言一而辨二其理一。又聞レ一智レ八。故号曰二廄戸豊聡八耳命一。池辺天皇、其太子聖徳王、甚愛レ念レ之。令レ住二宮南上大殿一、故号二上宮王一也。

とのように、様々な描写を通して聖徳太子の出生及び為人の非凡さを詳述し、記紀の諸例と相似通った内容となっている。津田左右吉はこのような現象が記紀研究にとってさほど重要なものではないと判断したか、「説明説話」という定義を与えるに止まっている。一方、同じ現象について、芳賀紀雄氏は、こうした天皇の形姿容貌をめぐる描写の出典を、『東観漢記』を含む三史（『史記』、『漢書』）を始め、『芸文類聚』、『北堂書鈔』などの類書に求めていると同時に、それだけでは特定することが難しく、更なる博捜が必要であるとの論を示している。(16)

諸例の中で、⑤と⑪は、⑨の反正天皇紀とともに、「身長十尺」と「生而白髪」のような具体的な容貌の特徴を記している。「身長十尺」は反正記の「身長九尺二寸」に類似し、諸例に見る「岐嶷」「魁偉」の意味に対応する表現と見られる。一方、清寧天皇の「白髪」は必ずしも「端正」「壮麗」「美麗」「端麗」と対応しない、奇異なケースに属するが、反正天皇の歯をめぐる描写にいくらか近いようなものである。その意図は、前掲の津田左右吉の論、即ち「何れも太子の聖者たることを示すために作られたものである」と見られるが、ここの問題は、やはりその形成の経緯である。

六、古代中国の異常風貌

日本と違って、人間の形姿容貌を持った神が、早くに石器時代の中国に現れている。林巳奈夫氏によれば、およそ四千から五千年くらい前の間にあった良渚文化の時代の玉器に、既に人間の容姿に近い神の形が刻まれている(17)。そうした伝統の上で、古代中国における神々のイメージが発達した。その名残として、例えば、奈良時代の官人たちにもよく利用された『芸文類聚』の帝王部所収『三五暦記』の内容が注目される。

有㆓神霊㆒、一人有㆓十三頭㆒、号㆓天皇㆒。

ここに体ひとつに頭が十三もあった「天皇」という「神霊」の形姿が鮮やかに記されている。また、戦国時代の文献『荀子』の非相篇には、異常な容貌や身体特徴を持つ帝王や聖人に関する極めて細かい描写がなされている。

蓋帝尭長、帝舜短。文王長、周公短。仲尼長、子弓短。昔者衛霊公有㆑臣、曰㆓公孫呂㆒、身長七尺、面長三尺、焉広三寸、鼻目耳具、而名動㆓天下㆒。楚之孫叔敖、期思之鄙人也、突長左、軒較之下、而以㆑楚霸。葉公子高、微小短瘠、行若㆑将㆑不㆑勝㆓其衣㆒、然白公之乱也、令尹子西、司馬子期皆死㆑焉、葉公子高入拠㆑楚、誅㆓白公㆒、定㆓楚国㆒、如㆑反㆑手爾、仁義功名善㆓後世㆒。故士不㆑揣㆑長、不㆑揳㆑大、不㆑権㆓軽重㆒、亦将㆑志乎心㆒爾。長短大小、美悪形相、豈論哉。且徐偃王之状、目可㆑瞻㆑馬。仲尼之状、面如㆓蒙倛㆒。周公之状、身如㆓断災㆒。皐陶之状、色如㆓削瓜㆒。閎夭之状、面無㆓見膚㆒。傅説之状、身如㆓植鰭㆒。伊尹之状、面無㆓須麋㆒。禹跳湯偏。尭舜参牟子。従者将㆘論㆓志意㆒、比㆗類㆓文学㆒邪㆖。直将㆘差㆓長短㆒、弁㆓美悪㆒、而相欺傲㆖邪。

かくして伝説上の帝王の風貌を記すにあたり「七尺」、「三尺」、「三寸」のような、極めて具体的な数字でもって身長、顔立ち、鼻、目の特徴を記し、それがいかに常人と異なるものであるかを強調する内容となっている。

右に掲げた特異な風貌に関する記述がその後も継承された。風貌描写にやや抑え気味の『史記』を経て、『漢書』に至ってにわかに増えるようになる。例えば、高帝紀第一にある、

高祖為㆑人、隆準而龍須、美須髯、左股有㆓七十二黒子㆒。

の描写がよく知られているが、『漢書』以降の中国の正史にも、帝王をめぐる記述にいわゆる奇異異常出生譚が数多く記されている。

○太祖道武皇帝、諱珪、昭成皇帝之嫡孫、献明皇帝之子也。母曰二献明賀皇后一。初因二遷徙一、游二於雲沢一、既而寝息、夢三日出二室内一、寤而見二光自レ牖属一レ天、欻然有レ感。以二建国三十四年七月七日一、生二太祖于参合陂北一。其夜複有二光明一。昭成大悦、群臣称慶、大赦。告於二祖宗一。保者以三帝体重二倍于常児一、窃独奇怪。明年有レ楡生於二埋胞之坎一、後遂成レ林。弱而能言、目有二光曜一、広顙大耳、衆咸異レ之。

（『魏書』太祖紀）

○太祖高皇帝、諱道成、字紹伯。……太祖以二元嘉四年丁卯歳一生。姿表英異、龍顙鐘声、鱗文遍体。

（『南斉書』高帝紀）

○高祖武皇帝、諱衍、字叔達。……高祖以二宋孝武大明八年甲辰歳一生二于秣陵県同夏里三橋宅一。生而有レ奇異一、両骹駢骨、頂上隆起、有レ文在二右手一曰レ武。帝及レ長、博学多通、好二籌略一、有二文武才幹一、時流名輩咸推許焉。所居常若二雲気一、人或過者、体輒粛然。

（『梁書』武帝紀）

○高祖武皇帝諱覇先、字興国。……高祖以二梁天監二年癸未歳一生。少俶儻有二大志一、不レ治二生産一。既長、読二兵書一、多二武芸一、明達果断、為三当時所二推服一。身長七尺五寸、日角龍須、垂レ手過レ膝。嘗遊二義興一、館二於許氏一、夜夢下天開数丈、有二四人一朱衣捧レ日而至、令中高祖開レ口納上焉、及レ覚、腹中猶熱、皇祖心独負レ之。

（『陳書』高祖紀）

○皇妣呂氏、以二大統七年六月癸丑夜一生二高祖于馮翊般若寺一、紫気充レ庭。有レ尼来レ自二河東一、謂二皇妣一曰、此児所レ従レ来甚異、不レ可二於俗間処一レ之。尼将二高祖一舎二于別館一、躬自撫養。皇妣嘗抱二高祖一、忽見二頭上角出一、遍体鱗起。皇妣大駭、墜二高祖于地一。尼自レ外入見曰、已驚二我児一、致レ令三晩得二天下一。為レ人龍頷、額上有二五柱一入頂、目光外射、有レ文在レ手曰レ王。長上短下、沈深厳重。初入二太学一、雖レ至二親昵一、不二敢狎也一。

（『隋書』高祖紀）

かくして『三五暦記』に始まる十三の頭を持つ「天皇」の記事が、時代が進むにつれて、徐々に多様化し、そのほとんどが皇帝のような権力者に集中している。こうした記事が中国の史書に現れる原因について、藤野岩友氏は前記『荀子』非相篇や『論衡』骨相篇などを例に、「不具者」尊重という現象の背後に神人の間に介在する聖職としての巫と優の歴史を指摘するとともに、先天的な身体特徴を持つ者が宗教的な性質を持つことを論じている。(18)

しかし、身体に障害ある者がその特異な身体特徴の故にかえって聖なる性質を具有するというような思想は、洋の東西を問わず広く見られる現象であり、別段珍しいものではない。(19)上記一連の引用に見る「弱にして能く言う」、「両骸駢骨」、「身長七尺五寸」、「頭上に角の出る」、「眼の光は外射する」、その手に「武」や「王」という文字が書かれている特徴は、「不具者」という、身体の欠陥を意味する表現というより、特異な身体特徴をもつ「異常風貌」と見るべきである。こうした異常風貌は多くの場合常人にはない神秘的な力を意味し、『漢書』以降の史書にとりわけ数多く現れているので、その意味を正確に理解するためには、当時流行っていた讖緯思想、とりわけその重要な構成要素であった「図讖」との関係を考えなければならない。

七、反正記の表現と緯書

いわゆる讖緯思想とは、戦国末期から秦・漢代を通じて、中国社会に流行していた神秘色の強い不老長生術や予言思想、さらに様々な俗信や風習が、前漢の末から後漢にかけて緯書に集約されたその全体を指すものである。そうした思想が、やがて儒家経典の注釈の作業にも影響を及ぼした。そもそも「讖」は未来の予言を意味し、緯は、縦糸である経に対して、織物の横糸を指す。つまり、経書の五経・六経を正確綿密に解読するために補助的な位置にあるものである。経学にとって必須の参考書であったため、その内容は陰陽五行説や図讖の説を王朝の興亡や社会の変遷などに結びつけた運命論を記載している。緯書の作者は通常神秘主義を好んだ一部の儒家と推測され、その書名も『春秋元命包』、『緯書通可験』、『易緯乾鑿度』などのような、神秘さを表わす難解なものが多い。

事実、前記『漢書』をはじめ、各種正史に見える帝王の異常出生譚は、緯書の出現、とりわけ漢の時代の讖緯思想の興隆に伴う産物である。とりわけ図讖の一つとされる異常風貌説では、生まれつきの身体特徴が、当事者の未来の身分や政治的な作為を予言するしるしとして重んじられていたのである。図讖に関する系統的な研究は安居香山によって行われているが、[20]実際漢代の歴史書をひもとけば、一時期多くの帝王、后妃たちが「貴相」、「異貌」と自称する気風が流行していたほどであった。

ここに改めて反正天皇の容貌をめぐる疑問について考えてみるに、同記事に見える反正天皇の身長に関する描写が手がかりとなる。というのも、「此天皇御身之長、九尺二寸半」という一文は、実際の身長をいうものではなく、緯書に多くの類似表現が見えるからである。

○舜長九尺、太上員首、龍顔日衡、方庭甚口。（『洛書霊準聴』）
○蒼帝姫昌、日角鳥鼻、身長八尺二寸、聖者慈理也。（『洛書霊準聴』）
○舜長九尺、員首、龍顔日衡、方庭大口。（『春秋合誠図』）
○黄帝身踰二九尺一、付函挺朶、修髯花瘤。（『孝経援神契』）

このように、「舜長九尺」「身長八尺二寸」「舜長九尺」「黄帝身踰九尺」は、いずれも反正天皇の記事に近い表現として繰り返し使われている。

身長に限らず、歯についての記述も、緯書を始めとする種々の漢籍に多数求められる。例えば、『東観漢記』の記載によれば、当時、政治的な野心から身長と歯の特徴を強調することが貴族の間にひろがり、そのあまりに行き過ぎた讖緯がらみの言動をせき止めようとして、皇帝から次のような詔まで布告されたほどであった。

令三功臣家各自記二功状一、不レ得三自増加、以変二時事一。或自道二先祖形貌表相一、無レ益二事実一。復曰二歯長一寸、龍須

虎口、奇毛異骨、形容極変一、亦非二詔書之所一知也。（『東観漢記』巻二十二・散句）

一文を現代語訳すれば、およそ次のようになる。

功臣の家が各自の功績を記録する時、内容を増やしたりして、時事を変えるようなことをさせてはならない。特に自分勝手に祖先の容貌や形姿について述べるようなことは、事実に無益である。また、歯の長さは一寸あり、龍の鬚と虎のような口を持ち、髪の毛と骨相が特異であり、形姿容貌が極めて変わっているというようなものも、詔書の関知するところではない。

興味深いことに、この詔文に見える「歯長一寸」は、反正記の「御歯長一寸広二分」と極めて近い表現である。こうした特徴を帯びた歯が、古代中国の政治文化において実際に象徴的な意味を持っていたことは、反正記の同内容を理解する上で見逃せない。

では、この『東観漢記』のいう「歯長一寸」は、どのような意味を込められた表現であり、そのような記述がなぜ禁じられていたのだろうか。

この問題を解くのに、先に指摘した身長をめぐる緯書の表現と同様、やはり緯書などにおける図讖としての歯に関する表現が参考になる。

①帝嚳駢歯、上法二月参一。（『白虎通』聖人）
②武王駢歯。（『北堂書鈔』）
③武王駢歯、勝レ殷遏レ劉、成二周道一。（『潜夫論』五徳志）
④夫子駢歯。注曰、駢歯象二鉤星一也。（『孝経鉤命決』）
⑤文王四乳、武王齗歯。（『劉子』命相）
⑥帝嚳駢歯。（『論衡』骨相、『龍魚河図』）

⑦禹身長九尺、有二只虎鼻河目一、駢歯鳥喙。　（『尚書帝命験』）

⑧帝告駢歯、上法二日参一、秉レ度成レ紀、以理二陰陽一。　（『河図帝覧嬉』、『春秋演孔図』）

⑨武王駢歯、是謂二剛強一。取象二参房一、誅害、以従二天心一。　（『春秋元命包』、『春秋演孔図』）

⑩舜九尺有レ咫、虎鼻河目、駢歯鳥喙、耳三漏、戴二玉鈴一、懐二玉斗一、玉肝、履レ己。　（『春秋考異郵』）

⑪孔子長十尺、海口尼首、方面、月角日準、河目龍顙、鬥唇昌顔、均頤輔喉、齗歯龍形、脊亀虎掌。　（『春秋演孔図』）

⑫煜為レ人仁孝、善二属文一、工二書画一、而豊額、駢歯、一目重瞳子。　（『新五代史』南唐世家・李煜）

右は緯書などから掲げたごく一部の例であるが、すべて古代中国の帝王や聖人をめぐる記述である。

さて、『漢語大詞典』では、「駢歯」のことを「謂牙歯重畳」としており、これは宋衷（『世本』の注釈を作った魏の学者、宋均ともいう）の説に倣ったものと見られる。また、上代人によく利用されていた類書『初学記』巻九「総叙帝王」篇に、「重瞳駢歯」という緯書の引用内容が見え、「重瞳」について、

　春秋元命苞曰、舜重瞳子、是謂二滋涼一。宋均注、滋涼有二滋液之潤一且清涼光明而多見。又曰、武王駢歯、是謂二剛強一。宋均注曰、重歯以為レ表。

という説明が与えられている。その他、『太平御覧』巻三六八所引の例にも同じ内容が見られ、この説が広く流布していたことを窺わせてくれる。

現代の説では、例えば周大成氏の『中国口腔医学史考』に、「駢歯は即ち二重の歯を指し、正常の歯列の外に生えた歯をいうものである。」との解説が見える。(21) こうした医学的立場から解釈に対して、『孔子全集』では、「夫子駢歯、象鉤星也。」（孝経緯鉤命訣御覧三百六十八引）という表現を、「孔子の歯は小粒にして整然としており、まるで鉤星のようだ」としている(22)（以上は武漢大学陳偉教授のご教示による）。

ところで、一方では、孔祥驊氏がその『孔子新伝』において、孔子の歯に関する次のような興味深い説を示してい

る。

伝説によれば、孔子には、兎のような前歯が二本あり、唇の外に突き出ている。古い書物でも孔子の前歯を「駢歯」をしている。……我々が現在目にする伝世の孔子の肖像画や彫刻も、確かに多くは「駢歯」となっている。(23)

ここにいう「伝説」とはどのような史料を指しているかは不明だが、現存する孔子の肖像画などをたよりに、「駢歯」は外へ突き出た二本の前歯と推定している。ただし、この説にも疑問がないわけではない。確かに、清の時代から広く流行している孔子の肖像画では（図1参照）、前歯二本が並んだ形で外へ突き出ているのであるが、そもそも「駢歯」については、従来相容れない二つの説がある。即ち、歯が「二重歯列」（八重歯のようなもの）になっている様と、歯全体が一枚の骨になっている様である。

図1　孔子の肖像画
（清の同治十一年〔一八七二年〕長春に建てられた文廟にある肖像、筆者撮影）

例えば、『漢語大詞典』では、「駢歯」を「謂牙歯重畳」——歯が重なる様をさす、としている。この説は、漢の学者宋均の解釈によるものである。緯書『春秋元命苞』に見える「武王駢歯、是謂剛強」に対する宋注は、「重歯以為表」——重歯をもってそのしるしとする、となっている。

しかし、一方では、「駢歯」の「駢」の字義に基づき、「歯が相連りて一歯の如しをいう」という解釈も存在する。

そもそも「駢」という漢字は、『説文解字』に「駕二馬也」とあるように、本来は馬が二匹並ぶ様子を象ったものである。後に物が二つ並ぶ状態をも指すようになり、『文選』東都賦に見える「駢部曲、列校隊」に対して、李善注が「駢、猶併也」とあるのがその例である。古代中国の史書では、人体の特徴を描くことにも使われ、「駢歯」の外、「駢脅」、「駢拇」とのような用例も見られる。例えば、『左伝』僖公二十三年条の、

曹共公聞二其駢脅一、欲レ観二其裸一、薄而観レ之。

に見える「駢脅」という用例は「一枚肋骨」（小倉芳彦）と解され、『荘子』駢拇篇の「駢拇枝指」の用例も、それぞれ「足の四つ指」（池田知久）或いは「足の親指が次の指とくっついている」（金谷治）と訳されている。こうした解釈は、いずれも『荘子』に対する唐・成玄英の疏、「駢、合なり。足の大拇指と第二指の相連なり、合して一指なるを謂うなり」に拠ると見られる。また、『帝王世紀』第四にも、帝成湯の身体特徴を描くにあたり、「指有胼」という記述があるが、「胼」は「駢」の異体字として、その意味は右記「駢拇枝指」と同義のものであろう。

さて、「重歯」の意味について、緯書の『尚書璇璣鈐』に、

房為二明堂一、主二布政一、参為二大辰一、主二斬刈一、兼二此二一者、故武王重歯為レ表。鄭氏注、重歯象二内以固レ身、外以固レ民也、布レ政施レ令、過重則刑、功重則賞也。

とあり、鄭玄の注では、「内に我が身を固めるとともに、外に民を治める象徴」と解されている。結局この「重歯」は、「二重歯列」なのか、それとも「歯如一骨」なのか、今一つ意味がはっきりしない。この点、緯書『春秋元命包』に見える次の内容も参考される。

禹之時、民大楽二其駢一、三聖相継、故楽名大夏也。

一文の大意は、禹が帝王だった時、人民はその「駢」であったことを大変に喜び、聖人による治世が三代も続いたため、大夏という名称を与えられた、というものである。これを前掲緯書『尚書帝命験』の「禹身長九尺、有只虎鼻河目、駢歯鳥喙。」という表現と合わせて見れば、「駢」は「駢歯」を指していることに間違いなかろう。

ここに注目したいもう一つの例は、『河図握矩記』と『春秋文曜鉤』にある、伝説上の帝王の容貌を記す内容である。

○少昊、秀外龍庭、月懸通鴫、顓頊渠頭併幹、通眉帯レ午、帝嚳、駢歯方頤、龐覬珠庭、仳歯戴レ干。

○顓頊併幹、上法二月参一、集レ威成レ紀、以法二陰陽一。

文中の「併幹」は、前記「駢脅」の用例に類似したものであり、「併」は「一体化した、くっついた」意、「幹」は「骨幹」という漢語があるように、骨格を表わしている。ここでは、「駢歯」などと並んで、聖なる象徴として強調されている。つまり、古代人の理解では、体と歯のどちらかに「駢」または「併」のような特徴を持てば、聖人としての資格を有することになる。

さて、記紀反正天皇条の歯をめぐる描写の微妙なずれ、即ち、「御歯長一寸広二分、上下等斉、既如貫珠」と、「生而歯如一骨」は、どうやら右記漢籍の「駢歯」に対する相異なる解釈から来たようである。つまり、「駢歯」は、帝王になる資格と認識されながらも、その原意が『東観漢記』のように「一寸二分」の具体的な長さになったり、または緯書のように「二重歯列」（重歯）や「一枚骨」になったりしたため、記紀の撰者のそれぞれ独自の理解で記述され、現在我々が見るような内容になっている。

ところで、以上掲げてきた緯書の表現が、太安万侶の目にも容易に触れえたのではないかと推測される。事実、反正記の記述は、孤立したものではなく、それに類した例が、ほかにも『古事記』の中に含まれている。例えば、顕宗天皇条には、皇位に即いた顕宗天皇が、雄略天皇に殺された父王、市辺押歯王の遺骨を探す話が記されている。

此天皇、求二其父王市辺王之御骨一時、在二淡海国一賤老媼、参出白、王子御骨所レ埋者、吾能知。亦以二其御歯一可レ知。御歯者、如三枝押歯坐也。爾起レ民掘レ土、求二其御骨一、即獲二其御骨一而、於二其蚊屋野之東山一、作二御陵一葬……

（顕宗記）

市辺押歯王の歯について小文字でもって書き込まれている内容は、「御歯者、如三枝押歯坐也」というものである。様式からして、この一文、追加説明として後から挿入された可能性がある。「押歯」について、諸説いずれも『和名抄』に見える「齵（……於曾波）歯重生也」という内容を引用して注を施す。「於曾波＝オソハ」が「押歯＝オシハ」と同義に捉えられ、その意が「歯重也」、文字通り「八重歯」に解せられるからである。

この部分が書き込まれた意図については後述するが、市辺押歯王の「御歯」をいささか難解な「三枝の如き押歯に坐す」と記すところは、恐らく「駢歯」に対する宋均の「重歯以為表」に拠った、やはり図讖の一種として見なされよう。いずれにせよ、「駢歯」という表現を避けながらも、諸種漢籍に伝わるその異なる解釈が、三者三様の形で記紀の表現に反映されているということは、記紀の撰者にとって、図讖を含む緯書の類が、当時において一般的に受容されていたことを物語っている。

八、「貫珠」が意味するもの

以上、反正記の御歯の記事が、緯書の「駢歯」を意図的に踏まえた可能性について指摘してみたが、「上下等斉、既如貫珠」という一文の読解には依然問題が残っている。即ち「貫珠」という表現の意味である。これに対して前引宣長の、

色の白く美麗しくて、玉の如くなるを云なるべし。貫とは、並びたるさまに因て云ならむ。（中略）さて水歯別と申す御名は、如此御歯の美麗しく坐るに因て、負賜へるなり。（『古事記伝』）

という解釈が代表的で、文中の「御歯の美麗しく坐る」に始まり、現在に至る諸家の解釈では、その意味を一様に「素晴らしい」「美しい」「見事」のように、外観的な美しさをいう表現とされている。しかし、「貫珠」という漢語に

関する出典論の視点が何故か完全に閑却されてきていたので、果たして諸家の見解でよいかどうか、疑問の感じられるところである。

漢籍では、何らかの比喩でもって歯を表現する場合、女性の美しさの一部として使われることが多い。『詩経』衛風・碩人にある、

手如二柔荑一、膚如二凝脂一、領如二蝤蠐一、歯如二瓠犀一。

という詩句は衛夫人荘姜の歯が「瓠犀」――ひさごの種のように真っ白で、きれいに並んでいることをいう内容である。この「歯如瓠犀」という比喩に似た用例が『文選』所収宋玉の「登徒子好色賦」にも見られる。

眉如二翠羽一、肌如二白雪一、腰如二束素一、歯如二含貝一。

文中の「含貝」は、「貝殻を口に含んでいるようだ」という意味である。

かくして女性の歯を「瓠犀」、「含貝」との比喩する表現は見い出されるが、同じ用法としての「貫珠」の使用例は確認されていない。ところで、歯の比喩ではなく、まったく違う意味としての「貫珠」が漢籍に認められる。例えば『礼記』楽記に、

故歌者上如レ抗、下如レ隊、曲如レ折、止如二槁木一、倨二中矩一、句二中鉤一、纍纍乎端、如二貫珠一。

とあるのが最も早い用例のようである。その意味は、「即ち歌うということは……また音が長ながと続いて、しかも明瞭であるときは、あたかも多くの珠を一筋に貫いているように感ぜられる」（明治書院漢文新釈大系『礼記』による）というものである。この珠でもって美しい音色を喩える表現は、『全唐文』に「善歌如貫珠賦――以声気圓直、有如貫珠為韻」と題する士人たちの作文が複数所収されることから、一表現手法として早くに定着していたようである。ところが、これらの文章における「貫珠」はあくまでも歌声や楽器の音色の比喩に徹しており、反正記の「貫珠」とは意味が必ずしも一致しない。「貫珠」は同時に漢詩文の比喩としても使われ、具体的には、次の一連の例が挙げら

れる。

まず、唐・元稹の「答姨兄胡霊之見寄五十韻」の詩序の次の表現について見よう。

適白翰林、又以二百韻一見レ贈、余因次酬二本レ韻、以答二貫珠之贈一焉。

ここの「貫珠」は、相手の詩作を「貫いた珠のようだ」と褒め讃えるものであるが、同じ唐の銭珝による「史館王相公進和詩表」にも、ほぼ同じ用法として、

但思参二列輔臣一、安敢首違二聖旨一、輒同二撃壌一、仰和二貫珠一。

なる一文が見られる。そして、五代の前蜀・魏承班の「玉楼春」という詞にも、

春風筵上貫珠匀、豔色韶顔嬌旎旖。

の一句が認められ、前記の三例同様、「貫珠」を美しい詩句の比喩としている。また、日本でも、空海の『聾瞽指帰』序文に、唐の文人張文成の文章を讃える詩句、

詞貫二瓊玉一、筆翔二鸞鳳一。

というような類例が認められ、文中の「詞は瓊玉を貫く」という表現は、右記『礼記』をはじめとする一連の「貫珠」とは明らかに同義である。

右記諸例の他に、「貫珠」を「念珠」「数珠」の意味で用いる例もある。唐・無名氏「玉泉子・翁彦枢」にある、

手持二貫珠一、閉レ目以誦経、非二寝食一未レ嘗レ輟也。

という文章である。また、異族の風習を記録したものとして、『周書』異域伝下「吐谷渾」に、

婦人皆貫珠束髪、以レ多為レ貴。

の用例が見られるが、ここの、髪を束ねるための「貫珠」とは、恐らく数珠状の髪飾りを指すものであろう。「貫珠」は更に、「貫通」する意味として、唐・李華の「著作郎壁記」に次のように使われている。

胡論徳遊刃二詩騒一、韋庶子貫二珠今古一。

このように、文献や時代が異なれば「貫珠」の用法や意味も変化していたが、それでも史書や漢詩文類からは、歯を形容する表現はついに一例も見い出されなかったのである。

　では、反正記の「貫珠」は果してどのような出典をふまえ、どのような意味を持つものだろうか。ここで注目したいのは、女性ではなく、男性の歯について、「貫珠」に近い用例が、早くに戦国時代の文献に現れていることである。例えば、『荘子』盗蹠篇には、盗賊生活から脱却し、天下に君臨する君主の道を進む盗蹠に勧める孔子の言葉が次のように記されている。

孔子曰、丘聞レ之、凡天下有二三徳一。生而長大、美好無双、少長貴賤見而皆説レ之、此上徳也。知維二天地一、能辯二諸物一、此中徳也。勇悍果敢、聚レ衆率レ兵、此下徳也。凡人有二此一徳一者、足二以南面称レ孤矣。今将軍兼二此三者一、身長八尺二寸、面目有レ光、唇如二激丹一、歯如二斉貝一、音中二黄鐘一、而名曰二盗蹠一、丘窃為二将軍一恥不レ取焉。将軍有レ意聴レ臣、臣請、南使二呉、越一、北使二斉、魯一。東使二宋、衛一、西使二晋、楚一、使下為二将軍一造二大城数百里一、立二数十万戸之邑一、尊二将軍一為中諸侯上、与二天下一更始、罷レ兵休レ卒、収二養昆弟一、共祭二先祖一。此聖人才士之行、而天下之願也。

ここで孔子が、上、中、下三種の「徳」を述べた後、「凡人有此一徳者、足以南面称孤矣。」――人間誰もがこのような「徳」の一つさえ備えれば、王侯の位に就いて「孤」（諸侯の自称）と称することができる、と力説している。「生而長大、美好無双」という「徳」が上の「徳」とされ、それを更に補足する形で、「身長八尺二寸、面目有光、唇如激丹、歯如斉貝、音中黄鐘」という身体的特徴が挙げられている。文中の「歯如斉貝」――歯はきれいに並んでいる貝殻のようだ、という表現が、先に挙げた宋玉の「登徒子好色賦」の「歯如含貝」という、女性の歯の美しさ、白さを比喩する用例と違って、男性の容貌に使っている点が特異である。

このほか、『漢書』巻六十五「東方朔伝」にも、類似の用例が収められている。漢の武帝が即位して間もない頃、天下に広く人材を求め、優秀な者に高い官位を用意していた。これに応じようとする無数の者の中に、後に天子を輔佐する政治家として活躍していた東方朔も含まれている。その彼が上書した文章には、次のような一節が入っている。

臣朔年二十二、長九尺三寸、目若二懸珠一、歯若二編貝一、勇若二孟賁一、捷若二慶忌一、廉若二鮑叔一、信若二尾生一。若レ此、可三以為二天子大臣一矣。臣朔昧レ死再拝以聞。

右の文章で目を引くのは、東方朔が男でありながら、自らの身体特徴を詳しく記し、更に歯について「歯は編貝の若し」——歯はきれいにならんでいる貝殻のようだ、と表現しているところである。この「編貝」は、反正記の「貫珠」と用法が近い上、語義においても、「編」は「貫」と同義であり、「貝」と「珠」が同じく美しい飾りを指すものである。とりわけ「長九尺三寸」という表現と併用されるところが、反正記の「此天皇御身之長、九尺二寸半。御歯長一寸広二分、上下等斉、既如貫珠。」の構文・内容とも酷似しているので、「編貝」という用語が、「貫珠」の意味を知る上で重要な参考になる。

まず、ここにおける「歯は編貝の若し」が、女性ならぬ男性である東方朔が、自分自身の歯に使うことは、やはり異様な感じを与えるものである。

この東方朔の表現に似た用例が、中唐の詩人李賀の作品「栄華楽」にも見られる。後漢の梁翼という権力者の風貌を、李賀の詩の冒頭部分が次のように描いている。

鳶肩公子二十余　　鳶肩の公子二十余
歯編貝　唇激朱　　歯は貝を編し唇は朱を激す
気如虹霓飲如建瓴　　気は虹霓の如く飲は建瓴の如し
走馬夜帰叫厳更　　馬を走らせ夜帰れば厳更叫ぶ

径穿複道遊椒房　　径に複道を穿ちて椒房に遊ぶ

二句目の「歯編貝」は、「東方朔伝」の「歯若編貝」をほぼそのまま踏まえている。

右記「東方朔伝」と李賀の詩文はいずれも当時盛行していた讖緯思想と深い関連があったと推測される。東方朔が自ら異常風貌の持ち主であることを主張したのは、ある意味で大胆不敵、同時に、天子にはなれないが、（このような風貌によって）「可以為天子大臣矣」――せめて天子の大臣として仕える資格を充分有している、という意気込みの表れであろう。一方、李賀の詩が描写する梁翼も漢代の人物であり、その容貌を「歯編貝、唇激朱」と記したのは、何らかの文献や伝承によるかもしれない。ただ、その表現が『荘子』盗蹠篇とほぼ一致していることから、これを直接踏まえたものとも推測される。ともかく、上記三つの用例から、歯をめぐる異常風貌説が、早くから「貝」と結び付けられていたことが窺える。

ところで、「東方朔伝」の「編貝」の「編」について顔師古の注は「編、列次也」のように、「貝」を「順序良くならんでいる」という意味としている。実際、緯書にあたってみれば、次のような一連の類例が出てくる。

○天地開闢、甲子冬至、日月若㆓懸璧㆒、五星若㆓編珠㆒、貫聯絡也。（『尚書中候』）

○日月如㆓合璧㆒、五星若㆓編珠㆒。（『尚書考霊曜』）

○天地開闢、元暦紀名、月首甲子冬至、日月五緯、倶起㆓牽牛初㆒、日月若㆓懸璧㆒、五星若㆓編珠㆒。（『尚書考霊曜』）

○日月五星、冬至起㆓牽牛㆒、日月若㆓懸璧㆒、仰観㆓天形㆒、如㆓車蓋㆒、衆星累累如㆓連貝㆒。（『尚書考霊曜』）

「珠」も「貝」も海から採れた飾りであり、それを一本の糸でつらぬくことは即ち「編珠」と「連貝」になる。右記の「五星若編珠」云々とは、天上の「五星」がきれいに並んでいる様をいう表現である。「連」も「編」も、字義において「貫」に通じており、時に通用することもある。事実、右記の「連貝」と「編珠」と同義の表現として、反正記の「貫珠」の出典とも見なされる用例が漢籍に現れている。

例えば、手近に上代人にもよく利用されていた『初学記』を繙けば、その巻一には緯書『易緯坤霊図』の内容として、

至徳之朝、五星若㆓貫珠㆒。

という一文が収録されている。現代語訳すれば、「もっとも理想的な皇帝の徳治が達成すれば、天上の星が珠を貫いたように一列にならぶ」ということになるが、緯書から引用されたこの一文が、反正天皇の歯をめぐる「貫珠」を理解する重要な手がかりとなる。というのも、緯書の注釈にある次の歯と星との関係を述べる文章が目を引く。

○夫子駢歯。注曰、駢歯象㆓鉤星㆒也。　（『孝経鉤命決』）
○帝嚳駢歯。宋均曰、所以駢歯、歯星位。　（『龍魚河図』）
○帝告駢歯、上法㆓日参㆒、秉㆑度成㆑紀、以理㆓陰陽㆒。宋均注曰、所以駢歯、歯星位。　（『河図握矩記』）

かくして「駢歯」に対して、宋均がいずれも「象鉤星也」、「歯星位」とのように、「駢歯」そのものを、天上の星をかたどる形として見ているのである。緯書『論語鉤命決』にも次の一文が見られる。

禹時、星累累若㆓貫珠㆒、炳煥如㆓連璧㆒。

禹が天子だったころ、天上の星は「累累若貫珠」——珠を貫いたように重なっていた様だった、という表現を用いて、その徳政に対する天象を述べている。

つまり、「駢歯」の形が尊ばれていたのは、「鉤星」「星位」「星」の如くきれいに並んでいるからであり、漢代に流行していた「天人合一」の思想から見れば、そのような歯を持つ天子の治世も自ずから平和なものになる、と理解されていたからである。事実、緯書では、至徳の天子を得れば、「五星が珠を貫いたように並ぶ」というような表現がおびただしく用いられている。

①至徳之萌、五星若㆓連珠㆒、日月如㆓合璧㆒。　（『易緯坤霊図』）

②至徳之萌、日月若二連璧一、五星若二貫珠一。（『易緯坤霊図』）

③王者至徳之萌、日月若二連璧一、五星若二貫珠一。（『易緯坤霊図』）

④王者有二至徳之萌一、則五星若二連珠一。
鄭玄曰、謂下聚二一舎一以レ徳上、得二天下一之象也。（『易緯坤霊図』）

⑤至治之世、五星連珠。（『春秋演孔図』）

⑥天地開闢、七曜満二舒光一、元歴紀名、月首甲子冬至、日月五緯、倶起二牽牛初一、日月若懸璧、五星若二連珠一。（『尚書考霊曜』）

⑦月首甲子冬至、日月五星、倶起二牽牛初一、日月合若二懸璧一、五星如二聯珠一。（『尚書考霊曜』）

以上見てきたのが、緯書における「駢歯」と「五星」の併用例であるが、「駢歯」にとどまらず、眉と眉の間に生ずる骨の固まりも、その尋常ならぬ形から、星の列と見立てられ、祥瑞と見なされていた。

○伏羲大目山準日角、衡而連珠。
宋均注曰、伏羲木精之人、日角額二有骨表一、取二象日所レ出、房所レ立有レ星也、珠衡衡中有二骨表一、如二連珠一、象二玉衡星一。（『孝経援神契』）

○伏羲龍身牛首、渠首達掖、山準日角、奯目珠衡、駿毫翁鬣、龍唇亀歯、長九尺有一寸、望之広、視之専。渠通也、掖腋同、衡目上也、珠衡者目一衡、骨有二連珠一、象二玉衡星一也。（『春秋合誠図』）

○黒帝子湯、長八尺一寸、或曰、七尺、連珠庭、臂二肘。（『洛書霊準聴』）

このように、伝説上の帝王伏羲が、眉と眉の間に「連珠」のような骨が見えていたので、「玉衡星」の象徴と見なされていた。類似の例は、他にも多数求められる。例えば『白虎通』聖人篇に、

聖人皆有レ表レ異、伝曰、伏羲禄衡連珠、唯大目、鼻龍伏。

とあり、また、南朝の陳・徐陵「勧進梁元帝表」に、

握レ図秉レ鉞、将在二御天一、玉勝珠衡、先彰二元后一。

の表現も見られる。さらに、隋の薛道衡の「老氏碑」にも、

珠衡日角、天表冠於二百王一。明鏡衢罇、聖徳会於二千祀一。

の内容がある。先に挙げた諸例と合わせてみれば、こうした色々な表現を使われた意図が、すべて『孝経援神契』の次の言葉によって示されているのであろう。

王徳、珍文備レ象、連表万精、曲飾題類、設レ術脩レ経、躬レ仁尚レ義、祖レ礼行レ信、握レ権仁レ智、順レ道形レ人、倶在二至徳一。

ここに改めて反正天皇の歯をめぐる「上下等斉、既如貫珠」の表現について見れば、「駢歯」なるがゆえに、珠を貫いたように並んでいるそのあり様は、まさしく天上の「五星」と同じ形をなすものである。これは無論、反正天皇の、天皇としての徳の現れ――「至徳之萌」であり、その執政の正統性を何より明示している証拠である。前掲例④の鄭玄注の言葉、「謂聚一舎以徳、得天下之象也。」――一箇所に集まるのは、天下を得るしるしだ、の意味ともぴったり一致している。明らかに、宣長をはじめとする従来の説、即ち「麗しい」「美しい」「見事」なるが故に「瑞歯」と呼ばれるのではなく、その「徳」が「五星若貫珠」――「貫けた珠のような五星」に一致した形になったからである。「瑞歯」と呼ばれる所以もここにあろう。

さて、反正記の「貫珠」を、「五星若貫珠」の象徴性を学んだ、天皇の徳を表わす表現と推測してみたが、このような表現がもとより讖緯思想に深く根ざしていることは、次の『論語』の一節によっても証せられる。

『論語』為政篇に、徳治でもって天下を治めることを、次のような比喩で表現する有名な一文が収められている。

子曰、為レ政以レ徳、譬如下北辰、居二其所一而衆星上レ共之。

大意は、「政治をするのに道徳によっていけば、ちょうど北極星が自分の場所にいて、多くの星がその方に向かって挨拶しているようになるものだ」（岩波文庫・金谷治訳注『論語』）とされているが、各種注釈書では、「北辰」が「北極星」と解せられているのに対して、「衆星」の意味と「共」の訓詁はいまだ定説がなく、とりわけなぜ孔子がわざわざこのような難しい比喩を使ったのかも、従来あまり問題にされなかったようである。ところが、以上「貫珠」についての考察から、この一文を讖緯思想における「貫珠」「五星」が持つ象徴性との関連で、新たな解釈が試みられるようである。

例えば、「居其所而衆星共之」の「衆星」に関する諸説の中では、『論語正義』と『論語集釈』は、それぞれ次のような意見を述べている。

○北極為二赤道極一、左旋西行、其日月五星各居二一極一、日曰二黄道極一、与二月五星一同為二右旋東行一。[24]

○不レ言二北極而言北辰一者、辰是無星之処、今所レ指為二極星一、不過近極之可見者耳、非二北極一也。極如二輪心一、雖レ動不レ離二本処一。其外則二十八宿左旋、五星右旋、皆還繞二此極一也。[25]

右記二説は、いずれも「北辰」＝「北極星」を中心に旋回、囲繞する星を「五星」と解している。ここの「五星」は、むろん先に掲げた緯書の「五星」と同じものを指している。ところが、「北辰」を囲繞する星の様相について直ちに想起されるのが、前引『易緯坤霊図』の「王者有二至徳之萌一、則五星若二連珠一。」に対する鄭玄の、

鄭玄曰、謂聚一舎以徳、得天下之象也。

という注釈である。ここの「謂聚一舎以徳」は、「五星」が一箇所に集まるのは、天子の徳政のお蔭だという意味であるが、これは『論語』為政篇において孔子がいう「徳でもって政治をすれば、北極を中心に星たちがこれに向かって挨拶する」と極めて近い発想である。ただ、一文の「共」について、「拱」の異字説と、「むかう」と訓む説が主張されてきたが、「共」の意味を理解するのに、前引『孝経鉤命決』の内容が参考になる。

夫子駢歯。注曰、駢歯象二鉤星一也。

これは「駢歯」の並び方を「鉤星」で喩えているが、そもそも「鉤星」は、『晋書』天文志上に、

其西河中九星如鉤状、曰星、直則地動。

とあるように、「鉤」は先のはねた、またはまがった形を指し、「駢歯象鉤星」は、「歯のかたちは星が輪になった形を取っている」という意味になる。『楽府詩集』所収晋・傅玄「明君篇」に見える「衆星拱北辰」も、明君の徳を、星が北極星を「拱」――輪のように囲む、と謳っている。これを踏まえて、『論語集釈』は「衆星共之」の様相を「五星右旋、皆還繞此極也」――五星が右の方へ曲り、そろって北極星を繞って並んでいる、という説を取っている。こうしてみれば、「共」と「拱」は、まさに「鉤星」のように輪になって北極星を囲繞する様子をいうものであり、「聚一舎」とも意味がほぼ一致する。

以上の考察から、『論語』為政篇のこの文章は、讖緯思想との関連から生まれた可能性が考えられる。一文の「共」に対する解釈は、恐らく諸家の説が正しいが、「むかう」という意味を持つと同時に、「鉤星」が持つ、北極星を輪のように囲む意味も込められているのであろう。『論語鉤命決』にも、

皇徳協極。注曰、極北辰也。

という、天子の徳を北辰と形容する一文があり、「協極」――「北極星」を「協」するという表現は、恐らく「共」「拱」「聚一舎」に近いような意味、即ち北極星を輪になって囲むような状態をいうものであろう。こうした表現も、孔子の発言が持つ讖緯思想的ニュアンスを裏づけている。したがって、筆者は「居其所而衆星共之」という一文の意味について、従来諸家が解釈する「むかう」よりやや踏み込んだ解釈として、

ちょうど北極星が自分の場所にいて、多くの星がそれを囲むように集まっているのだ。

という説を提起したい。むろん、右に引用した緯書の出現は『論語』より遙かに後世のものであり、孔子が生きてい

た時代における讖緯思想の発達状況も、漢代ほど盛んではなかったので、右の仮説については更なる考証が必要であろう。しかし、『荘子』非相篇に見る異常風貌説的な内容と、後述する孔子と鳳凰、麒麟の話を見る限り、讖緯思想的なものは既にある程度『論語』の周辺に存在していたと推測される。

以上、「貫珠」という表現を考察し、緯書におけるその象徴性を確認できた。それが『古事記』においても受容されたことは、やはり注目すべき事象であろう。ただ、太安万侶が、この記事を執筆するにあたり、果たして反正天皇の「貫珠」のような歯並びを「駢歯象鉤星也」とのように、讖緯思想のコンテキストにおいて十分理解した上で使用したのか、それともあまり考えもせずに、ただ一種の異常風貌説としてそれとなく緯書から引用したのか、もはや確認の仕様はない。緯書を除く漢籍における「貫珠」の用例がほとんどその美しさの比喩に集中していることも、この表現を用いる太安万侶の本当の意図を分かりにくいものにしている。これに加えて、『古事記』の内容構成及び文章表現が常に不安定かつ不均衡な状態を呈しているので、こうした象徴性の高い表現が使われた当時の状況を把握することは難しい。ここはただ、異常風貌としての歯を形容する「貫珠」という用例の出典が緯書であり、その意味をあくまでも讖緯思想のコンテキストにおいて理解すべきことを指摘しておきたい。

九、『古事記』における異常風貌説の機能

現代文化人類学に大きな足跡を残したエリアーデの代表作『聖と俗』（*Secred and Profane*）では、「聖体示現」（Hierophanieギリシャ語 hieros＝神聖な、およびphainomai＝現れる、から来る）という理論を提出している。最も原始的な聖体示現（たとえば何かある対象、石とか木に聖なるものが顕われること）から、最高の聖体示現（キリスト者にとってイエス・キリストにおける神の化身）に至るまで一貫した連続が流れている。われわれはいつも同じ

神秘な出来事に直面する。すなわちかの〈全くの他者〉、この世のものならざる一つの実在が、この〈自然〉界、〈俗〉界の不可欠な要素を成す諸事物のなかに顕われるものである。(26)

このように、エリアーデは「聖体示現」を二つの種類、石や木などの自然物に聖なるものが示現する場合と、キリストの如き人間が神の化身として示現する両極端を示した。右記の理論が、中国の讖緯思想の性質と、日本におけるその受容のあり方を理解する上において、極めて示唆的な意味を持つものである。

先にも少し触れたように、日本における神のあり方が、どちらかというと前者の部類に近い。それに対して、中国の場合は主として人間の形をしながら、常人に見られない身体的特徴を持つ、いわば「神の化身」としての性格が強い。それがすなわち讖緯思想の「図讖」というものである。「図讖」には所謂「感生帝説」、「異常風貌説」、「星宿予徴説」、「受図受命説」など多くの内容があり、その意図は、安居香山氏がいう「神秘化、特殊化、権威化、絶対化」にあるが、(27) 根底にあるのは、やはり一種の「宇宙的聖体示現」の思想にほかならない。そうした思想を論理的に示す恰好の例は、『孝経援神契』の次の内容である。

○人有十八象、皆法之天地。

○人頭圓象レ天、足方法レ地、五蔵象二五行一、四肢法二四時一、九竅法二九分一、目法二日月一、肝仁、肺義、腎志、心礼、胆断、脾信、膀胱決レ難、髪法二星辰一、節法二日歳一、腸法レ鈐。

このように、人間の体が、天地の法則に則った十八の特徴を有すると述べた上で、人体を構成する各部位の意味を説明した内容となっているが、緯書を熟読すれば、象徴性の高い「図讖」が、主として「徳」ある帝王や聖人という特定の対象に限られていることに気づく。その理由を『白虎通』が次のように明言している。

○帝王は何ぞや。号なり。号は、功の表れなり。功を表し徳を明らかにし、臣下に号令する所以の者なり。徳の天地に合する者を帝と称し、仁義合する者を王と称し、優劣を別つなり。『礼記』謚法編に曰く、「徳は天地を象り

て帝と称し、仁義の生ずるところ王と称す。」　（号）

〇又た、聖人に皆異表あり。……黄帝は龍顔なり……顓頊は干を戴く……帝嚳は駢歯なり……尭の眉八采あり。
（異表）

文中の「聖人に皆異表あり」で想起されるのが、前引『日本書紀』応神天皇条の「幼而聡達、玄監深遠。動容進止。聖表有異焉。」という表現である。

「帝」なる者の資格として、「功」と「徳」が必須の条件であると述べているが、「徳は天地を象りて帝を称す」という言葉が注目される。古代中国の思想では、身体特徴がそのまま「徳」の具象として見なされ、ここの「象」は、あくまでも目に見える「徳」の象徴として、具体的な身体特徴を指している。要するに、古代人の原始的心理からすれば、具象を伴った「徳」の有無こそ帝王たる資格を決める条件だったのである。

「徳」にはまた異なる内容も伴うようである。例えば中国人学者賈晋華氏は、「徳」の字義をめぐって、古文字、考古学、思想史などの一元論的な立場から広汎な考察を行った上で、その字義を次のように論じたことがある。

　徳には文と武の両面があるが、いずれも人王が天から与えられた重要な政治的な人格、権威と方略である。周の文王と武王が天によって美徳と天命を付与されたと自称したが、伝統上における両者もやはり完全な文徳と武徳の代表として崇められてきたのである。(28)

このような思想が背景にあったからこそ、『白虎通』を始め、諸々の漢籍に見える帝王の風貌も、「文」と「武」のどちらかの「徳」を先天的に具える内容になっている。そうした個々の具体化された「徳」が、図讖として歴史叙述においてその機能を発揮している例が、左記の緯書にも見られる。

〇蒼帝姫昌、日角鳥鼻、身長八尺二寸、聖者慈理也。　（『洛書霊準聴』）

〇瑶光如二蜺貫一レ月、正白、感二女枢於幽房之宮一、生二顓頊一、首二戴干戈一、有レ徳文也。　（『河図』）

このように、人並みはずれた容貌と身長を持つことを「聖者」たる「理＝あや」と、「徳」のある「文＝あや」として見なされている。漢籍において、天子や聖人の「駢歯」を記すと同時に、そのような特徴を有する意味も必ず付け加えられている。

武王駢歯、是謂㆓剛強㆒。

武王の場合、かの極悪無道の紂王を討伐した武勇ぶりと同様、「駢歯」がその「徳」の表象として強調されている。同じく、帝嚳が「駢歯」を持つのも、これに似た「聖徳」がその決定的な条件でなければならない。

しかし、「徳」は「文」や「武」のみに集中すると限らなかったようである。『春秋元命包』に、

倉帝史皇氏、名頡姓侯剛、龍顔侈哆、四目霊光、実有㆓睿徳㆒。

とあるように、目を四つ持った倉帝は、「睿徳」——物事をよく見通す徳の持ち主とされていたのである。また、『今本竹書紀年』帝禹篇に、大禹を、

長有㆓聖徳㆒、長九尺九寸。

と描いている例は、身長が「聖徳」の現れとして見なされている。さらに、『列子』にも、

神農氏、夏后氏、蛇身人面、牛首虎鼻、此有㆓非人之状㆒、而有㆓大聖之徳㆒。　（黄帝第二）

という一文が見られ、「非人之状」を「徳」と見なしている。

かくして古代中国人の観念では、「徳」とは、人間界を統治する「帝」または「聖」に限って見られるものであり、それも抽象的な理念と具体的なイメージを併せ持ったものでなければならなかった。これは紛れもなく「宇宙的な人間のあり方」または「宇宙的責任を引き受ける」人間像の思想であった。

右記の視点から見れば、反正天皇が「駢歯」として記される理由も、おそらく武王に近いような「剛強」なる武勇という「徳」を持っているからであろう。事実、反正記に先立って、履中天皇条に見える墨江中王の反逆記事に既に

水歯別命の智略に関する描写が見られ、これを下手人の隼人を酒宴にて斬り倒すその武勇ぶりと合わせてみれば、反正天皇の「駢歯」である意味が一層鮮明に見えてくる。それだけではない。図讖のこうした機能を示す好例として、『芸文類聚』帝王部に見える帝尭の記事も挙げられる。

帝尭陶唐氏、伊祁姓也。母曰二慶都一。……身長十尺、嘗夢二攀レ天而上一レ之、故二十而登二帝位一。（第二）

このように帝尭は、その特別な出身に加えて、「身長十尺」なるが故に、二十歳でもって帝位に即いたと記されている。この一文から、図讖がそのまま天子たる正統性の証明になっていることが分かる。この帝尭の記事が、次の垂仁記に見える大帯日子淤斯呂和気命の記事の冒頭に飾る「故」の意味を理解する重要なヒントになる。

伊久米伊理毘古伊佐知命、坐二師木玉垣宮一、治二天下一也。此天皇、娶二沙本毘古命之妹、佐波遅比売命一、生御子、品牟都和気命。一柱又娶二旦波比古多多須美知宇斯王之女、氷羽州比売命一、生御子印色入日子命。次大帯日子淤斯呂和気命。次大中津日子命。次倭比売命。次若木入日子命。五柱又娶其氷羽州比売命之弟、沼羽田之入毘売命、生御子、沼帯別命。（中略）故、大帯日子淤斯呂和気命者、治二天下一也。（御身長、一丈二寸。御脛長、四尺一寸也。）

この記事で注目すべきところは、数多くの嗣子が並べられている中で、大帯日子淤斯呂和気命（後に景行天皇）の名前の後にのみ、小文字で、「御身長、一丈二寸。御脛長、四尺一寸也」と書かれている。この小文字の部分は、反正記の図讖と違って、後から挿入された可能性が高いが、その意図は、讖緯色でもって天皇記事を潤色するだけでなく、次男なる大帯日子淤斯呂和気命の天子たる正統性を強調する点にあろう。「大帯日子淤斯呂和気命者、治天下也」一文の冒頭に見える「故」という接続詞は、通常の漢文なら、条件句を踏まえなければならないが、ここではいきなり「故」でもって始まるのはいかにも不自然である。恐らく、この記事が完成した後に、撰者自身も、この「故」の不自然さに気付いたものであろう。そこで考えたのは、「故」の条件として、小文字でもって書き入れられた「御身長、一丈二寸。御脛長、四尺一寸也」ではないだろうか。

これは垂仁記の景行天皇記事の内容によっても裏づけられている。そこに描かれる景行天皇の事跡は、まさしく「御身長、一丈二寸。御脛長、四尺一寸也」という「図識」が暗示するものに符合するものであり、これによって、次男である景行天皇の天子としての正統性を強調していると見える。同様、履中記に見える水歯別命（反正天皇）の武勇ぶりは、反正記の「御身之長、九尺二寸半。御歯長一寸広二分、上下等斉、既如貫珠」という記述の前触れとして理解されるべきであろう。

身長に関する図識のような記述は、『日本書紀』にも見られる。

○是小碓尊、亦名日本童男。亦曰二日本武尊一。幼有二雄略之気一、及レ壮容貌魁偉。身長一丈、力能扛レ鼎。（景行天皇）

○天皇容姿端正、身長十尺。（仲哀天皇）

「一丈」にしても「十尺」にしても、むろん事実ではなく、前記反正記の「九尺二寸」や垂仁記の「一丈二寸」と同様、天皇の「徳」を身長でもって表現し、強調した異常風貌説に過ぎない。

さて、顕宗記の御歯に関する記事もまた、同じような視点から見なければならない。何故なら、『日本書紀』顕宗天皇元年二月是月条の当該記事は左記のように、図識の要素など見られない、歯の欠落状況による判断という、極めて合理的な記述内容である。

二月戊戌朔壬寅、詔曰、先王遭二離多難一、殞二命荒郊一。朕在二幼年一、亡逃自匿。猥遇二求迎一、升二纂大業一。広求二御骨一、莫能知者。詔畢、與二皇太子億計一、泣哭憤惋、不レ能二自勝一。是月、召二聚耆宿一、天皇親歴問。有二一老嫗一進曰、置目知二御骨埋処一。請、以奉レ示。於是、天皇与二皇太子億計一、将二老嫗帰一、幸二于近江国来田絮蚊屋野中一、掘出而見、果如二婦語一。臨レ穴哀号、言深更慟。自レ古以来、莫レ如二斯酷一。仲子之屍、交二横御骨一、莫二能別者一。爰有二磐阪皇子之乳母一、奏曰、仲子者上歯堕落。以レ斯可レ別。於是、雖下由二乳母一、相中別髑髏上、而竟難レ別二四支諸骨一。由是、仍於二蚊屋野中一、造二起双陵一、相似如レ一。葬儀無レ異。（顕宗元年正月）

これに対して、顕宗記の記事は垂仁記に同じく、小文字で書きこまれている「御歯者、如三枝押歯坐也」という表現であり、後からの追加記録と推測されるが、その理由を考えるのに、左記日本思想大系『古事記』と、日本古典文学大系『日本書紀』の補注が重要な参考となろう。

〔磐坂市辺押羽皇子補注〕

履中天皇の嫡長子として叔父の允恭天皇没後は有力な皇位継承候補であったために、従兄弟の雄略天皇に殺されたのであろうが、前引の「詔」に「於市辺宮治天下天万国万押磐尊」、播磨風土記に「市辺天皇命」とあるため、従兄弟の安康天皇没後に皇位に即いたと見る説もある。しかし持統紀に草壁皇子を「草壁皇子尊」と記し、常陸風土記に倭建命を「倭武天皇」というように、皇位に即かなかった皇位継承候補を追尊することがあるので、このその例であろう。（日本思想大系『古事記』）

〔磐坂市辺押羽皇子補注〕

雄略・清寧・顕宗紀に市辺押磐皇子、顕宗紀に磐坂皇子、記には市辺之忍歯王・市辺忍歯別王・市辺之押歯王・市辺王とある。……履中天皇の長子で、允恭天皇没後の有力な皇位継承の候補者だったらしい。顕宗即位前紀に「於市辺宮治天下天万国万押磐尊」とあり、播磨風土記に「市辺天皇命」とあることから、安康天皇の没後しばらく皇位をふんだとみる説もある。ただし、日本武尊を常陸風土記に倭武天皇といい、草壁皇子に天平宝字二年尊号を追崇して岡宮御宇天皇（続紀）といったなどの例では、日本武尊はその子の成務が天皇となり、草壁皇子は皇太子として万機を摂行した上、その子文武・元正が皇位をついでいる。市辺押磐皇子も雄略前紀に皇位継承の有力候補者だったとする上に、その子顕宗・仁賢がともに皇位をついだ事実があるので、これらの理由によって天皇とされたのであるとみることもできる。

安康三年十月、大泊瀬皇子（雄略天皇）により射殺（雄略即位前紀）、遺体は近江の蚊屋野に埋められた（顕宗元年二月条)。市辺は大和国山辺郡の地名。延喜神名式に石上市神社がみえる。今、奈良県天理市布留付近。押羽は顕宗記に「御歯者如三枝押歯坐也」とあるように、歯が重なりあって生えていたことからの名とされる。

(日本古典文学大系『日本書紀』)

右の推測が成立とすれば、市辺押歯王の歯を「如三枝押歯坐也」と記すところが、まさに「駢歯」でもってその帝王たる資格を追加承認する「追尊」のためである。ここでもやはり「押歯」は「徳」のある象徴と見なされてよい。「駢歯」という表現を直接用いず、反正、市辺王の歯について特筆するだけで、そのような効果を収められたところに、図讖をめぐる認識が当時において既にある程度広まっていたことを示しているのであろう。

十、記紀における緯書の受容

ところが、記紀における讖緯思想の影響、特に「図讖」の役割などについて、従来の研究は必ずしも十分に注目しなかったのである。その原因はやはり本居宣長の「から心」排除の主張にあるようである。例えば反正記の内容に疑問を抱いた宣長が、その『玉勝間』において、古代中国の讖緯思想を次のように批判している。

もろこしの国に、いにしへ聖人といひし者の世には、その徳にめでゝ、麒麟鳳凰などいひて、ことごとしき鳥けだ物いで、又くさぐさめでたきしるしのあらはれし事をいへれども、さるたぐひのめづらしき物も、たゞ何となく、をりをりは出ることなるべきを、たまたま出ぬれば、徳にめでゝ、天のあたへたるごといひなして、聖人のしるしとして、世の人に、いみしき事に思はせたるもの也、よろづにかゝるぞ、かの国人のしわざなりける。

(「から国聖人の世の祥瑞といふもの」巻の二)

この文章から、宣長は讖緯思想に関して一定の知識を持っていたことが窺えると同時に、その「からごころ」を排除する頑なな態度も強く感じられる。宣長の目に映った古代中国の讖緯思想は、「天人一致」という信仰に基づいた天からのシグナルではなく、あくまでも「かの国人のしわざ」に過ぎない。宣長から見れば、「かの国人のしわざ」に近い要素をたぶんに含まれた『日本書紀』と違って、『古事記』は「いささかもさかしらを加へずて、古より云伝たるままに記されたれば、その意も事も言も相称て皆上代の実なり。」（『古事記伝』）とのように、「さかしら」な「からごころ」を一切含まない、純粋な古代日本語によって綴られた日本人の古典であり、讖緯との関連性は毫もあり得ないのであろう。

しかし、宣長の指摘とはうらはらに、すでに多くの事例を通して見たように、讖緯思想が早くに日本にももたらされ、数々の緯書もそれとともに伝来していた。例えば、平安時代（八九一年）藤原佐世による勅撰の最も古い漢籍目録『日本国見在書目録』（宮内庁書陵部所蔵室生寺本）には、その「異説家」の部に以下の八十五巻の緯書が収録されている。

河図一巻　河図龍文一巻　易緯十巻　詩緯十巻　礼緯三巻　礼緯三巻　楽緯三巻　春秋緯四十巻
春秋災異董仲舒占一巻　春秋災異志一巻　孝経句命決六巻　孝経援神契七巻　孝経援神契音隠一巻
孝経内事一巻　孝経雄図三巻　孝経雌図三巻　孝経雄雌図一巻

また、巻末には、

七緯、易緯、書緯、詩緯、礼緯、楽緯、孝経緯、春秋緯

が著録されている。巻末の「七緯」の記事については、巻数など詳細が記されていないことから、遺漏されたものを補筆した可能性も考えられる。この中には、安居香山が指摘するように、『春秋災異董仲舒』や『春秋災異志』のような緯書でないものも含まれているが、中国にあった緯書のほとんどが当時既にまとまった形で日本に伝来していたことが推測される。

緯書が古代日本の政治文化に与えた影響に関する系統的な調査研究は、安居香山と中村璋八両氏によって先鞭をつけられ、その詳細が「日本における緯書資料」と題して公刊されて久しい。その中で中村璋八氏は、上代日本における緯書の伝来と影響の程度について、「全体として、奈良時代における緯書の影響は、まだ或る限られた範囲であり、その浸透も表面的なものであった」と述べているが、(29)一方、中村氏とはまったく異なった見解が、早くも一九四〇年代に三品彰英氏によって打ち出されている。三品彰英氏は上代日本における暦法の伝来と応用を手がかりに、その背後にある讖緯思想の体系に注目しつつ、次のような見解を述べている。

大陸の暦法が輸入されたと云ふことが、歴史記述の上に於ける画期的な事件であること云ふまでもない。……所謂讖緯思想なるものはか丶る思想を代表するものであり、新しく暦法が輸入された当時にあつては、恐らく年次の計算や日付法よりも、この讖緯思想がより深淵な生活原理として迎へられたことは想像するに難くない。……当時輸入された暦法と云ひ天文と云ふも亦その物理学的な面よりも如上の形而上学的な面或は信仰的な面がより多く時人の関心をつなぐところであつた。恰もさうした時代に新しく歴史なるものが考へられ、国史の撰述が企てられたのである。即ち新しく推古された大御代である。国家的な撰述のみならず、氏族的な伝承の上にもこの新思想は影響なしでは済まなかったであらうし、その後それらを資料とする国史の編纂事業は『日本書紀』の出づるに及んで一先づ完成されたと云ふべきであり、従つて右の新思想も亦その内に一応まとまつた形に於て見出し得べきことは充分に予想できるであらう。(30)（第四節「讖緯思想と古代史観」）

三品が指摘する緯書の「深淵な生活原理」、「形而上学的な面或は信仰的な面」は、暦法に限らず、より包括範囲の広いものであり、決して中村氏がいう「表面的なもの」に止まらないものである。ただ、三品が、『古事記』よりも『日本書紀』を重視しているのは、編年と暦法の不可分の関係から緯書の影響を認めようとしていたからであろう。

ところが、いわゆる純漢文風で書かれている『日本書紀』と比べて、その八年前に編まれた『古事記』には、一見まったく関係がない、その実多くの讖緯的な要素が含まれている。しかも、そうした事例を仔細に分析すれば、現在の我々の目をみはらせるほど、讖緯思想に対する理解の深さ、応用の熟練さ及び利用状況の複雑さを思い知らされる。以下、ひとまず既に研究者によって指摘された緯書関連の事例について見てみよう。

既に触れたように、陰陽五行説・災異瑞祥説・神仙説・天文占・天人相関思想などで経典を解釈しようとする緯書において、様々な出来事に対してそうした論理でもって読み解こうとしていた。

例えば、西宮一民氏は、新潮日本古典集成『古事記』の頭注において、伊邪那岐命、伊邪那美命二神に関する記述に見られる「天之御柱」を男左女右の順にめぐる箇所について、

女が右まわり、男が左まわりというのは、「天左旋、地右動」（『春秋緯』元命苞）や「北斗之神有雌雄……雄左行、雌右行」（『淮南子』天文訓）など、中国思想に見える。

と指摘している。

このほか、伊邪那岐命、伊邪那美命二神に関する記述についても、天は左まわり、地が右まわりという理論を述べる漢籍は、『白虎通』巻九・日月の段に、次の通り前掲『春秋元命苞』の内容に共通する理論が記載されている。

天道所二以左旋一、地道右周何。以為天地動而不レ別、行而不レ離。所二以左旋、右レ周者、猶二君臣陰陽相対之義一也。

『古事記』の記述がもとにしたのは、これらのいずれかであった可能性が高い。筆者があえて注目したいのは、同じ春秋緯の『春秋元命苞』にある次の一節である。

地不足二東南一、陰右動、終而入二霊門一、地所二以右転一者、気濁精少、含レ陰而起遅、故転迎レ天、佐二其道一、地不レ足二東一、故言立二子午一、以相明レ之、子午者陰陽之衆、所二以処一也、故以二辰廻転、所レ不レ同以為レ門也、右動動而東也、霊門已也、陰蔵於以也、地生於二離一、既而不レ敢当二陽動一、退居二少陰一則亦宜右行而迎レ陽者、受二其施育一而成レ陽、故曰レ佐二其道一也。

『古事記』の二神の左右順にまわる理論づけはこの『春秋元命苞』にぴったり一致するのみならず、文中にある「二辰廻転」と『古事記』の「廻逢」は用語上の類似も見られ、両者の関連は他の文献よりも深いかもしれない。

さらに、広畑輔雄は論文「国生み神話――中国思想の役割」において、『古事記』上巻の二神に関する記述、「於其嶋天降坐、而見立天之御柱、見立八尋殿」という中にある「天之御柱」を、中国古代の天柱思想であるとしながら、その出典を、『河図括地象』にある「崑崙山為天柱、気上通天」、「地中央曰崑崙」、「崑崙者地之中也」などの文句によるものとし、同類の表現を『春秋命歴序』にも求めている。(31)

また、政治事件にも讖緯思想の影響が認められる例として、『古事記』序文の「絳旗耀兵」という表現も挙げられる。石母田正氏は、当該箇所を『日本書紀』天武元年七月条にある「赤色を以て衣の上に着」ける部分と結びつけつつ、天武の反乱軍には「赤帝の子と自負した漢の高祖のひそみにならったものであり、暗にみずからを高祖に擬し、天智を秦の始皇帝に、大友皇子を二世皇帝にみたてた」という推論を踏まえて、「これは、天武が自己の個人的経験を、中国古代の易姓革命を媒介として解釈していること、『漢書』という史書を通して、かれの特殊的・一回的経験は、中国の王朝交替の歴史と観念的に結合されていることを示すものである」との見解を述べている。(32)

以上は主として従来の研究者が『古事記』と緯書の関係に関する論考を列挙してみたが、これ以外にも、緯書の影響と思われる箇所が多く見られる。以下筆者の考察によって判明した二つの事例を掲げる。一つは既に拙著において二度にわたって考察した神武東征伝承における太公望伝承の讖緯的機能であり、もう一つは、記紀に共通して見られる建内宿禰（武内宿禰）に見る讖緯的性格と意味である。前者については略述するに止まり、後者は少し紙幅を割いて論じてみたい。

（一）　神武東征伝承と緯書

『古事記』における緯書の受容の一例に、人皇第一代として中巻の冒頭を飾る神武東征伝承が挙げられる。東征の道中で出会った倭国造の始祖「槁根津日子」（椎根津彦）と神武天皇との一連のやりとりには、象徴的な表現が多く、讖緯思想に関連すると思われる箇所が特に注目される。以下記紀の同記事を掲げる。

神倭伊波礼毘古命與二其伊呂兄五瀬命一、二柱、坐二高千穂宮一而議云、坐二何地一者、平聞二看天下之政一。猶思二東行一。即自二日向一発、幸二行築紫一。……亦従二其国一上幸而、於二阿岐国之多祁理宮一七年坐。亦従二其国遷上幸一而、於二吉備之高嶋宮一八年坐。故従二其国一上幸之時、乗二亀甲一為レ釣乍打羽挙来人、遇二於速吸門一。爾喚帰、問二之汝者誰一也、答曰二僕者国神一。又問下汝者知二海道一乎上、答曰二能知一。又問二従而仕奉乎一、答曰二仕奉一。故爾指渡二槁機一、引入其二御船一、即賜二名号槁根津日子一。此者倭国造等之祖。

（『古事記』中巻）

其年冬十月丁巳朔辛酉、天皇親帥二諸皇子舟師一東征。至二速吸之門一時、有二一漁人一、乗レ艇而至。天皇招之、因問曰、汝誰也。対曰、臣是国神。名曰二珍彦一。釣二魚於曲浦一。聞二天神子来一、故即奉レ迎。又問之曰、汝能為レ我導耶。対曰、導之矣。天皇勅授二漁人椎槁末一、令レ執而牽二納於皇舟一、以為二海導者一。乃特賜レ名、為二椎根津彦一。此即倭直部始祖也。

（『日本書紀』神武即位前紀）

右とほぼ同じような伝承は、『新撰姓氏録』大和国神別及び『先代旧事本紀』巻五・皇孫本紀・磐余彦尊条にも見え、諸記事は、表現においてある程度の相違があるものの、基本的な内容構成は、ほぼ次の三点にまとめられる。

①天皇が東征の途中で「槁根津日子」（椎根津彦）に出会う。
②天皇が「槁根津日子」（椎根津彦）と会話し、その身元と補佐の意志を確認する。
③天皇によって「槁根津日子」（椎根津彦）の称号を下賜される。

右の伝承の内容と基本構造を『史記』斉太公世家と比較すれば、両者の間に幾つかの共通点が認められる。まず、原文を掲げよう。

太公望呂尚者、東海上人。其先祖嘗為二四岳一、佐レ禹平二水土一甚有レ功。虞夏之際封二於呂一、或封二於申一、姓姜氏。夏商之時、申、呂或封枝庶。子孫或為二庶人一、尚其後苗裔。本姓姜氏、従二其封姓一、故曰二呂尚一。呂尚蓋嘗窮困、年老矣、以二漁釣一奸二周西伯一。西伯将出猟、卜レ之、曰、所レ獲非レ龍非レ彲、非レ虎非レ熊、所レ獲覇王之輔。於レ是周西伯猟、果遇二太公於渭之陽一、與語大説、曰、自二吾先君太公一曰、当有二聖人一適レ周、周以興。子真是邪。吾太公望レ子久矣。故号レ之曰二太公望一、載與倶帰、立為レ師。

このように、釣人から周の文王の「師」に変身することが記されている。そして、その功績について『史記』が次のように記している、

周西伯昌之脱二羑里一帰、與二呂尚一陰謀修レ徳、以傾二商政一、其事多三兵権與二奇計一、故後世之言二兵及周之陰権一、皆宗二太公一為二本謀一。周西伯政平、及レ断二虞芮之訟一、而詩人称二西伯受命一、曰下文王伐二崇、密須、犬夷一、大作二豊邑一。天下三分、其二帰上周者、太公之謀計居レ多。

右記『史記』の内容・構成も、基本的に次の三つの要素からなっていることが分かる。

①文王が巡狩の途中で太公望に出会う。
②文王が太公望と会話し、国政におけるその重要さを認識する。
③文王によって「太公望」の称号を下賜される。

かくして記紀の「槁根津日子」（椎根津彦）の伝承と基本的に一致しているのは、偶然の類似というより、記紀の当該伝承が『史記』の影響を受けている可能性が高いと言えよう。ここで考えなければならないのは、なぜ、このような伝承が人王である神武天皇の東征記事に現れるかという問題である。

ここで参考になるのが、『日本書紀』の神武天皇条紀年をめぐる讖緯説の論争である。西暦九〇一年（昌泰四年）二月、文章博士三善清行は時の朝廷に対して、かの有名な「革命勘文」を奉った。「改元応天道」なることを請い願う

この上申書に、神武東征に関連した次の一節が見える。

今依二緯説一、勘二合倭漢旧記一、神倭磐余彦天皇従二筑紫日向宮一、親師二船師一東征、誅二滅諸賊一、初営二帝宅於畝火山東南地橿原宮一、辛酉春正月即位、是為元年。……謹案日本記、神武天皇此本朝人皇之首也。然則此辛酉、可レ為二一蔀一。革命之首、又本朝立時、下レ詔之初、又在二同天皇四年甲子之年一、宜レ為二革令之証一也。

ここに三善清行は、「辛酉」に始まる神武の紀年を取りあげて、昌泰四年が辛酉年であることを強調し、『易緯』等の「辛酉革命説」を引用しつつ強く改元を勧めたのである。讖緯説によれば、干支が一巡する六〇年を一元とし、二一元を一蔀として、一元ごとの辛酉の年や甲子の年には変革が起こるとされている。また、一蔀すなわち一二六〇年ごとに国家に大変革が訪れると考えられていた。この推算によって六〇一年（推古天皇九年）が辛酉の年にあたるゆえ、その年から一二六〇年逆算すれば、紀元前六六〇年が神武天皇の即位元年になり、いわゆる革命の起こる年であったことになる。この歴史的な出来事の意義を戸川芳郎氏は次のように論じている。

日本の年紀問題に讖緯説がからんでいることは、はやく那珂通世『上世年紀考』（一八九七）以来の定説であって、その論証は例えば橋本増吉『東洋史上より見たる日本上古史研究』（一九五六）に詳細を極めるが、それらが基づいた三善清行の「革命勘文」（九〇一）の内容は案外知られていない。近時刊行された大系本『本朝文粋』岩波、一九六四にも延喜十四（九一四）年の「意見封事十二箇条」をおしくも省略する。菅原道真が昌泰四年辛酉の歳に追放される際、その前年、この文章博士であったライバル善相公から辛酉変革を理由に辞職勧告を受けたことの方が、知られているかも知れない[33]。

神武の紀年に讖緯思想を認め、それを論拠とするところは極めて示唆深いものであるが、この「革命勘文」の中には、槁根津日子記事の理解に参考となる次の言葉が見られる。

臣伏以、聖人與二二儀一合二其徳一、與二五行一同二其序一、故天道不レ疾而速、聖人雖レ静而不レ後レ之、天道不レ遠而反、聖人雖レ動而不レ先レ之、況君之得レ臣、臣之遇レ君、皆是天授。曾非二人事一、義会二風雲一、契同二魚水一、故周文之遇二呂尚一、兆出二玄亀一、漢祖之用二張良一、神憑二黄石一、方今天時開二革命之運一、玄象垂二推始之符一、聖主動二其神機一、賢臣決二其広勝一、論二此冥会一、理如二自然一。

このように改元すべきことを時運より説き起こした清行は、更に太公望伝承を「符命」として引き出している。その理論的な根拠は「辛酉革命」であり、太公望の出現を現れるべくして現れた「符命」と見ている。事実、緯書の方に「符命」としての太公望にまつわる記事が、左記『尚書中候』に数多く見られる。

図2　「天子」と「賢臣」の関係図

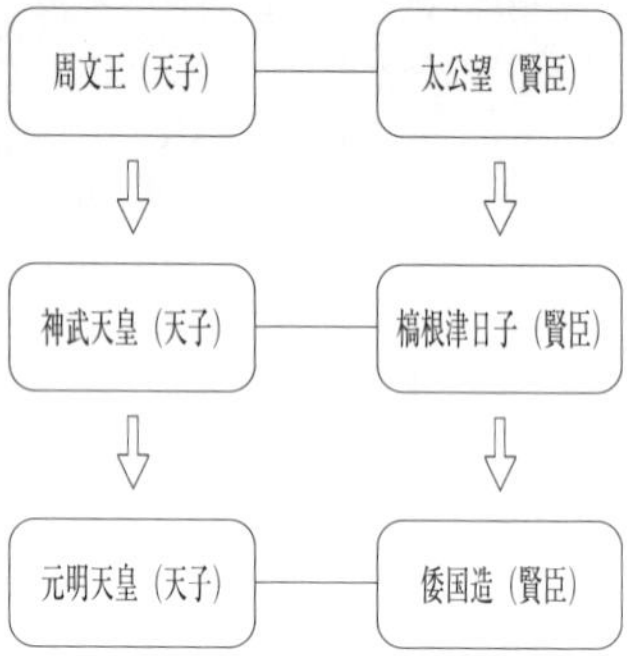

○季秋之月甲子、有二赤雀一、銜二丹書一入レ豊、止二昌戸一、拝稽首、至二於磻谿之水一、呂尚釣レ涯、王下趣、拝曰、公望七年、乃今見二光景於斯一、答曰、望釣得二玉璜一、刻曰、姫受レ命、呂左レ旌、遂置二車左一、王躬執レ駆、号曰二師尚父一。

○王即田雞二水畔一、至二畔渓之水一、呂尚釣二于崖一、王下拝曰、切二望公一七年、乃今見三光景二於斯一。尚立変レ名、答曰、望釣得二玉璜一、刻曰、姫受レ命、呂左レ旌、徳合レ昌、来提撰、爾雒鈐、報在レ斉。

○太公釣二于磻渓一、夜夢二北斗一、神告以二伐紂之意一。

○呂尚出二遊於戊午一、有二赤人一雄出、授レ吾レ簡、丹書曰、命遊呂。

緯書特有の難解な表現で記される右の太公望伝承には、『史記』が伝える兵略家、政治家として太公望像は見られない。『尚書中候』が「按中候専言二符命一、当是新莽時所レ出之書」（清・朱彝尊『経義考』）と指摘されたように、もっぱら「符命」を記す緯書である。これに太公望伝承が収録されるのは、その讖緯的性質を意味すると同時に、為政者が太公望を獲得することは、「符命」を賜わるのと同じ意味になることをも示唆する。[34]

ここにとりわけ注目したい点は、記紀の当該伝承における神武天皇と「槁根津日子」（椎根津彦）との関係は、記紀の撰者が当該記事を通して、太公望伝承に対する簡単な模倣の範囲を超えて、現実政治における天皇と「倭国造」の関係の「祖型」として意味づけようとしていることである。

これを図示すれば（図2）、神武天皇と「槁根津日子」（椎根津彦）の伝承は、いわゆる「祖型」の反復の原理に基づき、記紀の撰者によって創作されたものであり、神話的な時間の中で君臣関係の「祖型」を踏まえて、朝廷と有力豪族「倭国造」との間の君臣関係を確認し、強固なものにしようとするところにその目的があったのであろう。この場合、緯書に見える太公望にまつわる事例が、もっとも相応しい材料として利用されたと考えられる。

（二）「ながひと」考——建内宿禰伝承と讖緯思想

〈1〉「ながひと」とは何か

次に、讖緯思想との関係で、記紀仁徳天皇条に見える建内宿禰の伝承について考えてみたい。様々な仁政を施したと伝える仁徳天皇の御世には、相継いで祥瑞が現われ、その中には次の一話も含まれている。

亦一時に、天皇豊楽したまはむと為て、日女島に幸行でませる時、其の島に雁卵生みたりき。爾に建内宿禰命を召して、歌を以ちて雁の卵を生みし状を問ひたまひき。其の歌に曰はく、

たまきはる　内のあそ　汝こそは　世の那賀比登　そらみつ　倭の国に　雁卵生と聞くや

是に建内宿禰、歌を以て語りて白さく、

高光る　日の御子　諾しこそ　問ひ給へ　真こそに　問ひ給へ　吾こそは　世の那賀比登　そらみつ　倭の国に　雁卵生と　未だ聞かず

如此白して、御琴を被給りて、歌ひて曰はく、

汝が御子や　遂に治らむと　雁は卵生らし

此は、本岐歌の片歌ぞ。

また、『日本書紀』仁徳天皇五十年春三月の条にも、やはり雁が卵を産んだことについて武内宿禰（建内宿禰、以降「建内宿禰」に統一する）に歌で問う内容が記述されている。

五十年の春三月の壬辰の朔丙申に、河内の人、奏して言さく、「茨田堤に、鴈産めいり」とまうす。即日に、使を遣して視しむ。曰さく、「既に実なり」とまうす。天皇、是に、歌して武内宿禰に問ひて曰はく。

たまきはる　内の朝臣　汝こそは　世の等保臂等　汝こそは　国の那餓臂等　秋津嶋倭の国に　鴈生むと　汝は聞かすや

武内宿禰、答歌して曰さく、

やすみしし　我が大君は　宜な宜な　我を問わすな　秋津嶋　倭の国に　鴈産むと　我は聞かず

このように、内容上若干の違いがあるものの、建内宿禰に対して、「汝こそは世の那賀比登」、「吾こそは国の那餓臂等」という表現が用いられている。

諸種註釈書に指摘されたように、雁が卵を産む一節は祥瑞の一種と理解されるが、その由来と意味について、早くに飯田季治の『日本書紀新講』では、

さて此の御世の頃に、漢風の祥瑞の事など云ふをば、いかゞとも思ふべけれど、此の時代は既に漢籍の意、世に行はれて、かゝる事をも云ひ出でたりしは、孝徳天皇白雉元年の詔に、「我日本国。誉田天皇之世。白鳥樔宮、大鷦鷯帝之世、龍馬西見。」と云ふ事も見えたれば、既に祥瑞の事をも云ひしこと知るべし。かつ今天皇の雁の卵産みたりしを、さばかり事々しく問ひ給ふも、尋常の事にはあらで、世に祥瑞ぞなどと人の云ひはやしたりしことを、武内宿禰に問合せ給ひしものときこえたり。(35)

とのように、伝承の成立を漢籍の讖緯思想による影響と見ている。

そもそも鳥類が卵を産む神話は漢籍に早くから見られ、中でも有名な例として左記の緯書の内容が挙げられる。

○玄鳥翔レ水遺レ卵、娀簡易拾呑、生レ契、封レ商、後萠水易。（『尚書中候』）

注云、易疑浴、娀簡在二水中一浴、浴而呑レ卵生レ契、後人当二天応レ嘉、乃以水レ易為レ湯。

○玄鳥翔レ水、遺レ卵流、娀簡呑レ之、生レ契、封レ商。（『尚書中候契握』）

注曰、玄鳥鸗也、翔水、徘徊二於水上一、娀娀氏也、簡一狄也、契母名、商国名、詩曰、天命二玄鳥一、降而生レ商、是也。

○契之卵生、稷之迹乳。（『尚書中候苗興』）

かつて曾布川寛氏は、『楚辞』天問にある「簡狄台に在り、嚳何ぞ宜しとす。玄鳥詒を致す、女何ぞ喜べる」という詩句について、次のように論じたことがある。

この話の背景には、玄鳥の卵を呑んだ簡狄が始祖契を生んだという殷王室の伝説があるが、帝嚳（高辛氏）が有娀氏の娘簡狄を気に入り、妻にしようと玄鳥に贈物を託して届けさせたところ、簡狄が喜んで受け取った。それを作者が何故と問いを発しているのである。ここにいう玄鳥は明らかに天帝の使の役をつとめ、鳳凰と考えられる。(36)

そして、その根拠の一つとして、曾布川氏は同説話を踏まえた『楚辞』離騒の「鳳凰既受詒兮、恐高辛之先我」を挙げ、玄鳥がここで鳳凰に言い換えられていることを指摘している。

この雁の卵の記事は、玄鳥や鳳凰にまつわる漢籍の伝承と一見距離があるようで、しかし仁徳の治世を讃えるための祥瑞として、緯書思想と何らかの関係にあることは推測されよう。とくに『詩経』商頌の詩句に「天命玄鳥」が含まれているということは、玄鳥の降臨が『尚書中候』のいう「天応嘉」――天が祥瑞でもって呼応することを意味し、これを雁の卵の説話と合わせてみれば、趣旨を同じくした、讖緯色の強い話として見受けられる。

さて、玄鳥にしても鳳凰にしても、それが祥瑞の現れであったということは、記事全体の文脈からもはっきりと読み取れる。ところが、降臨の意味を天皇が建内宿禰という人物に「問う」かたちで確認することからも分かるように、建内宿禰は、この伝承において非常に重要な脚色を担わされている。その理由について、歌謡の中で繰り返し使われる「那賀比登・那餓臂等」という表現でもって強調しているが、従来の研究では、その意味を「長生きする者」「長寿者」と解するに止まり、建内宿禰という人物にこの名称を与えられた理由について、あまり関心がなかったようである。しかし、讖緯思想の角度から雁が卵を生む話を再読すれば、天皇と建内宿禰の間に交わされる歌の内容と様式、とりわけ「那賀比登・那餓臂等」という表現について、新たな解釈の余地が出てきたので、もう少し詳しく論じてみようと思う。

〈2〉「ながひと」と「たきたかきひと」

「那賀比登・那餓臂等」について、本居宣長『古事記伝』は次のように述べている。

> 世之長人なり。〔世は世中を云なるべし。人の齢をも世と云こと常なれば、齢の長き人と云流にもあらむが、と思へど、書紀なるには、国の長人ともあれば、なほ世中のなるべし。〕書紀には、此句予能等保臂等とありて、〔遠人なり。遠も長と同くて、久しく経たる意なり。遠長とつらねても云り。〕次にまた、儺虚曾波、区珥能那餓臂等、と云二句あり。此二句ある方、調まさりて聞ゆ。抑此人は、景行天皇の御世に生賜ひて此時は二百数十歳なるべければ（分註略）まことに世に匹なく、遠長き人なりけむかし。（三十七之巻）

右記宣長の「長人」説は広く受け継がれ、岩波日本古典文学大系に始まり、日本古典文学全集（小学館）、倉野憲司『古事記全注釈』、西郷信綱『古事記注釈』など主な注釈はほぼ同様の説――「ヨはここでは世の中、ナガヒトは長く生きてゐる人、長寿の人の意である」[37]、または「〈世の長人〉は長寿者の意だが、紀には〈世の遠人〉、〈国の長人〉とあり、幾代も生きてきた人の意に用いている。」となっている[38]。

　確かに、建内宿禰は、記紀を始めとする一連の史料に散見する、三百歳に近いその年齢に関する記述から、「那賀比登・那餓臂等＝長人」を長寿者と解することは、文脈上の齟齬もなく、雁が卵を産むことを問い合わせるに相応わしい人物に見える。これと併用される「等保臂等＝遠人」も、やはり同じ意味として理解される。『万葉集』所収左記の歌も、「那賀比登・那餓臂等」「等保臂等」は、寿命の長さを指す名称であることを裏づけている。

○天地のいや遠長久偲ひゆかむ。（巻二・一九六）

○はふ葛のいや遠永万世に絶えじと思ひて。（巻三・四二三）

○斯くしこそ仕へ奉らめ伊夜等保奈我尓。（巻十八・四〇九八）

しかし、万葉仮名「那賀比登」「那餓臂等」で記される「ながひと」の用例は、記紀仁徳天皇条の歌謡以外に見あたらない。特に、幾代ものの天皇に仕え、あたかも実在した人物の如く各時代に活躍し、天皇によって祥瑞の意味まで問われる政治的に重要な位置にいた建内宿禰という人物について、これまで様々な疑問が抱かれてきた。その核心にあるのは、やはり異常に長寿という点である。したがって、「ながひと」という表現の由来や意味を、建内宿禰伝承とその同時代の史料との関係において考察することがその性格を理解する上でも必要である。

　さて、万葉仮名ではなく、漢語としての「長人」の用例が、『日本書紀』雄略天皇条に一例見られる。

四年春二月、天皇射二猟於葛城山一。忽見二長人一。来望二丹谷一。面貌容儀、相二似天皇一。天皇知二是神一、猶故問曰、何処公也。長人対曰、現人之神。先称二王諱一。然後応レ導。天皇答曰、朕是幼武尊也。長人次称曰、僕是一事主神也。遂与盤二于遊田一、駆二逐一鹿一、相二辞発レ箭、並レ轡馳騁。言詞恭恪、有レ若レ逢レ仙。於是、日晩田罷。神侍二送天皇一、至来目水一。是時、百姓咸言、有レ徳天皇也。

天皇が葛城山に登った際、不意に「現人之神」と名乗った「長人」と出会い、一日山中での射猟をともにしたというものであるが、文中の「長人」に付された「たきたかきひと」という和訓から、「長人」は明らかに身長を指していることが分かる。その意味は、建内宿禰に使われる寿命の長さをいう「ながひと」とは明らかに異なる。

かくして長寿を意味する「ながひと」と、身長を指す「たきたかきひと」は、「長人」という漢字表記で偶然に結び付けられたにもかかわらず、それぞれ意味を異にした表現である。これによって、「ながひと」は一回きりで使われた和語という可能性が高いので、その意味についても、一見これ以上追及する必要がないかのように見える。

しかし、建内宿禰という人物をめぐる様々な謎めいた記述から、筆者はやはり「那賀比登・那餓臂等」という表現を使われた意図に一縷の疑問を感じる。前掲の「天地のいや遠長く」や「遠永万世に絶えじ」という歌からも、「とおなが＝遠長」は、一歴史人物に使われる表現としてあまりにも特異であり、特にそれが「現人神」であった天皇によって再三口ずさまれることは、建内宿禰という人物の何か特別な性質を示唆しているように思われる。したがって、ここでは、あえて漢語「長人」を比較対象として用いて、両者の置かれているコンテキストと、意味の異同を分析することで、「ながひと」の意味を解く手がかりを求めたいと思う。

〈3〉「たきたかきひと」と神仙思想

まず、雄略紀の「長人」の性格について考えてみよう。例えば、雄略紀の中で、「長人」が自ら「現人之神」「一事主神」と称して天皇と交流し、同時に「有若逢仙」のように記述している。そこには「長人＝神＝神仙」という関係図が明確に読み取れる。一方、『古事記』における当該伝承は、「長人」という表現を用いず、次のような内容となっている。

又一時、天皇登二幸葛城山一之時、百官人等、悉給下著二紅紐一之青摺衣服上。彼時有下其自二所向之山尾一、登二山上一人上。

既等二天皇之鹵簿一、亦其装束之状、及人衆、相似不レ傾。爾天皇望、令レ問曰、於二茲倭国一、除レ吾亦無レ王、今誰人如レ此而行。即答曰之状、亦如二天皇之命一。於レ是、天皇大忿而矢刺、百官人等悉矢刺。爾其人等亦皆矢刺。故、天皇亦問曰、然告二其名一。爾各告レ名而弾レ矢。於レ是答曰、吾先見レ問、故吾先為二名告一。吾者、雖二悪事一而一言、雖二善事一而一言、言離之神、葛城之一言主大神者也。天皇於レ是惶畏而白「恐我大神、有二宇都志意美一者。不レ覚白而、大御刀及弓矢始而、脱二百官人等所レ服衣服一、以拝献。爾其一言主大神、手打受二其捧物一。故、天皇之還幸時、其大神満山末、於二長谷山口一送奉。故是一言主之大神者、彼時所レ顕也。

このように雄略紀とは大筋において似た展開となっているものの、「長人」という表現は見当らない。ほぼ一致するのが「一言主大神」という名称であるが、この神に対して、『日本書紀』にはない「宇都志意美者」という名称も使われている。

さて、ここの問題は、一事主神（一言主大神）にまつわる『日本書紀』の「長人」と、『古事記』の「宇都志意美」の関係である。

「長人」の「たきかたきひと」という和訓が、身長の長いことを指すのに対して、「宇都志意美」の解釈はいくつかに分かれている。「意美」が「臣」と訓まれ、「ウツシオミ」は「人間を、現世において神に仕える存在として捉える語」とする説の方が一般的であるが、中でも筆者が注目したいのは本居宣長の説である。

宇都志意美は、現大身なり、と師の云れたる如し。【大は御と云むがごとし、】書紀に、此時此大神の御答に、現人之神と申給へると同じことなり、【現人神とは顕れて人の体なる神と云ことなり、】大かた神は形は隠坐て顕には見え賜はざるを、是は御身の現しく見え賜へるを申給へるなり。

（『古事記伝』四十二之巻）

このように、宣長が「現大身」という説を掲げながら、雄略紀の「現人之神」と同義のものとしている。

一方、類似の記事は『続日本紀』天平宝字八年十一月条では少し違った内容として次のように記されている。

昔大泊瀬天皇、獦二于葛城山一時、有二老人一毎與二天皇一相逐争レ獲。天皇怒之、流二其人於土左国一。先祖所主之神、
化成二老人一、爰被二放逐一。於レ是、天皇乃遣二田守一、迎レ之令レ祠二本処一。

前記『日本書紀』の内容と比べれば、『続日本紀』の方は内容と表現がかなり簡略化されたのみならず、『古事記』同様、「長人」という表現が使われておらず、「老人」となっている。

かくして葛城にまつわる雄略天皇の三つの伝承は、それぞれ内容上多少の差異が認められるものの、葛城山という場所で「長人」「宇都志意美」「老人」に出会ったこと、三者すべて神として認識されていたことで一致している。

ところで、それぞれ異なる名称を持つ「長人」「宇都志意美」「老人」の性格について、雄略紀では、中国の神仙思想の影響を示唆する内容が見られ、注目される。ほかならぬ文中の「有若逢仙」という表現である。その文脈に従えば、「神」と「老人」である「長人」は「仙人」のような存在でもあったと推測されるからである。こうした表現に影響されたか、河村秀根の『書紀集解』が、早くに『捜神後記』に「長人」の出典を求めている。

捜神後記曰、晋中興後譙郡周子文、少時喜二射猟一。常入二山中一。忽山岫間有二一人一長五六丈、手捉二弓箭一。箭鏑頭広二尺許、白如二霜雪一、忽出レ声、喚曰二阿鼠一。〔子文小字〕子文不レ覚応曰レ喏。此人便牽レ弓満レ鏑向二子文一。子文
便失レ魂厭伏。

狩人の周子文なる者が、山中の洞窟の中で身長五、六丈の人と遭遇し、字を呼ばれた上、弓矢で射られ失神したという内容である。河村秀根がこの説話に注目したのは、おそらく文中の「長五六丈」という身体の描写だけでなく、天皇の「諱」が突然「長人」に呼ばれる類似点、そして出会った場所が山中の洞窟という神仙思想的な要素を持つためであろう。

実際、漢籍にあたれば、「長人」の用例は早くに戦国時代の文献に確認される。

例えば、『墨子』（巻之十二）大取第四十四に、「同」と「異」に関する哲学論議を展開する中で、次のような一節が

見られる。

　長人之異、短人之同、其貌同者也、故同。指之人也、與二首之人一也異、人之体非二一貌一也、故異。

ここでは、「長人」は「短人」の反対語として使われているが、一方、『史記』孔子世家には、孔子の形姿容貌を描くにあたり、

　孔子長九尺有二六寸一、人皆謂レ之長人而異レ之。

という表現を用いている。ここでは明らかにその身長を強調するために「長人」が使われている。これに近いのが、『後漢書』光武帝紀の記事である。

　初王莽徴下天下能為二兵法者一六十三家数百人上、並以為二軍吏一。選二練武衛一、招二募猛士一。（中略）時有二長人巨無覇一、長一丈、大十囲、以為二塁尉一。

王莽が戦争をする際に、堡塁を守る役に充てられた者が「長さ一丈、大十囲」の「長人」であったという記述であるが、これに対する李賢の注は次のようになっている。

　王莽連率韓博上レ言、有二奇士一、長一丈、大十囲、自謂二巨無覇一、出二於蓬萊東南、五城西北一。詔〔昭〕如二海浜一、軺車不レ能レ載、三馬不レ能レ勝、臥則枕レ鼓、以二鉄箸一食。

前引、光武帝紀の記述を更に詳しい情報でもって補う内容であるが、原文の通りに訳すれば、この身長一丈、腰のまわりが「十囲」の「長人」が、一匹の馬で引く軍用の「軺車」どころか、三匹の馬車もかなわなかったのである。しかも寝る時は太鼓を枕にし、食事のお箸も鉄棒のようなものを使っていた、という。

　さて、右記三例の「長人」は、『墨子』の方が、身長の大きさを指しているのに対して、『史記』と『後漢書』の例は、いずれも「九尺六寸」と「一丈」という具体的な数字を使ってその身長の特異さを強調している。しかも、両文献における「長人」の前後の文脈、例えば「異之」――これを怪しむ、と「出於蓬萊南西」という記述から、「長人」

には、この世には珍しい存在であると同時に、神秘的な力があるという意味も読み取れる。事実、孔子の身長をめぐる記事とほぼ同じような内容が緯書にも見られ、また、『後漢書』の「長人」の出自となる「蓬萊」も、もとより神仙思想と深く関わる地名となっているからである。「蓬萊」といえば、漢の時代の人々にとってたやすく想起されるのが、海の彼方にある仙境であり、このような記事は、かの讖緯的な知識と手段を使い尽くして政権の簒奪を図っていた王莽に関連しているだけに、史実としての信憑性が低く、むしろ何らかの作為が働いた可能性の方が高い。

このように「長人」という漢語は、神仙思想に深く関連した表現として、神仙・仙人の意味として使われていた傾向が強く見受けられるが、漢籍における「長人」の用例と比較してみれば、雄略紀の「長人」も、漢籍の意味に近い表現として見なされる。実際、記紀雄略天皇条に見えるこの異質な要素がたぶんに含まれた伝承について、和辻哲郎は、夙にそこには古代日本人に特有な神秘的な感受性は現れておらず、中国人の空想に似つかわしい神仙思想と怪異の嗜好が認められると指摘している。(39) ただ、和辻が、このような歴史記述における神仙思想への傾斜は単なる「好奇心」に過ぎず、より深い影響はなかったと見ているのに対して、下出積與氏は、「宇都志意美」＝「現人神」という表現を日本在来の神観念と渡来の神仙思想との衝突による所産とみなすなどで、一連の伝承には、神仙思想とのより深い関連が認められるとしている。とりわけ「恐我大神、有宇都志意美者不覚」という一文の意義を次のように述べている。

神にこういった形での出現があるということを、新発見として説明している意味が含まれているとすべきであろう。津田氏は、神は人の形をもたない精霊であるのが一般だから『古事記』にこの語がのせてあるのだろうとしている。しかしそうした消極的な意味だけでなしに、記述の調子から推測すると、この語を雄略天皇にかけることでもって、在来思想とは異なる帰化人の思想による神観念との矛盾の調和を、積極的に図ろうとした語ととる方が自然だと思う。とにかく、古代人は両者の異質性に敏感な反応を呈しているのである。(40)

下出氏は「宇都志意美」＝「現人神」を、神仙思想の影響のもとで造られた新たな概念としているが、これに基づいて推測すれば、「長人」とは、宇都志意美」＝「現人神」＝「人の形に現れた神」の具体的なイメージを表わす表現になり、文字通り和訓「たきたかきひと」――体の大きい、という意味になる。

かくして「長人」の表記を手がかりに調査範囲を広げた結果、漢籍に類似の用例が確認されると同時に、雄略紀の「長人」に神仙思想的な要素が含まれている可能性が出てきた。しかし、それでも身長を指す「たきたかきひと＝長人」と長寿をさす「那賀比登・那餓臂等＝長人」との間には、やはり大きな距離があり、決して同義の表現とは見なされない。また、史料の方を見ても、建内宿禰という人物は、長寿であったものの、あくまでも身近に天皇に仕えていた者として描かれており、そのイメージは山中に突然現れる神仙とはほど遠いものである。

ところが、雄略紀の「長人」が神仙思想的な要素を多分に含んだ表現であるならば、その和訓である「たきたかきひと」に束縛されずに、より多くの角度から、その意味を総合的に見ることも可能であろう。ひとつの漢語表記に多くの和訓が付されるという『類聚名義抄』の例を引き出すまでもなく、和訓というものは、往々にして漢語の持つ多くの意味の一部のみ切り取っている。「長人」も、身長をいう表現ではあるものの、その使用されるテクストによって、「たきたかきひと」以上の意味を我々に示してくれるかもしれない。実際、手近に緯書を繙いてみれば、そこにはより豊かな「長人」の意味やイメージが認められる。

〈4〉　緯書に見える「長人」

先に『書紀集解』が指摘した『捜神後記』の例と『墨子』や孔子世家などの例について見たが、緯書の方にも「長人」の例が多く見られる。

①大任夢二長人一、感レ己生二文王一。　（『河図稽命徴』）

②禹理二洪水一、観二于河一、見二白面長人魚身一、出曰、吾河精也、授二禹河図一、而還二于淵一。（『尚書中候』）

③大人国、其民孕三十六年而生レ児、生児長大。能乗レ雲、蓋龍類。（『河図括地象』）

④従二崑崙一以北九万里、得二龍伯国一、人長三十丈、生二万八千歳一而死。従二崑崙以東一、得二大秦国一、人長十丈、従レ此以東十万里、得二佻吐凋国一、人長三丈五尺、従レ此以東千里、得二中秦国一、人長十尺。（『河図玉版』）

⑤崑崙以北、得レ無レ路、人長二千里、足間相去千里。（中略）与二天地一同二生死一。（『河図玉版』）

⑥龍伯国、人長三十丈、以得二大秦国一、人長十丈、又以東十万里得二佻国一、人長三丈五尺、又以東十万里中秦国、人長一丈。（『河図龍文』）

⑦孔子長十尺、大九囲、坐如二蹲龍一、立如二牽牛一、就レ之如レ昴、望レ之如レ斗。（『春秋演孔図』）

右六例に共通して見られる、「長人」「長大」「人長三十丈」「人長十丈」「三丈五尺」「人長一丈」「長十尺」という表現は、いずれも仙界にすまう者の身体特徴を記したものである。

内⑥番は孔子に関する記述であるが、孔子は早くから緯書の中で帝王並みの扱いを受け、「孔子素王論」という理念のもとで神秘化されたので、その身長も、仙人同様の特徴として誇張されたと見られる。[41]

一連の用例から、古代中国人が考える神仙（仙人）は、身長によって特徴づけられている点がまず注目される。世界の中心である崑崙に近いところに住む「長人」と「大人」が、当然神仙そのもののイメージを託されているのであり、「龍伯国」を中心に広がる各地域に住まう人間の体格が視覚的に強調されている点も同じ理由によるものであろう。中心に近づくにつれ聖性が増すという、かのエリアーデの「中心のシンボリズム」論を持ち出すまでもなく、いずれも古代人の世界認識を素直に反映したものである。また、右記の用例を踏まえてみれば、既に第七節に掲げた『洛書霊準聴』などの緯書に見える「舜長九尺」「蒼帝……身長八尺二寸」「舜長九尺」「黄帝身逾二九尺一」という一連の身長を強調する表現の根底にも、こうした緯書思想があったと考えられる。とりわけ『春秋演孔図』の「長十尺、大九囲」は、前引『後漢書』光武帝紀の「長人」をめぐる「長一丈、大十囲」とほぼ一致しているので、これらの表現は漢代の異常風貌説において慣用されていたことが推測されよう。

ところで、右記の諸例を仔細に読めば、「長人」には、身長が高いという意味以外に、長寿という意味も込められていることに気づく。緯書『河図玉版』にある次の二例がそれである。

（一）人長三十丈、生万八千歳而死。

（二）人長二千里、足間相去千里。（中略）与二天地一同二生死一。

文中の寿命に関する描写――「一万八千歳」、「天地と生死を同じうす」は、「長人」のもう一面を示している。その背後にある論理を推測すれば、仙界に棲む「長人」は、仙人の部類に属しているので、そもそも長寿と長生不老が、その本来の性質なのかもしれない。

さらに、「身長が高い、長寿である」ことを意味する「長人」は、為政者にとって国家を統治する知恵を与えてくれる者、という意味も付されている点が興味深い。以下の諸例を見よう。

①初尭在位七十載矣、見二丹朱之不肖不足一以嗣二天下一、乃求レ賢以巽二于位一、至三夢見二長人一、見而論レ治、舜之潜徳、尭実知レ之、于レ是疇二咨于衆一、詢二四岳一、明明揚二側陋一、得二諸服沢之陽一。（『尚書中候雑篇』）

②尭夢二長人一而論治。挙二舜於服沢之陽一。（『尚書帝命験』）

③観二於河一、有二長人一、白面魚身、出曰、吾河精也、呼レ禹曰、文命治レ淫、言訖受レ禹二河図一、言二治水事一、乃退入レ淵、於是以告曰、臣見二河伯一、面長人首魚身、曰二吾河精一、授二臣河図一、以告レ舜也。（『尚書中候考河命』）

右①と②は、尭が国家権力を禅譲しようとして、適切な人物が見つからず、夢の中で「長人」と出会って、意見を聞いた結果、「長人」から舜を勧められ、無事王位を譲渡できたという内容である。そして、③は、大禹が川べりに出た際、「長人」が現れ、「治淫」――治水の要諦を教えたという話である。古代中国では、「治水」は多くの場合氾濫する黄河を鎮めることを指し、それはそのまま国家の安泰を保つ重要な政治手段であった。「見而論治」「論治」「治淫」という表現が、すべて「治」における「長人」の重要性を突出させていることから、「長人」は政治運営にとって重要な存在だったことが窺える。つまり、こうした事例から、「長人」はおよそ次の三つの要素より構成されているといえる。

（一）身長が高い。

（二）寿命が長い。

（三）政治運営にとって重要な存在。

右記三つの特徴を踏まえてみれば、記紀歌謡の「ながひと」と雄略紀の「たきかたきひと」の間に、一縷のつながりが見えてきた。例えば、「一事主神」と呼ばれた雄略紀の「長人」は、（一）の特徴を持つと同時に（三）の条件をも備えているゆえ、その出現によって雄略天皇が「有徳」と讃えられるほど、政治的な意味を持った事件として語られている。一方、雁の卵伝承における建内宿禰は、（二）の特徴を持つと同時に、やはり（三）の条件を備えていたので、天皇に国事を問われるような地位にあった、重要な人物として描かれている。

かくして記紀における「那賀比登」「那餓臂等」と「長人」は、それぞれの文脈において長寿または身長に偏重することがあっても、そのいずれも神仙の特徴を有する表現であることが明らかになった。とりわけ緯書に見える「長人」は、政治にとって重要な存在である点が、建内宿禰と、雄略紀の「長人」の、記述内容において確認された。両者に見えるこの共通点は、「ながひと」と「たきかたきひと」という和訓を越えて、本来全く無関係な表現ではない可能性を示唆している。

〈5〉「棟梁の臣」としての建内宿禰

建内宿禰の名称「ながひと」に神仙思想的な要素が含まれている可能性を指摘したが、緯書の「長人」は仙人の性格が強いのに比べ、記紀における建内宿禰はあくまでも政権運営に適切なアドバイスを行う臣下として描かれているので、両者の間に一見して大きな距離があり、ただちに結びつけられるものではない。しかし、記紀の建内宿禰伝承を細心に読めば、その人物像には、賢臣という儒教思想の要素と、長寿という神仙思想の要素が両方認められ、再考の余地が残っているのである。ここではさしあたり建内宿禰の「棟梁の臣」としての内実について考えてみたい。

記紀における建内宿禰の性格について、既に岸俊男氏の詳論がある。岸氏によれば、建内宿禰に関する記事は『古事記』の合計八例に対して『日本書紀』は二三例にも及び、しかも内容の方もより詳細なものになっている。[42]『日本書紀』にある建内宿禰の記事内容を時間順に追っていけば、そのほとんどは、「棟梁の臣」と称せられる建内宿禰が、複数の天皇に忠臣として仕え、様々な政治活動に関与した内容である。岸氏は、藤原鎌足を内臣に任命する宣命に見える「懐至忠之誠、拠宰臣之勢」という表現を手がかりに、漢籍に伝わる賢臣の象徴とされていた伊尹をその原型としている。更に、記紀における建内宿禰の記事から、その特徴を主として次の三点に総括している。①架空の人物である。②記紀ともに宮廷に近侍する「棟梁の臣」のイメージが目立つ。③男覡的な性格が認められる。[43]こうした諸点を踏まえて、岸氏は建内宿禰の性質を次のように推論している。

記紀の建内宿禰伝承を比較検討すると、ともにその焦点が近侍の大臣たる点にあるが、記に比較して紀においてはとくにそのことが強調されて伝承が発展している。この事実は、書紀編纂過程における建内宿禰に対する評価の高まりを示すものと思うが、正にその時点で慶雲四年宣命のごとく建内宿禰と中臣鎌足が対比されていることが注目される。つまり建内宿禰伝承の発展には時期的にみてどうしても鎌足の存在を無視できないと思うのであるが、しかもその鎌足は内臣という地位にあったと伝えられている。また一方書紀編者が建内宿禰を「たまきはる内の朝臣」に比定していたことも間違いない。かくて建内宿禰も「たまきはる」も、内臣であった鎌足を介することによって、「内の宿禰」のウチも、地名とするよりも、その原義において内廷に近侍する臣、すなわち内臣と解する方が適切ではないかと考えられてくる。建内宿禰という人物のイメージが記紀において寵愛の臣、「棟梁の臣」に焦点づけられているということが何よりそれを証しているように思う。[44]

かくして岸氏は、鎌足に比せられる建内宿禰にまつわる「ウチの宿禰」「ウチの朝臣」には、「内廷」に近侍する「寵愛の臣」、「棟梁の臣」の意味が込められていると推論している。

また、上記三点の中で、岸氏が特に②の「棟梁の臣」としての性質に注目し、中でも『続日本紀』慶雲四年四月壬午条の宣命の一節を、建内宿禰の性質を理解する上で重要な手がかりと見ている。

又難波大宮御宇掛母畏支天皇命乃汝父藤原大臣乃仕奉賈流状乎婆建内宿禰命乃仕奉賈流事止同事叙止勅而治賜慈賜賈利。

また、難波大宮に御宇しし掛けまくも畏き天皇命の、汝の父藤原大臣の仕へ奉りける状をば、建内宿禰命の仕へ奉りける事と同じ事ぞ勅りたまひて治め賜ひ慈び賜ひけり。

この宣命に見える藤原大臣は藤原不比等の父鎌足を指し、鎌足がここに建内宿禰に比せられているが、岸氏の考察によれば、『日本書紀』孝徳即位前紀の方にも、鎌足の任官に関する詔が見え、その文章に著しい造作の痕跡が残っているというのである。例えば、

以二大錦冠一、授二中臣鎌子連一、為二内臣一。増レ封若干戸、云々。中臣鎌子連、懐二至忠之誠一、拠二宰臣之勢一、処二官司之上一、故進退廃置、計従事立、云々。

とある詔の原文に対して、小島憲之氏はその出所として『魏志』武帝紀の裴松之注にある次の文章を指摘している。[45]

魏書載太祖拒芬辞曰、夫廃立之事天下之至不祥也、古人有下権二成敗一計二軽重一而行レ之者上、伊尹霍光是也、伊尹懐二至忠之誠一、拠二宰相之勢一、処二官司之上一、故進退廃置、計従事立、及三至霍光受二託国之任一、籍二宗臣之位一、内因二太后秉政之重一、外有二群卿同欲之勢一。

『魏志』の文に見える伊尹は言うまでもなく殷の湯王に仕えた名相である。孝徳紀の詔において鎌足が伊尹に比せられることは、その宰相としての任に対する重要な評価と見なされる。ここで注目したいのは、岸氏がさらに『続日本紀』に見える勅文の内容を手がかりに、鎌足と伊尹が与えられた阿衡という称号との関連についても推測している点である。その勅文とは、新しく即位した淳仁天皇が、藤原朝臣仲麻呂を紫微内相から大保（右大臣）の位に任命する次の内容である。

其伊尹有莘之媵臣、一佐二成湯一、遂荷二阿衡之号一。呂尚渭浜之遺老、且弼二文王一、終得二営丘之封一。況自二乃祖近江大津宮内大臣一已来、世有二明徳一、翼二輔皇室一。君歴二十帝一、年殆一百。朝廷無事、海内清平者哉。因レ此論之、准レ古無レ匹。汎恵之美、莫レ美二於斯一。自レ今以後、宜三姓中加二恵美二字一。禁レ暴勝レ強、止レ戈静レ乱。故名曰二押勝一。朕舅之中、汝卿良尚。故字称二尚舅一。更給二功封三千戸、功田一百町一。永為二伝世之賜一、以表二不常之勲一。

（天平宝字二年八月甲子条）

この勅文では、伊尹が阿衡という称号を賜われたとあるが、そもそも阿衡とは、阿は倚りたのむこと、衡は平（はかり）の意であるので、伊尹が湯王が倚って平を取る人であったから、このような称号を与えられた。したがって、文中で呂尚（太公望）が同じ周の名臣伊尹と併記されるのは、淳仁天皇が二者でもって国政への仲麻呂の貢献を讃えるためであり、「恵美」「押勝」「尚舅」の名を賜ったのも、その功績を褒賞しようとするものであった。それもそのはず、古代の為政者にとって、如何なる時でも賢明な臣下が必要であったため、例えば、「国之所二以存者一、非レ以レ有法レ也、以レ有二賢人一也」（『淮南子』泰族訓）、「得二其人一則挙、失二其人一則廃」（同上）、「聖王之治、以レ得レ賢為レ首」（『漢書』哀帝紀）というように、政治は、賢臣なくして順調に行い得るものではなかった。「伊尹」と「呂尚」は、いずれもそうした賢臣の象徴であったが、これらが建内宿禰に比定されて語られることは、まさに岸氏がいう、その寵愛の度合いを強調するがためにほかならない。

しかし、それにしても、なぜ寵愛の臣、「棟梁の臣」とされていた建内宿禰に「ながひと」という名称が与えられたのだろうか。手がかりはあまり多くないが、ここで注目したいのは、岸氏が、建内宿禰に関する論考の中で繰り返し強調していた葛城との関係である。

察するに孝元記の系譜で建内宿禰の後裔とされる氏族の中に葛城氏があり、また同じ後裔氏族である蘇我氏が葛城県をその本居と主張してたり、祖廟を葛城高宮に造ったりして葛城地方と関係が深く、……允恭紀の記事によっても、建内宿禰の墓が葛城にあると信ぜられていたことは事実である。(46)

建内宿禰と葛城の関係で想起されるのが、記紀及び『続日本紀』の「長人」「宇都志意美」「老人」の三者すべて葛城という地に現れることである。既に指摘されたように、葛城は帝紀などが形成された七世紀末頃から既に神仙思想、呪術修行と結びつき、数々の伝承を生み出してきた。(47)建内宿禰が異常に長寿であったことも、あるいは葛城という地との関係に由来するかもしれない。この点について推測の域に止まらざるをえないが、しかし、少なくとも右記の諸要素に基づいて、建内宿禰という人物像は、儒教的賢臣像と神仙思想に見える「長人」のイメージの結合によって創り上げられたという仮説が立てられると思う。この仮説が成立すれば、長寿を意味する建内宿禰の「ながひと」という呼称には、「仙人」を意味する要素も含まれることになる。以下、この推論の正否について、建内宿禰の賢臣的性格と仙人的性格に焦点を絞って考えてみたい。

〈6〉 建内宿禰と孔子

君主や帝王から国家の政治について「問われる」「長人」といえば、既に一度緯書の引用で見た孔子が想起される。その理由は、建内宿禰と孔子は、(一) 臣下として君主に対して進言しかつ忠実に仕えること、(二) 神秘的な現象を予言し、読み解く能力を持つこと、という二点において共通しているからである。以下、記紀にある建内宿禰の伝承と『史記』孔子世家の比較をしてみたい。

まず、建内宿禰をめぐる記事から二つ挙げてみよう。

（A1）五十一年春正月壬午朔戊子、招二群卿一而宴数レ日矣。時皇子稚足彦尊・武内宿禰、不レ参二赴于宴庭一。天皇召之問二其故一。因以奏レ之曰、其宴楽之日、群卿百寮、必情在二戯遊一、不レ存二国家一。若有二狂生一、而伺二墻閤之隙一乎。故侍二門下一備二非常一。時天皇謂レ之曰、灼然。則異寵焉。秋八月己酉朔壬子、立二稚足彦尊一、為二皇太子一。是日、命二武内宿禰一、為二棟梁之臣一。　（景行紀）

（A2）元年春正月丁丑朔己卯、大鷦鷯尊即二天皇位一。尊二皇后一曰皇太后一。都二難波一、是謂二高津宮一、（中略）初天皇生日、木菟入二于産殿一、明旦、誉田天皇、喚二大臣武内宿禰一語之曰、是何瑞也。大臣対言、吉祥也。復、当二昨日臣妻産時一、鷦鷯入二于産屋一、是亦異焉。爰天皇曰、今朕之子与二大臣之子一、同日共産、並有レ瑞。是天之表焉、以為、取二其鳥名一、各相易レ名子、為二後葉之契一也。則取二鷦鷯名一、以名二太子一、曰二大鷦鷯皇子一、取二木菟名号大臣之子一、曰二木菟宿禰一、是平群臣之始祖也。是年也、太歳癸酉。　（仁徳紀）

記事（A1）は建内宿禰が景行天皇に仕えた時の話である。群卿を招いて連日宴会を開いたとき、皇子稚足彦尊（成務天皇）と建内宿禰が出席しなかったので、天皇が気になってその理由を尋ねたところ、「宴会の日には群卿百寮が娯楽に没頭し夢中になったら国家のことを忘れているので、その隙に乗じて政権を狙う者がいるかもしれない。だから、門下に侍して非常事態に備えているのだ」と答えたので、天皇は「なるほど、そのとおりだ」と言って、建内宿禰を以前にも増して寵愛され、ついに彼を「棟梁の臣」に命名した、という内容である。

続く記事（A2）は、建内宿禰が応神天皇に仕えた時の話。天皇誕生の日月菟が産殿に飛び入ってきたので、翌朝大臣の建内宿禰を召して尋ねたところ、昨日自分の妻が出産した時にも、やはり鷦鷯が産殿に入ってきたと答えた。応神天皇は自分と宿禰の子が同日に生まれ、しかも同時に鷦鷯が産殿に入るという吉瑞があったことを喜び、子の名を取り替えて太子を大鷦鷯尊、建内宿禰の子を木菟宿禰とした。

さて、右二つの記事を、『史記』孔子世家に見える次の記事と比較してみよう。

（B1）景公問二政孔子一、孔子曰、君君、臣臣、父父、子子。景公曰、善哉、信如君不レ君、臣不レ臣、父不レ父、子不レ子、雖レ有レ粟、吾豈得而食レ諸。他日又復問二政於孔子一、孔子曰、政在レ節レ財。景公説、将レ欲下以二尼谿田一封中孔子上。

（B2）孔子年四十二、魯昭公卒二於乾侯一、定公立。定公立五年、夏、季平子卒、桓子嗣立。季桓子穿レ井、得二土缶一、中若レ羊、問二仲尼云一、得レ狗。仲尼曰、以二丘所レ聞、羊也。丘聞レ之、木石之怪夔、罔閬、水之怪龍、罔象。土之怪墳羊。呉伐レ越、堕二会稽一、得レ骨、節専レ車。呉使三使問二仲尼一、骨何者、最大。仲尼曰、禹致二群神於会稽山一、防風氏後至、禹殺而戮レ之、其節専レ車、此為レ大矣。呉客曰、誰為レ神。仲尼曰、山川之神、足三以綱二紀天下一、其守為レ神、社稷為二公侯一、皆属二於王者一。客曰、防風何守。仲尼曰、汪罔氏之君守二封禺之山一。為二釐姓一。在二虞、夏、商一為二汪罔一。於レ周為二長翟一。今謂二之大人一。客曰、人長幾何。仲尼曰、僬僥氏三尺、短之至也。長者不レ過十レ之、数之極也。於レ是呉客曰、善哉聖人。

記事（B1）は、孔子が景公に仕えた時の話である。景公に政治の極意を尋ねられた孔子が、かの名高い「君君、臣臣、父父、子子」——君子は君子たる本分に努め、臣下、父、子もそれぞれの本分を尽くせば、世の中は自ずから治まってくる、という説を始め、問われる度に適切な進言をすることで景公を喜ばせ、ついに孔子に土地を褒賞しようとした話である。

記事（B2）は二つの話からなっている。一つ目は、孔子が魯国に仕えた頃、井戸掘りの途中で土甕が出てきて、中に羊が入っていたことを、孔子には犬と偽って尋ねたところ、見事に的中された話。二つ目は、呉の国が越を征伐し、首都会稽を陥落させ、戦利品として馬車一杯になるくらい巨大な骨を獲たので、わざわざ使者を遣わして骨のことを尋ねさせた。孔子の博識ぶりに、呉の使者は思わず「すばらしい聖人だ」と、賛嘆の言葉を漏らした、という内容である。

　右記建内宿禰と孔子に関する二組の伝承を比較してみれば、それぞれの内容こそ異なるものの、(A1)と(B1)、(A2)と(B2)の間には、いくつかの共通点が認められる。即ち、(A1)と(B1)は、ともに建内宿禰と孔子を儒教の君臣思想に関連づけながら、前者をその忠実な履行者、後者をそうした倫理の創始者として描き上げている。そして、(A2)と(B2)では、両者が神秘的な事象を読み解く力を持つ博識な者として描かれている。

　さて、右記(A2)と(B2)の話に双方とも多くの讖緯的な色が付き纏っているため、信憑性は疑問になる。そもそも孔子が「聖人」と称せられていたのは、一般の人には分らない怪異現象の意味や本質を理解できるだけでなく、彼自身にはもとより「身長十尺」という、いわゆる「長人」によって象徴される「徳」が先天的に備わっていたためである。この「徳」はまた怪異現象の意味や本質を言い当てられる孔子を聖人たらしめる決定的な条件でもあった。換言すれば、孔子が「善哉聖人」と誉め讃えられたのは、他ならぬ人々が不思議に思っていたその「長人」たることに由来し、「長人」が、孔子を「聖人」として性格づけているとも言える。

　さてこうした孔子をめぐる伝承を建内宿禰の事蹟と比べてみれば、それぞれ「ながひと」・「長人」と称せられながら、為政者に対して諌言をなす「賢臣」という点において、二人の人物像が相似ていると言える。記紀などに伝わる建内宿禰の事蹟を見る限り、数代にわたって天皇に仕え、数々の進言でもって朝廷を支えていた彼もまた、「善哉聖人」という言葉に相応しい人物だったのである。

　さらに、上記のほかに、建内宿禰と孔子の類似点として、鳳凰の祥瑞をめぐるエピソードも注目される。緯書『論語摘衰聖』所収の次の文章を見よう。

　叔孫氏之車卒曰、子鉏商樵二于野一、而獲レ麟焉、衆莫二之識一、以為二不詳一、棄二之五父之衢一、冉有告二夫子一曰、有レ麕而肉角、豈天下之妖乎、夫子曰、今何在、吾将観焉、遂往謂㆓其高柴㆒曰、若求之言、其必麟乎、到観㆑之果信、言偃問曰、飛者宗㆑鳳、走者宗㆑麟、為難㆑致也、敢問今見、其誰応㆑之、子曰、天子布㆑徳、将致㆓太平㆒、則麟鳳亀龍先為㆑之祥、今周宗将滅、天下無㆑主、孰㆑為来哉、遂泣曰、予之於㆑人、猶㆓麟之於㆑獣也、麟出而死、吾道窮矣、乃歌曰、唐虞世兮、麟鳳游、今非㆓其時㆒来何求、麟兮麟兮、我心憂。

ふいに降臨した麒麟の意味を誰も解くことができず、「夫子」――孔子に報告したところ、自ら赴いて麒麟だと確認した。弟子の言偃（顔淵のことか）が、「祥瑞の場合、飛ぶものは鳳凰、走るものは麒麟の類だが、今回の降臨は一体何のためだろう」と聞いたのに対して、孔子は、「天子が徳政を施せば麒麟、鳳凰、亀、龍が祥瑞として降臨するが、いま周がまさに滅びようとしている。天下には君主もいないのに、何のために麒麟が来たのだろうか」と言って、さめざめと泣いた。

右記『論語摘衰聖』の内容は、一読して『史記』孔子世家にあるエピードを踏まえたことが分かる。

魯哀公十四年春、狩㆓大野㆒。叔孫氏車子閦商獲㆑獣、以為㆓不祥㆒。仲尼視㆑之、曰、麟也。取㆑之。曰、河不㆑出㆑図、雒不㆑出㆑書、吾已矣夫。顔淵死、孔子曰、天喪㆑予。及西㆑狩見㆑麟、曰、吾道窮矣。喟然嘆曰、莫㆑知㆑我夫。子貢曰、何為㆑莫㆑知。子曰、不㆑怨㆑天、不㆑尤㆑人、下学而上達、知㆑我者其天乎。

魯の哀公が巡狩して獣を捕獲し、これを麒麟だと断定した孔子がさらにみずからの運命を嘆いて、「吾已矣夫」――我が運命はおしまいだ、という言葉を口にしたのである。このエピソードは、もとより『論語』子罕にあるかの有名な一文に拠るものと見られる。

鳳鳥不至、河不出図、吾已矣夫。

このように、右記一連の記事に見える孔子と鳳凰の関係は、一種の怨念のようなものを漂わせており、その理由について、漢・王充の『論衡』では、孔子の地位が「三王五帝」に等しいものにも関わらず、存命の間に鳳凰が降臨しなかったことへの孔子の怨嗟として捉えられている。

①夫孔子死、孰二与其生一。生能二操行一、慎レ道応レ天。死操行絶、天（無）レ祐二至徳一。故五帝三王、招二致瑞応一、皆以二生存一、不レ以二死亡一。孔子生時、推排不レ容、故歎曰、鳳鳥不レ至、河不レ出レ図、吾已矣夫。生時無レ祐、死反有レ報乎。孔子之死、五帝三王之死也、五帝三王無レ祐、孔子之死、独有二天報一、是孔子之魂聖、五帝之精、不レ能神也。（書虚）

②孔子曰、鳳鳥不レ至、河不レ出レ図、吾已矣夫。夫子自傷レ不レ王也。己王（則）致二太平一、太平則鳳鳥至、河出レ図矣。今不レ得レ王、故瑞応不レ至、悲心自傷、故曰、吾已矣夫。問曰、鳳鳥河図、審何拠始起（哉）。始起之時、鳥図未レ至。如拠二太平一、太平之帝、未四必常致三鳳鳥与二河図一也。五帝三王、皆致二太平一、案二其瑞応一、不二皆鳳皇一為二必然之瑞於太平一、鳳皇為下未二必然一之応上、孔子、聖人也。思レ未二必然一以自傷、終不レ応矣。（問孔）

③夫鳳、驎之来、与二白魚、赤烏之至一、無二以異一也。魚遭二自躍一、王舟逢レ之。火偶為レ烏、王仰見レ之。非下魚聞二武王之徳一、而入二其舟一。烏知二周家当レ起、集中於王屋上也。謂下鳳、驎為二聖王来上、是謂下魚烏為二武王一至上也。王者受二富貴之命一、故其動出、見二吉祥異物一、見則謂二之瑞一。瑞有二小大一、各以レ所レ見、定二徳薄厚一。若二夫白魚、赤烏一、小物、小安之兆也。鳳皇、騏驎、大物、太平之象也。故孔子曰、鳳鳥不レ至、河不レ出レ図、吾已矣夫。不レ見二太平之象一、自知レ不レ遇二太平之時一矣。（指瑞）

文中、「鳳皇、騏驎、大物、太平之象也」とのように、鳳凰の出現を「太平」の現れと繰り返し強調していると同時に、「夫子自傷不王也」――孔子は自分が王になれなかったことを嘆いたり、または「自知不遇太平之時」――自分でももう太平の時には逢えないことを知っている、としている。

以上の内容から、孔子と鳳凰にまつわるエピソードが、早くから漢籍の中で定着していることが分かる。もしも建内宿禰という人物像の創出に孔子のイメージが何らかの形で関連していたとすれば、鳳凰をめぐる孔子の伝承が、記紀の仁徳天皇条の雁が飛来して卵を産み落とす伝承の構成要素と理念に影響を及ぼしたのであろう。

〈7〉「帝師」としての建内宿禰と孔子

ところが、建内宿禰伝承と孔子の伝承の間には、著しい相違点も存在する。あくまでも賢臣の立場を貫く建内宿禰に対して、先の『論語摘衰聖』と孔子世家の伝承に見られるように、孔子の方は時おり祥瑞出現の意味を自身の政治運命と結び付けて、「孰為来哉」――誰のために現れるのか、「吾已矣夫」「吾道窮矣」――我が道はもうおしまいだ、とのようにしきりに絶望的な気持ちを露わにしている。これは明らかに賢臣のイメージにそぐわない口吻である。むしろ自分を聖王の立場に立たせたような発言である。実際、王充が『論衡』問孔に、「夫子自傷不王也」――王になれなかったことを嘆く、と指摘したように、孔子像にはそうした一面が確かにあったようである。この点、臣下としてあくまでも忠実に仕える建内宿禰の人物像とは明らかに抵触している。

しかし、両者の賢臣像に多少のずれが認められても、賢臣としての共通点は否めないことである。問題は、両者の間のかかる齟齬をどのように見るべきか、である。この点、筆者が注目したいのは、両伝承に認められるもう一つの共通の特徴、即ち、建内宿禰と孔子が、国家の政治について、君主との間に交わした一問一答の対話形式である。前者は歌謡によるものであり、後者は対話となっているが、基本的には、君が問い、臣がそれに答えることに変わりはない。このような国家の政治運営をめぐる、君主と臣下の問答という形は、君臣交流の「祖型」と言えるくらい、戦国時代の中国文献に多く見られ、帝王と賢臣との交流パターンとして早くに定着していたのである。したがって、建内宿禰と孔子の人物像をこうした君臣問答の形式との関係について見ることも必要である。

例えば、中国人研究者の曹峰氏は、近年中国の古代文献、特に先秦時代の史料に見られる特殊な文献の一種――「帝師」類文献に注目し、その文献としての性格と思想史における役割ないし意義について詳しく考察している。(48)

「帝師」とは、文字通り「帝王の師」、つまり帝王の政治運営に対して常に適切なアドバイスを提供し、もって天下の安定を実現させる特殊な人物を指す。『説苑』君道篇に、

帝者之臣、其名臣也、其実師也。王者之臣、其名臣也、其実友也。

というように、帝に仕える臣は、名目は臣でも実際は帝王の政治を補佐する「師」であった。そうした人物をめぐる説話や伝承が、先秦時代の文献に数多く収められている。

「帝師」が具体的にどのような人物を指しているかについて、『韓詩外伝』巻五の次の一節が参考になる。

哀公問二於子夏一曰、必学然後可二以安レ国保レ民乎。子夏曰、不レ学而能安レ国保レ民者、未レ之レ有也。哀公問、然則五帝有レ師乎。子夏曰、臣聞黄帝学二乎大墳一、顓頊学二乎禄図一、帝嚳学二乎赤松子一、尭学二乎務成子附一、舜学二乎尹寿一、禹学二乎西王国一、湯学二乎貸子相一、文王学二乎錫疇子斯一、武王学二乎太公一、周公学二乎虢叔一、仲尼学二乎老聃一。此十一聖人、未レ遭レ此師、則功業不レ能レ著二乎天下一、名号不レ能レ伝二乎後世者一也。

哀公と子夏の対話において、子夏は国家の安泰に欠かすことの出来ない条件が、君主にとっての「師」であると説く内容である。黄帝、顓頊、帝嚳、帝尭、帝舜、禹、湯、文王、武王、周公、孔子という十一の「聖人」が政治的な「功業」を遂行できたのは、力牧、籙図、赤松子、務成子、尹寿、国先生、伊尹、呂望、尚父、虢叔、老聃のような「師」のおかげであったと力説している。このような古代の帝王たちと「師」の関係をより一層明確に述べているのが、『論語比考』という緯書である。

黄帝師二力牧一、帝顓頊師二籙図一、帝嚳師二赤松子一、帝尭師二務成子一、帝舜師二尹寿一、禹師二国先生一、湯師二伊尹一、文王師二呂望一、武王師二尚父一、周公師二虢叔一、孔子師二老聃一。

（『論語比考』）

また、漢・王符の『潜夫論』讃学篇にも、

雖レ有二至聖一、不二生而知一。雖レ有二至材一、不二生而能一。故志曰、黄帝師二風后一、顓頊師二老彭一、帝嚳師二祝融一、尭師二務

成一、舜師二紀后一、禹師二墨如一、湯師二伊尹一、文武師二姜尚一、周公師二庶秀一、孔子師二老聃一。

という一節が所収されている。類似の言説は『呂氏春秋』尊師篇や『新序』雑事二などにも見られる。その内容は大同小異であるが、いずれも帝王なる者には必ず師事した「師」が存在していたことを力説するものである。

さて、曹峰氏の研究によれば、「帝師」類文献は膨大な数に及び、また所収文献は多岐にわたるが、その特徴が主として次の五つのポイントにまとめられる。

①基本的に一問一答の形が多い。
②主として「道」に関わる、神秘的な色が強い話題である。
③帝王の質問は基本的に最も重大で、緊要な事柄に関係する。
④その思想は往々にして簡潔にして明瞭であり、複雑な論理を含まない。
⑤学派的には『漢書』芸文志にいう道家、兵家、医療養生に近く、儒家、墨家、法家、名家との距離が比較的大きい。[49]

また、曹峰氏は「帝師」類文献の対話内容を、主として下記の四種類に分類している。

①いかに天下を獲得するか。
②いかに政治上の安定を獲得するか。
③いかに軍事上の勝利を獲得するか。
④いかに養生し、長生不老を獲得するか。[50]

このように、天下の獲得術から国家安定、軍事策略、養生など、「帝師」の果たす役割は実に多岐にわたるが、いずれも君主や帝王にとって極めて重要な課題であることは言うまでもない。

さて、これまで挙げてきた史料に見える「帝師」と「聖王」の関係と、それぞれの性格を図示すれば、左のような構図になろう。

この構図では、Aグループは「神仙」、Bグループは「帝師」、そしてCグループは「聖王」を指す。

この中で、神仙思想関連の文献または緯書の長身と長寿という性格を兼ねた「長人」はAグループに属し、これに対して、黄帝、顓頊、帝嚳、帝尭、帝舜、禹、湯、文王、武王、周公はすべて「聖王」とされるCグループに属する。一方、「聖王」たちが師事する力牧、籙図、赤松子、務成子、尹寿、国先生、伊尹、呂望、尚父、虢叔、老耼はBグループに属する。一般的に、BとCは、どちらもAと深く関わる、Bは仙人の不老不死の性質のみ有し、Cは「徳」を表わす異常な風貌が目立つ。BとCはいずれも「聖人」として認識されているものの、そうした異なった特徴によって、「帝師」と「聖王」とに区分され、基本的にはそれぞれの政治における役割の範疇をはみ出ることはない。

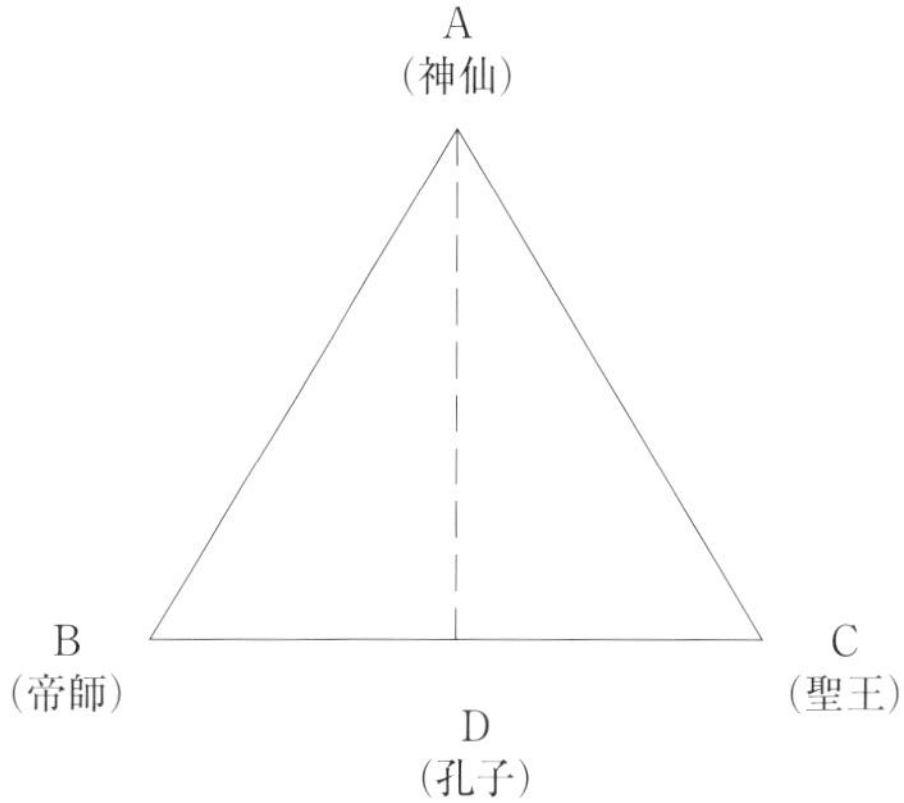

事実、漢籍では、「帝師」とされる力牧、籙図、赤松子、務成子、尹寿、国先生、伊尹、呂望、尚父、虢叔、老耼は、ほぼすべて神仙として描かれている。中には特に、赤松子、務成子、尹寿、老耼は、いずれも寿命の長さで知られた伝説上の人物である[51]。一方、Cの「聖王」について、ひとり残らずその異常風貌に関する記録が確認され、そして仙人の性格を強く帯びているのに対して、Cはあくまでも人間として描かれている、せいぜい「徳」として異常風貌を持つくらいである。この点は両者の最大の相違点であり、その原因について、『荘子』天下篇にある次の言葉が参考になる。

不レ離二於宗一、謂二之天人一。不レ離二於精一、謂二之神人一。不レ離二於真一、謂二之至人一。以レ天為レ本、以レ道為レ門、兆二於変化一、謂二之聖人一。以レ仁為レ恩、以レ義為レ理、以レ礼為レ行、以レ楽為レ和、薫然慈仁、謂二之君子一。

ここでは、①「天人」②「神人」③「至人」④「聖人」⑤「君子」の条件を論じているが、それぞれの定義を仔細に読めば、①②③と④⑤の間に明らかな境界が存する。古代中国人の観念の中で、「天人」「神人」「至人」は「道徳」の体現そのものであり、「聖人」は道徳の一部しか有せなかったようである(52)。しかし、この論理に照らしてみれば、「帝師」と「聖王」は、ともに「聖人」と称せられるにもかかわらず、明らかに「帝師」の方に「天人」「神人」「至人」の性質が認められ、対して「聖王」の方は、むしろ「聖人」の範疇に止まっている傾向が強い。その理由について、次節において「天」との関係を手がかりに詳述するが、ともかく、「帝師」と「聖王」は、古代中国の政治理論の中で重要な関係を構築し、その背後に神仙思想的な世界観が存在していたことが、右記の考察で窺えよう。

ところで、この中で、唯一孔子がDに位置づけられている。これは主として孔子が「聖王」に仕える「帝師」として描かれる一方、同時に「徳」のある「聖人」として、「孔子師老聃」の如く、「聖王」の性質も帯びていることによる。例えば前掲『韓詩外伝』と『論語比考』の論述では、孔子は「帝師」ではなく、むしろその意見を伺う君主・帝王の部類に分属されている。つまり孔子は、一見「帝師」の性質を有しながらも、『韓詩外伝』に「此十一聖人」の一人とされるように、場合によってCの部類に分属されることもある。この点、孔子に用いられる「長人」という表現も、他の聖王をめぐる異常風貌説同様、身長を指すに止まり、決して長寿の特質を持つBの部類に入らないのである。

では、何故孔子像にはこのような現象が見られるのだろうか。

既に指摘されたように、「孔子世家」に見える「長人」一文は、前後の文脈から衍文——途中から混入された文章と考えられる(53)。また、かつて安居香山氏も、孔子像に緯書によって他の帝王たちになるべく近い性質を与えられ、孔子を「帝王のように粉飾」する作業が一連の緯書に確認されることを踏まえて、いわゆる「素王説」の成立過程を論証した。そうした作業は主として二つの手法、「感生説」と「風貌説」によって行われ、前者は孔子の母と「黒帝」を関連づけ、後者は「海口」「亀背」「虎掌」「輔喉」「駢歯」「胸応矩」などでもってその「帝王」としての性格を特徴づけようとしている。このような孔子像が最終的に「孔子素王論」に直結した、という。(54)

さて、この構図に照らしてみれば、建内宿禰と孔子との間に、鮮明な違いが見えてくるものである。孔子に比べ、建内宿禰には、明らかに「帝師」の性質が強く認められ、そのもっとも顕著な点は、ほかならぬ「ながひと」という呼称に込められる、長寿者という意味である。この点、記紀のみならず、『公卿補任』『扶桑略記』『水鏡』、さらに『宋史日本伝』に見える建内宿禰の寿命が、それぞれ「二百九十五年」「二百八十二歳」「三百歳」となっており、この異常に長い寿命が、彼をして仁徳天皇に祥瑞の意義を尋ねさせた所以でもある。

一方、これとは対照的に、孔子が長寿者であったという記載は殆ど見当たらない。戦国時代から『史記』までの史料において、孔子はあくまでも「身長九尺六寸」の「長人」として描かれているのみである。この特徴はむしろCグループの「聖王」に共通して見られる異常風貌説に属する。

以上の考察から、建内宿禰と孔子をめぐる「ながひと」と「長人」という名称は全く関係がなかっただけでなく、その所属するグループの性格にも著しい相違が確認された。とくに、前掲「帝師」類文献の特徴に比較してみると、雁の卵の誕生伝承における天皇と建内宿禰のやりとりは一問一答の形であり、そして話題も、神秘的な色が強くかつ重大で、緊要な事柄に関係する。何より、そうした質問が、「汝こそ世の長人」――あなたこそはこの世の長寿者だから――という理由で建内宿禰にされたところに、彼が「師」たる者であることを雄弁に語っている。かかることから、幾代の天皇に仕え、その長命でもって天皇に褒め称えられ、国運を象徴する祥瑞の意味を問われる建内宿禰の人物像は、孔子像に若干影響を受けた可能性があっても、Dの位置にある、やや複雑な性格を持つ孔子像と違って、あくまでもBグループの「帝師」に属するような人物として理解すべきことが分かるであろう。

では、建内宿禰像の形成は、完全に孔子像の影響によるものでなければ、他にその人物像を構築しうる歴史的な材料があったのであろうか。あくまでも仮説であるが、ここであえて注目したいのは、古代中国の文献に見られる伝説上の人物――「天老」である。

〈8〉 建内宿禰と「天老」

太平の世に鳳凰が舞い降り、その降臨の意味をめぐって、伝説上の帝王「黄帝」と、これも伝説の上の「帝師」――「天老」の間に交わされる会話が、古代中国の文献に複数現れている。まず、『韓詩外伝』巻八に見える次の説話を見よう。

黄帝即位、施レ恵承レ天、一道修レ徳、惟仁是行。宇内和平、未レ見二鳳凰一、惟思二其象一、夙寐晨興、乃召二天老一而問レ之曰、鳳象何如、天老対曰、夫鳳象（中略）。天下有レ道、得二鳳象一之一、則鳳過レ之。得二鳳象一之二、則鳳翔レ之。得二鳳象一之三、則鳳集レ之。得二鳳象一之四、則鳳春秋下レ之。得二鳳象一之五、則鳳没レ身居レ之。黄帝曰、於戯允哉、朕何敢与レ之焉、於レ是黄帝乃服二黄衣一、帯二黄冕一、致二斎于宮一、鳳乃蔽レ日而至。黄帝降二于東階一、西面再拝稽首曰、皇天降レ祉、不二敢不一レ承レ命、鳳乃止二帝東園一、集二帝梧樹一、食二帝竹実一、没レ身不レ去。詩曰、鳳凰于飛、翽翽其羽、亦集爰止。

漢・劉向の『説苑』弁物篇にも、類似の説話として、次の一節が収められている。

黄帝即位、惟聖恩承レ天、明道一脩、惟仁是行、宇内和平、未レ見二鳳凰一、維思二影像一、夙夜晨興、於レ是乃問二天老一曰、鳳儀如何。天老曰、夫鳳、鴻前麟後、蛇頸魚尾、鶴植鴛鴦、思麗化枯折所志、龍文亀身、（中略）去則有レ災、見則有レ福、覧二九州一、観二八極一、備二文武一、正二王国一、厳照二四方一、仁聖皆伏。故得二鳳之像一、一者鳳過レ之、得レ二者鳳下レ之、得レ三者春秋下レ之、得レ四者四時下レ之、得レ五者終身居レ之。黄帝曰、於戯盛哉。於レ是乃備二黄冕一、帯二黄紳一、斎二於中宮一、鳳乃蔽レ日而降。黄帝降二至東階一、西面啓レ首曰、皇天降レ茲、敢不レ承レ命。於レ是鳳乃遂集二東囿一、食二帝竹実一、棲二帝梧樹一、終身不レ去。詩云、鳳凰鳴矣、于二彼高岡一。梧桐生矣、于二彼朝陽一。菶菶萋萋、雍雍喈喈。此之謂也。

この説話は、黄帝が即位してから、一連の仁政を施した結果、国内は太平になったものの、その徳を体現するための鳳凰が現れなかったために、黄帝は昼夜そのイメージを想像しながら、ついに天老を召して鳳凰の様子を尋ねた。これを受けて天老は、ひとまず鳳凰のすがたを詳しく説明してから、黄帝に更なる精進を勧めた。黄帝が斎宮で慎ましい儀式を執り行い、祈ったところ、果たして鳳凰は降臨した、という内容である。

これに似た説話は緯書『河図録運法』にも見られる。

黄帝即位、施二聖恩一、承二大明一、一道修レ徳、惟仁是行、宇内和平、未レ見二鳳凰一、乃召二天老一而問レ之曰、鳳象何如、天老対曰、夫鳳象（中略）。黄帝曰、允哉、朕何敢與レ之焉、於是黄帝乃服二黄衣一、帯二黄紳一、戴二黄冠一、斎二於殿中一、鳳乃蔽レ日、而至二黄帝一、降二於東階西面一、再拝稽首、皇天降レ祉、不下敢不レ承レ命上、鳳乃止二帝東園一、集二梧樹一、食二竹実一、没レ身不レ去。

右記説話の構造は、黄帝と天老の、鳳凰の降臨の意味をめぐる一問一答のかたちとなっている点が、先に指摘した「帝師」類文献の持つ特徴①と一致する。また、その内容も、国事にまつわる重大事件という点でも符合するものである。

漢籍には、他にも類似の説話が多数見られ、その基本的な構成は、すべて祥瑞など国運にまつわる事象の意味を黄帝が「天老」に質問し、それに「天老」が答えるかたちになっている。

例えば、讖緯色の強い『今本竹書紀年』と緯書『河図挺佐輔』には、やはり鳳凰の降臨条件と、その他の祥瑞現象をめぐる問答が見られる。『今本竹書紀年』の内容を掲げよう。

庚申、天霧三日三夜、昼昏。帝問二天老、力牧、容成一曰、於レ公何如。天老曰、臣聞レ之、国安、其主好レ文、則鳳凰居レ之。国乱、其主好レ武、則鳳凰去レ之。今鳳凰翔二于東郊一、而楽レ之、其鳴音中二夷則一、與天相副。以レ是観レ之、天有二厳教一以賜レ帝、帝勿レ犯也。召レ史卜レ之、亀燋。史曰、臣不レ能レ占也、其問レ之二聖人一。帝曰、已問二天老、力牧、容成一矣。史北面再拝曰、亀不レ違二聖智一、故燋。霧既降、游二于洛水之上一、見二大魚一、殺二五牲一以醮レ之、天乃甚雨、七日七夜、魚流二於海一、得二図書一焉。龍図出レ河、亀書出レ洛、赤文篆字、以授二軒轅一、接二万神於明庭一、今塞門谷口是也。

（巻上黄帝軒轅氏）

右記の例は、黄帝の治世に応えて鳳凰や河図、洛書が現れ、天老及び他の黄帝に仕える者たちがその「理」——意義を説明する内容である。類似の説話は他にも多くの文献に記録され、『尚書正義』孔穎達の疏や『瑞応図』のほか、[55]とりわけ『河図録運法』『河図挺佐輔』『河図稽命徴』、『河図始開図』などの河図類緯書に集中し、また讖緯色の強い晋・張華の『博物志』にも見られる。[56]

さて、黄帝と「天老」の問答形式及びその内容は、いわゆる聖王と「帝師」の関係を象徴する典型的な事例としてパターン化し、説話のかたちでのみならず、文学の世界にも受け継がれ、受容されたようである。以下、詩文から数例を挙げてみる。

まず、漢・張衡の「同声歌」に、

衆夫所希見　　衆夫希に見る所

天老教軒皇　　天老軒皇に教ふ

という内容が見られ、「天老教軒皇」とあるように、ここでは、「天老」は厳然たる「師」として「軒皇」——黄帝に様々なことを教える様子が描かれている。

また、唐の詩人儲光羲には、「劉先生閒居」という長詩があり、詩の中で政界から身を引いた劉氏の振る舞いや身

の処し方を仙人と喩えながら、

期之比天老　期して之を天老に比べ
真徳輔帝鴻　真徳をもちて帝鴻を輔けん

という詩句でもって讃えている。劉氏を黄帝を補佐する「天老」と擬して、その政界における重要性を強調している。
次に、唐・李白の詩「金陵鳳凰台置酒」も注目される。宮廷で開かれた酒宴で作られたこの長詩には、鳳凰の降臨と、黄帝と「天老」とを題材に、治世を謳歌する内容となっている。

置酒延落景　置酒す延落の景
金陵鳳凰台　金陵鳳凰の台
長波写万古　長波　万古を写し
心與雲倶開　心は雲と倶に開く
借問往昔時　借問す　往昔の時
鳳凰為誰来　鳳凰　誰が為に来たらん
鳳凰去已久　鳳凰去りて已に久しく
正当今日迴　正に今日に当りて迴らん
明君越羲軒　明君羲と軒を越え
天老坐三台　天老三台に座らん

後の二句は、「今上の天子は古代の聖王――伏羲と黄帝の徳をも越えており、それを達成できたのは、天老を始めとする帝師がその輔佐をよく務めていたからだ」という大意であるが、ここにも、黄帝と「天老」の関係が突出されていることが分かる。詩中の「天老坐三台」は、『帝王世紀』第一に、

黄帝以二風后一配二上台一、天老配二中台一、五聖配二下台一、謂二之三公一。

とあるように、「三公」は、「天老」を含む重臣を指している。これによって、「天老」と並行するかたちで、「三公」という、「帝師」を指す表現も存在することが分かる。事実、『河図』類緯書には左記の内容が見られる。

①舜以二太尉一受号為二天子一、五年二月東巡狩、至二於中州一、與二三公諸侯一観臨、黄龍五采、負レ図出、置二舜前一。（『河図録運法』）

②舜以二太尉一即位、與二三公諸侯一観臨、黄龍五采負レ図、出置二舜前一、以二黄玉一為レ柙、白玉検、黄金縄、黄芝為レ泥、章曰、黄帝符璽。（『河図』）

③舜以二太尉一、受号、為二天子一、五年二月、東巡狩、至二于中州一、與二三公諸侯一観臨、黄龍五采、負レ図出、置二舜前一也。（『洛書録運法』）

このように「三公」は、「天老」を含む「帝師」を指すことが窺えるが、それが時おり別の表現でもって示唆されることもある。

④尭時與二群臣賢智一、到二翠嬀之川一、大亀負レ図、来投レ尭、尭勅二臣下一、写取告二瑞応一、写畢、帰二還水中一。（『河図挺佐輔』）

⑤黄帝坐二玄扈閣上一、與二大司馬容光、左右輔将周昌等百二十人一、観二鳳凰銜レ書。（『河図録運法』）

ここでは、「天老」「三公」の代わりに、「群臣賢智」と「左右輔将」のような曖昧な呼称を用いているが、これは後述するように、もとより「天老」「三公」の指す対象の曖昧さによるものであり、場合によって「帝師」という意味において統一されることもありうる。

さて、前掲各種の祥瑞現象をめぐって展開される黄帝と「天老」の問答と記紀仁徳天皇条の雁の卵の伝承と比較すれば、内容構成は基本的に一致していることが分かる。「四霊」の一つとされる鳳凰の降臨は、為政者にとって治世の達成を意味し、多くの緯書に見られる内容である。天皇が建内宿禰に雁の卵の誕生の意味を問い、建内宿禰が「汝が御子や遂に治らむと雁は卵生らし」と答えたところの思想とまさに同じような発想に基づいている。この伝承から、建内宿禰という人物像が、主として賢臣の象徴たる「天老」のイメージの上に成り立っていることが窺える。この点、黄帝を補佐する「天老」に対する『河図挺佐輔』の表現によっても裏付けられる。

黄帝修レ徳立レ義、天下大治、乃召二天老一、而問焉、余夢見二両龍一、挺二日図一、即帝以授二余於河之都一、覚昧素喜、不レ知二其理一、敢問二於子一、天老曰、河出二龍図一、雒出二亀書一、紀帝録州聖人、所紀姓号、典謀二治平一、然後鳳凰処レ之、今鳳凰以下三百六十日矣、合二之図紀一、天其授レ帝レ図乎、黄帝乃祓斎七日、衣二黄衣黄冠黄冕一、駕二黄龍之乗一、戴二蛟龍之旗一、天老五聖、皆従以遊二河洛之間一、求下所二夢見一之処上弗レ得、至二於翠嬀之淵一、大盧魚、泝レ流而至、乃問二天老一曰、子見二天中河流者一乎、日（曰）見レ之、顧二問五聖一、皆曰レ莫レ見、乃辞二左右一、独与二天老一跪而迎レ之、五色卑具、天老以授二黄帝一、舒視レ之、名曰二図録一。

（『河図挺佐輔』）

一読して前引『韓詩外伝』の記事をアレンジした内容と分かるが、これについて中国人学者の葛志毅氏も、

これは明らかに『韓詩外伝』の内容を踏まえて、緯書にある河図、洛書が象徴する受命の形式に改め、鳳凰の祥瑞と河図、洛書の祥瑞と結合させたものである。しかし、鳳凰の出現を聖人が受命し、太平をもたらす瑞応と見なすところは、儒家の観点と一致している。(57)

のように、黄帝と「天老」の説話は、早くに緯書思想によって加工され、儒家思想の君臣の象徴的な関係として創り上げられたことを指摘している。ここで注目したいのは、この記事の内容には、建内宿禰の説話と極めて類似する部分があることである。即ち黄帝と「天老」会話にある次のような箇所である。

（黄帝）問、子見天中河流者乎。

（天老）答、見之。

極めて簡潔な会話内容であるが、眼前に突如現れた河流が「天老」だけに見えたという描き方から、多くの賢臣の中で「天老」を突出させる意図が強く感じられる。ここで注目したいのは、雁の卵をめぐって建内宿禰と仁徳天皇に交わされる次の問答との類似である。

（仁徳天皇）問、倭の国に雁卵生と聞くや
（建内宿禰）答、倭の国に雁卵生と未だ聞かず（記）
（仁徳天皇）問、倭の国に鴈生むと　汝は聞かすや
（建内宿禰）答、倭の国に鴈産むと我は聞かず（紀）

『河図挺佐輔』の方では黄帝が「天老」に、祥瑞が現れる河を「見たか」と聞いているに対して、記紀歌謡の方では、天皇が建内宿禰に、雁が卵を産むことを「聞いたことがあるか」と尋ねている。一見表現も異なり、祥瑞の内容も違うが、実はいずれも聞かれる者の身分の重要性を示している。無論、それと同時に、「天老」と建内宿禰の受け答えによって、黄帝と天皇の治世が「天」によって承認されたという、政治的な意図をも示そうとしている。要するに、このような「一問一答」は、いわゆる「祖型の反復」として、帝王と「帝師」との交流を象徴する儀式と儀礼であり、必要かつ不可欠のレトリックでもあった。

かくして建内宿禰と、緯書などに伝わる伝説上の「帝師」――「天老」との類似点を比較して分かるように、仁政に対する祥瑞として鳳凰が降臨し、その意味を黄帝が「天老」に尋ねるという設定は、仁徳天皇の仁政に対して現れる雁の卵の祥瑞をめぐって、天皇が建内宿禰に問うこととほぼ一致している。これまで建内宿禰伝承の成立に神仙思想、儒教の賢臣思想、さらに孔子世家との関連の可能性について推測してきたが、「帝師」類文献に見える黄帝と「天老」をめぐる説話群に注目し、その内容と比較すれば、記紀の雁の卵の誕生伝承における建内宿禰という人物像の形成は、明らかに黄帝と「天老」の伝承に近いことが分かる。つまり、前掲の構図で見れば、建内宿禰は、孔子と

違って、最初からBのグループに属する「帝師」のような存在だった可能性が極めて高いのである。この点を裏づけるもっとも強力な証拠は、やはり「ながひと」「とほひと」という称号である。次節で論じるように、建内宿禰は、その異常に長い寿命が彼をして「帝師」たらしめる決定的な条件ともいえるが、この点、「天老」という伝説上の異常に寿命の長い人物の「帝師」と一致しており、「ながひと」と「とほひと」という訓義の由来も、そもそも身長ではなく、「天老」の性格から来たものと推測される。

〈9〉「ながひと」と「天老」

「天老」について、中国人学者の朱越利氏と葛志毅氏がそれぞれ詳しい論考を行ったことがある。それによれば、黄帝の賢臣としての「天老」のイメージが定着したのは漢代以降であり、その出自は必ずしも明確ではなく、むしろいくつもの伝説上の人物像によって出来た可能性が高いようである。(58)「天老」は本来黄帝を補佐する「帝師」の上に徐々に道教の始祖「老子」のイメージが重なり、いわゆる黄老道を構成する中心的な人物像として定着したということである。朱氏の研究によれば、道教文献に神仙としての「天老」が登場したのは『老子変化経』（敦煌経巻S2295）という文献であり、その内容は老子の神仙化を示すものであり、老子のイメージと名称が時代の変遷にしたがい絶えず変化していく様子を語るものである。

皇苞羲時号曰温茨子
皇神農時号曰春成子一名陳予
皇祝融時号曰広成子
帝顓項時号曰赤精子
帝嚳時号曰真子、一名錄

黄帝時号曰天老
帝尭時号曰茂成子
帝舜時号曰廓叔子、化形、舜立壇、春秋祭祀之
夏禹時老子出号曰李耳一名禹師
殷湯時号曰斯宮
周父皇時号曰先王国柱下吏
武王時号曰衛成子
王時号曰成子如故

右記引用文の中に、「黄帝の時に号して天老と曰ふ」という一文が見られるように、「天老」という名称は、時期によって別の人物に変身することもあり得る。

唐・王懸河の『三洞珠嚢』巻九引西晋時時代の『化胡経』には、

老子……幽王時出為二帝師一、号曰二天老一、複称二老子一、為二柱下史一、作二『長生経』一。

との内容が見え、また、陸徳明の『経典釈文』巻一「敘録」にも、老子の出自について、

或言是老萊子。蓋百六十余歳、或言二百余歳……或云、老子在二黄帝時一、為二広成子一、一去為二天老一、在尭時為二務成子一、在二殷時一為二彭祖一、在二周時一為二柱下史一。

という内容があるように、老子と「天老」「広成子」「務成子」「彭祖」は歴史的に混用の時期が続いていたのである。朱越利氏によれば、「天老」にまつわる伝承は、誕生した時点から絶えず変容し、特に早期の道教思想との関連が、その性質を強く左右しているようである。

とにかく、基本的にいえるのは、輔佐する天老が、変化する天老より早く出現したということであろう。こうし

た時間差は、前者が後者の源であり、後者は前者を継承し、発展させたことを意味する。神仙方士や道教の神学家たちは、老子の名を借りて、たえず老子の神仙説を創り、神聖性でもって老子の地位を高めようとしつつ老子を神として創り上げていったのである。したがって、変化する老子は、このような作為の過程における重要な内容と手段である。老子が時空を超越する宇宙の本源であるとともに、臨機応変の神秘的な力をも有するという宣伝手段でもって、老子と神の同一化を企て、歴史的な真実が神にもたらす障害を克服しようとした。老子が終始人類の運命と救済に関心を寄せていることを示すために、神学家たちは古代の伝説以来の歴史時期をたくみに利用して、各時期の一、二の神を老子の化身とみなした。黄帝の統治は、古代伝説の中での一時期だったので、無論無視することはできなかった。そこへ両漢時代に盛んに流行っていた黄帝を補佐する天老の伝説が折よく注目され、天老が老子の化身とされたことも、ごく自然の成り行きであった。ただ、風後、力牧などが選ばれず、天老だけが選ばれたかについては、かなりの恣意性があったと推測される。[59]

このように、「天老」は、必ずしも一定の名称を持たず、複雑な経緯と背景の中で形成された人物のようである。その性格を構成する核心的な要素は、長寿者であることと、仙人としての性格である。

ここでは、「天老」にかかわる伝説上の諸種人物が持つ時空を超越した性格——長寿の具体的な内容について、例に即して検証してみたい。

まず、『経典釈文』巻一「敘録」に見える「老子在黄帝時、為広成子、一去為天老」という記事を踏まえて、黄帝との対話の例から見ていこう。例えば、『荘子』在宥篇には、次のような一節がある。

黄帝立為二天子一十九年、令行二天下一、聞三広成子在二於空同之上一、故往見レ之（中略）広成子南レ首而臥、黄帝順二下風一、膝行而進、再拝稽首而問曰、聞三吾子達二於至道一。敢問、治レ身奈何、而可二以長久一。広成子蹶然而起、曰、善哉問乎、来、吾語二女至道一。至道之精、窈窈冥冥、至道之極、昏昏黙黙。無レ視無レ聴、抱レ神以静、形将二自正一。

必静必清、無二労女形一、無レ揺二女精一、乃可二以長生一。（中略）我守二其一一而処二其和一、故我修レ身千二百歳矣、吾形未二嘗衰一。黄帝再拝稽首曰、広成子之謂レ天矣。広成子曰、来、吾語レ女。彼其物無レ窮、而人皆以為レ終。彼其物無レ測、而人皆以為レ極。得二吾道一者、上為レ皇、而下為レ王、失二吾道一者、上見レ光、而下為レ土。今夫百昌皆生二於土一、而反二於土一、故余将下去女、入二無窮之門一、以遊中無極之野上。吾与二日月一参レ光、吾与二天地一為レ常。当レ我緡乎。遠レ我昏乎。人其尽死、而我独存乎。

「広成子」が自身の年齢を「千二百歳」と称し、これを黄帝が「広成子之謂天矣」――広成子先生を「天」とお呼び申し上げます――と讃えるところが、極めて重要なポイントである。ここの「天」について、「天、無為也」（郭象注）、「可與天合其徳」（成玄英疏）など様々な解釈がなされてきたが、池田知久氏は、馬其昶の「挙二所尊者一以為レ敬也。称レ天亦猶レ此矣」――尊敬する者の名前を挙げるのは敬意を表すためであり、「天」と称するのもその一種である、という意味としている[60]。

ところが、筆者は右記の広成子に用いられる「天」の意味を、「守一」と「処其和」を徹し、ついに「修身千二百歳」に達したという叙述に基づき、一種の修業によって体得した「徳」として理解したい。黄帝が「広成子」を「天」と呼んだのは、成玄英の疏がいう「天」の徳と一致したためであるに違いないが、ここでいう「天」の「徳」は、抽象的な意味ではなく、まさに萬葉人にも「天地のいや遠長久」（巻二・一九六）と謳われたような、永遠に続く時空そのものである。「広成子」は、そのような「天」が持つ「永遠に続く時空」という「徳」を身に着けたからこそ、黄帝に「天」と呼ばれた。そこには池田氏などが主張する敬意という意味が当然含まれているが、しかし意味論的に言えば、抽象的な哲学概念の「天」ではなく、時空の大きさを即物的に表現した、より具体的なものと見るべきであろう。そして、「天老」という名称の成立も、おそらく、「永遠に持続する時空」を意味する「天」の「徳」を持った「千二百歳」の「広成子」のようなイメージから生まれたものであろう。

この点を裏づける事例として、「耇老」という、もうひとりの伝説上の人物について見てみたい。馬王堆医書『十問』には、その具体的な記載が見られ、例えば、「七問」所収の「帝盤庚問於耇老」の内容は次のようになっている。

帝盤庚問二於耇老一、聞子接レ陰以為レ強、吸二天之精一、以為二寿長一、吾将何処而道可レ行。耇老答曰、君必貴二夫与レ身倶生而先身老者一、弱者使二之強一、短者使レ長、貧者使二多量一。(61)

文中の帝盤庚は殷商の君主を指し、「耇老」は、道徳と学識のある老人を指すが、この一問一答の設定と内容は、先に引用した曹峰氏の「帝師」類文献と基本的に一致しているのみならず、何より「以為寿長」ということから、「耇老」という名称には、「長寿」と「知恵」という意味が早くより付与されていたことが窺える。「吸天之精」は、「天」の「徳」を「精」でも言い換えられたような表現であり、『荘子』の広成子の話と異曲同工の論理である。つまり「徳」と「長寿」がここにおいて初めて同一視されるようになったのである。むろん、これもまた政治史における長寿者の台頭を意味する。例えば、『尚書』君奭の「耇、老也」、『爾雅』釈詁の「耇、寿也」、さらに『漢書』韋賢伝の「歳月其徂、年其逮耇」という内容が、長命・長寿の意味を伝える一方、『国語』などに見える左記の諸例も、「耇老」は国家の政治にとって欠かしてはならない重要な存在でもあったことを示している。

①吾聞国家有二大事一、必順二於典型一、而訪諮二于耇老一、而後行レ之。　（『国語』晋語）

②太后詔、書曰、無レ遺二耇老一。国家将興、尊レ師而重レ博。　（『漢書』孔光列伝）

③克有二耇老一。注、耇老、賢人也。　（『逸周書』皇門解）

このように、国事において「耇老」が重要な役割を果たす①の内容が成立するのは、他ならぬその②「師」と③「賢人」としての性格による。

以上のことから、「耇老」と「天老」とは決して無関係の用語でないことが判明した。「耇」と「天」は古音において異なるものの、「天」には『荀子』儒効の「至高謂之天」、さらに『広雅』釈詁一に「天、大也」のように、高大の意味があり、「耇老」の「耇」に込められる長寿の意味と相通じるものである。とりわけいずれも「聖王」にとって国事を相談する重要な「師」と「賢人」なる点が、既に両者の不可分の関係を裏づけている。

さて、「耇老」のほか、「彭祖」と「彭老」も、「天老」との間に深い関係が推測される。この点、台湾の学者黄人二氏は戦国楚簡における「彭祖」のあり方をほぼ同時代の文献との関連を考察しながら、「彭祖」の長寿者としての性格と、君主の「師」としての地位を析出している。[62] ここにその用いられた文献の一部を掲げよう。

①（彭鏗）受寿永長、夫何久長。（『楚辞』天問）

②彭祖智不レ出二堯舜之上一、而寿八百。（『列子』力命）

③而彭祖乃今以レ久特聞。（『荘子』逍遙遊）

④彭祖得レ之、上及二有虞一。下及二五伯一。（『荘子』大宗師）

⑤吹呴呼吸、吐レ故納レ新、熊経鳥申、為レ寿而已矣。此道引之士、養形之人、彭祖寿考者之所レ好也。（『荘子』刻意）

⑥変化応来而皆有章、因レ性任レ物而莫レ不二宜当一、彭祖以寿、三代以昌、五帝以昭、神農以鴻。（『呂氏春秋』執一）

かくして『楚辞』、『列子』、『荘子』にわたり複数の彭祖に関する記述が見られるが、三者すべて「受寿永長」「寿八百」「寿考」のように彭祖が長寿者であることを強調している。

彭祖にかかるような表現が用いられたのは、むろん恣意的ではなく、その背後に「永遠に持続する時空」としての「天」という意識がある。そのために、ここに『経典釈文』巻一では、「老子在黄帝時、為広成子、一去為天老、在堯時為務成子、在殷時為彭祖、在周時為柱下史。」のように、彭祖という人物が、「天老」の人物像を構成する一要素であったことを示唆している。「広成子」も「彭祖」も、「耇老」と同じように、最初から「天老」とは切っても切れない関係を持っていたのである。

以上の考察から、「天老」は、黄老道など、戦国末期から秦漢時代にかけて、各種の思想や史料、さらに伝説類が錯綜している中で、いくつもの人物像によって創り上げられた理想的な「帝師」と言えよう。とくに、「天老」に付与された二つの特徴、神仙思想に基づく、とてつもなく長寿であることと、儒教の君臣思想に基づく「帝師」としての性格が、古代中国の政治思想における「帝師」のイメージを集約したものと言ってよい。

「天老」に見られる上記二点の特徴を建内宿禰の人物像と比較してみれば、それがまさに建内宿禰の性格を構成するもっとも重要な二大要素であることは、改めて強調するまでもなかろう。こうした「天老」の性質を踏まえて、「ながひと」「とほひと」＝「那賀比登・那餓臂等」「等保臂等」という名称について、およそ次のような判断を下せよう。「なが」にしても「とほ」にしても、いずれも「天老」が持つ、「天地のいや遠長久」のような「徳」を意味する言葉であり、それが建内宿禰に対して使われたのは、そうした「天老」のイメージに強い影響を受けたものと推測される。この人物像は、「天老」をめぐる讖緯思想的な素材をいくつも組み合わせて仕上げられたものであろう。そして、「天老」と建内宿禰の歴史上における役割と両者の関係は、図3のように、第一章において指摘した、太公望伝承と神武東征伝承の関係に見る、君臣関係の祖型に基づくものと見られるのではないだろうか。

図3　「聖王」と「帝師」の関係図

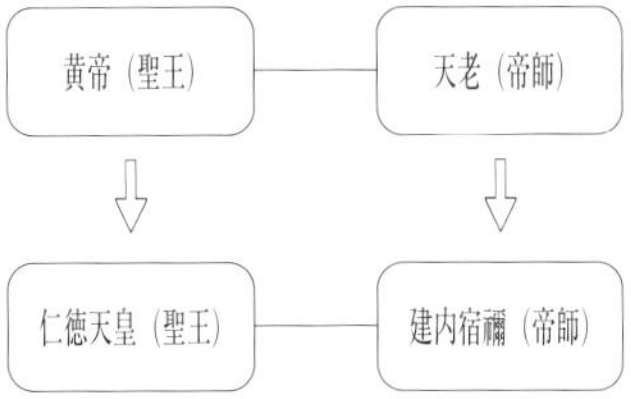

〈10〉「長人」と「一言主大神」・「一事主神」

以上の考察で、武内宿禰が「天老」のイメージを踏まえた「帝師」の性質を持つ人物ということが明らかになった。ところが、ここになお留意すべき点が残っている。即ち建内宿禰に用いられる「長人」の意味と、緯書に見える「長人」とが異なることである。前者は長寿をあらわす「ながひと」に対して、後者は身長をあらわす「たきたかきひと」の意であり、記紀歌謡において建内宿禰に対して使われる「那賀比登・那餓臂等」は、「長人」という漢字表記に置き換えられても、それが雄略天皇条に見える「長人」とは、本来出典も意味も相異なるものなのである。

さて、ここで考えたいのは、雄略天皇条における「長人」出現の意味と、それが「一言主神」・「一事主神」と呼ばれる理由である。つまり、雄略天皇が山で出会った「長人」「老人」は、「現人神」と「神」にされているが、なぜ「悪事も一言善事も一言」というようなことを口にしたのだろうか。ここの悪事と善事は、一体何を指すのだろうか。さらに、『日本書紀』では、雄略天皇と「一事主神」の出会いを、「是時、百姓咸言、有徳天皇也」という言葉で締め括られているように、「長人」との出会いとやりとりを経て、雄略天皇が「有徳」と判断されることになったのであるが、なぜ神に出会っただけで、「有徳」と言われねばならなかったのだろうか。

記紀の内容を熟読すれば、雄略天皇の治世はとうてい「有徳」と評されることの出来ない、それこそかの極悪無道の紂王を髣髴させる君主と指摘されるほど、[63]残虐の話に満ちている。にもかかわらず、「有徳」と判断されたことには、少なくとも仁徳天皇の代に見られるような仁政に及ぶくらいの、それなりの理由がなくてはならない。それは一体何を指しているのだろうか。

上記一連の疑問を解くのに、やはり讖緯の論理との関連性が重要な視点となる。ここに緯書にある記事を掲げてみよう。

①尭率㆓舜等㆒、遊㆓於首山㆒、観㆓於河㆒、有㆓五老㆒、遊㆓於河渚㆒、一老曰、河図将来、告㆓帝期㆒、二老曰、河図将来、告㆓帝謀㆒、三老曰、河図将来、告㆓帝書㆒、四老曰、河図将来、告㆓帝図㆒、五老曰、河図将来、告㆓帝符㆒、浮龍御於㆓玉苞㆒、金泥玉検、盛㆑書、五老、飛為㆓流星㆒、上入㆑昂。

（『論語讖』）

②仲尼曰、吾聞㆓尭率舜等㆒、遊於㆓首陽山㆒、観㆓黄河㆒、修気四塞、有㆓五老㆒、至㆓帝前㆒、第一老人曰、河図将来、告㆓帝期㆒、二老曰、河図持㆑亀、告㆓帝謀㆒、三老曰、河図将来、告㆓帝図㆒、四老曰、山川魚鱉、儔㆓聖思㆒、五老曰、河図持㆑龍、銜㆓玉縄㆒、歌訖、飛為㆓流星㆒入㆑昂。

（『論語讖』）

③乃以禅レ舜、又堯在位七十年、将下以二天下一禅上舜、乃潔レ斎、修二壇于河洛一、率二舜等一、升二首山一、尊二河渚一、有二五老游一焉、蓋五星之精、相謂、河図将レ浮二於是一、龍銜二玉苞一、刻二木版一、題命二可巻一、金泥玉検、封書、威知レ我者重瞳、黄姚、視三五老飛為二流星一、上入レ昴。

（『論語比考』）

④堯脩壇二河洛一、択レ良議レ沈、率二舜等一、升二首山一、道河渚、有二五老游一焉、相謂、河図将来、告二帝以レ期。

（『論語譔考』）

右記四つの記事は、堯と舜をめぐる伝承であり、大筋は、首山（首陽山）に遊び、そして河に臨んだ際に、川べりで忽然と「五老」――五人の老人に出会い、老人たちから符命の象徴となる「河図」がまもなく出現すると告げられる内容である。

既に指摘したように、「河図」「洛書」によって象徴される符命は、多くの場合天子や帝王の儀式となる国見、巡狩、行幸する際に現れるものであり、右記四例も、堯舜が「受命」する場面として描かれている。ただ、一般的な記述では、河の中から「河図」「洛書」を背負った亀が現れることが多いが、ここではその前触れとして、「五老」が先だって出現し、堯舜に符命の到来を告げているのである。

さて、右記四例を葛城山に遊ぶ雄略天皇の伝承と比較すれば、いくつかの類似点が認められる。まず、雄略天皇の葛城山行を「射猟」と「登幸」で表現するところは、既に巡狩の儀式と見なされる。山中で出会った「長人」と「老人」も、先に論じてきたように、神仙思想的な色の強いものであり、「五老」のような、この世の者でない描き方となっている。

ここで最も重要なポイントは、「一言主神」と「一事主大神」の意味である。『日本書紀』の「僕は是、一事主神」という簡潔な記述に対して、『古事記』ではやや詳しい「吾は、悪しき事なりとも一言、善き事なりとも一言、言ひ離つ神」という説明となっているものの、一体「悪」と「善」が何を指すものか、今一つはっきりしていない。

しかし、右記緯書における尭舜と「五老」のやりとりに比べてみれば、この「一言主大神」（一事主神）について、次のような仮説が立てられるようである。すなわち、雄略天皇が葛城の山中にて出会った「長人」と「老人」は、「五老」に似た、天界（昴）から降りた、天皇のために符命を言い伝える神に近い存在として見なされていた。あるいは、「長人」と「老人」そのものが、先述神武記の「乗亀甲為釣乍打羽挙来人」――「槁根津日子」（椎根津彦）と同様、既に符命の象徴として位置づけられていたのかもしれない。このような視点から、雄略紀の「是時、百姓咸言、有徳天皇也」という記述の意味もはじめて理解される。要するに、雄略天皇の「有徳」たる所以は、尭と舜が外遊して「五老」に巡り合い、神武天皇が東征して「槁根津日子」（椎根津彦）と邂逅し、受命した論理と同じように、「一言主大神」（一事主神）の出現は、彼の天下を統治する正統性を象徴する「徳」ある君主の顕現として意義づけられていたのである。「一事主神」がいう「悪」と「善」は、その言葉ひとつで国の運命が左右されるという、讖緯思想の核心的な部分によって裏打ちされているとも見られる。

〈11〉むすび

以上、記紀歌謡に見える「ながひと」＝「那賀比登・那餓臂等」、雄略紀の漢語表記「長人」について、かなりの紙幅を費やして考証を重ねてきた。建内宿禰をはじめ、「一言主大神」（一事主神）、「老人」、「長人」と讖緯思想との関連についても推論してみた。結果、「那賀比登・那餓臂等」と「長人」といった表現は、意味上多少のずれがありながら、いずれも緯書と深く関わる表現であることが明らかになってきた。もっとも両者は、漢籍のように決して神仙思想を全面的に出さず、例えば建内宿禰について恰も実在した人物のように詳細にその事跡を記述し、「一言大主神」（一事主神）についても、土着の神のイメージが強いのは、やはり下出積與氏が指摘する、日本における神仙思想の受容の一特徴なのかもしれない。

大陸に端を発する神仙思想は、我が国に享受されるや、当初の間こそ……知識として貴族層の異国趣味を刺戟したにすぎなかったであろうが、それは僅かの間であって、やがて感覚的には仙女観を中心とする美しい抒情詩として展開する途をえらんでいった。そして一方、帰化人の量と交通の頻繁さがもたらす普及度の拡大は、最初の素材的なものをして、次第に古代人の即物的直観力の規制する現実性の卓越に適応していく内容をもつものへと転じていく方向を、著しく強化せしめていくのである。こうして結局は、古代人の心理においては血縁を通して現実の大和の人間と連絡し、古来から神の観念に習合されてしまうのであった(64)。

右記下出氏の論を、建内宿禰と雄略天皇条の葛城山伝承と合わせてみれば、先に挙げた両伝承をめぐる疑問もある程度解けるのではないかと思う。つまり、建内宿禰という人物像と、「一言大主神」（一事主神）像の成立も、神仙思想と緯書資料が、「古代人の心理においては血縁を通して現実の大和の人間と連絡し、古来から神の観念に習合されてしまう」という、複雑にして長い過程が、両記事の背後に存在していたかもしれない。

十一、『懐風藻』の場合

緯書の影響が上代日本に広く行き渡っていたことは、『古事記』や『日本書紀』に止まらず、やや遅れて成立した漢詩文集『懐風藻』（七五一年）の内容からも確認される。

『懐風藻』と讖緯思想の関係を指摘された例として、大津皇子の詩作「述志」一句に対して付けられた「後人聯句」が挙げられる。

赤雀含書時不至　　赤雀書を含んで時至らず
潜龍勿用未安寝　　潜龍用ゐなかれいまだ安寝せず

右二句に対して、林古渓氏の『懐風藻新註』と岩波日本古典文学大系（小島憲之校注）は、共に緯書『尚書中候』にある「赤雀銜丹書、入酆、止于昌戸」や、『瑞応図』の「赤雀者、王者動作、応天時、則銜書来」をその出典としているが、ここに『懐風藻』における緯書思想の受容について、更に一例として大友皇子（天智天皇の男子）の伝記に見える表現を取り挙げてみたい。まず、当該伝記の前半の内容を掲げてみよう。

皇太子者、淡海帝之長子也。魁岸奇偉、風範弘深。眼中精耀、顧盼煒燁。唐使劉徳高、見而異曰、此皇子、風骨不レ似二世間人一、実非二此国之分一。嘗夜夢、天中洞啓。朱衣老翁、捧レ日而至、擎授二皇子一。忽有レ人、従二腋底一出来、便奪将去、覚而驚異。具語二藤原内大臣一。歎曰、恐聖朝万歳之後、有二巨猾間釁一。然臣平生曰、豈有二如レ此事一乎。臣聞、天道無レ親、惟善是輔。願大王勤修レ徳、災異不レ足レ憂也。

このように、常人とは違う大友皇子の風貌を描く中で、とりわけその目について「眼中精耀、顧盼煒燁」という表現が疑問である。そもそも「眼中精耀」は、「眼の中に精耀がある」という意か、それとも「眼の中が精耀している」という意なのか、漢籍にあまり見慣れない「精耀」という表現を選んだ撰者は、どのような意味を伝えようとしているのか、今一つはっきりしない。

『懐風藻』の当該箇所を林古渓氏は、

眼中精耀、冴えたる光。ひとみが非常に光る。顧盼煒燁、顧盼は目を動かす。煒燁は鮮明にして光りあること。ふりむく時にきらきらかがやく。

のように注釈した上で、

御眼には、すぐれた光りがおありになり、一寸、物を御覧なさる時にも、きらきら輝くやうであつた。

と現代語訳している。[65] 一方、岩波日本古典文学大系の注は次のようになっている。

「眼の中」（ひとみ）が鮮やかに輝く。……ふりかえりみる時の（眼のあたりの）様子は輝かしく光る。盼は眄（べ

ン　脇本）や盻（ケイ　群本）に同じく、かえりみる、視ること。顧眄（神代紀）と書くのが一般。以上四句、風采の立派なことを形容した。[66]

辰巳正明『懐風藻全注釈』では、「清耀、清く輝いている」とし、その出典を唐末の道士杜光庭の著『墉城集仙録』にある「夫人年可二十余、天姿清耀」に求め、一文を、

> 眼の輝きは清く澄み、眼を動かす時には耀くようである。[67]

と訳している。一方、江口孝夫氏の『懐風藻全訳注』では、

> 眼はあざやかに輝いて、振り返る目もとは美しかった。

としている。[68]

　このように、原文そのものを「清耀」また「精耀」とするなど、諸説の間に微妙な差異が見られるが、中でも詳細を尽くした古典文学大系の注釈では、「精耀」と「煒燁」を対句として捉えた上で、その意を「鮮やかに輝く」、「輝かしく光る」と解し、さらに「眼中」を「眼のあたり」としている。それに従えば、大友皇子は、「両目のあたりが電気のように輝かしい光りを発している」という大意である。

　しかし、「眼中精耀」という表現に即して読めば、「眼中」は明らかに「目のあたり」ではなく、「目の中」と解し、「目の中より光を放っている」という意と理解すべきであろう。この点、かつて中国人研究者聞宥は文字学の方法によって、中国における目は即ち太陽であるという観想の存在を指摘したことがある。[69]これに対して、御手洗勝氏は、「精」はあくまでも『説文解字』の月字の解説、「太陰之精、象形」とある「精」と同じく、「精気」を意味する文字であるとしている。[70]この御手洗氏の説に従えば、『懐風藻』の「眼中精耀」は、「眼のあたり」ではなく、「眼の中」になり、一文の意味は、「眼の中の精気が光り耀く」と解せられる。しかし、こうなれば、「風采の立派な」形容ということになるものの、やはり一般的な表現に比べれば、過度の誇張という感が否めない。一体、『懐風藻』の撰者を

してこうした眼をめぐる尋常ならぬ表現を用いさせたのは、何か特別な理由があったのであろうか。さまざまな見解があろうが、筆者は緯書にその出典を求めてよいかと考えている。

まず、緯書からいわゆる古代中国人が描く伝説上の帝王の風貌、特にその目の特徴に関する例を掲げてみよう。

①恠目勇敢、重瞳大力、楚之邦。（『河図』）

②恠目勇敢、重瞳、天雨刀楚之邦。（『河図』）

③怪目勇敢、重瞳大耳、力政之邦。（『河図稽命徴』）

④舜長九尺、太上員首、龍顔日衡、方庭大口、面頤亡レ髪、懐レ珠握レ褒、形捲婁色鷲黧露、目童重萌、衡眉骨円起、頤含。（『春秋考異郵』）

⑤舜長九尺、員首、龍顔日衡、方庭甚口、面頤亡レ髦、懐レ珠握レ褒、形巻婁色、鷲黧露、目童重曜、故曰レ舜、而原曰二重華一。（『洛書霊準聴』）

⑥舜龍顔重瞳。大口。手握レ褒。

注曰。龍顔取二象虹一。故有二此骨表一也。重童取二象雷一。多二精光一也。大口以二象斗星一。為天作二喉舌一。握レ褒手中褒字。喩二徒労苦起一。受二褒飾一。致二大位者一也。（『孝経援神契』）

⑦帝之為レ人、視之豊、長八尺七寸。（『洛書霊準聴』、『春秋合誠図』）

⑧下兌上、龍顔日角、八采三眸、鳥庭荷勝、琦表射出、握レ嘉履レ翌、竅息洞通。（『洛書霊準聴』）

⑨舜重瞳子、是謂二滋涼一。宋均注、滋涼、有二滋液之潤一且清涼、光明而多見。（『春秋元命苞』）

右記の諸例に見える「重瞳」「重曜」は「重華」、「双瞳」とも書かれ、一つの目の中に二つ以上の瞳があることを指す。このような目の持ち主は、⑨に「光明而多見」とあるように、目がよく光るが故に、物事がよく見えるとも強調されている。そして、⑧の「三眸」もそれに近い用例である。

『太平御覧』巻八一に、「尸子曰、昔者、舜両眸子、是謂二重明一。」とあり、『史記』項羽本紀にも、「吾聞之周生。曰、舜目、蓋重瞳子。又聞二項羽亦重瞳子一。羽、豈其苗裔邪。」とのような記載内容がある。このほか、『尚書大伝』に「舜、四瞳子」、『荀子』非相篇にも「舜、参牟子」とあるのが見え、また『春秋元命包』にも左記の内容が認められる。

○倉帝史皇氏、名頡姓侯剛、龍顔侈哆、四目霊光、実有二睿徳一。

○倉頡四目、是謂二竝明一。

さて、諸例が示すように、「重瞳」は、主として聖人、帝王たる資格を持つ者に使われる表現であるが、中でも「重瞳」に対する、『孝経援神契』の「重童取象雷、多精光也」という解釈——重瞳は雷（カミナリ、稲妻）をかたどったものであり、目が鋭く光る、との意味は、『懐風藻』の大友皇子をめぐる「眼中精耀、顧眄煒燁」という表現と相近いものである。また、『春秋元命苞』が「重瞳」を「光明而多見」と解するところも、『懐風藻』の表現に類似する。「精光」と「精耀」の「光」と「耀」が同義語であることから、この表現はやはり緯書を踏まえたものと考えられる。

また、当該表現と緯書との関連を考える手がかりとして、右記⑧『洛書霊準聴』、『春秋合誠図』の「視之豊」が注目される。『文選』所収張協の「七命」に見える「斯人神之所歆羨、観聴之所煒燁也。」に対する郭璞の注は、「煒曄、盛貌」となっており、また、同『文選』陸機の「文賦」にも、「奏平徹而閑雅、説煒曄而譎誑。」との用例があり、これに対する李周翰の注は「明暁也。」としている。これによって「煒曄」は、現代語に訳せば「盛んに光り耀く」という意になり、「豊」と「盛」が同義であり、よって「視之豊」ともほぼ同義の表現として解せられる。

「精耀」と「煒燁」に近い用例として、『魏書』（巻二）太祖紀の太祖の誕生をめぐる記述も参考になる。

保者以三帝体重二倍於常児一、窃独奇怪。明年有三楡生二於埋胞之坎一、後遂成レ林。弱而能言、目有二光耀一、広顙大耳、衆咸異レ之。

文中の「目有光耀」という表現は、文字通り「目が光り輝く」との意味であり、また、『隋書』高祖紀にも、相似たような内容として、

皇妣嘗抱㆓高祖㆒、忽見㆓頭上角出㆒、遍体鱗起。皇妣大駭、墜㆓高祖于地㆒。尼自㆑外入見曰、已驚㆓我児㆒、致令㆔晩得㆓天下㆒。為㆑人龍頷、額上有㆓五柱入㆑頂、目光外射、有㆑文在㆑手曰㆑王。長上短下、沈深厳重。

という表現が見られる。文中の「目光外射」も、「目から光を放っている」という意味になる。かくして二例ともにまさしく⑦の「視之豊」にだけでなく、大友皇子の「眼中精耀、顧盼煒燁」にも通じる表現となっている。

さらに、ここに改めて既に一度引用した『荘子』盗蹠篇の表現を思い出してみよう。

身長八尺二寸、面目有㆑光、唇如㆓激丹㆒、歯如㆓斉貝㆒。

ここの『面目有光』は、顔や目から光を発しているという意になるが、右記『魏書』と『隋書』の「目有光耀」、「目光外射」と同じく、緯書に近い表現と見るべきであろう。

さて、大友皇子を始め、一連の目に関する特異な描写の意図は、むろんそれぞれの天子・王者たる正統性を強調することにあるが、緯書の関連内容を踏まえて見れば、そこには、より具体的な意味が込められているように思われる。例えば、前掲④⑤⑥の緯書では、「重瞳」を舜の風貌としている。また、古代朝鮮の史書『三国遺事』にも、

翌日平明、衆庶復相聚集開合。而六卵化為㆓童子㆒。容皃甚偉。仍坐㆓於床㆒。衆庶拝賀。尽恭敬正。日日而大。踰㆓十余晨昏㆒、身長九尺、則殷之天乙。顔如㆑龍焉。則漢之高祖。眉之八彩、則有㆓唐之高㆒。眼之重瞳、則有㆓虞之舜㆒。其於㆓月望日㆒即位也。

（駕洛国記）

のような内容が見られる。駕洛国の国王に関する異常出生譚において「殷の天子のような九尺」なる身長、「漢の高祖のように龍の顔」、「唐の高宗のような八色なる」眉、更に「舜のように重瞳なる目」など一連の表現は無論緯書に基づくが、ここで注目を引くのは、「舜」の聖王たる象徴として、「重瞳」が強調されていることである。これを緯書

④、⑤、⑥と合わせて見れば、古代の帝王をめぐるもろもろの神秘的身体特徴の中で、「舜」は「重瞳」として見なされていた傾向が窺える。この点、とりわけ前引『論語比考』の内容が、

又尭在位七十年、将以㆓天下㆒禅㆑舜……威知㆑我者重瞳。

のように、直接「重瞳」で舜を暗示しているところが重要な証拠となる。実際、『河図霊準聴』には、

舜長九尺、太上員首、龍顔日衡。（中略）目童重瞳、故曰㆑舜。

とのように、「重瞳」を「舜」の原義としている一節が見られる。

ともかく、右記一連の用例から見れば、小島憲之氏の「眼中」に対する「眼のあたり」という解釈は間違いで、「眸・瞳が輝かしく光る」という意味と理解せねばならないだろう。ちなみに後世の日本では、数々の歴史人物を重瞳だったとする流説があり、『壇ノ浦夜合戦記』で源義経が、幸田露伴の『蒲生氏郷』で豊臣秀吉も重瞳だったという設定になっていたのである。

また、「風骨不似世間人、実非此国之分」について、諸説はそれぞれ次のようになっている。

○（中国ならばいざ知らず）日本の国の分際の人ではない。（岩波日本古典文学大系）

○当たり前の、人間世界の人たちとはちがふ、どうも日本などの島国に生るべき分際の人でない。（『懐風藻新註』）

○この皇子の風采・骨柄をみると世間並みの人ではない。日本の国などに生きる人ではない。（『懐風藻全訳注』）

ところが、緯書との関連から見れば、大友皇子は完全に神仙の世界に住む者、という解釈も成り立つ。「不似世間人」は、まさに「この世の人間ではない」という意味であり、「実非此国之分」も、「日本の国の分際の人ではない」と理解されるが、だからといって決して中国や日本の地上の「国」を指すものではなく、あくまでも「不似世間人」を踏まえた、「出自が天界なのだろう」という含意である。

さらに、「舜」と「重瞳」の組み合わせに関する推論が成立すれば、前記『魏書』、『隋書』における魏の太祖や隋

の高祖を含めて、『懐風藻』の大友皇子の風貌をめぐる表現にも、大友皇子を「舜」の再臨として強調する意図が込められているのではなかろうか。ともかく、「眼中精耀、顧盼煒燁」なる一文は、明らかに緯書の思想と表現を強く意識したものであり、作者の意図を理解する上で、軽く看過すべきではない。

注

(1) 小島憲之『古今集以前』(塙選書、一九八六年)六三頁
(2) 神としての天皇像の成立に関する詳細な論考に、遠山一郎『天皇神話の形成と万葉集』(塙書房、一九九八年)がある。
(3) 井上哲次郎「日本文学の過去と将来」(『帝国文学』創刊号、一八九五年一月)九—一〇頁
(4) 及川智早『日本神話はいかに描かれてきたか——近代国家が求めたイメージ』(新潮選書、二〇一七年)一三—四八頁
(5) 大山喬平『日本中世のムラと神々』(岩波書店、二〇一二年)二二七—二六五頁。佐藤弘夫『アマテラスの変貌——神仏交渉史の視座』(法藏館、二〇〇〇年)
(6) 岡田精司『新編神社の古代史』(学生社、二〇一一年)五—一五頁。山折哲雄『日本人の顔——図像から文化を読む』(日本放送出版協会、一九八六年)四八—四九頁。
(7) 諏訪春雄『日中比較芸能史』(吉川弘文館、一九九四年)七—八頁
(8) 益田勝実『秘儀の島——日本の神話的想像力』(筑摩書房、一九七六年)。また、古代日本における神の性格について、大江篤『日本古代の神と霊』(臨川書店、二〇〇七年)にも詳細な考察があり、参考になる。
(9) 岸本英夫『宗教現象の諸相』(大明堂、一九七七年)四五—四六頁
(10)『柳田国男全集』第四巻(筑摩書房、一九八九年)一五二頁
(11) 大藤ゆき『児やらひ』(三国書房、一九四四年)一四四—一四五頁
(12)『臨時台湾旧慣調査会第一部・蕃族調査報告書』(臨時台湾旧慣調査会、一九一五年)一一〇—一一一頁
(13) 益田勝実『秘儀の島——日本の神話的想像力』、一七〇—一七三頁

(14) 益田勝実『秘儀の島――日本の神話的想像力』、二七六頁

(15) 津田左右吉『日本古典の研究』下（岩波書店、一九六八年）一一七―一一八頁

(16) 芳賀紀雄「引証と訓釈――記紀の人物評語を中心に」、神野志隆光編『別冊国文学』NO.49（学燈社、一九九五年）一九―二六頁

(17) 林巳奈夫『中国古代の神がみ』（吉川弘文館、二〇〇二年）四―一一頁

(18) 藤野岩友「中国古代における不具者尊重の習俗について」『中国の文学と礼俗』（角川書店、一九七六年）二八二―二九四頁

(19) 例えば種村季弘氏は、その『畸形の神――あるいは魔術的跛者』（青土社、二〇〇四年）において、古代ギリシャ神話を始めとするヨーロッパの文献に見られる数々の不具者、とりわけ跛者を例に、そうした存在が歴史の中で果たす特別を役割について詳しく論じている。

(20) 安居香山「図讖の特性についての考察」『緯書の成立とその展開』（国書刊行会、一九八四年）四六四―四七〇頁

(21) 周大成『中国口腔医学史考』（人民衛生出版社、一九九一年）四二頁

(22) 孔健『孔子全集』（東方出版社、二〇一二年）四五五頁

(23) 孔祥驊『孔子新伝』（華東師範大学出版社、二〇〇九年）三四頁

(24) 劉宝楠『論語正義』下（中華書局、二〇一一年）三八頁

(25) 程樹徳『論語集釈』一（中華書局、二〇〇六年）六三頁

(26) ミルチャ・エリアーデ著・風間敏夫訳『聖と俗――宗教的なるものの本質について』（法政大学出版局、一九六九年）三―四頁

(27) 安居香山「図讖の特性についての考察」『緯書の成立とその展開』、四四五―四五四頁

(28) 賈晋華「道和徳之宗教起源」『中国文化研究』（二〇一二年夏之巻）九一頁

(29) 中村璋八「日本における緯書資料」（『緯書の基礎的研究』漢魏文化研究会、一九六六年）二九一頁

(30) 那珂通世著・三品彰英増補『増補上代年紀考』(養徳社、一九四八年)一一二―一一三頁
(31) 広畑輔雄「国生み神話――中国思想の役割」『日本中国学会報』第二七号(日本中国学会発行、一九七五年十月)一八八―二〇二頁
(32) 石母田正『日本の古代国家』(岩波書店、一九七一年)二五二―二五三頁
(33) 戸川芳郎『漢代の学術と文化』(研文出版、二〇〇二年)一四五頁
(34) 神武東征伝承における太公望伝承と讖緯思想の影響に関する詳しい論考について、拙著『日本古代文献の漢籍受容に関する研究』(和泉書院、二〇一一年)と『日中比較神話学』(汲古選書、二〇一四年)を参照されたい。
(35) 飯田季治『日本書紀新講』中巻(明文社、一九三九年)三五七―三五八頁
(36) 曾布川寛『崑崙への昇仙――古代中国人が描いた死後の世界』(中公新書、一九八一年)五三―五四頁
(37) 倉野憲司『古事記全註釈』第七巻下巻篇(三省堂、一九八〇年)八八頁
(38) 西郷信綱『古事記注釈』第四巻(平凡社、一九八九年)一九八頁
(39) 『和辻哲郎全集』第三巻(岩波書店、一九六二年)一五〇―一五一頁
(40) 下出積與『神仙思想』(吉川弘文館、一九六七年)三五頁
(41) 安居香山「緯書の孔子観」『緯書の基礎的研究』(漢魏文化研究会、一九六六年)一六四―一六八頁
(42) 岸俊男『日本古代政治史研究』(塙書房、一九六六年)一四九―一六〇頁
(43) 岸俊男『日本古代政治史研究』、一四一―一五四頁
(44) 岸俊男『日本古代政治史研究』、一七〇―一七一頁
(45) 小島憲之『上代日本の文学と中国文学(上)』(塙書房、一九六三年)三四八頁
(46) 岸俊男『日本古代政治史研究』、一六八―一六九頁
(47) 岩波日本古典文学大系『日本書紀』の頭注は次のようになっている。「葛城山は大阪府と奈良県の界の山。その南の主峰、金剛山なども古くは葛木山と汎称。続紀、文武三年五月条に役小角(えのをづの)の住んだ山とあり、七世紀末既に神仙思

想、呪術修行と結びついていた。」また、門脇禎二『葛城と古代国家』にも、日本政治史における古代葛城の重要性を論じるにあたり、「一言主神」との関係に注目している。（講談社学術文庫、二〇〇〇年）一五五―一六二頁

(48) 曹峰「一種特殊的文献――『帝師』類文献」『首届新語文学與早期中国研究国際研討会論文集』（澳門大学、二〇一六年）八―二二頁

(49) 曹峰「一種特殊的文献――『帝師』類文献」『首届新語文学與早期中国研究国際研討会論文集』、八―二二頁

(50) 曹峰「一種特殊的文献――『帝師』類文献」『首届新語文学與早期中国研究国際研討会論文集』、八―二二頁

(51) 例えば漢・劉向『列仙伝』と六朝・葛洪『神仙伝』には、これらの人物が殆ど収録されている。また漢代における仙人をめぐる認識について、余英時『東漢生死観』（聯経出版事業股份有限公司、二〇〇八年）に詳論があり、参照できる。二一―六一頁

(52) 佐藤将之『荀子礼治思想的淵源與戦国諸子研究』（台湾大学出版中心、二〇一四年）九〇―九一頁

(53) 吉田賢抗訳注『新釈漢文大系・史記』（世家下）八七巻（明治書院、二〇〇四年）八〇四頁

(54) 安居香山「『孔子秘経』考」『緯書の基礎的研究』、一五二―一七〇頁

(55) 例えば、『尚書正義』巻一「尚書序」孔穎達の疏に、「『陰陽書』称天老対二黄帝一云、鳳皇之象、首戴レ徳、背負レ仁、頸荷レ義、膺抱レ信、足履レ政、尾繋レ武。」との内容が引用されている。

(56) 例えば『博物志』巻五「方士」には、次のような内容が見られる。「黄帝問二天老一曰、天地所レ生、豈有食レ之令レ人二不一レ死者乎。天老曰、太陽之草、名曰二黄精一、餌而食レ之、可二以長生一。太陰之草、名曰二鈎吻一、不レ可レ食、入レ口立死。人信二鈎吻之殺一レ人、不レ信二黄精之益一レ寿、不二亦惑一乎。

(57) 葛志毅『譚史斎論稿四編』（黒龍江人民出版社、二〇〇八年）一七四頁

(58) 朱越利「天老考」『宗教学研究』第二期（四川大学道教與宗教文化研究所、一九八六年六月）五二―五八頁。葛志毅『譚史斎論稿四編』、一六九―一八二頁

(59) 朱越利「天老考」『宗教学研究』二期、五四頁

（60）池田知久『荘子全訳注（上）』（講談社学術文庫、二〇一四年）六四五―六四六頁
（61）馬継興『馬王堆古医書考釈』下冊（湖南科学技術出版社、一九九二年）九三四頁
（62）黄人二「上博蔵簡彭祖試探」『上海博物館蔵戦国楚竹書（三）研究』（高文出版社、二〇〇五年）一六四―一六八頁
（63）榎本福寿「『古事記』雄略天皇の所伝のなりたち」（『古事記年報』第四一巻、一九九九年一月）七一―九九頁
（64）下出積與『神仙思想』（吉川弘文館、一九九五年）二四三頁
（65）林古渓『懐風藻新註』（明治書院、一九五八年）三七頁
（66）小島憲之注釈・岩波日本古典文学大系『懐風藻・文華秀麗集・本朝文粋』（岩波書店、一九八八年）六八頁
（67）辰巳正明『懐風藻全注釈』（笠間書院、二〇一二年）四三頁
（68）江口孝夫『懐風藻全訳注』（講談社学術文庫、一九九九年）四三頁
（69）聞宥「上代象形文字中目文之研究」『燕京学報』（国学研究所、一九二二年六月）二三五三―二三七五頁
（70）御手洗勝『古代中国の神々――古代伝説の研究』（創文社、一九八四年）五九五頁

第二章　『古事記』と朝鮮史料

一、反正記と尼師今伝説

『日本国見在書目録』の記載内容から、奈良朝から平安初期にかけて、緯書のほとんどが日本にもたらされたと推測される。ただ、『古事記』及びその他の上代文献における緯書の影響について考察する場合、緯書の直接の利用という観点があると同時に、その伝来ルートおよび東アジアにおける流布の状況を把握することもまた必要であろう。何故なら、前掲の諸例にも見られるように、讖緯的な内容でありながら、緯書との間に表現など微妙な違いも認められる。このような現象は、緯書の内容を咀嚼しつつも独自の表現を試みたという可能性を示すとともに、別のルートから間接的に緯書を受容した可能性をも示唆している。この点、特に古代日本の文化形成における朝鮮の役割は、避けては通れない問題なので、緯書と古代朝鮮の関係を知ることもまた、『古事記』における讖緯思想の受容ないしその性質を理解するために、必要な視点となろう。

例えば、『日本書紀』推古天皇十年条にある次の一節は、緯書の伝来を示唆する記録としてしばしば言及されている。

冬十月、百済僧観勒来之、仍貢二暦本及天文地理書、並遁甲方術之書一也。是時、選二書生三四人一、以俾レ学二習於観勒一矣。陽胡史祖玉陳習二暦法一。大友村主高聡学二天文遁甲一。山背臣日立、学二方術一。皆学以成レ業。閏十月乙亥朔己丑、高麗僧々隆・雲聡共来帰。

ここにいう「暦本」と「天文地理書並遁甲方術之書」は、おそらく緯書を中心とする史料に属し、具体的な書名こそ明らかでないものの、『日本国見在書目録』との間には、既に一縷のつながりが見え隠れする。それでは、文献伝来のルートとして重要な役割を果たしていた古代朝鮮における讖緯思想の受容の状況はどのようなものだったのだろうか。ここではその実態を、『三国史記』に見える尼師今伝説を手がかりに考えてみたい。

『三国史記』巻一新羅本紀第一には、次のような記事が著録されている。

　儒理尼師今立。南朝鮮太子也。母雲帝夫人、妃日知葛文王之女也。或云妃姓朴許婁王之女。初南鮮薨、儒理当レ立。以三大輔脱解素有二徳望一、推二譲其位一。脱解曰、神器大宝、非二庸人所レ堪。吾聞聖智人多レ歯、試以レ餅噬レ之。儒理歯理多、即与二左右一奉二立之一。号尼師今。古伝如レ此。金大問則云尼師今方言也。謂二歯理一。昔南解将死、謂二男儒理壻脱解一曰、吾死後、汝樸昔二姓、以二年長一而嗣レ位焉。其後金姓亦與二三姓一以二歯長一相嗣。故称二尼師今一。

（南解・儒理）

国王の逝去に伴い、脱解なる者が、王位の後継者が「庸人」であってはならないことを理由に「智人」である太子の尼師今を推挙している。

　一方、続く古伝の方では、同じ人物を指して、「歯長」をその王位の後継者たる資格としている。歯が多いことと長いことがいずれも「徳望」を持つことの証しとされているが、これを反正記の内容と比較すれば、明らかな共通点が両記事の間に認められる。第一章にも述べたように、反正記の「御歯長一寸広二分、上下等斉、既如貫珠」という描写についても歯が長い、または歯が多いという二つの解釈に分かれている。これは、漢籍の「駢歯」をめぐる理解の相違がもたらした結果であるが、太子の尼師今の歯に関する記述上の行き違いも、同じ原因なのかもしれない。

　また、同じ『三国史記』列伝にも、弓裔に関する記録が注目される。

　弓裔、新羅人。姓金氏。考第四十七憲安王誼靖。母憲安王嬪御。失二其姓名一。或云、四十八景文王膺廉之子。以二五月五日一生二於外家一。其時屋上有二紫光一。若二長虹一。上属レ天。日官奏曰、此児以二重午日一生。生而有レ歯。且光焔異常。恐将来不利二於国家一。宜勿レ養レ之。王勅二中使一。抵二其家一殺レ之。使者取二於襁褓中一。投二之楼下一。乳婢窃捧レ之。誤以レ手触。眇二其一目一。抱而逃竄。劬労養育。年十余歳。遊戯不レ止。其婢告レ之曰。子之生也。見レ棄二於国一。予不レ忍。窃養以至二今日一。而子之狂如レ此。必為レ人所レ知。則予与子倶不レ免。為レ之奈何。弓裔泣曰。若然則吾逝矣。無二為母憂一。便去二世達寺一。今之興教是也。祝レ髪為レ僧。自号二善宗一。（中略）見二新羅衰季一。政荒民散。王畿外州県叛付相半。遠近羣盗蜂起蟻聚。善宗謂乗レ乱聚レ衆。可二以得レ志。以二真聖王即位五年大順二年辛亥一。投二竹州賊魁箕萱一。箕萱侮慢不礼。善宗鬱悒不二自安一。潜結二箕萱麾下元会、申煊等一為レ友。景福元年壬子。投二北原賊梁吉一。吉善遇レ之。委任二以レ事一。遂分レ兵使レ東略レ地。於是レ出二宿雉岳山石南寺一。……弓裔起自二唐大順二年一。至二朱梁貞明四年一。凡二十八年而滅。　（列伝第十・弓裔）

ここでは、弓裔の誕生について、前記尼師今の記事とやや違って、その風貌を「生而有歯」――生まれながらにして歯が生えていると記すが、歯を「徳」の象徴として捉える点において、尼師今伝承と共通した認識に基づく。

類似の記事は『三国遺事』にも見られるので、その内容を掲げよう。

○南解居西干、亦云二次次雄一。……或云二尼師今一、言謂二歯理一也。初南解王薨、子弩礼譲位二於脱解一。解云、吾聞二聖智人多歯一。乃試以レ餅噬レ之。古伝如レ此。　（『三国遺事』紀異第二、南解王）

○朴弩礼尼叱今。一作二儒礼王一。初王與二妹夫脱解一譲位。脱解云、凡有レ徳者多歯。宜以二歯理一試レ之。乃咬レ餅験レ之。王歯多故先立。因名二尼叱今一。尼叱今之称、自レ此王始。劉聖公更始元年癸未即位。改定二六部号一。乃賜二六姓一。始作二兜率歌一。有二嗟辞一、詞脳格。始製二黎耜一乃蔵二氷庫一。作レ車飛、建虎十八年、伐二伊西国一滅レ之。是年高麗兵来侵。　（『三国遺事』紀異第三、弩礼王）

右三点の記事は、いずれも王位継承をめぐって、その適任者を選ぶにあたり、歯の特徴を決定条件としている。既に述べたように、反正記の「御歯長一寸広二分、上下等斉、既如貫珠」は、具体的な表現が異なるものの、「駢歯」

という漢語に対する『古事記』の撰者の独自の理解と見られる。ところが、右記の朝鮮史料に比べてみれば、反正記の表現について、新たな解釈の可能性が出てきたのである。なぜなら、「御歯長一寸広二分、上下等斉、既如貫珠」に対して、日本古典文学全集（小学館）の頭注が、

　歯の長さは約二センチメートル、広さ（幅）訳四ミリメートル。細すぎるということに不審が残る。「広さ」を厚さととる説もあるが、それでは言葉に即して不適。

と解釈していることが改めて想起される。朝鮮史料に見える「多歯」と照らし合わせて見れば、「多歯」は「御歯長一寸広二分」の別表現とも解せられる。つまり、反正記の歯をめぐる描写は、「駢歯」の意を、どちらかと言えば、『日本書紀』の撰者のように、「生而歯如一骨」ではなく、宋均説に近い「二重歯列」と理解しているようである。

二、朝鮮史料・渡来説話と緯書

古代朝鮮における讖緯思想の影響について、筆者はかつて『三国遺事』紀異巻第一の序文に見える次の一節に注目したことがある。

　叙曰、大抵古之聖人、方其礼楽興邦、仁義設教、則怪力乱神、在所不語。然而帝王之将興也、膺符命受図録。必有以異於人者、然後能乗大変、握大器、成大業也。故河出図、洛出書、而聖人作。以至虹繞神母而誕羲、龍感女登而生炎皇。娥遊窮桑之野、有神童自称白帝之子、交通而生小昊。簡狄呑卵而生契、姜嫄履跡而生棄、胎孕十四月而生尭。龍交大沢而生沛公。自此而降、豈可殫紀。然則三国之始祖、皆発乎神異、何足怪哉。此紀異之所以策諸篇也、意在斯焉。

文中の「河出図、洛出書」及び出生譚はいずれも緯書に深く関わっているものである。また、同『三国史記』巻第

一「新羅本紀」赫居世王の出生に関する記事にも、

　高墟村長蘇伐公。望楊山麓。蘿井傍林間。有レ馬跪而嘶。則往観レ之。忽不レ見レ馬。只有二大卵一。剖レ之。有二嬰児一出焉……。

とある。右記の記事は『三国遺事』紀異巻第一に同じ内容の話が収められ、類似する記事が、『三国遺事』紀異巻第一に、

　楊山下蘿井傍、異気如二電光一垂レ地、有二一白馬一跪拝之状、尋二検之一、有二一紫卵一、馬見レ人長嘶上レ天。剖二其卵一、得二童男一。形儀端美、驚二異之一。浴二於東泉一。身生二光彩一。鳥獣率舞、天地振動、日月清明……。

という形で所収されている。

ところで、ここで興味深く思われるのは、朝鮮資料のみならず、『古事記』に見られる古代朝鮮と関わる渡来説話にも、緯書の影響と思われる要素が認められ、古代東アジアの流動的文化環境の中で讖緯思想がいかに流布していたかを物語っている。ここにその一例として、『古事記』に伝わる新羅の王子天之日矛に関する伝承を取り挙げてみよう。

　又昔、有二新羅国主之子一。名謂二天之日矛一。是人参渡来也。所二以参渡来一者、新羅国有二一沼一。名謂二阿具奴摩一。此沼之辺、一賤女昼寝。於是日耀如レ虹、指二其陰上一、亦有二一賤夫、思レ異二其状一、恒伺二其女人之行一。故、是女人、自其二昼寝時一、妊身、生二赤玉一。爾其所レ伺賤夫、乞二取其玉一、恒裹著レ腰。此人営二田於山谷之間一。故、耕人等飲食、負二一牛一而、入二山谷之中一、遇二逢其国主之子一、天之日矛。爾問二其人一曰、何汝飲食負レ牛入二山谷一。汝必二殺食是牛一。即捕二其人一、将レ入二獄囚一、其人答曰、吾非レ殺レ牛。唯送二田人之食一耳。然猶不レ赦。爾解二其腰之玉一、幣二其国主之子一。故、赦二其賤夫一、将二来其玉一、置二於床辺一、即化二美麗嬢子一。仍婚、為二嫡妻一。爾、其嬢子、常設二種々之珍味一、恒食二其夫一。故、其国主之子、心奢詈レ妻、其女人言、凡吾者、非下応為二汝妻一之女上。将レ行二吾祖之国一、即窃

乗二小船一、逃遁度来。留二于難波一。於是、天之日矛、聞二其妻遁一、即追渡来。将レ到二難波一之間、其渡之神、塞以不レ入。故、更還、泊二多遅摩国一。即留二其国一、娶二多遅之俣尾之女、名前津見一、生レ子、多遅摩母呂須玖。此之子、多遅摩斐泥。此之子、多遅摩比那良岐。此之子、多遅麻毛理。次、多遅摩比多訶。次、清日子。此清日子、娶二多摩之咩斐一、生レ子、酢鹿之諸男。次、妹菅竈由良度美。故、上云多遅摩比多訶、娶二其姪、由良度美一、生レ子、葛城之高額比売命。故、其天之日矛持渡来物者、玉津宝云而、珠二貫、又、振レ浪比礼、切レ浪比礼、振レ風比礼、切レ風比礼、又、奥津鏡、辺津鏡、并八種也。

陰陽五行説・災異瑞祥説・神仙説・天文占・天人相関思想などで経典を解釈しようとする緯書において、「虹」の記事はほとんど災異祥瑞説と天人相関（感生帝説）の内容として記されている。その具体例を並べてみよう。

①大星如レ虹、下流二華渚一、女節夢接、意感而生帝宣。
宋均注曰、華渚渚也。（『春秋元命苞』）
②握登見二大虹一、意感、生レ舜二於姚墟一。
③瑶光之星、如レ虹貫レ月、感三処女二於幽房之宮一、生三帝顓頊二於若水一、首戴二干戈一、有レ徳文也。
④大星如レ虹、下流二華渚一、女節気感、生二白帝朱宣一。
宋均注曰、朱宣昊氏也。（『河図稽命徴』）
⑤大星如レ虹下流二華渚一、女節気感、生二白帝朱宣一。
⑥瑶光之星、如レ蜺貫レ月正白、感レ女二枢幽房之宮一、生二黒帝顓頊一。
⑦瑶光如レ虹貫レ月、正白感二女枢一、幽房之宮、生二帝顓頊一。
⑧黄軒母、曰二地祇之子一、名付宝、之二郊野一、大霓繞二北斗枢星一耀、感二付宝一、生二軒轅一。（『河図』）
⑨握登見二大虹一、意感而生二帝舜一。

⑩握登感二大虹一、生三大舜二於姚墟一。
⑪瑶光如レ蜺、貫レ月正白、感二女枢一、生二顓頊一。
注、星光如二虹蜺一、往貫レ月也。（『詩含神霧』）
⑫握登見二大虹一、意生二黄帝一。
⑬女登見二大虹一、意感生レ舜二於姚墟一。
⑭揺光之星、如虹貫月正白、感女枢于幽房之宮。生帝顓頊。（『河図著名』）
⑮姚氏縦華感枢、注曰、縦生也、舜母握登、枢星之精、而生レ舜重華、枢如レ虹也。（『尚書帝命験』）

右に列挙した記事（注は魏宋均による）は、それぞれ諸種緯書に散見する「天人感応説」に基づく「虹」の記事であるが、その内容を、天之日矛伝承冒頭記事と比較すれば、例えば、伝承は「新羅国有一沼、名謂阿具奴摩。此沼之辺、一賤女昼寝。於是日耀如虹、指其陰上……」という文章となっており、右記緯書の記事とは内容から構造、用語に至るまで多くの共通点を持っている。そもそも沼と渚を設定している理由について、『淮南子』墜形訓に「丘陵為牡、谿谷為牝。山気多男、沢気多女」とあるように、讖緯思想を構成する重要な一部である陰陽思想に基づく発想と見なされる。類似の用例は、『日本書紀』雄略三年四月条にも見られる。

　俄而皇女齎二持神鏡一。詣二於五十鈴河上一、伺二人不一レ行。埋レ鏡経死。天皇疑二皇女不在一、恒使二闇夜東西求覓一。乃於二河上一虹見如レ蛇、四五丈者。掘二虹起処一、而獲二神鏡一。移行未遠、得二皇女屍一。割而観之、腹中有レ物如レ水、水中有レ石、枳莒喩、由レ斯得二雪子罪一。還悔レ殺レ子、報二殺国見一。逃二匿石上神宮一。

内容の展開は緯書のそれとは異なるものの、「河上虹見如虹四五丈」という表現が、右記緯書の諸例と近い観念に基づいた記事と見なされよう。

　また、「虹」と「赤玉」についても、緯書『孝経右契』に次のように見られる。

告㆓備於天㆒曰、孝経四巻、春秋河洛凡八十一巻、謹已備、天乃洪鬱起、白霧摩㆑地、赤虹自㆑上下、化為㆓黄玉㆒、長三尺、上有㆓刻文㆒、孔子跪受而読㆑之……。

さらに、『詩含神霧』にも、

含始呑㆓赤珠㆒、刻曰㆓玉英㆒、生㆓漢皇㆒、後赤龍感㆓女媪㆒、劉季興。

という記事が見られる。「虹」が化して「黄玉」となる緯書の「黄玉」と、含始が呑み込んだ「赤珠」は、天之日矛伝承に現れる「赤玉」と極めて類似するものである。ただ、右記『孝経右契』と『詩含神霧』の玉は、符命のシンボルとして描かれている。実際、緯書において「赤玉」も符命に深く関わっていることが、『春秋元命包』にその例が求められる。

唐帝遊㆓河渚㆒、赤龍負㆑図以出、図赤色如㆓錦状㆒、赤玉為㆑匣、白玉為㆑検、黄珠為㆑泥、元玉為㆑鑑、章曰、天皇上帝、合㆑神制㆑署、天上帝孫伊克龍、潤滑圓在㆓唐典㆒、右尉舜等百二十、臣発㆓視之㆒蔵㆓之大麓㆒。

唐帝が黄河の川べりに出遊したところ、赤龍が河図を背負って現れ、図の色が赤だけでなく、容れ物も「赤玉」で造られているという内容である。『孝経右契』と『詩含神霧』のように文字が直接玉に刻まれているのと違って、ここでは「赤玉」が容れ物とされているだけであるが、符命と関わっている以上、それに近い象徴物として見なされよう。

また、『春秋合誠図』にも、

尭坐㆓舟中㆒、與㆓太尉舜㆒臨観、鳳凰負㆑図授㆑尭、図以㆓赤玉㆒為㆑柙。

という例が見られる。こうした内容は天之日矛伝承と多少異なるが、用語の一致はやはり伝承と緯書との関連を示すように思われる。とくに、この「赤――」の用語は、緯書にはとりわけ数多く見られ、「赤龍」、「赤鳥」、「赤雀」、「赤泉」、「赤雲」、「赤金」など枚挙に暇がない。このことから、天之日矛伝承に用いられる「赤玉」は、緯書資料との関連によってもたらされた表現と推測される。

さらに、ここで注目したいのは、六朝時代の史書『帝王世紀』第七に見られる次の讖緯色の強い記事である。

豊公家二於沛之豊邑中一、其妻夢二赤鳥若レ龍、戯已而生二執嘉一、是為二太公一、即太上皇也。太上皇之妃曰レ媼、是為二昭霊后一、名含レ始。遊二於洛池一、有二玉鶏一銜二赤珠一出、刻曰二玉英一、呑レ此者王、含始呑レ之、生レ邦、字季。

劉邦の祖父豊公が豊邑に住んでいた頃、その妻は夢の中で龍に似た赤い鳥と戯れ、ついに執嘉を生み、これが太公――太上皇となった。その太上皇の妃であった媼――昭霊皇后（名は含始）が、洛池に出て遊んでいたところ、玉の鶏が赤珠を銜えて現れ、その上に「これは玉の英で、これを呑み込めば王者になる」という文字が刻まれていたので、含始がこれを呑めば、果たして劉邦を生んだ、というものである。

類似の記事は断片的なものとして『詩含神霧』と『春秋握誠図』などにも記されているが、右記『帝王世紀』の内容がもっともまとまった内容となっている。

さて、ここで注目したいのは、右記『帝王世紀』の記事と天之日矛伝承との類似である。一方は、豊公の妻が「洛池」に出ていたところ、玉鶏に赤珠を与えられ、それによって天子の劉邦が誕生した話、もう一方は、「いやしき」女が沼のほとりで昼寝をしているところ、日光が虹のようにその体に差し、女が赤玉を誕生した話である。その後の展開がそれぞれ異なるものの、水辺で「玉鶏」や「虹」との交流によって「赤珠」「赤玉」を産む内容は、やはり偶然の類似というより、前引①から⑮までの緯書の記事と同じく、「祖型」のようなものを踏まえて成り立っているように思われる。

かつて筆者は、研究の焦点を『古事記』における緯書の受容という一点にしぼっていたため、古代東アジアの文化交流という視点から天之日矛伝承の意義に論及することができなかった。そのため、「日光」「虹」「赤玉」が天之日矛伝承の一部として語られている原因を理解できず、この伝承の核心にもついに触れえなかったが、近年とみに発達した比較神話学の理論から見れば、「日光」「虹」「赤玉」に共通した象徴性が認められ、それを持って天之日矛伝承を捉え直してみれば、この伝承には先に挙げた『三国史記』所収「高麗本紀・始祖東明聖王」の伝承と緯書『春秋元命包』の周の先祖姜嫄の伝承と同様、いわゆる貴種流離譚の原型を留めている可能性があるようである。以下、『三国遺事』所収の脱解王伝承をてがかりに、いわゆる「貴種流離譚」の発生と、緯書思想との関連について考えてみたい。

三、脱解王伝承が語るもの

『三国遺事』には、脱解王に関する伝承が見られる。出自が高貴であったにもかかわらず捨てられる運命に遭い、紆余曲折を経てようやく王位についた内容であるが、前記反正記をはじめとする一連の記事を理解する手がかりが多く含まれているので、注目に値する。少し長い引用となるが、ここに、『三国遺事』紀異第一所収の原文を掲げよう。

脱解歯叱今。一作二吐解尼師今一。南解王時、駕洛国海中有レ船来泊。其国首露王、与二臣民一鼓譟而迎。将欲レ留レ之、而舡之飛走。至二於鶏林東下西知村阿珎浦一。時浦辺有二一嫗一、名阿珍義先。乃赫居王之海尺之母。望レ之謂曰、此海中元無二石嵓一、何因鵲集而鳴。拏レ舡尋レ之、鵲集二一舡上一。舡中有二一櫃子一、長二十尺、広十三尺。曳二其船一、置二一樹林下一。而未レ知二凶乎吉一乎。向レ天而誓爾。俄而乃開見、有二端正男子一、並七宝奴婢満二載其中一。供給七日、廼言曰、我本龍城国人、我国嘗有二二十八龍王一、従二人胎一而生。自二五歳六歳一継登二王位一。教二万氏修正性命一。而有二八品姓骨一。然無レ棟三択皆登二大位一。時我父王含達婆、娉二積女国王女一為レ妃。久無二子胤一、禱祀求息、七年後生二一大卵一。於レ是大王会二問群臣一。人而生レ卵、古今未レ有。殆非二吉祥一。乃造レ櫃置レ我、並七宝奴奴婢載二於舡中一。浮レ海而祝曰、任レ到二有縁之地一、立レ国成レ家。便有二赤龍一、護レ舡而至レ此矣。言訖、其童子曳レ杖二奴。登二吐含山上一作二石塚一。留七日、望二城中可居之地一。見三一峯如二三日月一、勢可久之地、乃下尋レ之。即瓠公宅也。乃設二詭計一。潜三埋礪炭㆓於其側㆒。詰朝至問曰、此是吾祖代家屋。瓠公云㆑否。争訟不㆑決、之告㆓於官㆒。官曰、以㆓何験㆒是汝家。童曰、我本治匠、乍出㆓隣郷㆒。而人取居㆑之。請掘㆑地検看。従㆑之、果得㆓礪炭㆒。乃取而居焉。時南解王知㆓脱是智人㆒。以㆓長公主㆒妻㆑之。是為㆓阿尼夫人㆒。一日吐解登㆓東岳㆒、廻程次令㆓白衣索㆑水飲㆑之。白衣汲㆑水、中路先嘗而進。其角盃貼㆓於口㆒不㆑解。因而嘖㆑之。白衣誓曰、爾後若近遙不㆓敢先嘗㆒。然後乃解。自㆑此白衣讋服。不㆓敢欺罔㆒。今東岳中有㆓一井㆒、俗云㆓遙乃井㆒是也。及弩礼王崩、以㆓光虎帝中元六年丁巳六月㆒、及登㆓王位㆒。以㆔昔是吾家取㆓他人家㆒故、因姓昔氏。或云、因㆓鵲開㆑櫝、故去㆑鳥字。姓昔氏。解㆑櫝脱㆑卵而至、故名㆓脱解㆒。在位二十三年。建初四年己卯崩。葬㆓疏川丘中㆒。後有㆓神詔㆒。慎埋葬㆓我骨㆒。其髑髏週三尺二寸、身骨長九尺七寸、歯凝如一。骨節皆連鎖。所謂天下無敵力士之骨。砕為㆓塑像㆒。安㆓闕内㆒。神又報云、我骨置㆓於東岳㆒。故令㆑安㆑之。

決して調った漢文でないこの伝承を一読すれば、反正天皇の記事との類似点に気付く。吐解尼師今の身長と骨をそれぞれ「九尺七寸」、「歯凝如一」と記すところが、「駢歯」を持つ反正天皇が持つ、「御身之長、九尺二寸半」、「生而歯如一骨」という特徴とは相似た表現であり、吐解尼師今の遺骨の特異さも、顕宗記の市辺忍歯王にまつわる図讖を想起させる。

それでは、脱解王伝承と『古事記』の伝承との間に見られる類似点をどのように理解すべきだろうか。筆者の考えでは、諸伝承が共通点として抱える異常出生譚の部分が鍵である。

例えば、伝承では脱解王がその出自を「我本龍城国人、我国嘗有二十八龍王、従人胎而生。……時我父王含達婆、娉積女国王女為妃。久無子胤、禱祀求息、七年後生一大卵。」とのように述べているが、「卵生説話」と呼ばれるかかる伝承は、先に引用した類似の説話にも見られるように、多くの場合、その誕生のきっかけは「日光」であった。例えば前引『三国史記』高句麗始祖王朱蒙の出誕伝説の内容に、

幽閉㆓於室中㆒、為㆑日所㆑照。引㆑身避㆑之。日影又逐而照㆑之。因而有㆑孕、生㆓一卵㆒。大如㆓五升許㆒。

とあり、また、同『三国史記』巻第一「新羅本紀」赫居世王の出生にある「只有大卵。剖之。有嬰児出焉」と『三国遺事』紀異巻第一にある「有一紫卵、馬見人長嘶上天。剖其卵、得童男。形儀端美、驚異之。」との内容と比較すれば、脱解王も、いわゆる「卵生説話」に近いような形で生まれたことが推測される。

「日光感精」説話と呼ばれる類話は長く継承され、数世紀後の中世日本の寺社縁起にも伝えられている。ここに鎌倉時代の成立とされる八幡神の霊験と神徳を説いた寺社縁起の文献『惟賢比丘筆記』（『続群書類従』巻第五十八所収）と『八幡愚童訓』所収の内容を見よう。

震旦国陳大王娘大比留女、七歳御懐妊、父王怖畏ヲナシ、汝等未幼少也、誰人子有憶申ベシト仰ケレバ、我夢朝日光胸覆所娠也ト申給ヘバ、弥驚テ、御誕生皇子共、空船乗、流レ着所ヲ領トシ給ヘトテ大海浮奉、日本大隅磯岸着給、其太子ヲ八幡ト号奉。（『惟賢比丘筆記』）

震旦国ノ陳ノ大王ノ娘大比留女ノ、七歳ニシテ御懐任（妊）在リシヲ、父ノ王恠ンデ、「汝未幼少也。誰人ノ成ス所ニカアル。憶ニ可申」仰ケレバ、「我誠幼稚ナレバ、人ニ膚ヲ触ル事ナシ。仮寐タリシ時、朝日ノ光胸ニ差掩ト覚ヘテ、孕処也」ト申サセ給ケレバ、弥驚テ、御誕生ノ皇子ト共ニ空船ニ乗セテ、「流レ着ン所ヲ所領トシ給ヘ」トテ、大海ニ浮ベ奉ル。日本大隅国礒ノ岸ニ寄リ着キ給ヒケリ。其太子ヲ依奉号八幡、御船ノ着シ所ヲバハ八幡崎ト名付タリ。是ハ継躰天皇ノ御宇也キ。（『八幡愚童訓』甲）

二つの伝承は、ともに長い縁起文の一部であるが、その内容構成が、基本的に前引の朝鮮史料とほぼ重なることが、容易に気付かれよう。

さて、脱解王伝承を始めとする朝鮮史料と、『古事記』天之日矛伝承をはじめとする日本の文献に見られる、時代と地域を異にする四種類の伝承は、いずれも異常出生譚となっている点が、やはり注目に値する。とりわけ諸伝承に見られる「龍王、赤龍、赤玉、日光、虹」という一連の要素は、すべて緯書において象徴的な意味を付与された、王権に深く関わるものであるだけに、その形成の背景と、それぞれの文脈における機能や役割に関する強い興味をそそられる。

気象現象としての「虹」は、古代から世界各地の神秘思想の中でさまざまの象徴的な意味を与えられてきた。ギリシア神話では虹の女神イリスは、海神タウマスの娘で、天と地、すなわち神々と人間をつなぐ架け橋と見なされ、また、『創世記』では「虹」を神の人間に対する約束のしるしとしているが、やがて聖体と秘蹟の意味を帯びるようになり、神と人間の間に介在してその精神的な交流を取り図る、神秘的な象徴と化してしまったのである。[1]「虹」にこのような性質を付与されたのは、他ならぬそのあり方にまとう神秘性によるものであろうが、興味深いことに、古代東アジアの文化伝統における「虹」の性質と比較すれば、両者の間には、神秘思想を構成する重要な要素として一脈通じているところが認められる。ただ、西洋の「虹」が早くから観念的な色彩を帯び始めたのと違って、東アジアの「虹」は、具象性の性質が強く、アニミズム的な一面を見せることもしばしばであった。

ところで、記紀伝承、朝鮮説話、さらに緯書などに見る「虹」の性格を、古代中国の「龍―璜―虹の一体観念」説及び人界と天界の交流に果たす機能説と関連づける葉舒憲氏の論考が参考になる。氏の論文「龍―璜―虹―天人合一神話と中華をめぐる認識の根源」によれば、屈原がその『天問』に発する「焉有虬龍、負熊以遊」の質問にあるように、先秦時代の中国において、龍は既に人間と天界（仙界）を行き来するための媒介とされていた。そこから読み取れるのが、龍の力を借りて天に昇り、神意・神賜または天命・永生の獲得しようとする古代人の信仰であり、そうした信仰が同時に「天神合一」思想の核心をなすものでもあるという。葉氏はさらに、

人間と神の交流には神聖なる仲介物が必要であり、それは玉石、金属などによって造られた法器（玉の礼器と青銅器）でよかったし、龍・鳳凰・亀・麒麟のような神話的な生物でもよかった。こうした神聖なる存在は、人間界にいる者が天に昇り、神と交流することを手助けしてくれるのである。[2]

と述べた上で、右記の推論を支える根拠として『山海経』などから次のような一連の用例を挙げている。

①大楽之野、夏後啟於レ此儛二九代一、乗二両龍一、雲蓋三層。左手操レ翳、右手操レ環、佩二玉璜一。（『山海経』海外西経）

②西南海之外、赤水之南、流沙之西、有レ人珥両青蛇、乗二両龍一、名曰二夏後開一。開上三嬪於天、得二九弁与九歌以下一。（『山海経』大荒西経）

③筮御二飛龍一、果舞二九代一。雲融是揮、玉璜是佩、対揚二帝徳一、稟二天霊誨一。（『山海経図賛』）

例①に見る二匹の龍に乗る「夏後啓」が、手に「環」を持ち、身に「玉璜」をつける内容と、例②に見る「夏後開」が、龍に乗って三度も天上に昇り、『九弁』と『九歌』を人間界にもたらした内容から「天に昇る者―龍に乗ること―玉璜を身につける」という所謂「天人合一神話」の基本的な構成が見えてくる。これはまた、晋の郭璞が例③の『山海経図賛』において三者の関係を強調している所以でもある。

以上の論述を踏まえ、葉氏はさらに『周礼』に述べられる西周の礼制を参考としつつ、玉璜が先秦時代において六種の主要なる玉の礼器の一つであり、その形状が半璧形をなし、璧、琮、圭、璋、琥と合わせて「六器」と称せられていたことを指摘する。さらに古代中国の政治史において「夏後氏之璜」なる国宝が夏、商、周三代の政権交代を経て、西周の王室にまでその影響を及ぼしていた事実にも注目している。その証拠として、『左伝』定公四年の先の内容が挙げられている。

○分三魯公以二大路一（輅、即車）、大旂、夏後氏之璜。

○分三康叔以二大路一、少帛、綪茷、旃旌、大呂。

○分三唐叔以二大路一、密須之鼓、闕革、沽洗……

右の記事は、周公が子弟たちにそれぞれの土地を分け与える際に、宝物をいかに賜与したかを記す内容であるが、神話に伝わる王が龍に乗って天に昇る時に身に着けていた璜が、宝物として代々伝えられていることが窺える。記事の内容では、周公の子魯公だけが、唯一なる夏後氏の璜を与えられたのである。これを踏まえて葉氏は、次のような疑問を呈している。即ち、一文に対する杜預の注「大旗、曰、交龍為旗」にある龍と玉の礼器である璜との関係である。

　これについて、葉氏は従来の文献学の方法だけでは不十分として、陳夢家、于省吾などによる考古学の成果を導入した上で、龍・璜・虹の関係を次のように解釈している。

　例えば、かつて陳夢家氏はその『殷墟卜辞綜述』において、甲骨文の「虹」をめぐる三つの書き方に基づき、頭をふたつ持った蛇と龍の形を象るものとしている。[3]これを『漢書』燕王旦伝にある「虹下属宮中、飲井水」及び『山海経』海外東経の「虹虹在其北、各有両首」との記述に対する郝懿行の疏、「虹有両首、能飲澗水、山行者或見之」と合わせてみれば、龍—璜—虹の関係が明るみに出てくる。同時に甲骨卜辞の中にも、「虹飲於河」の記述が見られ、右記の神話記述と一致している。この点について、甲骨学者于省吾氏の論は次のようになっている。

> 　虹は古玉の璜と形が相似する。『太平御覧』十四天部が引く『捜神記』の「孔子修春秋、制孝経、既成、孔子斎戒。向北斗星而拝。告備於天。乃有赤気如虹、自上而下、化為玉璜。」と合わせてみれば、その内容は一種の虚構とは言え、虹が璜に似ているという記述は、比喩として最も相応しいものである。『説文解字』に、「璜、半璧也。」とある内容も、半璧はちょうど虹の形をいうものである。呉大澂の『古玉図考』と黄濬『図録初集』に所載されている近世に出土した商周時代の玉璜も、両端は多く龍と蛇の首か、或いは獣の首の形に彫られている。
>
> 　これは文献に見る虹に両つの首がある説とも一致するものである。[4]

右の論述を分かりやすくまとめれば、要するに古代中国人の観念の中で、想像上の神獣「龍」と、玉の一種である「璜」、さらに「虹」が、それぞれ必要の時に現れる神の意志の顕現であり、三者は神との交流を図る仲介物として、交互に入れ替えられる、性質を同じくしたものである。実際、于省吾氏が注目した『太平御覧』所引『捜神記』の内容に近い記述が緯書の方にも確認される。

○告備二於天一曰、孝経四巻、春秋河洛凡八十一巻、謹已備、天乃洪鬱起、白霧摩レ地、赤虹自レ上下、化為二黄玉一、長三尺、上有二刻文一、孔子跪受而読レ之……。（『孝経右契』）

○孔丘見二孝経一、文成而天道レ立、乃斎以白二之天一、玄霜涌二北極紫宮一、開二北門一、召二亢星北落司命、天使一書レ題、号曰二孝経一。……後年麟至、口吐二図文一。（『孝経中契』）

二つの記事はいずれも『孝経』の完成をめぐる神話色の強い伝承であるが、完成を祝う天界からの使者として、それぞれ「玉」に化した「赤虹」、「麟＝麒麟」となっている。ここで「玉」「虹」「麟」をそのまま「龍」に置き換えられても、天の意志という象徴性に変わりはない。また、このような観念を踏まえてみれば、いわゆる異常出生譚にしばしば見られる、女性が「日光」「虹」「龍」との交流を通して神聖な象徴物（卵、玉）を誕生することも、はじめて理解される。事実、前記諸伝承に見る「日光」「虹」を「感じる」例の外、緯書『孝経鉤命決』にも、

○任巳感レ龍、生二帝魁一。

○任姒感レ龍、生二帝嵬魁一。

の記述があり、「日光」「虹」が「龍」と同義であることを示している。このように見てくれば、脱解王伝承では、みずからの出自を「人胎」からではなく、「大卵」から生まれたこと、特に「龍城国」の王子として生まれたこと、そして「赤龍」に護られて渡海したと記述したのは、やはり「日光」や「虹」を感じて生まれたことに等しい意味が込められていると見るべきであろう。これは前引『三国史記』巻第一「新羅本紀」赫居世王の出生に関する記事にある、

蘿井傍林間。有レ馬跪而嘶。則往観レ之。忽不レ見レ馬。只有二大卵一。剖レ之。有二嬰児一出焉。

と『三国遺事』紀異巻第一にある、

楊山下蘿井傍、異気如二電光一垂レ地、有二一白馬一跪拝之状、尋二検之一、有二一紫卵一、馬見レ人長嘶上レ天。剖二其卵一、得二童男一。

の内容と合わせて見れば、井戸の近くに嬰児が現れる際、それを知らせるために馬がいないた、ということとも、ある種共通した観念に基づいた記述と言える。この点、やはり緯書思想における「龍馬」が重要な手がかりとなる。龍と馬が深い関係にあったことは、「龍馬」という言葉によっても知られる。漢籍では早くに『尚書』顧命篇に、

　伏犠天下に王たるや、龍馬河より出で、ついにその文に則り、以て八卦を画く。

とあるように、天界の消息を人間界にもたらす神獣とされていたのである。朝鮮史料に見える、馬が井戸の近くに現れる情景は、概してこうした龍馬の信仰に近いものであろう。龍馬のイメージについては『太平広記』巻四百三十五では、

　唐武徳五年三月、景谷県治西。水有㆓龍馬㆒。身長八九尺。龍形。有㆓鱗甲㆒。横文五色。龍身馬首。頂有㆓二角㆒。白色。口銜㆓一物㆒。長可㆓三四尺㆒。凌レ波廻顧。百余歩而没。　（馬）

と記しているが、水中に棲む龍の形をした、体に鱗がある神獣のようであった。『礼記』礼運がいう「麟・鳳・亀・龍、これを四霊と謂う」思想があったことは無論、その役割は神仙世界の消息を伝えるのみならず、場合によって人体の一部として顕現することもあると考えられていた。龍馬も、四霊に近い神獣の一つであり、緯書思想におけるその機能は相近いものと見てよいようである。(5)

　緯書にも左記のような龍馬に関する記事が多く収められている。

○帝王始起、河洛龍馬、皆察㆓其首㆒、蚰亦然。其首黒者人正、其首白者地正、其首赤者天正。謹㆓其亥㆒、生之甲乙丙丁戊已庚辛壬癸、各居、応㆓其国中㆒、以動静逆順、此天地神霊佐助之期、吉凶之応。（『易緯乾鑿度』）
○隴西神馬有㆓淵池㆒、龍馬所レ生。（『河図玉版』）
○尭時、龍馬銜レ甲、赤文緑色、臨㆓壇上㆒。尭時、龍馬負レ図見　（『尚書中候』）
○帝尭即政七十載、修㆓談（壇）河洛㆒、仲月辛日、礼備至㆓於日稷㆒、栄光出レ河、龍馬銜レ甲、赤文緑色、臨レ壇吐㆓甲

図一。（『尚書中候』）

以上、脱解王伝承と天之日矛伝承、中世寺社縁起に見られる異常出生譚の構成要素について分析してみたが、ここに至って少なくとも明らかになったのが、緯書思想が、古代東アジアの王権をめぐる神話伝承に決定的な影響を及ぼしていたということであろう。そして、これを踏まえてやや大胆な推測すれば、そもそもいわゆる貴種流離譚の祖形なるものが、緯書にその起源を求められるのではないだろうか。ここに改めて『三国史記』所収朱蒙の出誕伝説について見よう。

幽閉二於室中一、為レ日所レ照。引レ身避レ之。日影又逐而照レ之。因而有レ孕、生二一卵一。大如二五升許一。王棄レ之与二犬豕一。皆不レ食。又棄二之路中一。牛馬避レ之。後棄二之野一。鳥覆翼レ之。王欲剖レ之、不レ能レ破。遂還二其母一。其母以レ物裹レ之。置二於暖処一。有二一男児一。破レ殻而出……。（高麗本紀・始祖東明聖王）

かくして、朱蒙の母なる者が、日光を感じて朱蒙を誕生し、それから余儀なく遺棄される運命に遭うとの展開は、緯書『春秋元命包』所収周朝の先祖姜嫄にまつわる次の伝承とほぼ重なる。

姜源（嫄）遊二閟宮一、其地扶桑、踏二大人蹟一而生レ男、以二為不祥一棄レ之。牛羊不レ践、又棄二山中一、会二代（伐）木者一、薦覆レ之、又取而置二寒氷上一、大鳥来以二一翼一籍二覆之一、以二為異一、乃収養焉、名レ之曰レ棄、相二於呉一、是為レ稷。

大意は、「扶桑」なるところに遊んだ姜源は、「大人」の足跡を踏んで身ごもり、これを不吉だと思って棄てたら、様々な動物や人間によって助けられ、最後にめでたく王位についたという話である。ここで興味深く思われるのは、扶桑という地が持つ象徴的な意味である。というのも、漢籍における扶桑は、仙界に生える宇宙樹のひとつとして左記のようにしばしば見られる。

○桑、神木、日所レ出也。（『説文解字』）

○湯谷上有二扶桑一、十日所レ浴。在二黒歯北屈水中一有二大木一、九日屈二下枝一、一日屈二上枝一。（『山海経』海外東経）

○扶木在二陽州一、日之所レ曠。高誘注、曠、猶レ照也。（『淮南子』墜形訓）

姜嫄が扶桑の地にて妊娠する云々の展開で想起するのが、古代中国の神話伝承や文学に伝わる桑樹の下の神婚儀礼である。かつて中鉢雅量氏は、『詩経』や『穆天子伝』などの内容を手がかりに、そこに見られる桑をめぐる神婚の基本形態について考察したことがあるので、ここで詳述しないが、[6]姜嫄が扶桑の地で「大人」の子を身ごもることは、紛れもなく神婚の一種と見なされ、ここの「大人」も、神仙の性質を帯びた者に違いなかろう。事実、次節で論じるように、ここの「大人」が持つ仙人特有の身体特徴が、極めて政治的象徴性の強い要素のひとつとされていたのである。

また、晋・張華の『博物志』巻七にも、左記のような興味深い記事が収められている。

『徐偃王志』云、徐君宮人娠而生レ卵、以二為不祥一、棄二之水浜一。独孤母有レ犬名鵠蒼、猟二于水浜一、得レ所二棄卵一、銜レ以東帰。独孤母以二為異一、覆暖レ之、遂烰成児、生時正偃、故以為レ名。徐君宮中聞レ之、乃更録取。長而仁智、襲二君徐国一、後鵠蒼臨死生レ角而九尾、実黄龍也。（異聞）

このように、緯書を含む漢籍の伝承と、脱解王伝承、天之日矛伝承、『惟賢比丘筆記』と『八幡愚童訓』所収二つの伝承は、すべて貴種流離譚的な内容構造となっている。諸伝承の内容を仔細に読めば、朝鮮史料の伝承は、あたかも日本と中国の貴種流離譚の橋渡し的な役割りを果たしているような存在であることに気付く。その文章は、とくに脱解王伝承の場合、多分に史実風の表現と内容を盛り込まれているものの、基本的な骨組みは、『春秋元命包』の姜嫄伝承を受け継いだものと見られる。両者の唯一の違いは、朝鮮神話特有の「卵生説話」的な要素が付加されたところにある。それにしても、古代東アジアにおける貴種流離譚が緯書に遡れるということは、やはり興味深い現象と言わざるを得ないであろう。とりわけ「天神」＝「日光」「虹」「龍」を基本要素として構成されるこうした貴種流離譚が、天之日矛伝承や『惟賢比丘筆記』と『八幡愚童訓』にも多くの点において通じており、その影響範囲の広さを思い知らされる。

四、骨品と緯書

朝鮮資料と上代文献、とくに記紀との間には、上記のような神話伝承の構成の類似が認められるだけでなく、その細部に立ち入ってみれば、従来疑問を抱えてきた記紀の表現を理解する手がかりも得られる。例えば、前掲『三国遺事』脱解王の結びの部分は、次のような内容となっている。

在位二十三年。建初四年己卯崩。葬二疏川丘中一。後有二神詔一。慎埋葬二我骨一、其髑髏週三尺二寸、身骨長九尺七寸、歯凝如一。骨節皆連鎖。所謂天下無敵力士之骨。砕為二塑像一。安二闕内一、神又報云、我骨置二於東岳一。故令レ安レ之。

三品彰英氏は、この記事を反正記の「此天皇御身之長、九尺二寸半。御歯長一寸広二分、上下等斉、既如貫珠。」との類似を指摘した上で、「脱解と同様、長身・一歯の伝承が見られる。このような信仰があったものかと思われる。」と、両者の背後に共通の信仰が存在したことを推測している。[7] 確かに、その表現は、下記の顕宗紀の内容とも類似している。

爰有二磐阪皇子之乳母一、奏曰、仲子者上歯堕落。以レ斯可レ別。於是、雖下由二乳母一、相中別髑髏上、而竟難レ別二四支諸骨一。（顕宗元年正月）

右記の二つの記事を仔細に比べてみれば、脱解王に関する記録では、図識の意図を込められた髑髏の異常なほどの大きさと、「身骨」の格別な長さに対する強調のほか、遺骨となる歯、髑髏が一致しており、とりわけ「歯凝如一」という表現は、反正紀の「歯如一骨」との類似が印象的である。

では、記紀におけるこうした骨格に関する詳らかな描写が、どのようなルーツを持つものだろうか。もし三品氏が指摘するように、朝鮮史料との間に類似した「信仰」があったとすれば、それはどのようなものだったのだろうか。様々な推測がなされようが、この点、古代朝鮮に広く行われていた「骨品」の制度と関連するのではないかと考えている。

いわゆる「骨品」の「骨」は血統や家系を意味し、「骨品」とは出身氏族や血統の正統性を以って品位に代える、という制度を指す。従来の研究によれば、この制度は、古代新羅の王都のみにおいて導入され、氏族の序列をつけるためのものであった。具体的には、出身氏族により身分をそれぞれ五段階に分けて、最上位は王族である真骨（ジンゴル）と呼ばれ、中でも父母ともに王族に属する者は聖骨（ソンゴル）と呼ばれた。上位の骨品だけが高級官僚に挙がることが認められ、新羅時代に事実上の貴族にされていたのは真骨のみである。この一見独特の身分体系が古代の朝鮮半島の三国においてそれぞれ独自の形式を有し、それが後世の征服、合併の中で徐々に変型していったようである(8)。

ところが、諸家の考察を見る限り、そもそも「骨品」制度がいかにして発生し、何故「骨」を血縁の象徴としたかの理由は、決して明確にされていないものである。ここでは、その周辺の史料を通して筆者なりの推測を行って見たい。

まず、『三国史記』巻第五真徳王条冒頭を飾る次の文章について見よう。

真徳王立。名二勝曼一、真平王母弟、国飯葛文王之女也。母朴氏、月明夫人。勝曼姿質豊麗、長七尺、垂レ手過レ膝。

（新羅本紀第五）

木下礼仁氏は、右記の記事をもとに女性であった真徳王も聖骨であったとの推論を行っているが(9)、これは所謂「骨品」に関する一般論であり、古代人にとって、「骨品」という言葉には、文字通り「骨」という可視的な対象でもって出身の高貴さを証拠づけている。とくに緯書などに多く見られる骨に関する表現から、帝王の「骨相」をめぐる讖緯思想による影響の可能性が高い。例えば、右記真徳王条冒頭の文章は、その身体特徴を描くにあたり「長七尺、手を垂るれば膝を過ぐ」という表現を用いているが、これを左記二十四史の一つである『陳書』の内容と比較すれば、讖緯思想に基づく、一種の象徴的な意味として理解すべきであろう。

高祖武皇帝諱覇先、字興国。……高祖以二梁天監二年癸未歳一生。少俶儻有二大志一、不レ治二生産一。既長、読二兵書一、多二武芸一、明達果断、為二当時一所二推服一。身長七尺五寸、日角龍須、垂レ手過レ膝。嘗遊二義興一、館二於許氏一、夜夢三天開二数丈一、有二四人一朱衣捧レ日而至、令二高祖開レ口納焉、及レ覚、腹中猶熱、皇祖心独負レ之。（高祖紀）

かくして『陳書』では、高祖の人為りを「身長七尺五寸、日角龍須、垂手過膝」と記しているが、そのまま真徳王条冒頭の文章に重ねられてもよいくらい、両者の内容が一致している。これほどまでに、緯書の思想と表現が中朝の歴史記述に深く刻み込んでいるのである。

筆者は、「骨品」という言葉の意味を理解するには、右のような、緯書との関連を常に意識すべきではないかと考えている。例えば、『三国遺事』紀異第二・文虎王法敏に、次のような記事が見られる。

王初即位龍朔辛酉。泗沘南海中有二死女尸一。身長七十三尺、足長六尺、陰長三尺。或云身長十八尺。

文虎王が即位した年に、海に巨大な女尸が現れたという内容であるが、空想による所産であるにもかかわらず、女尸の身体特徴に関する詳細な描写をそのまま国王即位とを結びつける記述から、明らかにある種の政治的な意図が読み取れる。

既に第一章に論じたように、大人国に生まれる巨体を持つ者が「龍類」とされたり、「龍伯国」に住む者が「三十丈」の身長とされたりしている。一丈を単純に十尺と換算すれば、その身長は「三百尺」になり、『三国遺事』の「女尸」より更に大きな体になる。ただ、このような比較はさほど意味のないことで、古代人にとって非日常的な存在が神秘な力を持つと同時に、その出現に何らかの象徴性を帯びると理解すればよいのであろう。右記文虎王法敏の冒頭を飾る記事も讖緯の一種として理解すべきであろう。文虎王の治世が始まるにあたり、仙界・天界から巨大な

「女尸」が漂着したということは、その統治の正統性を告げる象徴的な事件であったことは言うまでもない。つまり、現代人の我々が持つ死体の観念でこの記事を読んではならないのである。「骨品」という言葉にも示唆されているように、古代人にとって、聖者または王者の出自の正統性を証明するものは、可視的な対象でなければならず、巨大な身体が何よりもそうした期待に応えるようなものであった。したがって、海に巨大な「女尸」が出現することが、禹にとって巨大な身体を持つ者が現れて「河図」を授けたとは同じような意味を持っていたことになるのであろう。

「女尸」という言葉が、現代人にある種不吉の感じを与えるが、神話の世界における「死」は、「再生」の象徴として理解され、決して不吉の意味に止まるものではない。例えば、緯書『河図』には、次のような一節が見られる。

　太姒夢㆓大人死㆒、而生㆓文王㆒。

ここの「大人」は、既に第一章で述べたように、『日本書紀』雄略天皇条に見える「長人」とともに、神仙を指している。そして、「大人」＝神仙の死が、そのまま文王の「生」に受け継がれているような書き方から、死は再生という古代人の観念が明白に読み取れよう。事実、緯書『河図稽命徴』では、類似の内容が、

　大任夢㆓長人㆒、感己生㆓文王㆒。

となっており、「大任」は「太姒」の転写の間違いと見られ、「大人」が「長人」と同義に使われている。

文中の「大人」は、前引『河図括地象』にある「大人国」と関連するものと見られ、「巨人」または「身体の大きい人間」に現代語訳できるが、「能乗雲、蓋龍類」という説明から、神仙世界に住む神のような存在として理解されていたのであろう。前引緯書『春秋元命包』所収周朝の先祖姜嫄にまつわる伝承には、

　姜源（嫄）遊㆓閟宮㆒、其地扶桑、踏㆓大人蹟㆒而生㆑男、以㆓為不祥㆒棄㆑之。

という内容があり、ここの「大人」も、扶桑という仙界に関連している故、神の性質を持った者を示唆している。更に、その前後の緯書に見られる「長――」という表現と比較すれば、いずれも尋常ならぬ身体の大きい仙界の者を意

味する表現と見なされよう。

ところで、既に指摘したように、顕宗紀に見える市辺忍歯王や『三国遺事』の脱解王の遺骨の記事は、歴史事実というより、何らかの象徴的な意味が込められていると見るべきであろう。その意味を理解するためには、緯書思想との関連が、「骨品」という言葉も含めて、新たな解釈の可能性を示唆している。ここでひとまず注目したいのは、緯書『春秋演孔図』の内容である。そこには、記紀及び『三国遺事』に見える遺骸、遺骨の謎を解く重要な鍵が隠されている。

例えば、『春秋演孔図』では、他の緯書に比べ、左記のような孔子像が極めて詳細に描き出されている。

孔子長十尺、海口尼首、方面、月角日準、河目龍顙、斗脣昌顔、均頤輔喉、齗歯龍形、脊亀虎掌。胼脅修肱。参膺圩頂、山臍林背、翼臂注頭、阜陜堤眉、地定谷竅、雷声沢腹。修上趨下、末僂後耳、面如二蒙倛一、手垂過レ膝、耳垂珠庭、眉十二采、目六十四理、立如鳳峙、坐如二龍蹲一、手握二天文一、足履二度字一、望レ之如レ朴、就レ之如レ升、視若レ営、四海躬履、謙譲、腰大十囲、胸応矩、舌理七重、鈎文在レ掌、胸文曰、制作二定世符運一、孔子母徴在、遊二大沢之陂一、夢二黒帝使請一、已往夢交語、女乳必于二空桑之中一、覚而若レ感、生三丘于二空桑之中一、孔子曰、某援レ律吹レ律、而知レ有レ姓也。

（『春秋演孔図』）

このように、記事全体はいわゆる天人相関説に基づいた一種の誇張された表現となっている。孔子の「十尺」なる身長はやはり普通の人間にしてはあり得ない話で、虚構であるに違いない。第一章においても論じたように、これは緯書特有の「図讖」に属し、エリアーデの神話学理論である「宇宙的聖体示現」の一種として理解される。

興味深いことに、緯書における孔子をめぐる記述を仔細に読めば、記紀の反正天皇の記事と、『三国遺事』脱解王伝承との間に著しい共通点が認められる。『春秋演孔図』では孔子の身体特徴に関する記述として、

①身長――長十尺。

②歯――齗歯
③骨の特徴――骿脅修肱。

という三点から直ちに想起されるのが、反正記の、

此天皇御身之長、九尺二寸半。御歯長一寸広二分、上下等斉、既如貫珠。

という内容と、前記『三国遺事』の脱解王伝承に見える、

在位二十三年。建初四年己卯崩。葬疏川丘中。後有神詔。慎埋葬我骨、其髑髏週三尺二寸、身骨長九尺七寸、歯凝如一。骨節皆連鎖。所謂天下無敵力士之骨。砕為塑像。安闕内、神又報云、我骨置於東岳。故令安之。

という内容である。

このように、身長は、それぞれ「十尺」と「九尺二寸」「九尺七寸」となっており、ほぼ同じ長さと見なされる。歯については、孔子が「齗歯」（齗は骿の異体字）、脱解王が「歯凝如一」となっているが、これは既に第一章において論じたように、「骿歯」に対する相異なる理解から生じた表現である。更に、骨の特徴について、孔子に対して「骿脅修肱」という表現が使われているが、「骿脅」は、「骿脅」の異体字であり、これも前引『左伝』僖公二十三年条の「曹共公聞其骿脅、欲観其裸、薄而観之。」のように、「一枚肋骨」（小倉芳彦）と解されている。対して、『三国遺事』の「骨節皆連鎖」は、現代風に訳すれば、「骨と骨がすべて一つに連なっている」という意味になり、「骿脅」をやや敷衍した表現として見なされる。

反正記や『三国遺事』の記事内容が極めて短い文章であるにもかかわらず、骨をめぐってその大きさ、長さ、構成、象徴、更に安置場所まで、克明に記述されている。これによって我々は、緯書と古代朝鮮の史料が、かなり近い関係にあったことを窺い知るのである。そして、右記『三国遺事』にとどまらず、「羅紀」所載の脱解伝説の内容にも、その風貌を描くにあたり、

母謂曰、汝非㆓常人㆒。骨相殊異、宜従㆑学以立㆓功名㆒。

との表現が見られる。この「骨相」という表記から見れば、「骨品」のいかんを判断する根拠は、直接「骨の様子」または「骨のあり方」にあったと推測される。

既に安居香山氏と浅野裕一氏が緯書の感生説と風貌説の両方から考察したように、漢代では黄帝尭舜等の帝王と並んで孔子が既に神権化、帝王化されている。[10] 孔子が「聖人」と称せられたのは、常人に比べて特別に優れた骨格によるところが大きい。即ち「骨相」がよかったのである。これを踏まえてみれば、「聖人」孔子の骨の特徴と一致する脱解王の骨が「聖骨」と称せられるのも不自然ではなく、そもそもこの名称の由来も緯書における孔子の骨の描写に関連するものだったように思われる。

この点、もう一つの重要な証拠は、『三国遺事』脱解王伝承の内容にある。文中において、脱解王は自分の父王の出身について、「而有八品姓骨」と明言しているが、これに呼応する形で、文末では死後の様子について、

後有神詔。慎埋葬我骨、慎埋葬我骨、其髑髏週三尺二寸、身骨長九尺七寸、歯凝如一。骨節皆連鎖。所謂天下無敵力士之骨。砕為塑像。安闕内、神又報云、我骨置於東岳。故令安之。

と述べられている。右記一連のその「髑髏」「身骨」「歯」「骨節」に関する詳細な記述は、決して「八品姓骨」と無関係でないことが明らかである。特に、緯書表現に近い「九尺七寸、歯凝如一」のような描写から推測すれば、そもそも「骨品」という、骨の形状や大きさで出身階級を決める古代朝鮮の政治文化が生まれた背後に、緯書思想の影響があったのであろう。無論、「骨品」思想や制度の起源は、より複雑な歴史的な過程が想像されるが、それでも「骨品」という名称そのものの意味から推測すれば、『荀子』の非相篇や『論衡』の骨相篇をはじめとする右記中国の讖緯思想と深く関わっていることが考えられよう。「聖」とは本来異常風貌を持つ者を指すことから考えても、既に掲げた多くの例にあるように、そのような「聖」の身体特徴の一つである骨は、当然並外れた形やサイズを指していた

と考えられよう。

最後に、このような思想が古代日本の歴史記述にも痕跡を残したことを、『文徳天皇実録』に見える嵯峨天皇皇后をめぐる次の話を挙げておきたい。

太皇大后、姓橘氏。諱嘉智子。父清友、少而沉厚。渉二猟書記一、身長六尺二寸。眉目如レ画。挙止甚都。（中略）高麗大使献可大夫史部都蒙見レ之而器レ之。問二通事舎人山於野上一云、彼少年、為二何人一乎。野上対、是京洛一白面耳。都蒙明二於相法一、語二野上一云、此人毛骨非常、子孫大貴。（中略）生レ后、……后為レ人寛和、風容絶異。手過二於膝一、髪委二於地一。観者皆驚。嵯峨太上天皇、初為二親王一納レ后、寵遇日隆。（嘉祥三年五月条）

このように、短い記述ながら、讖緯思想と関わる描写が複数見られ、しかも「骨品」の思想を思わせる表現も認められる。橘嘉智子に関する「毛骨非常」「手過於膝」「髪委於地」という描写が、前掲『春秋演孔図』に見える、

手垂過レ膝、耳垂珠庭、眉十二采、目六十四理。

と『尚書中候握河紀』の、

粤若堯母曰、慶都遊二於三河一、龍負レ図而至、其文要曰、亦受二天佑一、眉八采、鬢髪長七尺二寸。

という内容に通じているのみならず、骨格の非凡さを強調する、前掲朝鮮史料の「汝非二常人一。骨相殊異」と、「長七尺、垂レ手過レ膝。」（『三国史記』巻第五真徳王条）とも一致している。かくして「骨相」「毛骨」をメインポイントとした容貌に対する強調は、緯書との深い関連が確認される以上、「骨品」の成立を考えるにあたり、両者を切り離すことは、ほぼ不可能であろう。

五、『三国史記』に見る井戸と龍

『三国遺事』の脱解王記事は、脱解王が一旦その出自を「龍城」の国の王子と表明してから、具体的な事跡が展開され、尋常ならぬ遺骨の描写で結ばれる構造になっている。そうした内容から、脱解王の骨をめぐる記述と龍との間に、ある種の因果関係があるように認められる。つまり、脱解王の「聖王」たる所以は、龍との深い関わりに成り立っていることを示唆している。

実際、朝鮮史料をひもといてみれば、龍に関する記述が実に豊富であり、中でも注目すべき事象は、井戸の記事と龍との緊密な繋がりである。

後述するように、このことは、『日本書紀』反正天皇条に出てくる井戸の性質を理解する上でも重要な手がかりになるので、若干の考察を行ってみる必要がある。

例えば、『三国史記』では、井戸に関するほとんどの記事が龍との関係において記録されており、恰も先に指摘した、王権とを呼応するような形でもって、極めて象徴性の高い内容となっている。以下、その詳細について見よう。

①望楊山麓、羅井傍林間、有レ馬跪而嘶。則往観レ之、忽不レ見レ馬。只有二大卵一。剖レ之、有嬰児出焉。則収而養レ之。
及二年十余歳一、岐嶷然夙成。（新羅本紀第一・始祖）

②五年春正月、龍見二於閼英井一。（新羅本紀第一・始祖）

③六十年秋九月。二龍見二於金城井中一。（新羅本紀第一・始祖）

④三十三年夏四月、龍見二金城井一。（新羅本紀第一・脱解）

⑤十一年春二月、龍見二京都一。（新羅本紀第二・阿達雄）

⑥七年夏四月、龍見二宮東池一。（新羅本紀第二・沾解）
⑦元年春三月、龍見二宮東池一。（新羅本紀第二・味鄒）
⑧四年夏四月、龍見二金城井中一。（新羅本紀第三・慈悲）
⑨十二年春二月、重築二歃羅城一。三月、龍見二鄒羅井一。（新羅本紀第三・炤知）
⑩二十二年春三月。……夏四月、暴風伐レ木、龍見二金城井一。（新羅本紀第三・炤知）
⑪三年春正月、親祀二神宮一。龍見二楊山井中一。（新羅本紀第四・法興）
⑫二十三年三月、……龍見二楊山下一、俄而飛去。（新羅本紀第九・景徳）
⑬十五年夏五月、龍見二王宮井一。（新羅本紀第十一・景文）

右の諸例は、いずれも『三国史記』によるものであるが、このように、場所に関して明確な記録をしなかった⑤と、山を出現する場所と記す⑫を除き、それ以外の記事は、すべて龍が「井戸」または「池」に現れる内容となっている。この点、龍は水系を司る神という信仰によるかもしれないが、それぞれが記される理由について、やはり祥瑞という視点から考えるべきであろう。ただ、それにしても、祥瑞として白雉、霊亀などの例に比べ、龍が井戸に現れるという記述はとりわけ目立つ点が、注目に値しよう。ここに想起されるのが『史記』封禅書にある、

黄帝得土徳、黄龍地螾見。

という、祥瑞のシンボルとして現われる龍である。類似の内容は緯書に数多く収録されており、緯書『孝経援神契』からだけでも左記の諸例が挙げられる。

①徳至二山陵一、則沢出二神馬一。
②王者徳至二深泉一、則黄龍見、醴泉涌。
③徳至二深泉一、則黄龍見、醴泉湧、河出レ図、洛出レ書。

④徳至二水泉一、則黄龍見者、君之象也。

⑤徳至二淵泉一、則黄龍見。宋均注曰、黄龍応、則准縄止。

右の諸例以外にも、『河図』には例えば、

黄帝游レ洛、至二翠嬀之泉一、龍図蘭葉、朱文授レ之。

とあるように、徳ある王者の政治に呼応する形で、上天による褒賞として龍が現れるという内容となっている。諸例に見える「沢」、「水泉」、「淵泉」、「深泉」、「醴泉」はすべて「井戸」と同じ性質を持った、水界の象徴とみなすべきであり、そこに出現する「神馬」と「神亀」も、龍と性質を同じくする、人間界と神の世界を往復する使者である。

六、『三国遺事』に見る龍

ところで、興味深いことに、『三国史記』に比べ、『三国遺事』に見える龍に関連する記事は、井戸に現れるような記述がめっきり減り、代りに池や海に現れることが多くなっている。以下、その内容についてみよう。

①古記云。前漢書宣帝神爵三年壬戌四月八日、天帝降二于訖升骨城一、乗二五龍之車一。（北扶余）

②是日沙梁里閼英井辺、有二鶏龍現一而左脇誕生二童女一。一云龍現死、剖其腹得之。（新羅始祖・赫居世王）

③朕身後願為二護国大龍一。（文虎王法敏）

④聖考今為二海龍一、鎮護二三韓一。……王泛レ海入二其山一、有レ龍奉二黒玉帯一来献。（万波息留）

⑤昼饍次海龍忽攬二夫人一入海。……龍奉二夫人一出レ海献レ之。（水路夫人）

⑥後一日、有二二女一。進二内庭一、奏曰、妾等乃東池青池（青池即東泉寺之泉也。寺記云、泉乃東海龍往来、聴レ法之池。寺乃真平王所レ造。五百聖衆。五層塔。並納田民□焉）二龍之妻也。唐使将河西国二人而来。呪二我夫二龍及芬皇寺

井等三龍一。変為小魚。筒貯而皈。願陛下勅二人留。我夫等護国龍也。王追至二河陽館一、親賜二享宴一。勅二河西人一曰、爾輩何得取二我三龍一至レ此。若不三以レ実告一、必如二極刑一。於レ是出二三魚一献レ之。使レ放二於三処一。各湧水丈余。喜躍而逝。唐人服二王之明聖一。王一日請二皇龍寺一。注或本云、華厳寺又金剛寺。

（元聖大王）

⑦王将還駕、昼歇於汀辺。忽雲霧冥晦、迷二失道路一。恠問二左右一。日官奏云。此東海龍所レ変也。宜行二勝事一以解レ之。於是勅二有司一為二龍剏仏寺近境一。施令已出、雲開霧散。因名二開雲浦一。東海龍喜、乃率二七子一、現二於駕前一。

（処容郎・望海寺）

⑧曰島有二神池一、祭レ之可矣。於レ是具レ奠二於池上一。池水湧高丈余。夜夢レ有二老人一、謂レ公曰、善射一人留二此島中一、可レ得二便風一。公覚而以レ事諮二於左右一曰、留レ誰可矣。衆人曰、宜以二木簡五十片一、留二我輩名一、沈レ水而鬮レ之。公従レ之、軍士有二居陁知者一、名沈二水中一。乃留二其人一。便風忽起。舡進無レ滞。居陁愁立二島嶼一。忽有二老人一、従レ池而出。謂曰、我是西海若。毎二一沙弥日出之時一、従レ天而降。誦二陁羅尼一三繞二此池一。我之夫婦子孫皆浮二水上一。沙弥取二吾子孫肝腸一、食レ之尽矣。唯存二吾夫婦与一女一爾。来朝又必来。請君射レ之。居陁曰、弓矢之事吾所レ長也、聞レ命矣。老人謝レ之而没。居陁隠伏而待、明日扶桑既暾、沙弥果来。誦呪如レ前、欲レ取二老龍肝一。時居陁射レ之、中二沙弥一。即変二老狐一、墜レ地而斃。於レ是老人出而謝曰、受二公之賜一、全二我性命一。請以二女子一妻レ之。居陁曰、見レ賜不レ遺。固所レ願也。老人以レ其レ女、変二作一枝花一。納二之懐中一。仍命二二龍一、捧二居陁一。趂及使舡。仍護二其舡一。入於二唐境一。唐人見三新羅舡有二二龍一負レ之、具事上聞。帝曰、新羅之使必非常之人。賜レ宴坐二於羣臣之上一。厚以二金帛一遺レ之。既還レ国、居陁出二花枝一、変レ女同居焉。

（真聖女大王・居陁知）

⑨又虎嵓寺有二政事嵓一。国家将議二宰相一、則書二当選者名一、或三四、凾封置二嵓上一。須臾取看。名上有二印跡一者為レ相。故名レ之。又泗沘河辺有二一嵓一。蘇定方嘗坐二此上一。釣二魚龍一而出。故嵓上有二龍跪之跡一。因名二龍嵓一。

（南扶余・前百済・北扶余已見上）

⑩第三十武王、名璋。母寡居、築二室於京師南池辺一。池龍交通而生。（武王）

⑪又古記云、昔一富人居二光州北村一。有二一女子一、姿容端正。謂レ父曰、毎有二一紫衣男一到レ寝交婚。父謂曰、汝以二長糸一貫レ針刺二其衣一。従レ之、至レ明尋二糸於北墻下一。針刺二於大蚯蚓之腰一。後因妊生二一男一。自称二甄萱一。（後百済・甄萱）

⑫翌日平明、衆庶復相聚集開合。而六卵化二為童子一。容皃甚偉。仍坐二於床一。衆庶拝賀。尽恭敬正。日日而大。踰二十余晨昏一、身長九尺、則殷之天乙。顔如レ龍焉。則漢之高祖。眉之八彩、則有唐之高。眼之重瞳、則有虞之舜。其於月望日即位也。（駕洛国記）

このように、『三国遺事』の龍をめぐる記事が、主として池や海に現れ、しかもそれぞれ一定の物語性を持っている。『三国史記』との間に見られるこのような差異は、何に由来するかは分からないが、井戸、池、海、汀を全て水の象徴と見なせば、そこに龍が出現するということは、緯書における水と龍の関係という基本的な構造を踏まえたものと見られる。既に先に述べたように、水辺に龍が現れるのは、天命を授けられる「受図受命説」の基本パターンの一つである。その意味で、『三国史記』の諸例はほとんどこれに当てはまる。また、右記『三国遺事』も、中国故事を祖述する①を除き、②から⑫までの記事を仔細に読めば、すべてにおいて帝王との龍との交流またはその出自に龍が関わる内容となっている。中には、後述するように、『古事記』の三輪山伝承と酷似する⑪のような話も含まれ、朝鮮半島における龍が、緯書思想の影響を受けた、王権との強い関係にあったことを示している。

七、井戸と王権・符命

以上、『三国史記』と『三国遺事』における井戸、池、海、汀と龍の関連について見てきたが、ここでは、とりわけ「井戸」と龍をめぐる記事が多いことに着眼して、その由来や意味について考えてみたい。

『漢書』王莽伝には、次のような事件が記されている。元始五年十二月には、首都長安から離れた北の武功というところで、井戸をさらえる途中、白い石が出てきたのである。

　是月、前輝光謝囂奏、武功長孟通浚レ井得二白石一、上円下方、有二丹書一著レ石、文曰、告三安漢公莽為二皇帝一。

「丹書」とは、白い石の上に書かれた赤い文字である。緯書では、天子たる資格を上天が認可する時のメッセージ――「符命」が、多くの場合丹書の形を取っているのである。

さらに、同じ「王莽伝」に井戸にまつわる記事として次の一節も見られる。

　七月中、斉郡臨淄県昌興亭長辛当、一暮数夢。曰、吾天公使也、天公使レ我告二亭長一曰、摂皇帝、当為レ真。即不レ信レ我、此亭中、当有二新井一。亭長晨起、視二亭中一、誠有二新井一。

これは、夢の中に天公使――天界の使者が現れて、王莽が皇帝になること予告する内容であるが、先の井戸から「丹書」が出てきたのと違って、新しい井戸が突然にして現れるという話である。ここでは、井戸の出現そのものが、王莽が皇帝になる「符命」のような意味として記されている。

ところで、そもそも「符命」は、自然に現れるのではなく、人間による作為であることが次のような例に窺える。

例えば、『後漢書』（巻七）孝桓帝紀の延熹九年にある、

　沛国戴異得二黄金印一、無二文字一。遂与二広陵人龍尚等一共祭レ井、作二符書一、称「太上皇」、伏レ誅。

という記事では、井戸を祭る儀式を行うかたわら、「符書」を作って、自らを「太上皇」と名乗る事件が記されている。偽造者は死刑に処せられたが、井戸が「符命」との繋がりを示した例である。

『三国志』（巻四十六）「呉書」裴松之注にも次の記事が引かれている。

　呉書曰、堅入レ洛、掃二除漢宗廟一、祠レ以二太牢一。堅軍城南甄官井上、旦有二五色気一、挙レ軍驚怪、莫レ有二敢汲一。堅令二

人入レ井、探得二漢伝国璽一。文曰、受命二於天一、既寿永昌。方円四寸、上紐交二五龍一。上一角欠。初、黄門張譲等作乱、劫二天子一出奔、左右分散。掌レ璽者以投二井中一。　（孫堅虜討逆伝第一）

とのように、五色気が漂う井戸の中から「国璽」——国家権力の象徴である玉璽が発見されるという話が記されている。このほかにも、『三国志』巻三「魏書」明帝紀には、太和七年（二三三年）の正月に青龍が郟の摩陂という地方の井戸の中に現れたので、魏の明帝はわざわざ摩陂へ龍を見に行ったという。そして、年号を青龍に改め、摩陂を龍陂と改名し、さらにこの祥瑞を記念するために鰥や寡婦らに課す租税を免除した。原文は左記の通りである。

青龍元年春正月甲申、青龍見二郟之摩陂井中一。二月丁酉、幸二摩陂観レ龍、於レ是改年、改二摩陂一為二龍陂一、賜二男子爵人二級一、鰥寡孤独無レ出二今年租賦一。

龍が井戸に現れるという祥瑞が、古代の王権にとっていかに重要であったかを示す内容である。かつて井戸を祭ることに注目した安居香山氏が、その意味について次のように論じたことがある。

井戸を祭るということは、古来よく行われた事で、水は何としても人間生活にとって欠くことのできないものであり、そうした意味で、井戸の神を祭ることが行われた。その井戸から符命のごときものがでてくるということは、天命を受けるにふさわしいわけである。戴異が井戸を祭ったというごときことも、そうしたことと関連するものであろう。いずれとするも、革命の蜂起にあたって、受図受命ということが、極めて重要であり、こうした農民の起義においても、そのことが重視されたことを、この一例はよく示している。(11)

このように安居氏は、井戸から符命の象徴となる「丹書」が現れる原因を、人間生活にとって大切な水源であることに求めている。「丹書」は「符命」の象徴である「河図」「洛書」を指し、「図」「書」「赤文」「朱文」「丹書」などと様々な用語で表現され、緯書に夥しい類例が求められる。

○尭沈二璧于洛一、赤光啓、有二霊亀一負レ書出、背甲赤文成レ字、止レ壇。　（『尚書中候』）

○唐帝沈二璧於洛水一、亀負レ書出、有レ甲赤文成レ字、上レ壇也。（『尚書中候』）

○黄帝游洛、至翠嬀之泉、龍図蘭葉、朱文授之。（『河図』）

○黄帝游二于洛一、見二鯉魚一、長三尺、青身無鱗、赤文成レ字。（『河図』）

○黄帝云、余夢見二両龍授レ図、乃斉往二河洛一而求、有レ魚折レ溜而止、魚汎二日図一、跪而受レ之。（『河図』）

○尭游二河渚一、赤龍負レ図以出、図赤如二綈状一、龍没図在。（『春秋元命包』）

伝説の帝王たちが「黄河」や「洛水」のほとりで亀や龍などから符命の象徴となる河図洛書を受け取る記述であるが、「丹書」などが王者たる者の正統性を示すシグナルとされていたことは、『春秋元命包』に見える次の内容によって明示されている。

西伯既得二丹書一、於レ是称レ王、改二正朔一、誅二崇侯虎一。

一文は、天帝より符命なる丹書を授けられた周の文王が、ついに王位に着いたという内容であるが、王莽伝の井戸と丹書は、まさにこうした緯書にあるような符命授与の状況を偽造するという、王位簒奪の企みから生まれた行為なのであった。

ところで、記事によって井、河、洛、翠嬀之泉などのように名称が一定しないが、これらはすべて水の象徴として性質を同じくするものである。かつて中野美代子氏がその関連性について、

そもそも中国の民間伝承においては、海や河川や湖沼、あるいは井戸の果てにまで龍王が住み、そこを管理することになっている。……ともあれ、井戸とは、異界にいたるトンネルが垂直になったものだったのである。[12]

（「天の井戸と地の井戸」――境界としての幻想空間）

と指摘したことがあるが、中でもとりわけ井戸の方は、王権に右の王莽に関する記事を踏まえて、中野氏は井戸を古代中国人の宇宙論と結びつけながら、次のような興味深い見解を述べている。

「井戸を闕くとただちに孕み子を生む」というのは、自分から次の世代に移行する時の流れの、空間的表現である。すなわち、井戸には、時間を変換させる霊力がひそんでいるのだ。仙界に至るトンネル状の洞穴が、常に時間を変換させる。……トンネルをくぐり仙界で一日か二日すごし、俗界にもどったところ百年たっていたというように。そのトンネルを垂直に立てた井戸では、あっというまに、子どもが生まれるのである。

中国人にとって、出産や子供は、時間というものの大いなるシンボルであった。自分が死んでも、子孫が生きつづけることで、時間の永遠性が保証された。トンネルの奥の仙界の構造は、そのれゆえ、子宮をふくむ女性性器とひとつだったのである。水面のおのれの鏡像をたやすく破壊できるナルキッソスの泉では、したがって、親から子へと流れる時間を保証することはできない。どうしても井戸でなければならなかったゆえんである(13)。

このように、中野氏によれば、井戸とは「時間の永遠性が保証された」、人界とは異なった「トンネルの奥の仙界」を指しているという。しかし、そもそも井戸を始め、水の象徴となる河、洛、翠嬀之泉などがなぜ符命と関わらねばならなかったのだろうか。安居氏のライフラインとしての「水源説」と、中野氏の「境界説」「トンネル説」にそれぞれ一理はあるものの、ここの問題は、井戸を始めとする水をめぐる信仰が、古代の東アジアにおいて、どのような信仰基盤あるいはコスモロジーに成り立っていたか、ということであろう。

八、井戸、池、川、海と崑崙の水界

先に見てきたように、朝鮮資料における龍のあり方に二つの特徴が認められる。一つは、『三国史記』のように、井戸に現れること。もう一つは、『三国遺事』のように、海に現れることである。前者は中国の場合と重なるが、興味深く思われるのは、海に現れることである。この点、海によって囲まれている朝鮮の地理的環境によるものと理解すべきかもしれない。

かつて中鉢雅量氏は、「崑崙とその下の水界」なる論文において、古代中国人の宇宙観をささえる地理的な知識として、宇宙の中心たる崑崙山をめぐって巨大な水系が存在するという認識を論証しながら、この水系が時と場によって様々な名称に変えられて史書、詩文などに記述されていたことを指摘したことがある。[14] 中鉢氏によれば、古代中国人の宇宙観において、天地の中心である崑崙山をかこむのは水界であり、それが様々なかたちで描かれていた。

一方、中鉢氏の水界説に類似したものとして、武田雅哉氏の「黄河伏流重源説」を手がかりとした古代中国の宇宙論における地脈説に関する考察と、[15]『山海経』における崑崙と月、水の関係を通して崑崙を中心とする巨大な地下構想を指摘する松浦史子氏の研究も見られる。[16] 松浦氏は、緯書『河図括地象』に見える次の記述を手がかりにしている。

崑崙山為㆑柱、気上通㆑天。崑崙者、地之中也。下有㆓八柱㆒、柱広十万里、有㆓三千六百軸㆒、互相牽制。名山大川孔穴相通。

崑崙が世界の中心たる位置を占めるという主旨であるが、その地下が八本の巨大な柱によって支えられ、天下のあらゆる名山、大川、孔穴がすべて繋がっているということを明記している。一文を裏付ける説として、松浦氏はさらに東晋・郭璞の『玄中記』に見える次の内容を挙げている。

蜀郡有㆓青城山㆒、有㆓洞穴潜行㆒、分㆑道為㆑三、道各通㆓一処㆒、西北通㆓崑崙㆒。

大意は、青城山の下には洞穴があり、それが崑崙にも通じているというものであるが、右記『河図括地象』の説とほぼ一致している。

この「水界」の説に近い学説が、青銅器などを利用して古代中国の宇宙観の研究に挑んでいたイギリス人学者のサラ・アラン氏（Sarah Allan）にも提唱されている。アラン氏は、商代の青銅盤に見られる紋様が主として龍、亀、鳥、魚によって構成されていることに注目し、そうした紋様が常に青銅盤の縁または底に刻まれ、しかも魚の紋様と入り混じっている状態から、当時中国の観念の中に既に龍などが生息する「地下の水界」(Watery Underworld) があったことを推論している。

これは、青銅盤そのものが池であることを示唆している。あたかも神話の中の「扶桑」と「若木」の下にある池のようだ。そこは太陽が沐浴する場所であると同時に、黄泉と地下の世界に通ずる入口でもある(17)。

かくて古代中国の神話論では、世界の中心である崑崙山を中心に巨大な水界がめぐらされており、黄河、揚子江をはじめ、『楚辞』の九河まで、すべてネットのようにつながっていたのである。これは、先に引用した緯書『河図絳象』に見る「河導崑崙山、名地首」や、同じく緯書の『河図始開図』の、「河凡有五、皆始開乎崑崙之墟」という記述に明示されているほか、『山海経』、『神異経』などの漢籍にも見られる。この世界の中心とされる崑崙が、文献によってその位置が絶えず移動する。実際、緯書の方では、中国古代神話における崑崙そのものも、他の山の名前で代えられたりするものである。例えば、『河図括地象』には、

○負丘之山上、有㆓赤泉㆒、飲㆑之不㆑老、神宮有㆓英泉㆒、飲㆑之眠㆓三百歳㆒、乃覚㆑不㆑知㆑死。（『河図括地象』）

○岷山之地、上為㆓井絡㆒、帝以㆓会昌㆒、神以㆓建福㆒、上為㆓天井㆒。（『河図括地象』）

○汶阜之山、江出㆓其腹㆒、帝以㆓会昌㆒、神以㆓建福㆒。（『河図括地象』）

とのような記述内容が認められ、「負丘之山」、「岷山」、「汶阜之山」のあり方と、それぞれの水系と思われる「赤泉」、「井絡」、「江」との関係について見れば、すべて崑崙と見立てられていることと推測される。中鉢雅量氏にも指摘されたように、現実の山や河が神話的な山や河として見なされることが既に『山海経』や『楚辞』の時代から始まっており、中でもとりわけ崑崙から流れ出す四水の一つである「河水」が各地の河川に見立てられて表現されることが多かったようである(18)。

地下に潜行する縦横無尽な水路が、すべて崑崙を囲む形で巨大な世界を形成している関係を示すもう一つの重要な

表現は、「地脈」という言葉である。「地脈」とは、『山海経』「海内東経」に見える「洞庭」に対する郭璞の注が、

> 洞庭地穴也。在二長沙巴陵一。今呉県南太湖中有二包山一、下有二洞庭穴道一、潜行二水底一。云、無レ所レ不レ通、号為二地脈一。

とあるように、地下に潜行するあらゆる水路のことを指している。

ここで注目したいのは、松浦氏は「地脈」という概念を論じるにあたり、武田雅哉氏の次の説にも触れている。

> 地脈とは、海、湖、泉、井戸、河川など、地表にあっては互いに隔たっている水に関わる諸要素を、ひそかにあい通じさせている、見えざる地中のトンネルである。(19)

右記松浦、武田両氏の「崑崙」をめぐる河川と「地脈」に関する考察は、複雑に絡み合う古代中国の神話、地理的な伝承を理解するために重要な手がかりになる。

一方、「地脈」に近い概念の一つに、「龍脈」という言葉もある。これは本来「風水思想」の発生とともに誕生した概念であり、山とその稜線に流れているすぐれた気を指すものであったが、そうした場所には陰陽の気が調和している吉地＝「穴」、「龍穴」があり、崑崙山を源とする霊気に接触できる大切なスポットと見なされていた。通説では、このような吉地に至れば、直接崑崙山に行かなくても、不老不死と繁栄を得る機会にも恵まれるものである。(20) 道教思想の研究者坂出祥伸氏の表現を借りれば、それは「生気のネットワーク」でもあるという。(21)

このように、「地脈」と「龍脈」という言葉から、古代中国人の観念の中で、崑崙をめぐる巨大な地脈は、様々な水路によって構成され、その地表における表象として、「海、湖、泉、井戸、河川」がある、ということが窺える。また、松浦氏が郭璞の「江賦」を通して指摘するように、「そこはまた、霊妙な水気が流れ、金玉奇石が生じ、海童、琴高、氷夷、江妃といった名だたる水仙達が、浪と共に飄然と踊り挙がる」世界なので、(22) これは紛れもなく、神仙たちが支配する世界にほかならない。

ここで改めて朝鮮史料について見れば、「井戸」のみならず、あたかも漢籍の水界に対応するかのように、「池」

「海」「汀」「河」のあり方、とりわけ龍との関わり方も、緯書に見られる龍と水の関係とほぼ一致している。場合によって、水界をめぐるそうした対象の象徴性を突出させて強調する傾向さえ認められる。これによって、我々は朝鮮資料に見える「井戸」、「池」、「海」、「汀」、「河」と龍の関係についてもより明確な認識が得られよう。つまり、古代朝鮮では、崑崙を中心とする宇宙観が既に広く流布していたと見られ、崑崙をめぐる巨大の水の世界も、その宇宙観に移植されていたということである。記事によって龍が出現する場所が異なり、「井戸」、「池」、「海」、「汀」などのように様々に変化していることをすべて崑崙をめぐる巨大な水界の表象と理解すれば、問題は氷解する。無論、この水界を「地脈」として理解しても差し支えない。

さらに、このように見てくれば、前掲『史記』などに見られる井戸の記事も、やはり安居香山氏と中野美代子氏が指摘する、「水は貴重なもの」、「境界」、「トンネル」という理由だけでなく、井戸は自然界の水源——黄河などに次ぐ重要な、宇宙の中心であり、神々がすまう仙界（崑崙）にそのまま通じる「水界」の入口として理解されていたためであろう。換言すれば、通路としての井戸に現れるあらゆるもの（龍、丹書に代表される文字など）は、すべて神々の世界からのメッセージとして見なされていたのである。

網の目のように地下に張り巡らされる水の脈絡は、古代中国人が仙界を想像するための必須の条件であったことは、撰者不明で、唐代の伝奇小説『梁四公記』にも鮮明に描かれている。この伝承は、思わぬアクシデントで仙界を訪れたある者が、半年かけて井戸を経由して俗界に帰還した内容となっている。

嵩高山北有二大穴一、莫レ測二深浅一、百姓歳時遊観。晋初嘗有二一人一誤堕二穴中一、同輩冀其儻不レ死、投三食于二穴中一。堕者得レ之、為尋レ穴而行。計可十余日、忽然見明、又有二草屋一、中有二二人一対坐囲棋、局下有二一杯白飲一。堕者告レ以二飢渇一、棋者曰、可レ飲レ此。堕者飲レ之、気力十倍。棋者曰、汝欲レ停レ此否。堕者曰、不レ願レ停。棋者曰、従レ此西行、有二大井一、其中多二蛟龍一、但投レ身入レ井、自当レ出。若餓、取二井中物一食。堕者如レ言、投二井中一、多二蛟龍一、然見二堕者一輙避レ路。堕者随レ井而行、井中物如二青泥一而香美、食レ之、了不二復飢一。半年許、乃出二蜀中一。帰二洛下一、問二張華一、華曰、此仙館大夫、所レ飲者玉浆也。所レ食者、龍穴石髄也。

「穴」の中に堕ちた者が、穴から抜け出ようと、十数日も地下の世界を徘徊し、漸く草葺きの家屋にたどり着いた。そこで囲碁の対局をしている者に「白飲」を乞うて渇を癒し、更に路を教えてもらう。留まる意志のないことを確認した一人がいうに、「ここから西へ行けば、大きな井戸がある。中に蛟龍がたくさん棲んでいるが、その中へ身を投げればよい」と。言われるままに行けば、果たして井戸が見つかり、そして中へ飛び込んだ。井戸の中の泥のような物を食べ物にして出口を探しつづければ、半年後に漸く帰還できた、という内容である。

この伝承で注目を引くのが、「穴」「井戸」「蛟龍」「龍穴石髄」によって構成される「地下世界」である。この「地下世界」は、まさしく崑崙に通路を持つ、龍が往来する「水界」の世界であり、「龍脈」「地脈」とも称し得るものである。それを繋げているのは、ほかならぬ「井戸」なのである。

「井戸」が別世界への通路となっている話として、同じ唐・鄭還古の『博異志』にある井戸掘りの説話も挙げられる。

神龍元年、房州竹山県陰隠客、家富。荘後穿レ井、二年已浚二一千余尺一而無レ水。隠客穿鑿之志不レ輟。二年外一月余、工人忽聞二地中雞犬鳥雀声一。更鑿二数尺一、傍通二一石穴一、工人乃入レ穴探レ之。初数十歩無レ所レ見、但捫レ壁而傍行。俄転会如二日月之光一、遂下。其穴下連二一山峰一、工人乃下二於山一、正立而視、乃別一天地日月世界。（中略）須臾雲開、已在二房州北三十里孤星山頂洞中一。出後而詢二陰隠客家一、時人云、已三四世矣。開レ井之由、皆不レ能レ知。工人自尋二其処一、惟見二一巨坑一、乃崩井之所レ為也。時貞元七年、工人尋二覓家人一、了不レ知レ処。自レ後不レ楽二人間一、遂不レ食二五穀一、信レ足而行、数年後、有レ人於二剣閣雞冠山側近一逢レ之。後莫レ知二所在一。

ある者が、二年間かけて自宅の裏で井戸を掘ったところ、水が出る代わりに、地中から禽獣の鳴き声が聞こえ、更に先へ掘り続けたら、トンネルのような通路が現われ、そこから全く別世界へ出た。暫くそこに逗留したと思いきや、それが実は数十年も経ってしまったという、かの浦島太郎の原型を思わせるような筋となっている。(23) この説話はすべて井戸を舞台に展開されているところが、古代中国人のコスモロジーを背景とした井戸の機能が端的に語られている。さらに、唐・段成式の『酉陽雑俎』に次の説話にも求められる。

景公寺前街中旧有二巨井一、俗呼二八角井一。元和初、有二公主一夏中過、見二百姓方汲一、令下従婢以二銀棱碗一就レ井取上レ水。誤墜レ碗、経二月余一、出二於渭河一。

（巻十五・諸皐記下）

水を汲もうとして誤って茶碗を井戸に落として、それがひと月余り経ってから、渭水に現れ出たという筋であるが、二つの説話の共通点は、井戸の中に水路のようなネットワークが存在するということである。両説話の描いている世界を、前引『河図括地象』の崑崙をめぐる「名山大川孔穴相通」の記述と、『玄中記』の青城山をめぐる崑崙に通じる洞穴の内容とを比較してみれば、いかにその構造が類似しているかが明らかであろう。李豊楙氏の研究によれば、このような「地下世界」とその通路となる「龍穴」をめぐる信仰は、六朝以降の中国で俄に流行り、右記の伝承はそうした信仰を反映した代表的な例である(24)。ともかく、時代を隔てているにもかかわらず、そうした観念的な地下世界、前引中野美代子氏の言葉でいえば、「トンネルの奥の仙界」というものが、中国人の意識を強く支配していたのである。

上記諸例は、朝鮮文献に頻繁に現れる「井戸」と「龍」の関係と意味を考える上でも重要な手がかりを提供してくれる。中国におけるのと同様、朝鮮の「井戸」も崑崙の水界に通じる重要な通路であり、龍が出入りする「龍穴」でもある。前引緯書の「洛水」、「河洛」、「河渚」に龍が現れることとも同等の意義を持つものである。その根底をなしているのは、崑崙を中心とした世界観である点にあまり変わりはないといってよい。こうした観念が、どうやら古代東アジアの地域に広く行き渡っていたようである。

注

（1）塩川徹也『虹と秘蹟――パスカル〈見えないもの〉の認識』（岩波書店、一九九三年）七〇―九九頁
（2）葉舒憲『中華文明探源的神話学研究』（社会科学文献出版社、二〇一五年）三四八―三五六頁
（3）『陳夢家著作集・殷墟卜辞総述』（中華書局、二〇〇四年）二四二―二四三頁
（4）于省吾『甲骨文字釈林』（中華書局、一九七九年）五―六頁
（5）中鉢雅量『中国の祭祀と文学』（創文社、一九八九年）二六一頁
（6）中鉢雅量『中国の祭祀と文学』、一四三―一六七頁
（7）三品彰英『三国遺事考証』（上）（塙書房、一九七五年）四九六―四九七頁
（8）「骨品」に関する研究で、これまで最も知られるものとして、今西龍「新羅骨品考」、「新羅骨品〈聖而〉考」『新羅史研究』（国書刊行会、一九七〇年）五四七―五八四頁。池内宏「新羅の骨品制と王統」（『満鮮史研究』上世第二冊（吉川弘文館、一九六〇年））五四七―五八四頁、三品彰英「骨品制社会」（『古代史講座』七（学生社、一九六三年））一七四―二〇九頁、武田幸男「新羅の骨品社会」（『歴史学研究』第二九九号（青木書店、一九六五年四月）二九九号）一―一三頁、井上秀雄「新羅の骨品制度」（『歴史学研究』第三〇四号（青木書店、一九六五年九月））四〇―五一頁、などが挙げられる。
（9）木下礼仁『日本書紀と古代朝鮮』（塙書房、一九九三年）四〇三―四〇四頁
（10）安居香山「『孔子秘経』考」『緯書の基礎的研究』（漢魏文化研究会、一九六六年）一五二―一七〇頁。浅野裕一「神秘化される孔子」『儒教――怨念と復讐の宗教』（講談社学術文庫、二〇一七年）一六三―一九五頁
（11）安居香山『緯書と中国の神秘思想』（平河出版社、一九八八年）二二七頁
（12）中野美代子『奇景の図像学』（角川春樹事務所、一九九六年）一九六―一九七頁
（13）中野美代子『奇景の図像学』、一九九頁
（14）中鉢雅量『中国の祭祀と文学』、一九―四一頁

（15）武田雅哉『星への筏――黄河幻視行』（角川春樹事務所、一九九七年）二一六―二二一頁
（16）松浦史子『漢魏六朝における〈山海経〉の受容とその展開』（汲古書院、二〇一二年）四八―四九頁
（17）Sarah Allan, The Shape of the Turtle: Myth, Art and Cosmos in Early China. State University of New York Press. 1991.pp157-164.
（18）中鉢雅量『中国の祭祀と文学』、六八―六九頁
（19）武田雅哉『星への筏――黄河幻視行』、二一八頁
（20）野口鉄郎他編『道教事典』（平河出版社、一九九六年）一八八頁
（21）坂出祥伸『「気」と道教・方術の世界』（角川選書、一九九六年）二四九―二五三頁
（22）松浦史子『漢魏六朝における〈山海経〉の受容とその展開』、四八―四九頁
（23）出石誠彦「浦島の説話とその類例について」『支那神話伝説の研究』（中央公論社、一九七八年）二三五―二四二頁
（24）李豊楙『仙遊與遊歴――神仙世界的想像』（中華書局、二〇一〇年）三六三―三七三頁

第三章　『古事記』と神仙思想

一、瑞井と変若水・醴泉と天つ水

武田雅哉氏は、「黄河伏流重源説」をめぐる諸説の根底にある崑崙起源説と、それを支える古代中国の宇宙観――「ひょうたん宇宙論」のコスモロジーの東アジアにおける流布の状況を論じる時に、次のような興味深い観察を述べている。

だが、はたして日本人が、ひょうたん宇宙論を中国人と共有しえたかどうかは、明言できない。日本には日本のひょうたん民俗が厳然として存在したことは既に明らかであり、それが、人類共有のものと考えてよい、永遠、無限などのイメージとの結合において成立していることもまた明らかであろう。とはいえ、中国人、つまり漢民族と、かれらの文化的な影響下にあり、また主要なランドマークを共有していた民族たちが抱いていた、「黄河源流ひょうたん」のコンセプトは、持ちえなかったのではないだろうか。むしろ、足の下に、地続きの土と河とを共有する、アジア大陸の諸民族の方が、この共同幻想を抱くことができたのではなかったろうか。(1)

このように武田氏は、いわゆる「アジア共同幻想としての黄河」が、日本人にも強い関心を持たれていたものの、その根底を支える中国的な宇宙観やトポグラフィーが、日本人に共有されていたかどうかについて疑問を呈している。

さて、これと似たような疑問は、古代日本人の宇宙観に対してもなされると思う。先にも指摘したように、中国、朝鮮の史料では、井戸は、海、河、池、汀などとともに、崑崙をめぐる水界の象徴と見なされることで、歴史記述に讖緯的な意味を持たせるという、政治的な役割りを果たしてきた。ところが、このような観念が日本にももたらされたにも関わらず、それに対する受容は、慎重かつ選択的な態度が目立っていた。つまり必要に応じて讖緯的な意味を盛り込む場合と、完全にそれを無視して、単に客観的な記述にとどまる場合とが交錯するという、決して朝鮮史料が呈する一辺倒の様相ではなかった。これまで、この現象に注目し、その原因について考察することはあまりなかったが、ここでは『日本書紀』反正天皇の記事に見える「瑞井」を手がかりに、上代日本における水界をめぐる認識の具体的な状況について確認してみたい。

瑞歯別天皇、去来穂別天皇同母弟也。去来穂別天皇二年、立為皇太子。天皇初生レ於二淡路宮一。生而歯如二骨一。容姿美麗。於是有レ井、曰二瑞井一。則汲レ之洗二太子一。時多遅花、有二于井中一。因為二太子名一也。多遅花者、今虎杖花也。故称謂二多遅比瑞歯別天皇一。

反正天皇を洗った「瑞井」に「多遅花」が咲いたので、それでもって天皇の命名をした内容であるが、この伝承について、かつて折口信夫は「貴種誕生と産湯の信仰と」という文章の中で、一旦その出自を「丹比壬生部の伝承した叙事詩から出たものに他ならぬ」とした上で、井戸との関係を次のように述べている。

禊祓の話は、此処にはあづかる事として、貴人誕生の産湯は、誰も考へるやうに禊ぎに過ぎないが併し、その水は単なる禊ぎの為の水ではなく、或時期を限り、ある土地から、此土により来るものと看做された。即、其水の来る本の国は、常世国であり、時は初春、及び臨時の慶事の直前であつた。海岸・川・井、しかも特定された井に湧くのである。其水を用ゐて沐浴すると、人はすべて始めに戻るのである。此を古語で変若と云ふ。其水を又変若水と称する。貴人誕生に壬生の汲んでとりあげる水は、即、常世の変若水であつたのだ。中世以後、由来不明ながら、年中行事に若水の式が知られてゐる。此は古代には、特定の井に常世の水が湧き、其を汲んで飲み、禊ぐと若返るものと考へてゐた為の名である。皇子御誕生にあたつては、たゞの方々と皇太子との間に、区別のありやうはなかつた。御誕生後、後代の日嗣御子がお定まりになつて、其中から次の代の主上がお定まりになつ

たのである。(2)

古代日本人の意識における海・川・井戸などは、禊・産湯など多くの機能を擁し、その名称も「変若水」・「若水」・「常世」の水とのように、時と場によって絶えず変化していたという見解である。折口の「或る時期を限り、ある土地から、此土により来る」や「その水の来る本の国は、常世国」のような論述から、崑崙の水界のようなコスモロジーとは異なった世界観に基づく日本独自の水をめぐる神秘的な信仰を読み取ることができる。

ただ、このことは同時に、上代日本における讖緯思想の受容状況の把握を難しくしている。もっとも典型的な例は、すなわち「醴泉」という祥瑞現象である。この中国伝来の、崑崙の水界のシンボルが、度々上代史料に現れるにも関わらず、水の象徴となる海・川・井戸などとはあくまでも相対的に位置づけられ、漢籍や朝鮮史料のように、常に崑崙というシンボルを中心に描かれるような、共通した認識で統一されることはなかった。この現象に注目することによって、上代日本人のコスモロジーないし神仙思想観を知るに手がかりが得られるので、以下「醴泉」の例に即して考えてみたい。

「醴泉」は、古代神話にその起源が求められ、『山海経』、『淮南子』における記録はおそらくその最も原始的な形であろう。『山海経』巻十一海内西経に、

昆侖之虚方八百里、高万仞。上有㆓木禾㆒、長五尋大五囲。面有㆓九井㆒、以㆑玉為㆑檻。

という記事が見られ、この九井に対する郭璞の注は「呂氏春秋本味篇云水之美者昆侖之井」となっているのである。この昆侖の水が「醴泉」であることを、『史記』大宛列伝にある次の言葉が裏付ける。

太史公曰、禹本紀言、河出㆓昆侖㆒、其上有㆓醴泉瑶池㆒。

また、『淮南子』巻四にも後述するように「醴泉」の生成に関する記事が見られる。

「醴泉」を含む祥瑞の思想が漢代に発達し、しばしば政治の運営にまでその影響を及ぼしていた。後漢に完成した

『白虎通』巻五封禅篇には、「徳至淵泉、黄龍見、醴泉通」とある内容は有名である。また、「醴泉」は神仙思想とも深く結びついていた。葛洪『抱朴子』巻第六微旨篇では、長生の道を修める場所としての太元山を描くにあたり、「金玉嵯峨、醴泉出隅」と記している。

さて、「醴泉」の思想は上代日本にも伝来し、『延喜式』治部省・祥瑞条にそれが収められている。『日本書紀』や『続日本紀』所収の様々な関連記事からもその様相を知ることができる。以下『日本書紀』や『続日本紀』に見るその具体例を掲げる。

①己亥、遣二沙門法員・善往・真義等一、試飲二服近江国益須郡醴泉一。（持統七年十一月）

②己亥、詔曰、粤以二七年歳次癸巳一、醴泉涌二於近江国益須郡都賀山一。諸疾病人、停二宿益須寺一、而療差者衆。故入二水田四町・布六十端一。原二除益須郡今年調役雑徭一。国司頭至レ目、進二位一階一。賜下其初験二醴泉一者、葛野羽衝・百済土羅々女、人絁二匹・布十端・鍬十口上。（持統八年三月）

と見え、続いて『続日本紀』の記事は、

③丙辰、幸二当耆郡一、覧二多度山美泉一。賜二従駕五位已上物一、各有レ差。○戊午、賜二従駕主典已上及美濃国司等物一、有レ差。郡領已下、雑色卌一人、進二位一階一。又免下不破・当耆二郡今年田租、及方県・務義二郡百姓供二行宮一者租上。（養老元年九月）

④癸丑、天皇臨レ軒、詔曰、朕以二今年九月一、到二美濃国不破行宮一。留連数日。因覧二当耆郡多度美泉一、自盥二手面一、皮膚如レ滑。亦洗二痛処一、無レ不二除癒一。在二朕之躬一、甚有二其験一。又就而飲浴之者、或白髪反レ黒、或頽髪更生、或闇目如レ明。自余痼疾、咸皆平癒。昔聞、後漢光武時、醴泉出。飲レ之者、痼疾皆癒。符瑞書曰、醴泉者美泉。可二以養レ老。蓋水之精也。寔惟、美泉即合二大瑞一。朕雖二庸虚一、何違二天貺一。可下大赦二天下一、改二霊亀三年一、為中養老元年上。（養老元年十一月）

⑤丁亥、令下美濃国、立春暁挹二醴泉一、而貢中於京都上。為二醴酒一也。（養老元年十二月）

⑥二月壬申、行二幸美濃国醴泉一。（養老二年二月）

となっている。さらに、『文徳実録』にも、このような記事が見られる。

⑦丙午、石見国言、醴泉出、三日乃涸。（斉衡元年七月）

⑧辛亥晦詔曰、上稽二帝載一、下酌二皇流一。無下不レ鍾二霊貺一以開レ元、割二神符一以改レ号者上。近来、石見国上二醴泉一、味写二濁醪一、状凝二芳醴一。（斉衡元年十一月）

このように、「醴泉」の記事に関する限り、その出現とあり方に対する態度は、甚だ積極的なものであった。こうした態度の背後に、やはり「醴泉」を祥瑞と見なす讖緯思想の影響があったと考えるべきである。緯書などにおける「醴泉」の記事を掲げよう。

○王者徳至二淵泉一、則醴泉出。（『孝経援神契』）

○醴泉水之精也。味甘如レ醴。泉出流所レ及、草木皆茂。飲レ之、令二人寿一也。（孫子『瑞応図』）

○王者、得二礼制一、則沢谷之中白泉出。飲レ之、使二寿長一。（『礼稽命徴図』）

○光武中元元年、祠長陵還、出二醴泉一。京師飲レ之者痼疾皆差也。（『東観漢記』）

○聖人能正二其音一、調二其声一、故二其徳一、上反二太清一、下及二泰寧一、中及二万霊一、膏露降、白丹発、醴泉出、朱草生、衆祥具。（『鶡冠子』巻中・度万第八）

○古人治レ病之方、和レ以二醴泉一、潤レ以二元気一、薬不レ辛不レ苦、甘甜多味、常能服レ之、津流二五蔵一、繋二之在レ肺、終身無レ患。（『洛書宝号命』）

このように『日本書紀』と『続日本紀』では、「醴泉」に関する記事が多数現れ、そしてほとんどすべてが祥瑞の一種として見なされていたことは明らかである。その意義は、単なる讖緯としての機能だけでなく、小は病の治癒、大は長生不老をもたらすような、この上なく有難い存在だったのである。

ところが、記紀などに見られる「醴泉」を一旦折口信夫氏が指摘する「変若水」「常世の水」とともにすると、その関係は区別し難いものとなり、たちまち読む者をして困惑させてしまう。

例えば、折口は反正記の「瑞井」を禊祓のための変若水・若水・常世の水とするが、緯書『詩緯』に「井有寒泉、井入地深」、『文選』巻八司馬長卿「上林賦」の「醴泉」に対する李善注の「醴泉、瑞水也」とのように、「醴泉」と「瑞水」が同義に捉えられている。これによって、反正紀の「瑞井」も、「醴泉」と同じ性質と推測されるが、もし折口の説に従えば、「寒泉」＝「醴泉」＝「瑞井」が、そのまま「産湯」＝「変若水」＝「常世の水」になり、一見性質を同じくした、名称だけが異なる存在になってしまう。

さて、水をめぐる認識の多様性を示す事例として、同じ神聖な性質を帯びながら、「醴泉」と対等の位置にある「天つ水」も挙げられる。「中臣寿詞」には、天皇の飲料水について次のような記事がある。

> 皇御孫の尊の御膳つ水は、顕し国の水に、天つ水を加へて奉らむと申せ」と事教りたまひしによりて」、……天の玉櫛を事依さしまつりて、「この玉櫛を刺し立てて、夕日より朝日の照るに至るまで、天つ詔との太詔と言をもちて告れ。かく告らば、まちは弱韮にゆつ五百篁生ひ出でむ。その下より天の八井出でむ。こを持ちて天つ水と聞しめせ」と事依さしまつりき。

「中臣寿詞」に見えるこの一節は、ひとまず天皇に御食事の水「御膳つ水」の構成を、「顕し国の水」と「天つ水」とを分けた上で、主としていかに「天つ水」を求むべきかを詳しく説明している。文中に見える「天の八井」は、神聖な多くの井戸を指す意味に違いないが、ここにも、漢籍の神仙思想との対比において、興味深い類似性が認められる。例えばこの「天の八井」は、数字こそ違うものの、崑崙の「九井」を連想させ、その生成の状況についても類似する描写となっている。「中臣寿詞」では、それを「まちは弱韮にゆつ五百篁生ひ出でむ。その下より八井出でむ。

こを持ちて天つ水と聞しめせ」と記している「中臣寿詞」の「弱韮」、「五百篁」はそれぞれ「麻知」なる神聖なところに生える神聖な植物として指摘されているが、『淮南子』の「醴泉」の出現にも、その前後に現れる植物などを見るかぎり、すべて祥瑞に関わるものであり、神聖視されているものである。

この「中臣寿詞」の「天つ水」について、研究者たちは仁徳記の「寒泉」をそのまま反正紀に出て来る「瑞井」と結びつけ、これが反正天皇の出生に関わる重要なものとして指摘し、「寒泉」と「瑞井」が「中臣寿詞」にいう五百篁の下に涌出する天つ水に相当すると指摘したことがある。(3)また、和田萃氏は中世以前宮廷で行われた若水進呈の儀式に注目し、その若水が「醴泉」とも観念されていた「変若水」であることを論証しつつ、「中臣寿詞」の「天つ水」も「変若水」であると指摘している。ただ、筆者は和田氏の論点に関しては、多少異なる見解を持つものである。和田氏はその論文において、「醴泉」と「変若水」の関係を論じ、『万葉集』などに見られる「をちみづ」を挙げて次のように論じている。

中国の古典にみえる醴泉は美泉であり、それを飲めば病気が癒え長寿を保つとの効能が記されている。しかし若返りの効能があると記すものはない。そもそも中国には変若水の観念は存在しないようであり、古代の日本や南島に伝わるものだったらしい。その意味では、多度山の美泉を古代中国の神仙思想に基づいて醴泉としながらも、一方ではそれを古代日本にあった変若水と結びつけていることが注目される。……管見の範囲では、漢籍に「変若」の用例はない。そもそも古代中国には、若返りの水である変若水の信仰は存在しなかったらしい。(4)

しかし、「変若」という言葉の用例は確かに漢籍には見つからないが、その同義語にあたる漢語が存在することを和田氏は見落としている。『抱朴子』巻六「微旨」に「醴泉」の出現を描くにあたり、「金玉嵯峨、醴泉出隅、還年之士、挹其清流」とあるのである。「還年」は他でもなく「若返り」を意味する言葉で、一句の大意は「若返りをしようとする者は、その清らかな水をすくって飲むのだ」である。「変若」の一語が「還年」から派生した言葉かどうかは即断できないが、これによって少なくとも中国古代に「醴泉」で若返りする思想があったことを知るのである。前掲『続日本紀』養老元年十二月条の、

丁亥、令下美濃国、立春暁挹二醴泉一、而貢中於京都上。為二醴酒一也。

という内容に見える「挹醴泉」は、『抱朴子』の「醴泉出隅……挹其清流」と表現においても類似している。また、左記緯書を含む諸文献に見える「赤水」「丹水」の性質にも通じている。

①西南四百里、曰二昆侖之丘一。……赤水出焉、而東南流二于氾天之水一。（『山海経』西山経）

②（崑崙）疏圃之池、黄水三周復二其原一。是謂二丹水一。飲レ之不レ死。（『淮南子』墬形訓）

③負丘之山上、有二赤泉一、飲レ之不レ老、神宮有二英泉一、飲レ之眠三百歳、乃覚レ不レ知レ死。（『河図括地象』）

④醴泉水之精也。味甘如レ醴。泉出流所レ及、草木皆茂。飲レ之、令二人寿一也。（孫子『瑞応図』）

⑤王者、得二礼制一、則沢谷之中白泉出。飲レ之、使二寿長一。（『礼稽命徴図』）

傍線部のように、「赤水」と「丹水」はいずれも崑崙を繞る仙界の水として、人間を長生きさせる効果を持つものとされていた。「これを飲めば死なず」または「死ということを知らない」はすなわちその明証である。

さて、「醴泉」と「天つ水」「変若水」は、名称を異にしながらも、かかる共通の性質が認められることは、神話学における水の象徴性から見れば、はなはだ自然なことである。この点、かつて中鉢雅量氏は、崑崙を繞る水界の神話的な意味を次のように述べたことがある。

神話・宗教では、水は特別な表象をもっている。M・エリアーデによると、水はそれ自体形を取って現われることのない潜在的な力で、それゆえ却って万物を生み出すことができる。一方、水から生まれ出た有形なものは、時間の経過につれて衰残し、やがて元の無形に帰る。水は無形であるが故に不滅で、永久にこの創造行為を繰り返す。このような「生命の水」の考えは世界中に広く分布するものであり、また神話上の動物、龍、蛇、魚など

は水の生命力のシンボルである。……崑崙は西王母を始め、多くの神々が居住するところである。従って崑崙に達した人間は、神々と交流することができる。……民神の交流する崑崙は、時間が開始される前の無時間、始源の時間の中に佇んでいると言える。エデンの園など、世界の他の地域の神話や伝承に表象される楽園は、一般に時間的には天地開闢以前の始源の時間の中にある。従ってそこに回帰することは、過ぎ去った時間を廃絶して、開始以前の時間に復帰することをも意味する。(5)

これを踏まえて上代日本の文献に出てくる「変若水」、「天つ水」の性質を改めて見れば、「還年」のために飲む「醴泉」が既に受け容れられていたこともあり、その性質は、前記崑崙を囲繞する「赤水」、「丹水」とはさほど距離の遠くないものである。そして、これらの概念の根底には、神話論的な「始源の時間」意識も潜んでいたものと推測されよう。

ところが、ここで依然として問題になるのは、反正天皇の記事に出てくる「瑞井」を、果たして祥瑞の象徴となる「醴泉」と見るか、それとも折口信夫が指摘するような禊祓儀礼に関連する「変若水」と見るかである。直感の鋭さでもって古典解釈をする折口説は、実証を伴わないアブダクション（Abduction）――「超越的な仮説」の傾向を強く持っており、(6)「海岸・川・井、しかも特定された井に湧く」常世の水や「変若水」は、どのような理由で「特定」され、なぜそれが「変若水」であると同時に「禊」の機能をも帯びていたのか、詳しい説明が一切省かれている。一方、和田氏の説では、「醴泉」と「変若水」、「天つ水」が同一のものとされている理由もはなはだ曖昧である。しかし、「変若水」、「大御水」、「常世の水」、「天つ水」、「寒泉」、「瑞井」、「醴泉」とのように、かくも様々な名称が同時に存在する事情が、逆に我々に上代日本の水をめぐる信仰形態に関する強い興味をそそるものである。

二、上代文献に見る井戸

日本における井戸の変遷ないしそれをめぐる信仰の形態について、山本博氏の研究がある。井戸の発生から始まり、井戸の機能、類型まで広汎な調査に基づいた本書は、とりわけ古代における井戸の宗教的、文化的機能について、記紀神話を始め、律令祭祀制度、更に一般史料に見える井戸の資料に基づいて論じるところが注目される。

山本氏の分類に従えば、『古事記』の時代における井戸のあり方がそれぞれ、

①実用の井戸・清水。
②祀られた井戸・清水。
③守水司・もひとりべ・もひ。
④記紀・万葉の井戸。
⑤井神・水神の祭祀と幣帛・祭料、及び「まなこ」。

との五項目に分けられる。(7) ただ、この五種類の井戸をその機能によって帰納すれば、更に二つの種類に絞られる。つまり、実用のための井戸と、宗教的性質を帯びた祭祀用の井戸になるという、全体的に見ればそのあり方は決して前掲漢籍や朝鮮文献にある井戸のような、均質的なものではない。祝詞に見る井戸のスメ神（生井、栄井、津長井など）はその典型的な例である。しかも、その内容の多様さから、古代日本における井戸は、それぞれの土地に結びついた伝承によって、極めて複雑にして多様な形態と機能を有していたことが窺える。とりわけ漢籍や朝鮮史料に比べ異なる形態が認められる点が、興味深いと言わざるを得ない。

まず、『古事記』の例から見ていくことにする。

『古事記』上巻には、一度人間界に追放されたスサノヲが、再び高天原に戻ろうとして、アマテラスの間に行われた誓いの儀式が詳らかに記されるくだりがある。その原文には「真名井」なる井戸の名前が見られ、記事におけるそのあり方が次のようになっている。

建速須佐之男命、乞下度、天照大御神所レ纏二左御美豆良一八尺勾璁之五百津之美須麻流珠上而、奴那登母母由良爾、振二滌天之真名井一而、佐賀美邇迦美而、於二吹棄気吹之狭霧一所成神名、正勝吾勝勝速日天之忍穂耳命。亦、乞下度所纏二右御美豆良一之珠上而、佐賀美邇迦美而、於二吹棄気吹之狭霧所レ成神名、天之菩卑能命。

このように、誓いの儀式は「天之真名井」をはさんで行われ、しかも井戸に「八尺勾璁（玉）之五百津之美須麻流珠」を「振り滌いで」、そこから神々がつぎつぎと誕生した。

この「天之真名井」の性質を知る手がかりがあまりにも少ないが、それでも中国や朝鮮の史料には見られないその独特なあり方が、古代日本の宗教儀礼に関わる井戸の機能を示唆している。

『古事記』の用例から目を他の文献に見られる井戸関連の記事に移せば、そこには、やはり山本博氏が指摘したような多様性が目立つ。まず、具体的な用例を掲げてみよう。

①壬申、自二海路一泊二於葦北小嶋一而進食。時召二山部阿弭古之祖小左一、令レ進二冷水一。適二是時一、嶋中無レ水。不レ知二所為一。則仰之祈二于天神地祇一。忽寒泉従二崖傍一湧出。乃酌以献焉。故号二其嶋一曰二水嶋一也。其泉猶今在二水嶋崖一也。

（『日本書紀』景行十八年四月壬申条）

②是月、御馬皇子、以三曾善二三輪君身狭一故、思二欲遣レ慮而往、不意、道逢二邀軍一、於二三輪磐井側一逆戦、不レ久被レ捉。臨レ刑指レ井而詛曰、此水者百姓唯得レ飲焉、王者独不レ能レ飲矣。十一月壬子朔甲子、天皇命二有司一、設二壇於泊瀬朝倉一、即天皇位、遂定レ宮焉。以二平群臣真鳥一為二大臣一、以二大伴連室屋・物部連目一為二大連一。

（『日本書紀』雄略即位前紀冬十月条）

③粒丘、所以号粒丘者、天日槍命、従韓国度来。（中略）以レ杖刺レ地、即従二杖処一寒泉湧出。遂通二南北一、北寒南温。
（同右）

④此村有レ泉。同天皇（景行天皇）、行幸之時、奉膳之人、擬二於御飲一、令レ汲二泉水一、即有二蛇龗一。於レ茲、天皇勅云、必将有レ臭。莫レ令二汲用一。因斯名曰二臭泉一、因為二村名一。
（『豊後国風土記』直入郡条）

⑤遣三新治国造祖、名曰二比奈良珠命一、此人罷到、即穿二新井一、其水浄流。仍以治レ井、因著二郡号一。
（『常陸国風土記』新治郡条）

⑥郡東国社。此号二県祇一。杜中寒泉、謂二之大井一。縁郡男女、会集汲飲。
（『常陸国風土記』行方郡条）

⑦瀰夫能泉。気長足姫尊、自二新羅一還幸、就二於此村一、誕二生誉田天皇一、汲二此泉水一、以擬二御湯一。因曰二御産泉一。
（『筑前国風土記』逸文・糟屋郡条）

⑧或人、於レ此、掘二出冷水一。故曰二松原御井一。
（『播磨国風土記』賀古郡条）

⑨菅生山。菅生二山辺一、故曰二菅生一。一云、品太天皇、巡行之時、闢二井此岡一、水甚清寒、於レ是勅曰、由二水清寒一、吾意宗々我々志。故曰二宗我富一。
（『播磨国風土記』揖保郡条）

⑩惟東山有二流井一。品太天皇、汲二其井之水一而氷レ之、故号二氷山一。
（同右）

⑪密筑里。村中浄泉、俗謂二大井一。夏冷冬温、湧流成レ川。
（『常陸国風土記』久慈郡条）

⑫勝間井冷水。勝間井云由者、倭健天皇命、乃大御櫛笥忘依而勝間云。粟人者、櫛笥者勝間云也。
（『阿波国風土記』逸文）

⑬詔。以二武蔵国奈良神一列二於官社一。先レ是。彼国奏請。検二古記一。（中略）和銅四年神社之中。忽有二湧泉一、自然奔出。漑二田六百余町一。民有二疫癘一、祷而癒。人命所レ繫不レ可不レ崇。従レ之。
（『文徳天皇実録』嘉祥三年五月丙申条）

このように、『日本書紀』と『風土記』などに見られる井戸に関する記事は、一部天皇との関わりにおいて記されているが、第二章に掲げた朝鮮史料の井戸記事に比べ、龍との結びつきによる象徴性的な色が殆どなく、ごく一般的な記録の形に止まっている。即ちその殆どは井戸の起源や特徴に関する記述の類に属し、『三国史記』や『三国遺事』のように、龍と井戸が常に組み合わせとなって讖緯的な意味を象徴する内容となっていないのである。

一方、『万葉集』にも、井戸に関する歌や表現が数多く求められる。まず、巻一の「和銅五年壬子の夏四月、長田王を伊勢の斎宮に遣はしし時に、山辺の御井にして作れる歌」という歌について見よう。

　山の辺の御井を見がてり神風の伊勢少女ども相見つるかも。（巻一・八一）

この歌は長田王が伊勢の斎宮への遣いとして派遣された時に、山辺の御井を見て詠んだ三首の歌のうちの一首である。山辺の御井は聖なる水のある場所で、そんなうわさに聞く山辺の御井の聖水を見ることが出来た上に、その水を酌んでいる聖少女たちをも見ることが出来たとの爽やかな喜びの歌である。この外にも、巻七の方に、

○この小川霧そ結べるたぎちゆく走り井の上に言挙げせねども（巻七・一一一三）
○落ちたぎつ走り井水の清くあれば置きては我は行きかてぬかも（巻七・一一二七）
○あしびなす栄えし君が掘りし井の石井の水は飲めど飽かぬかも（巻七・一一二八）

という歌が収められている。右の歌の内容から、「走り井」は自然に涌き出る井戸を指し、人工によって掘る井戸は「掘りし井」であったことを知る。

ところで、上記の井戸をめぐる単純な記録と違って、明らかにある種の象徴性を与えられた井戸の記事もある。例えば、『日本書紀』神武即位前紀戊午年八月条に、神武東征をめぐる伝承として、次のような内容が記されている。

　是後、天皇欲レ省吉野二之地一、乃従二菟田穿邑一、親率二軽兵一巡幸焉。至二吉野時一、有レ人出レ自二井中一。光而有レ尾。天皇問之曰、汝何人。対曰、臣是国神。名為二井光一。此則吉野首部始祖也。

吉野へ行幸する道中、井戸から「国神」と名乗る、尾のついた、光り輝く人が現れた話であるが、これと関連の記事

は、『新撰姓氏録』大和神別にも記録されている。

吉野連、加弥比加尼之後也、謚神武天皇行幸二吉野一、到二神瀬一、遣レ人汲レ水、使者還曰、有二光井女一。天皇召問之、汝誰人、答曰、妾是自二天降来一白雲別神之女也、名曰二豊御富一、天皇即名二水光姫一。今吉野連所祭水光神是也。

ここに出てくる「水光姫」について、歴史学者の佐伯有清氏は、「水光姫の〈光〉は威光・威勢の意で、水の霊力をあらわす名であろう。」との推論を行っているが、[8] なぜそのような判断をしたのか、特に根拠を示していない。こうした記述を、その発生場所である吉野との関連において捉えるべきではないかと思う。井戸から「天降来白雲別神之女」という女性が現れるということを吉野という、もともと仙境のイメージの強い地と合わせてみれば、ある種の神仙思想的な要素を含まれた伝承と見なされよう。その内容からたちまち想起されるのが、沖縄に伝えられている「天女与那原ノ御井ニ現降ス」という説話である。

大里郡与那原ノ西ニ、一ノ井泉アッテ寒水ヲ湧出ス。（中略）夏五月ノ朔旦、其邑ノ幼童名ハ如古ト称ス、年甫メテ十歳。外従妹二人ヲ相携ヘ、一ハ武樽ト曰フ年纔カ八歳、一ハ真牛ト曰フ年已ニ六歳。共ニソノ井地の南ニ遊ヤ、黒雲天ヲ蔽フテ天色朧朦ナリ。倏チ二ツノ円光アッテ天ヨリ降来セリ。形ハ月団ニ似タリ。色ハ火紅ノ如シ。彼ノ二妹児、慌忙シテ逃走ス。惟ダ如古站立シテ之レヲ看ルニ、忽チ人姿二位ニ変ス。ソノ一位ハ紅色ノ衣ヲ穿テ、一位ハ表色ノ衣ヲ着ケテ、容貌常ニ異リ、娩嫣焜煌トシテ猶ホ神仙ニ似リ。如古深ク之レヲ奇怪トシ、進ンデ井辺ニ至ルヤ、天神ソノ井中ヨリ、緩々ト歩ヲ移シ出テヽ東地ニ来リ、飛ンデ戌土樹ノ上ニ升ツテ、再三衣ヲ振フ。仍ホニ円光ニ変シ、遙カニ碧空ツ騰ツテ逝去セリ。[9]

天界から光る神が井戸に降臨し、またそこから天界へ旅だっていく筋となっているが、神仙思想に彩られたような内容であり、『日本書紀』と『新撰姓氏録』の吉野の国神伝承とも似通っている。

さて、ここ注目すべき点は、『古事記』と『新撰姓氏録』では、「井戸」から「有尾」の者が現れているにもかかわらず、あくまでも井戸を龍と結びつける朝鮮史料と違って、終始曖昧な記述を通している態度である。とくに『古事記』では、「光而有尾」という曖昧な描写をするだけで、神仙思想、とりわけ讖緯思想の色を取り除こうとする印象さえ与えられる。かくして同じく海に囲まれている両国の、井戸をめぐる記述にかくも顕著な相異が生まれたことは、古代東アジアにおける神仙思想の流布と受容の差異を示していると見られる。

三、孤立した仙境

すでに述べたように、「醴泉」という概念を受容しながら、中国と朝鮮史料に見る、井戸が別世界「仙境」への通路という認識は、上代日本の井戸記事にほとんど認められない。かかる「醴泉」の出現を祥瑞として大々的に祝う一方、祥瑞と深く関わる井戸をめぐる記述をあくまでも抑制的に描く態度に、神仙思想、とりわけ讖緯思想に含まれる外来のコスモロジーを拒否する姿勢が見え隠れする。このような態度をもたらした原因のひとつに、左記『万葉集』の歌に謳われている「高知らす日の御子」の世界観があるのではないかと考えている。「藤原宮御井歌」（巻一・五二）という長歌を掲げてみよう。

やすみしし　わご大王　高知らす　日の御子　荒栲の　藤井が原に　大御門　始め給ひて　埴安の　堤の上に
あり立たし　見し給へば　大和の　青香具山は　日の経の　大御門に　春山と　繁さび立てり　畝火の　この瑞
山は　日の緯の　大御門に　瑞山と　山さびいます　耳成の　青菅山は　背面の　大御門に　宜しなへ　神さび
立てり　名くはし　吉野の山は　影面の　大御門ゆ　雲居にそ　遠くありける　高知るや　天の御蔭　天知るや
日の御蔭の　水こそば　常にあらめ　御井の清水

かつて中西進氏は比較文学の視点から、この歌に見える天皇への賛美、風景描写、更に建築物の配置などを手がかりに、「わが国最初の条坊制の都にふさわしい、新しい意匠によって成り立った一首となった」との見解を示しているが、[10]一首の中心となっている「御井」については、ほとんど触れていない。

ところで筆者は、この「日の御蔭の　水こそば　常にあらめ　御井の清水」という意識が、そのまま上代日本における「仙境」の性格をも規定しているように思われる。なぜなら、上代文学に描かれる仙境は、漢詩文と和歌によってまったく異なる認識に分かれており、前者がつとめて概念の導入と表現の模倣をしているのに対して、後者はなるべく在来のコスモロジーでもってそれを同化しようとする傾向を帯びている。

「仙境」は、上代の漢詩文の世界を見る限り、早くから詩人の謳歌する対象となっていた。その実例として、まず『懐風藻』に見える中臣人足の「五言。吉野宮に遊ぶ二首」が挙げられる。

惟山且惟水　　惟れ山にして且惟れ水
能智亦能仁　　能く智にして亦能く仁
万代無埃所　　万代埃無き所にして
一朝逢柘民　　一朝柘に逢ひし民あり
風波転入曲　　風波転曲に入り
魚鳥共成倫　　魚鳥共に倫を成す
此地即方丈　　此れの地即ち方丈
誰説桃源賓　　誰か説はむ桃源の賓

仁山狎鳳閣　　仁山鳳閣に狎れ
智水啓龍楼　　智水龍楼啓く

花鳥堪沈翫　　花鳥沈翫するに堪へぬ
何人不淹留　　何れの人か淹留せざらむ

「一朝逢柘民」は、かの有名な「柘枝伝説」を踏まえた表現であり、その源を求めれば、やはり神仙思想につながる。そして、ここにおける「桃源」も、陶淵明の『桃花源記』を王維の「桃源行」のように仙境として捉えられている。

また、同集所収紀男人の「五言。吉野宮に扈従す、一首」に、

鳳蓋停南岳　　鳳蓋南岳に停まりたまひ
追尋智与仁　　追ひ尋ね智と仁とを
嘯谷将孫語　　谷に嘯きて孫と語らひ
攀藤共許親　　藤を攀ぢて許と親ぶ
峯巖夏景変　　峯巖夏景変はり
泉石秋光新　　泉石秋光新し
此地仙霊宅　　此れの地は仙霊の宅
何須姑射倫　　何ぞ須ゐむ姑射の倫

という内容の一首も見られる。小島憲之氏に従えば、結びの聯の現代語訳は「この吉野離宮付近は仙人の住居の趣がある。どうして藐姑射の山に住む仙人たちを必要としようか、そんな必要はない」といったところであろう。(11)

また、吉田宜「五言。従駕吉野宮。一首」にも、吉野離宮のことを次のように謳っている。

神居深亦静　　神居深くし亦静けく
勝地寂復幽　　勝地寂けくして復幽けし
雲巻三舟谷　　雲は巻く三舟の谷

霞開八石洲　霞は開く八石の洲
葉黄初送夏　葉黄たひて初めて夏を送り
桂白早迎秋　桂白けて早も秋を迎ふ
今日夢淵上　今日夢の淵の上に
遺響千年流　遺響千年に流らふ

このように、吉野という地を、「神居」――神仙居住の地と明言しており、この外にも『懐風藻』において吉野を仙境とみなす例は多数あり、和田萃氏の詳論があるので、ここに繰り返さない(12)。

ところで、吉野の「仙境」としての性質を理解する上で、下出積與氏の指摘が参考になる。下出氏はかつて吉野の柘枝伝承を始めと一連の神仙思想にまつわる伝承が『万葉集』と『懐風藻』における扱われ方が截然と分離されている現象に触れて、前者の方は、天皇の神聖性を仙境に求めるというより、「記紀的世界の中心となっている大和朝廷以来の伝承にのみ置いているのである」とし、『万葉集』に見える、

○やすみしし　わご大君　神ながら　神さびせすと　吉野川　激つ河内に　高殿を　高知りまして　登り立ち　国見をせせば。（巻一・三八）
○山川も依りて仕ふる神ながらたぎつ河内に船出せすかも。（巻一・三九）
○神柄か見が欲しからむみ吉野の滝の河内は見れば飽かぬかも。（巻六・九一〇）

との歌を踏まえつつ、「吉野の地の尊厳さは神ながら定まれることであったのである」という見解を述べている(13)。要するに、歌の世界において、一度「仙境」として認定された場所とはいえ、その神聖性は生得のものではなく、やはり天皇という「現人神」によって付与されねばならなかったようである。換言すれば、先に挙げた「我が国は常世にならむ」、「天知るや日の御陰の水」「高照らす日の皇子」のような表現は、いずれも「仙境」に対する新たな理解や

解釈として見なされる。「常世」＝「仙境」である「我が国」は、あくまでも「高照らす日の皇子」が統治する国であり、そこにある水の象徴も、すべて「日の御陰の水」に統一されている。

このような意識からか、日本における「仙境」は天皇との関わりが強くなり、それがついに常人にとって関心の対象とならなかったようである。

ところが、ほぼ同時代の中国では、「仙境」は一般の人たちにとっても、さほど近づき難いものではなかったようである。この点、かつて道教研究者の李豊楙氏は、道教思想の普及にしたがい、六朝と唐の時代に「遊仙詩」がにわかに盛行したことに注目し、中国文学における「遊仙文学」の伝統を詳しく考察したことがある。それによれば、「遊仙文学」の範囲、規模ともに大きいもので、いわゆる「仙境」も、様々なところに現れるくらい、常人にとっても親しみやすい存在であった(14)。李豊楙氏はこうした現象を中国人特有の宗教的、文化的心理として捉えている。

遊仙神話から中国人の神話的思惟を考えれば、屈原が早くに『離騒』の中で表していた崑崙と天界へ回帰する願望——崑崙は実際地上にある天上に上昇する宇宙の中心点——は、古代神話、漢代の画像乃至道教神話と同質のものである。道教の洞天のある名山は即ち地仙、尸解仙の集まる場所であり、同時に崑崙の地方化、道教化でもある。そうした場所は絶えず複製される宇宙の中心点である。六朝期には江南地方にのみ限られ、その遊歴の対象となる名山も江漢にある名山であったが、唐の時代になると、人々の関心は両京付近または蜀漢名山の中の洞天へと移った。ただ、こうした空間の転移はさほど重要なものではなく、肝心なことは、「仙境に入ることは、道教的形式の永遠なる回帰」ということである。したがって、そうした作品に内容上多少の差異はあれ、すべて人々の永遠なる回帰の夢への探究として見られる(15)。

ここにいう「永遠なる回帰」とは、即ち中心（聖域）に近づくことによって「聖化」することである。「仙境」はほかならぬ「聖域」であり、「遊仙文学」は、古代中国人にとって、短い人生を絶対なる仙界との関係の中で「聖化」

し、よって「俗から聖へ、はかなく幻の如きものから実在と永遠性へ、死から生へ、人から神への通過儀礼だからである。」また、「仙境」に到達することは、「俗的で架空の存在は新しい存在へ、真実にして永続し、かつ効果ある生命へと場を変える」、救いの手段であった(16)。

一方、「仙境」の場所として、「洞天」に対する李氏の指摘も、中国の遊仙文学の核心を突いたものとして注目される。

> 道教の仙境説は、洞天福地の宇宙観構成観に基づきながら、緯書の地理説に見られる洞穴相通観念をも吸収している。このような宗教的輿図観は、国内にある名山洞穴はすべて相通じており、膨大な世界を構成していると信じている。その主な入口は即ち「洞穴」なのである。それはあたかも崑崙に入る神秘な門戸のようなものである。洞穴はもともと現実の中にある地理であったが、こうした自然に出来た場所は修練の道場として隠蔽性を持ち、また仙薬である霊芝や、ミネラルなどの実際効果をも有していたので、洞天に入る門戸とされてから、巫者が天界に昇る崑崙山または天帝たちが行き来する建木（宇宙樹）と同じように、俗世と隔絶された非凡の象徴的意義を帯びるようになったのである(17)。

「洞天」と「洞天福地」は、仙境の別称であり、空間的にも時間的にも現実界の制限を受けない世界を意味する。道教に発生したとされるこの概念は、主として名山を中心とした山水を指し、そうしたスポットに神仙が居住し、支配すると考えられていた。そもそも「洞天」の語意は、山中にある「洞室」が天界に通じるのみならず、他の山々をも貫通しているという意である。例えば、東晋『道跡経』に、

> 五岳及名山皆有㆓洞室㆒。

とある記述が見え、そこに列挙されている十の山中の「洞室」は、いわゆる十大洞天と一々対応する形となっている。また、陶弘景の『真誥』稽神枢篇にも、句曲山（茅山）を描くにあたり、

洞虚内観、内有二霊府一。……清虚之東窗、林屋之隔遝、……真洞仙館也。

とのような内容となっている。

一文に対して陶弘景みずから「清虚是王屋洞天名、言二華陽与比、並相貫通一也。」と注釈している。「洞天」が、そうした山中の洞穴である「洞室」を指すのに対して、「福地」は文字通り福や幸運をもたらす場所を意味し、このような場所を居所とすれば、そのまま仙人への道が開かれると信じられていた。一般的に、道教文献に列挙されている「福地」は、多くの場合「地仙」や「真人」によって支配され、「洞天」に比べやや段階の低い仙境である。

「洞天」も「福地」も、大小様々な名山にあると同時に、日常生活の中にもさりげなく存在していると考えられていた。例えば、三浦國雄氏が太湖石、中野美代子氏が井戸や天井を例に論じたように、仙境への通路は身辺の随処に存在していたのである。それを身近に接せるようにしたのは、ほかならぬ遙か彼方にある崑崙をめぐる「地脈」や「水界」と「通路」が、日常的な空間のどこかに隠れて存在し、伏流しているからである。それゆえに「仙境」への憧れさえ持てば、それらが不意に目の前に現れるものであった。中国の仙境訪問譚の多くが、『述異記』の「王質爛柯」や『蒙求』の「劉阮天台」のように、一般の人が木を伐り、または薬狩りのために山に入る時、偶然に仙境に立ち入るという構造が多いことにも現れている。

例えば、仙界につながる水界（地脈）にも通じる「壺中天」（「壺」は「洞」とペアとして使われていた）に対して、「投龍」の行事がしばしば行われていたのである。いわゆる「投龍」とは古代中国（主として六朝以降）で流行していた道教の儀式を指し、文字を刻まれた板状の金属と龍の模型を「洞天」とされている場所の水の中に沈めることで、もって天地を支配する神々と交流するがためであった。「投龍」する対象は「水府」とも称されていたように、崑崙を中心とする仙界に通じる水界と考えられ、道教文献『金台観主馬元貞投龍記』によれば、いわゆる「華夏四瀆」の「江、河、淮、済」（揚子江、黄河、淮河、済水）がそうした儀式を挙行する場所であった。

天授三年歳次壬辰、正月戊朔、廿四日辛卯、大周聖神皇帝縁二大周革命一、奉レ勅遣二金台観主馬元貞一往二五岳四瀆一
投龍功徳……。廿一日於二済瀆廟中行道一、上二神衣一……同見官人朝散大夫行済源県丞薛同士……(18)

「大周聖神皇」――則天武后の敕命を奉じて仙界に通じる「四瀆」に「投龍」し、もって国家の安泰を祈る内容である。中国人学者の唐暁峰氏が、かつて「泥里金龍」なる一文において「投龍」について論じたことがある。それによれば、「投龍」の究極の目的は、神々のすまう仙界との交流をはかり、水中に沈められた文字を刻まれた金属板と龍の模型は、投入する者の願望を託された、「使者」のようなものであった(19)。

さて、片方は水の中に人間のメッセージを送り込む「投龍」の儀式、片方は井戸から天界のメッセージなる符命が現れる祥瑞、一見逆の行為のように見えるが、仙界と現実世界が、水界や水府の通路となる「井戸」、「池」、「江」、「河」を通して発信と受信を行う点において性質を同じくしている。特に注目すべき点は、こうした神々との交流はすべて文字を刻まれた何かを使っていたことである。つまり、井戸から現れる文字の書かれた符命と水界に投げ入れる文字を刻まれた道具は、その根本的な性質が文字の呪術性に基づく点において一致しているのである。『漢書』の時代と六朝の時代は、歴史的な隔たりがありながら、古代中国人が龍や文字を介して仙界との交流をはかる基本的なパターンは、こうした事例を見る限り、あまり変わらなかったようにも見える。何よりかかる行為に堅固な道教的コスモロジーが一貫して通底していることは、むしろ驚嘆に値する現象である。

このようなことから、漢籍の世界において「壺中天」、「洞天」、「井戸」は、おしなべて道教の神仙思想の範疇に余儀なく統括された、極めて形而上的なトポスであったと理解されるが、ここで注意しなければならないのは、水界に通じる「壺中天」などの思想が、その後に展開されていった日中の庭園文化にも相異なったあり方として反映されている点である。つまり、中国の庭園がこうした要素をたぶんに取り入れていたのに対して、古代日本では必ずしも積極的に受け容れなかった点である。既に三浦國雄氏が指摘したように、中国の庭園には、「洞天」なるものが常に重

要不可欠な要素として考えられ、大は「洞庭湖」のような数千平方キロメールに及ぶ自然の湖、小は日常生活の周辺にある井戸や奇岩巨石の中に存在していたのである。そのために、古代中国人が造園するにあたり、帝王の受命や瑞祥のシンボルとされる神秘的なダイヤグラムであった河図や龍図をかたどった図式構造を、必ずといってよいほど、庭園の中に組み入れていた。[20]

ところが、中国の庭園思想に比べて、日本庭園が求めていたものは、「あの世」——浄土を象徴する庭園であったということが、既に指摘されている。[21]その結実として平安以降の日本に定着していったのがいわゆる「臨池伽藍」というものであり、小野健吉氏によれば、日・中・韓の史書における「臨池伽藍」には、根本的な違いが認められるというものである。

臨池伽藍は、中国では南北朝時代から隋・唐の時代に、阿弥陀仏の西方極楽浄土（阿弥陀浄土）を表す図像として出現するが、実際の寺院として造営されることは稀であったものと見られる。また、朝鮮半島においても、臨池伽藍の確実な事例は認められていない。

これに対し、日本では、奈良時代に臨池伽藍の形式を持つ阿弥陀浄土院またはその前身たる「観無量寿院」が法華寺内に造営されたのを嚆矢として、平安時代中期には長堂形式阿弥陀堂の前面に池を置く無量寿院、それを発展させ池の周囲を仏堂がとり囲む法成寺、翼廊付き中堂形式の阿弥陀堂の周辺に池が広がる平等院といった多様な形態を持つ臨池伽藍が成立する。こうした臨池伽藍は、平安時代後期から鎌倉時代にかけて、京都とその周辺のみならず、平泉や関東など各地で数多く造営された。

日本で臨池伽藍が定着した理由としては、平安時代に阿弥陀信仰が盛行するなか、阿弥陀浄土の宝池の心象風景たる園池をともなって成立した臨池伽藍が、邸宅園池（寝殿造庭園）を規範としたことで、当初から高い意匠的完成度を有していたことがあげられる。このことによって、法勝寺のような、浄土教ではなく明らかに密教理

念に基づく伽藍においても、臨池伽藍が採用されることになるのである。(22)

かかる事情に基づき、我々は日・中・朝における「井戸」や「池」の象徴性の違いについても、およそ次のような推測が行えよう。即ち、古代中国で形成された崑崙と中心とする世界観及びそれに含まれる地脈、水界の思想が、朝鮮半島までその影響を及ぼし、井戸、池なども神仙思想によって色取られ、象徴性を与えられた。それに対して仏教を積極的に受け容れていた日本では、そのような宇宙観は深く根を下ろせなかったようである。「仙境」らしき場所が局部的に出現していたのもこのためであり、基本的に「孤立した仙境」という性格が強かったように思われる。吉野を始め、そうした「孤立した仙境」のイメージが、王権にかかわる貴族の間でしか共有されず、ついに地脈や水界とも関係のない場所として、あるいは遙か遠地に設定され、あるいは日頃の遊楽地をかりの「仙境」にすることとしかできなかったのである。津田左右吉の言葉でいえば、古代の日本人は、神仙思想を「知識としては超人間界といふ新しい観念を思想の上に加へたけれども、実際生活の上に於いては、毫末もそれを景仰したのでは無い。邦人は超人間界をたゞ歓楽の世界として、人間界にひき下ろしてしまつた」のである。(23)

四、「登岐士玖能迦玖能木実」伝承の意味

さて、津田左右吉がいうように、「仙境」という「超人間界」を「歓楽の世界として、人間界にひき下ろして」しまった故に、水系を通して「投龍」し、政治的な機能を果たす中国的な「仙境」はついに古代日本に現れなかったようである。仙境――「洞天」「洞天福地」は身近なものではなく、あくまでも遠く彼方の世界にあるという意識を恰も裏付けるように、浦島太郎の「仙境訪問譚」が、古代日本人が抱く「仙境」のイメージとして『万葉集』や『風土記』に登場し、大陸のそれとは一風変わった、日本的な「仙境」の性質を示している。これは実に看過すべき事象で

はない。なぜなら、「仙境」との交流に含まれる強い政治的な意味に対して、古代日本人は最初から無視しようとしていたのである。我々が浦島太郎の「仙境訪問譚」に政治的な要素を見出せないのもこのためであり、こうした上代日本の神仙思想を特徴づける例として、『古事記』垂仁天皇条の多遅摩毛理伝承を挙げてみたいと思う。

『日本書紀』の反正天皇条に「故称謂多遅比瑞歯別天皇」とある記述には、「多遅」という名称が出て来るが、この「多遅」が垂仁記にも現れている。

又、天皇、以三宅連等之祖、名多遅摩毛理、遣常世国、令求登岐士玖能迦玖能木実。故多遅摩毛理、遂到其国、採其木実以、縵八縵・矛八矛将来之間、天皇既崩。爾多遅摩毛理、分縵四縵・矛四矛、献于大后、以縵四縵・矛四矛、献置天皇之御陵戸而、擎其木実、叫哭以白。常世国之登岐士玖能迦玖能木実、持参上侍。遂叫哭死也。其登岐士玖能迦玖能木実者、是今橘者也。

この一節は、「登岐士玖能迦玖能木実」を求めるために、常世の国へ使わされた多遅摩毛理が、任務を完成したのも虚しく、天皇が一足先に亡くなった話である。この記事を読むだけでは、「登岐士玖能迦玖能木実」とは何を指し、常世の国は一体どこにあるのか、一つとして明確な情報を提供されていない。

一方、『日本書紀』垂仁天皇条では関連記事が次のような内容となっている。

明年春三月辛未朔壬午、田道間守、至自常世国、則齎物也、非時香菓八竿八縵焉。田道間守、於是、泣悲歎之曰、受命天朝、遠往絶域、万里蹈浪、遙度弱水。是常世国、則神仙秘区、俗非所臻。是以、往来之間、自経十年、豈期、独凌峻瀾、更向本土乎。然、頼聖帝之神霊、僅得還来。今天皇既崩、不得復命、臣雖生之、亦何益矣。乃向天皇之陵、叫哭而自死之、群臣聞皆流涙也。田道間守、是三宅連之始祖也。

（九十九年春三月）

このように、『古事記』の記述に比べ、「登岐士玖能迦玖能木実」という漢字表記が、意味の分かりやすい「非時香菓」

となっただけでなく、「受命天朝」――天皇の命令を受け、「絶域」――遠い彼方へ赴き、「弱水」――伝説上の仙界の川を渡り、ようやく「神仙秘区」＝「常世国」――にたどり着いた、という一連の表現から、多遅摩毛理が赴いたのは、明らかに崑崙のある仙境である。少なくとも右記のような展開によって、この伝承は史実ではなく、神仙思想にちなんで作られた、フィクションの可能性が高い。ただ、ここの問題は、何故このような話が突如として記紀の中に取り組まれたか、ということである。この点、従来あまり問題にされなかったが、以下いくつかの用語を手掛かりに、この伝承と神仙思想の関係及びその意義について考察してみたい。

　例えば、右記文中の「弱水」について、岩波日本古典文学大系は次のような注を施している。

　玄中記に「天下之弱者、有二崑崙之弱水一、鴻毛不レ能レ載」。史記、条枝伝の索隠注所引の魏略に、「弱水在二大秦西一」とある。位置は定かでない。漢書・司馬相如伝の顔師古注に「弱水、謂二西域絶遠之水一、乗二毛車一以度者」とあるように、遠くはるかな河川の意。

また、「神仙の秘区」についても、『列仙伝』にある、

　謝自然、泛レ海求二蓬萊一。一道士謂曰、蓬萊隔二弱水三十万里一、非二飛仙一不レ可レ到。

との内容を引用して説明している。『玄中記』と『列仙伝』は、それぞれ「弱水」を崑崙と蓬萊を囲む河としているが、古代中国の神仙思想の中で、崑崙も蓬萊も仙境であると同時に世界の中心として認識された、同質のものであった。その中で、崑崙に関する記述の方が圧倒的多かったようである。例えば、『河図括地象』には、

○崑崙之弱水中、非レ乗レ龍、不レ得レ至、有二三足神烏一、為二西王母一取レ食。

○崑崙之山、有二弱水一焉、非レ乗レ龍、不レ得レ至也。

とのように、「弱水」は崑崙をめぐる河として記されているのである。

　さて、記紀の多遅摩毛理（田道間守）伝承について、上田正昭氏も、当該記事が孕むさまざまな矛盾点を指摘しな

がら、その史実性を疑問視した上で、

多遅摩毛理（田道間守）の常世派遣が史実であったというのではない。『日本書紀』の田道間守の常世行きの説話に、常世を「神仙の秘区」と書くように、この常世訪問説話には神仙思想の影響がある。先学もいうように、常世国へ「非時の香菓」を求めるこの説話が垂仁朝のこととして『古事記』と『日本書紀』がともに記したのは、垂仁天皇が『古事記』で一五三歳、『日本書紀』で一四〇歳という、『記』・『紀』の伝承上ではもっとも長寿の天皇とされていることと関連があろう。(24)　（「古事記の渡来伝承」）

との意見を述べている。上田氏の指摘から、多遅摩毛理（田道間守）が常世の国に遣わされた目的は、恐らく古代中国に伝わる仙境訪問の説話の影響による可能性が考えられる。この点について従来の研究では殆ど触れられなかったが、緯書『河図括地象』に見える次の記事に注目したい。

殷帝大伐、使二王孟一採レ薬二於西王母一、至レ此絶レ糧、食二木実一、衣二木皮一、終身無レ妻、生二一子一、従二背間一出、是為二大夫一、民去二玉門一、二万里。　（『河図括地象』）

この記事では、殷帝は、王孟なる者を西王母のもとへ「薬」を求めるために遣わし、その地に着いた王孟は、食糧が絶えたため、「木実」――木の実を食べて命をつないだという内容である。内容、構成ともに多遅摩毛理伝承に類似し、とくに「木実」という記述は、「登岐士玖能迦玖能木実」と一致する点が、両伝承の関連を示唆するものである。なぜこのような類似が生じてしまったのだろうか。これについて、緯書『尚書帝験期』に見える次の記事が参考になる。

王母之国在二西荒一、凡得レ道受レ書者、皆朝三王母二於崑崙之闕一。王褒字子登、斎戒三月、王母授レ以二瓊花宝曜七晨素経一、茅盈従二西城王君一、詣二白玉亀台一、朝謁二王母一、求二長生之道一、王母授レ以二玄真之経一、又授二宝書一、童散二四方一、泊二周穆王一、駕二黿鼉魚鼈一、為レ梁以済二弱水一。而升二崑崙玄国閬苑之野一。而会二于王母一、歌二白雲之謡一、刻二石紀一、迹二于弇山之下一而還。

右記文中の「凡得道受書者、皆朝王母於崑崙之闕」は、注目に値する記述である。現代語訳すれば、「道を得た者、または天から受命した者――天子が、みな崑崙山へ赴いて王母に謁見するのであった。」という意味になるが、その目的といえば、「求長生之道」――長生きする方法を求めるのであった。この一文が、図らずも古代の中国の帝王たちが行っていたある儀式の源流と目的を露呈している。文中の「周穆王」について、『穆天子伝』では更に詳しい伝承が記されている。

吉日甲子、天子賓二于西王母一。乃執二白圭玄璧一以見二西王母一。好献二錦組百純、組三百純一。西王母再拝受レ之。乙丑、天子觴三西王母二于瑶池之上一。西王母為二天子謡一、曰、白雲在レ天、山陵自出。道里悠遠、山川間レ之。将子無レ死、尚能復来。天子答レ之、曰、予帰二東土一、和治二諸夏一。万民平均、吾顧見汝。比及二三年一、将復而野。天子遂駆升二于弇山一、乃紀三丌跡二于弇山之石一、而樹二之槐一、眉曰二西王母之山一。

また、西晋の二七九年に出土した歴史文献『竹書紀年』にも、

穆王十七年、西征、至二昆侖丘一、見二西王母一。其年来見、賓二于昭宮一。

とある内容が見える。ほかにも、『尚書帝験期』には、

○西王母献レ舜二白珠琯及益地図一。
○西王母於二大荒之国一、得二益地図一、慕二舜徳一、遠来献レ之。

という簡潔な記事が見られる。類似の伝承は、戦国時代の文献とされる『穆天子伝』や緯書『洛書霊準聴』などにも確認され、いずれもあるいは「受書」――天命をしるした河図洛書を授けられた者が「朝於王母」――西王母を謁見しに行き、あるいは西王母が「舜」の徳を慕ってはるばると宝物や地図をもって献上しに来るという内容である。このような天子と西王母の地位の逆転は、世俗における権力意識の変化と関係するが、少なくともこうした記述から読

み取れるのは、古代中国人の意識にあった、この世に二つの中心——世俗の権力と、西王母をはじめとする神々が棲む世界（崑崙山）が存在するという観念である。『河図括地象』に繰り返されているように、崑崙を中心とする仙境は、西王母をはじめ、種々様々な神仙が住んでいる宇宙の中心を意味し、世俗の帝王たちにとって、崑崙の仙境と関わること（具体的には拝謁し、または交流すること）は、自らの政権の正統性を証明するものでもあった。つまり、政治論における神仙思想の機能は、一般の人たちが個人の身の上の幸福を託する対象に比べ、遙かに象徴性が高くかつ重要な条件であった。仙界の使者がもたらす祥瑞や符命、冊命は、そうした天の象徴である神仙の世界が世俗の政権に示すシグナルであるのみならず、神仙の世界にたよってこそ王権が存続しうるという意識が、古代の執政者にとって、暗黙の了解であると同時に、関心を寄せざるを得ない対象でもあったのである。

このように、『河図括地象』をはじめとする緯書や古伝承などでは、天子みずからが仙境へ赴く内容となっており、その目的が統治の正統性を得るためであったのは言うまでもない。一方、そこへ仙境へ遣わされる者の使命は、特別な薬を手に入れるのが、殆どの目的であったようである。垂仁天皇条の当該記事は、臣下である多遅摩毛理（田道間守）を遣わして「非時香菓（ときじくのかぐのこのみ）・非時香木実（時じくの香の木の実）を取りに行かせた内容なので、後者に近いものである。

さて、いったい「非時香菓」が何を指しているのだろうか。これについては、従来の説として、これを不老不死の力を持った（永遠の命をもたらす）の霊薬とする点が、問題解決の手がかりとなろう。『古事記』の本文ではこれを「是今橘也」（これ今の橘なり）としており、それに由来する京都御所紫宸殿の「右近橘、左近桜」のような伝統と、民間伝承にも仙境に結びつく「橘」の伝承があるが、[25] しかし、実際に『古事記』に登場するものが橘なのかどうか確証がないのである。

一方、神仙思想の色が強い『山海経』の方に気になる記事がいくつかあるので、ここに掲げておく。

①西有二王母之山、壑山・海山一。有二沃之国一、沃民是処。沃之野、鳳鳥之卵是食、甘露是飲。凡其所レ欲、其味尽存。
　爰有二甘華、甘柤、白柳（中略）琅軒、白丹、青丹一。多二銀鉄一。（『山海経』大荒西経）

②又西北三百七十里、曰二不周之山一。北望二諸毗之山一、臨二彼岳崇之山一、東望二泑沢一、河水所レ潜也、其原渾渾泡泡。
　爰有二嘉果一、其実如レ桃、其葉如レ棗、黄華而赤柎、食レ之不レ労。（『山海経』西山経）

③又東北二百里、曰二綸山一、其木多二梓枏一、多二桃枝一、多二柤栗橘櫞一（『山海経』中山経）

①の記事は、西王母がすまう世界を描くにあたり、「鳳鳥の卵」や「甘露」の外、「甘柤」なるものも記されている。「柤」は果物の一種を指すことが、郭璞の「柤似梨而酢濇」という注と、『荘子』人世間篇の「夫柤梨橘柚果蓏之属、実熟則剝」との記述から、「梨」や「橘」などのような果物に属すると推測されるが、それが具体的にどのような果物なのかは今も不明である。ただし、②と③では柤や桃と並んで「橘」も挙げられているので、これによって古代中国人が想像する仙境には、「橘」が確かに仙果のひとつとしてあったことが知られる。

　ところで、上田正昭氏にも指摘されたように、神仙思想の影響があるこの記事のもう一つの特徴は、垂仁天皇の年齢が記紀でそれぞれ一五三歳、一四〇歳となっている点である。これによって類推すれば、多遅摩毛理（田道間守）がはるばる「弱水」や「神仙の秘区」を訪れて求め得た「非時香菓」と「木の実」は、当然現在我々が考える「橘」ではなく、崑崙に生え、かの西王母とも関連の深い、伝説上の長生不老の果物——桃の実と同じ性質を持った、仙果であったことになる。

　例えば、「常世国」へ多遅摩毛理（田道間守）を遣わした垂仁天皇の本意が、長生不老の薬を求めるためであったが、神仙思想において病気を癒し、悪鬼を退治する「薬」といえば、すぐに想起されるのがやはり桃なのである。『荊楚歳時記』に、

　桃者有二五行之精一、厭伏二邪気一、制二百鬼一也。

という内容があり、桃には「百鬼」を制する呪力があるとの意味であるが、桃を食べることもまた、邪気を防ぎ、長寿をもたらすという古代中国人の信仰に深く根ざしていた。この点について参考になるのが、魏晋時代の成立となる『漢武帝内伝』という文献である。この文献では、西王母と漢武帝の面会に出される桃を、『消魔知恵経』の服食説と結びつけ、桃を所謂長生不老の仙薬として見なし、それを食べるということは、身に襲う災害の駆除に効き目があるとしている。事実、陶弘景の『真誥』には、次のような文句が見られる。

仙真並呼レ薬為二消摩一、故称二消摩経一也。誦レ之亦能消レ疾也。（巻八）

このように薬を「消摩」と呼ぶが、ここの「摩」は「魔」の異体字である。経文の一部を引用しよう。

将可下以逐レ邪起レ疾、駆レ精除レ害、散二六天之鬼炁一、制中万妖之侵上者。……玉清、上清、太極薬名猶足三以却二百鬼一、況服食二其物一乎。

このように、薬の名を唱えるだけで百鬼を駆除できるという記述を、「桃者有五行之精、厭伏邪気、制百鬼也」という『荊楚歳時記』の内容と比べれば、桃にも右記のような仙薬と同じ効用があることが窺える。実際、李豊楙氏は、六朝時代の『漢武帝内伝』に見える桃が、右記『消魔知恵経』の服食説を継承したものとして力説している[26]。『漢武帝内伝』は、『芸文類聚』桃の項、『漢孝武故事』の題で『道蔵』、『説郛』（巻五二）、さらに『博物志』などに散見する、漢武帝と西王母をめぐる伝承である。その内容の一部を引用しよう。

半食頃、王母至也。……下レ車登レ床、帝跪拝問二寒暄一畢立。因呼レ帝共坐、帝面レ南。王母自設二天厨一、真妙非常。豊珍上果、芳華百味。紫芝萎蕤、芬芳塡樏。清香之酒、非二地上所レ有、香気殊絶、帝不レ能レ名也。又命二侍女一更索二桃果一。須臾、以二玉盤一盛二仙桃七顆一、大如二鴨卵一、形圓青色、以呈二王母一。母以二四顆一与レ帝、三顆自食。桃味甘美、口有二盈味一。帝食輒収二其核一、王母問レ帝、帝曰、欲レ種レ之。母曰、此桃三千年一生レ実、中夏地薄、種レ之不レ生。帝乃止。

このように、文中でも西王母の「行厨服食」の儀式において桃をめぐる会話が中心となっている。所謂「行厨」と「服食」とは、真人、仙人が自由自在に仙薬となる食べ物を出して人をおごる行為を指す。西王母の行厨には、「不死之薬」を求める漢武帝に対して、西王母は「中華紫蜜」、「雲山赤蜜」、「玉津金漿」などと一々紹介してから、「帝滞情不遣、欲心尚多、不死之薬未可致也」と言って、桃を七個出したわけである。右の引用は即ち『漢武帝内伝』に見える桃をめぐる二人のやりとりである。

「此桃三千年一生実」――この桃は三千年に一度実が成る、という西王母の言葉は、桃は長生不老の仙薬を暗示している。無論、それを服食することもまた『消魔知恵経』が述べるように、あらゆる不吉を追い払うものである。(27)

さて、記紀の「非時香菓（ときじくのかぐのこのみ）・非時香木実（時じくの香の木の実）」が桃と推測される理由の一つが、「非時」という表現にある。「非時」とは「時節・季節に応じて獲れる果実でない」の意とされたり、時を定め、選ばないの意とされたりしているが、筆者は後者の意味に近いものと考えている。これについて参考になるのが、時代を下って、『西遊記』（第五回）に見られる、かの孫悟空も禁を犯して盗み食いしていた「桃」に関する左記の表現である。

時開時結千年熟　時に開き時に結びて千年に熟し
無夏無冬万載遅　夏無く冬無く万載遅し

このように、「花ひらき実をむすび熟すまで千年かかり、夏冬の別なく永遠にみのり続ける」ような状態である。「非時（ときじく）」の原意も、「季節に関係なくいつでもみのり、そしていつまでもみのり続ける」として理解すべきではないだろうか。つまり、この「非時香菓」は、「時空超越」の性質をもった果実という、一種の総称として用いられているのかもしれない。

さて、既に別稿において論じたように、桃が仙薬たりうる理由は、ほかならぬその「中心のシンボリズム」としての宇宙樹の性質にある。桃の木のみならず、緯書『河図括地象』や『山海経』などの古代文献に示されるように、扶桑、建木などの木も同じ性質を持った、世界の中心に立つ宇宙樹なのであった。エリアーデの「中心のシンボリズム」論を分かりやすくまとめた小南一郎氏の文章を引用してみよう。

世界の中心は、山岳（宇宙山）や植物（世界樹）や柱（あるいは梯子段、塔）などで表象される。……地上世界に属するものも、世界の中心に位置する山や樹木を登ることによって天の門をくぐって天上に達し、そこにある不死の能力を我が物とすることができるのである。万物が誕生したのはこの中心においてであり、この世界の生命力、調和、秩序などは、すべてここに源泉する。人間の様々な営為は、原初の時、この中心において行われた宇宙論的なモデルを模倣して為されることが多い(28)。

この理論に従えば、桃には「中心のシンボリズム」の一つとなる「生命と不死の木」――「宇宙樹」の性質があるからこそ、個人にしても国家にしても、「俗から聖へ」、「死から生へ」、「人から神へ」通過する儀礼において、桃の機能が余儀なく発揮されたのである。換言すれば、桃を使用する過程は、こうした目標にたどり着く「通過儀礼」でもある。それは人々に「庶物時育」だけでなく、「死から生へ」、つまり、「真実にして永続し、かつ効果ある生命」をもたらす効果も備わっていた(29)。こうした「中心のシンボリズム」をめぐって繰り返されるのは、同じエリアーデが提唱する「永遠なる回帰」の「祖型の反復」というものであり、崑崙へ赴き仙界の主宰者たる西王母との交流を図ることが、後述するように、中国の神話伝承の「祖型」として、「遊仙文学」によって受け継がれていた。その核心にあるのは、言うまでもなく、個人も政治も「真実にして永続し、かつ効果ある生命」を得るという信仰である。

さて、以上のことから推測すれば、記紀が描く常世に生える「多遅の花」と「ときじくのかくの木の実」も、仙境に生える、「中心のシンボリズム」として考えられるので、それらをめぐって展開される仙界訪問と井戸の記事は、いずれも右に述べた仙界訪問の「祖型の反復」として理解されるのではなかろうか。そして、「多遅の花」が反正天皇を洗った「瑞井」に現れるということも、崑崙を囲む水界「弱水」と「宇宙樹」の組み合わせを示唆しているかもしれない。とりわけ井戸は、前述したように崑崙を囲繞する水界に通じる地脈や龍脈のような象徴とも目されていたので、井戸に生える多遅の花も、おのずから世界樹に近い性質を帯びていると見てよいのであろう。これはまた、「常世」＝「神仙の秘区」＝「崑崙」が、「多遅の花」や「ときじくのかくの木の実」とを結びつけられた原因でもあると思う。

ところで、極めて不思議なことに、記紀の多遅摩毛理伝承の全体構成と内容が、多くの点において神仙思想の影響を示唆しているにもかかわらず、「常世」や「非時香菓八竿八縵」のような、あえて和製漢語に近い名称が用いられており、神仙思想と一線を画すような態度が読み取れる。とくに「登岐士玖能迦玖能木実」という表記は、そうした意向の究極的な表現とさえ見なされる。

では、この伝承の記紀における意味を果たしてどのように理解すべきだろうか。

まず、中国の説話では、黄帝や周穆王自ら崑崙山へ赴き、西王母との交流を図るのは、緯書などがいう、「凡得道受書者、皆朝王母於崑崙之闕」のように、主として「受命」という政治的な目的を中心としている。そのため西王母の存在が繰り返し強調されている。ところが、それに対して、記紀の当該伝承では、崑崙が遙か「万里」以外の海の彼方にされていると同時に、西王母の名前に一切触れず、その目的も西王母との交流ではなく、「仙薬」を求めるという、より具体的なものであった。とりわけ繰り返し強調される崑崙への到達の難しさは、日本の王権にとって、西王母がさほど象徴的な意味を持たないということを示唆しているかもしれない。(30) つまり、この伝承から、「仙境」に住む西王母との交流を通じて「受命」の目的を果たすという意味が読み取れる代わりに、むしろ「受命」思想からの脱却を図る意志が感じられる。このような意図的な書き換えによって、日本の「仙境訪問譚」は、はじめて浦島太郎伝説のように、等身大の人間像をその中心に据えられたのであろう。

五、洞天・地脈・水界を持たぬ日本の龍

「仙境」に擬せられた吉野が存在する一方、崑崙が陸続きの西方ではなく、遙か海の彼方にあるという観念が日本人の「仙境」認識にもたらしたのは、崑崙を囲繞する水界というイメージの欠如である。そして、水界の欠如は、当然龍をめぐる観念の不発達を意味する。日本における神仙思想がさほど発達しなかった原因として、仙境を構成する洞天、地脈、水界のような認識があまり広くゆき渡らなかったということが、龍との関係にも反映されている。例えば、『懐風藻』の序には、

　百済入朝、啓二龍編於馬厩一。高麗上表、図二烏冊於鳥文一。

とのように、漢籍を踏まえた龍の表現がここで用いられている。森脇祐治氏によれば、この部分の表現が讖緯思想に影響されていると同時に、「馬厩」という用語に古代朝鮮半島と日本との馬をめぐる交流も反映されており、一文には応神朝に伝来した百済の文化を祥瑞と見なす観念も認められるという[31]。一方、小島憲之氏は文中の「龍編」について、

　伏羲の時に龍が図を負うて黄河より出た故事による（尚書、顧命伝）、ただし水経注巻三七や王勃の詩にみえる蛟龍蟠編の「龍編」がより適切か。

との注を施しているが[32]、緯書思想との関連が一文の表現を支えていることは言を俟たない。

この外にも、同じ『懐風藻』の序文に龍をめぐる表現として、

①自茲以降、詞人間出。龍潜王子、翔二雲鶴於風筆一。鳳翥天皇、泛二月舟於霧渚一。

との表現が見られ、ここではまだ天子の位につかない王子、大津皇子を指して「龍潜」と言っている。他にも次のよ

うな一連の類例が見られる。

②赤雀含書時不至　赤雀書を含む時至らず
潜龍勿用未安寝　潜龍用ゐること勿く未だ寝も安みせず
（大津皇子四首に次ぐ「後人聯句」）

③太宝年中、遣学唐国、時遇李隆基龍潜之日。
（「釈弁正二首序」）

④仁山狎鳳閣　仁山鳳閣に狎れ
智水啓龍楼　智水龍楼啓く
花鳥堪沈翫　花鳥沈翫するに堪へぬ
何人不淹留　何れの人か淹留せざらむ
（中臣人足「遊吉野宮」）

⑤鳳駕飛雲路　鳳駕雲路に飛び
龍車越漢流　龍車漢流を越ゆ
欲知神仙会　神仙の会を知らまく欲せば
青鳥入瓊楼　青鳥瓊楼に入るといふことを
（藤原総前「七夕」）

⑥遨遊已得攀龍鳳　遨遊已に攀龍鳳に攀づることを得たり
大隠何用覓仙場　大隠何ぞ用ゐむ仙場を覓めむことを
（藤原宇合「秋日於左僕射長王宅宴」）

『易経』を踏まえたやや観念的な用例①②③を除き、④⑤⑥三例は、何れも吉野を「仙境」とした上で、天皇をそこに住まう龍として捉えている。換言すれば、仙境という特定の場所がなければ、かかる天皇を龍と見なす表現が果たしてなされたかどうか、はなはだ疑わしい。というのも、『懐風藻』はその性質からして、当時圧倒的な勢いにあった漢風文化への強い意識から編まれた、日本人による漢詩文集であり、その表現や美意識のよって立つところは、もっぱら漢籍へいかに近づけるかというようなものであった。従って、右記の龍を含む神仙思想をめぐる表現も、そうした特定の歴史背景から生まれたものと見るべきであろう。実際、一旦漢詩文という枠組みを外され、和歌という表現の形になると、様相がかなり違ってくるようである。

例えば、合計百十六の漢詩文を収録する『懐風藻』に六箇所の龍に関する表現が見られるのに対して、四千五百余首の歌を収録する『万葉集』には、龍に関する表現のある歌が僅か二首に止まっている。巻五に見られる左記の二首である。

○龍の馬も今も得てしか青丹よし奈良の都に行きて来むため。（巻五・八〇六）

○龍の馬を我は求めむあをによし奈良の都に来む人のたに。（巻五・八〇八）

これに対する岩波新日本古典文学大系の注は、

「龍の馬」は漢語「龍馬」の翻訳語。龍馬は翼をもつという（「瑞応図」・芸文類聚・祥瑞部・馬）。また仏典の龍王の騎乗する龍馬は「虚空中」にみたび仏陀のまわりを繞（めぐ）った。

となっており、漢語の「龍馬」をその出典としながら、一方では仏典に見られる龍王との関連をも指摘している。一方、これに対して契沖『代匠記』（精撰本）の説は興味深いものである。

西域記に曰はく、屈支国の東の境、城北の天祠の前に大龍池あり。諸龍形を易へて牝馬と交合し、遂に龍駒を生めり。

ここの「龍駒」は明らかに「龍馬」と同じものを指し、その用例が、『尊卑分脈』（右大臣不比等三男参議宇合孫の巻）の藤原広継の注にも、

自太宰至奈良京一日云々。身有二七能異常人一。得二龍駒一京洛鎮西朝夕往反。

とのように確認される。また、『文選』巻十六所収江文通の「別の賦」に見える、

至レ若二龍馬銀鞍、朱軒繡軸一、帳二飲東都一、送二客金谷一。

との文章もその出典の一つとして考えられている。

しかし、それにしても、一度漢詩文という枠組みから離れてみると、龍に関する記録がかくも極端に少ないのは、やはりそれをめぐる古代日本人と中国人の観念の本質的な違いを示唆しているように思われてならない。事実、『古事記』も、上中下三巻にわたって龍に関する記述が一例も見られず、ただ序文に、

曁下飛鳥清原大宮御二大八洲一天皇御世上、潜龍体レ元、洊雷応レ期。聞二夢歌一而相レ纂レ業、投二夜水一而知レ承レ基。

という一文があるのみである。この「潜龍体元」について、山田孝雄『古事記序文講義』では、簡単な解釈を付されている。

「潜龍」はひそめる龍。……易の乾の卦にある文字であるが、これは天子の徳ありて未だ位に即かざる時を指すに用ゐる例となつてゐる。「体元」は春秋元命苞といふ書に、「王者体元建極而君臣上下各得其位故天下治也」といふ語がある。体元は帝王たるものについていふ語である。[33]

「潜龍」は天子の位につく前の、緯書『春秋元命苞』にちなんだ言い方との見解であるが、よく知られているように、『古事記』序文をめぐって偽作説が幾たびも唱えられているので、仮にそうした説を受け容れ、この純漢文風の文章を『古事記』から除去すれば、龍に関する記述がゼロに帰する。ともかく、現時点の認識に基づいて見れば、『古事記』が一例に止まっている。

三十巻からなる『日本書紀』には、龍にまつわる記事が合計五つ見られる。まず、それぞれの内容を掲げてみよう。

①彦火火見尊已還レ宮、一遵二海神之教一。時兄火蘭降命既被二厄困一、乃自伏罪曰、従レ今以後、吾将為二汝俳優之民一。請施恩活。於是随二其所乞一遂赦レ之。其火蘭降命、即吾田君小橋等之本祖也。後豊玉姫、果如二前期一、将二其女弟玉依姫一、直冒二風波一、来二到海辺一。逮二臨産時一、請曰、妾産時、幸勿以看之。天孫猶不レ能レ忍、窃往覘レ之、豊玉姫方産化二為龍一。而甚慙之曰、如有レ不レ辱レ我者、則使二海陸相通一、永二無隔絶一。今既辱レ之、将何以結二親昵之情一乎。

乃以レ草裹レ児、棄二之海辺一、閉二海途一而径去矣。故因以名レ児、曰二彦波瀲武鸕鷀草葺不合尊一。後久之、彦火火出見尊崩、葬二日向高屋山上陵一。　（巻第二神代下第十段）

②天皇勅二大連一曰、大将軍紀小弓宿禰、龍驤虎視、旁眺二八維一、掩二討逆節一、折二衝四海一。然則身労二万里一、命墜二三韓一。宜致二哀矜一。充二視葬者一。又汝大伴卿与二紀卿等一、同国近隣之人、由来尚矣。　（雄略紀九年夏五月）

③秋七月壬辰朔、河内国言、飛鳥戸郡人、田辺史伯孫女者、古市郡人、書首加龍之妻也。伯孫、聞二女産レ児、往二賀聟家一而月夜還、於二蓬蔂丘誉田陵下一、逢下騎二赤駿一者上、其馬時濩略而龍翥、欻聳擢而鴻驚、異体峯生、殊相逸発。伯孫、就視而心欲之、乃鞭二所乗驄馬一、斉レ頭並レ轡、爾乃、赤駿超攄絶於埃塵、駆騖迅於滅没。於是、驄馬後而怠足、不レ可二復追一。其乗レ駿者、知二伯孫所欲一、仍停換レ馬、相辞取別。伯孫得レ駿甚歓、驟而入レ廐、解レ鞍秣レ馬眠之。其明旦、赤駿変為二土馬一。伯孫心異レ之、還覓二誉田陵一、乃見三驄馬在二於土馬之間一、取代而置二所換土馬一也。　（雄略紀九年秋七月）

④川原民直宮、登レ楼騁望。乃見二良駒一。睨レ影高鳴。軽超二母脊一。就而買取。襲養兼レ年、及レ壮、鴻驚龍翥、別レ輩越レ群、服御随レ心、馳驟合度、超二渡大内丘之壑一、十八丈焉。　（欽明天皇七年秋七月）

⑤詔曰、聖王出レ世、治二天下時一、天則応之、示二其祥瑞一。曩者、西土之君、周成王世、與二漢明帝時一、白雉爰見。我日本国誉田天皇之世、白烏樔レ宮、大鷦鷯帝之時、龍馬西見。是、以、自レ古迄レ今、祥瑞時見、以応二有徳一、其類多矣。所謂鳳凰・騏驎・白雉・白烏、若斯鳥獣、及二于草木一、有二符応者一、皆是天地所レ生休祥嘉瑞也。夫明聖之君、獲二斯祥瑞一、適其宜也。朕惟虚薄、何以享レ斯。　（孝徳天皇条白雉元年二月条）

⑥夏五月庚午朔、空中有二乗龍者一、貌似二唐人一。着二青油笠一、而自二葛城嶺一、馳隠二胆駒山一、及至二午時一、従二於住吉松嶺之上一、向レ西馳去。　（斉明天皇元年春正月壬申朔甲戌）

さて、右記諸例の龍に関する記事の内容についてみれば、①は神代紀に異伝として記されているものであり、②と④

は比喩表現である。③と⑤は、祥瑞に近いような記述となっている。

古代東アジアにおける龍に関する研究の先鞭をつけた者は南方熊楠である。(34) 精力的に蒐集された東西の諸種史料を駆使して、古代人の意識にあった龍のイメージおよびその文化的機能に迫ろうとした南方は、例えば日本における龍について次のような指摘をしている。

わが邦でタツと言うはもと龍巻を指した名らしく、外国思想入って後こそ『書紀』二六、斉明天皇元年、「五月の庚午の朔、空中に龍に乗る者あり。貌唐人に似て、青き油の笠を着て、云々」など出でたれ、神代には支那の龍と同じものはなかったらしい。(35)

かくして異伝として同じ『日本書紀』に出た「大熊鰐」や、『古事記』の同伝承では「和邇」となっていることに注目しつつ、日本における龍の観念があまり発達しなかったという見解を示している。かりに南方の指摘が正しければ、このような未発達は、南方が指摘する根強い固有信仰が主流を占めていたためか、それとも龍という極めて観念的、象徴的な対象が、日本人によって敬遠されていたのか、この点が重要となってくる。しかし、この問題は南方のその後の研究でついに二度と問われなかったようである。南方以降の龍に関する研究は、ややもすれば興味本位に偏りがちなものが多いなかで、荒川紘氏の研究が注目される。東西の歴史文献に見られる龍の性質を神話学、宇宙論の角度から比較研究を行うことによって、龍に関する系統的な研究をはじめて確立させたものといえる。荒川氏は古代日本と中国における龍の性質の違いに注目し、とりわけその偏在ぶりに関して鋭い観察を行ないながら、『古事記』と『日本書紀』における龍のあり方について次のように指摘している。

このように記・紀の成立以前に中国固有の龍、中国化された仏教の龍が日本に伝えられていたにもかかわらず、記・紀の中には「龍」と名のつく神は登場しないし、「龍」が主題となることもなかった。八俣の大蛇も龍的な蛇と解釈されるのであるが、「龍」とは記されない。(36)

こうした観察を踏まえた上で、荒川氏は更に次のような現象にも注目している。

京都の御所には……龍の絵はみあたらない。……天皇の「世」を指定するための元号についてもいえる。日本でも中国にならって飛鳥時代の孝徳天皇の「世」の「大化」いらい、初期には中断もあったが、今日まで元号が用いられてきた。多くは祥瑞をあらわす用語が採用され、そのなかには、白雉、白鳳、朱鳥、霊亀、宝亀もみられたのだが、日本では龍の文字は一度もつかわれなかった。中国では黄龍、青龍、黒龍、飛龍、神龍、景龍、龍昇、龍朔、龍紅、龍徳など多数の龍の元号がみられるにもかかわらずである。(37)

荒川氏が指摘するこうした事象は、偶然とは見なされない。特に漢詩文に比べ、記紀万葉に見える龍に対する抑制的な態度は、角度を換えてみれば、龍とはなるべく距離を置こうとする姿勢にも捉えかねないのである。

この点を裏付けるのが、『日本書紀』巻第二神代下の龍にまつわる記事である。この記事では、龍神となる豊玉姫が龍を生むところを目撃された故、「辱めにあった」と言い、ついに彦火火出見尊に別れを告げたのであるが、注目したいのは、「天孫」である彦火火出見尊と龍神である豊玉姫との関係である。「如有不辱我者、則使海陸相通、永無隔絶」と願っていた豊玉姫は、約束を破られ、辱めにあったために、悲憤を覚えながら「今既辱之、将何以結親昵之情乎。」と言い放ち、「閉海途而径去矣。」という行動を取ってしまったが、ここに見出されるのは、「天孫」の「知る」世界と、龍の世界との隔絶である。これについて、日本古典文学全集（小学館）の頭注は次のようにいう、

『和名抄』に「龍、太都、四足五采、甚有神霊也」とある。中国での想像上の霊獣（『説文』『楚辞』など参照）の概念が日本にもたらされたもの。龍は水の支配神であるから、水をたたえている海の、その海宮（龍宮）の主、豊玉姫が龍であったわけである。山幸彦が山（陸上）の支配者であることからすると、姫は異類となる。……現実には、陸上と海中とは異郷であると考えられていたことが分る。

このように、「現実には、陸上と海中とは異郷であると考えられていた」との判断を行なっている。このような「龍

宮」をめぐる認識の違いによってか、日本における龍女のあり方は、既に前掲した、かの朝鮮神話に見える王朝の始祖である王建の祖母のように、龍宮に戻る時には龍の姿になって人間界と東海の龍宮とのあいだを自由に行き来していたようなことにはなれなかったのである。

同様、『日本書紀』にある多遅摩毛理（田道間守）の常世派遣の伝承も、常世を「神仙の秘区」と記すように、常世と日本国の関係が、上記豊玉姫の伝承と似た構造になっている。この記事では「神仙の秘区」が、「万里」を隔てた「絶域」とされ、しかも「弱水」を渡らねばならなかったところにあったのである。一往復には「十年」もかかり、「峻瀾」険しい波濤を超えて「本土」に漸く帰れたという描写からは、先述の龍神が住まうようなところと理解されても差し支えはなかろう。

『万葉集』に見える高橋虫麻呂の「水江の浦島の子を詠める一首並せて短歌」にも、そうした陸と海の境界を仄めかす表現が使われている。その一部を引用しよう。

春の日の　霞める時に　墨吉の　岸に出でゐて　釣船の　とをらふ見れば　古の　事ぞ思ほゆる　水江の　浦島の子が　堅魚釣り　鯛釣り矜り　七日まで　家にも来ずて　海界を　過ぎて漕ぎ行くに　海若の　神の女に　たまさかに　い漕ぎ向ひ　相誂ひ　こと成りしかば　かき結び　常世に至り　海若の　神の宮の　内の重の　妙なる殿に　携はり　二人入り居て　老もせず　死にもせずして　永き世に　ありけるものを……（巻九・一七四〇）

歌の中の「海界」について、中西進氏は「異界との境界とでも考えて納得するしかない、これを大壑への境と考えると、理解はきわめて容易ではないか」との論を示している。(38)一方、「海界」に関する西郷信綱氏の次の論も参考になる。

古人は茫々たる海の果てには縁があり、そこが急な坂になっており、その下の方に下界があると考えていた。これが「海坂」で、水江浦島はこの「海界」を漕ぎ渡ってゆくりなくも「海神の娘子」（万、九・一七四〇）に出逢ったとあり、また例の豊玉毘売（海神の娘）は海辺で子を生む婆を垣間見られたので「海坂を塞へて」（古事記）もとの国に帰ったとある。「海坂」はサカであるとともに一つの境であった。……その点、宣長はいち早く「潮の八百会は、此顕国の海上の界」といっている。……そしてそれは死者の国であるヨミとも重なっていたことは、根の国のスサノヲのもとを訪ねたオホナムヂ（大国主）が「黄泉比良坂」から脱出したと古事記に語っているのからもわかる。この海底にはまたワタツミのの国、あるいは龍宮もあるとされていた。(39)

このように中西氏は「海界」と「海坂」を「縁」と「堺」と捉え、同語を「大壑への境」と解している。「うなさか」という用語で想起させるのが、『古事記』の「よみさか」である。「黄泉坂」と表記される「坂」は、もとより生死の境界を意味し、その語構成も「海界」と類似している。中西氏が「大壑への境」として解するのも、おそらく「よみさか」に近いような意味を読みとったのかもしれない。漢籍に存在しないこの表現でもって古代日本人の地理的観念を理解すれば、意外にも問題解決の手がかりとなる。

この外、西郷信綱氏が注目した『幸若舞』の「百合若大臣」などに見える「日本と唐土の潮境ちくらが沖」の「潮境」と「チクラガオキ」という言葉も、古代日本人の空間意識を理解する上で重要な参考となる。西郷氏はさらに「六月晦日大祓」の最後にある「四国の卜部等、大川道に持ち退い出でて、祓へ却れと宣る」という言い方について、この「四国の卜部等」は神祇官に属する伴部であり、『延喜式』に「卜部取三国卜術優長者。伊豆五人、壱岐五人、対馬十人」とのように、すべて対馬・壱岐・伊豆等の国から選び取られることから、そうしたイベントには、左記のような境界意識が働いていると指摘する。

唐と日本の潮境がチクラガオキと呼ばれるようになったのも、大祓詞に「千座の置座」とあり、それを大祓にさいし対馬や壱岐出身の卜部らが祓えやる仕儀となっていたことと関連するはずである。そして、なぜ対馬・壱岐から卜部が選ばれたかといえば、それは根の国に罪どもを祓えやろうとする場合、この海域こそ異国に接する西の境界地帯に当っていたからである。村と村、畿内と畿外、中心と周辺の境その他、境というものが独自な宗教性を帯びていたことはよく知られている。なかんずく危機的なものが孕まれているのは、異国に接する領土上の国境であった(40)。

かかる西郷氏の説が、海によって囲まれた古代日本の境界意識を知る上で重要な手がかりを示してくれるが、これと併せた形で、江戸時代の文献とされる『本朝列仙伝』所収「浦嶋子」の内容も参考になる。まずその一部を掲げて見よう。

浦嶋子ハ丹後ノ州余社ノ郡管川人ナリ。人王二十二代雄略天皇二十二年戊午七月舟ニノリテ水江ニ釣ヲ垂テ。大ナル亀ヲ得タリ。コノ亀タチマチ変ジテ。美キ女トナル。浦嶋カノ女ノ色ニメデヽ。ツイニ偕老ノ契ヲムスビ。トモニ龍宮界ニイタリテ。不老不死ノ身トナレリ。其後故郷ノ父母ヲシキリニコヒシタヒシハラク人間界カエランコトヲ神女ニツゲヽレバ。神女其時一ツノ珠ニテ作リシ匣ヲサヅケアタヘテ。イフヤウハ。君モシ我ヲ思フテ。フタヽヒ此処ニ来ランコトヲヲモハヾ。カナラズ此匣ヒラキミルコトナカレト。ィヽヲシヘテカヘシヌ。浦嶋此匣ヲウケトリ。此界ニカヘリミレバ。昔見シ人ハ一人モナシ。浦嶋オドロキアヤシミテ。人ニ問タヅヌレバ。其人コタヘケルハ……

「龍宮界」「人間界」「此界」という用語によって二つの世界が截然と分けられている。この点、かつて下出積與氏は「常世」の性質について、垂仁紀をめぐる諸説を分析した上で次のような論点を示している。

これを一つの史実として、弱水を「崑崙之弱水」に比定したり、この常世国を新羅とした説などがかなり有力である(『古事記伝』二五)。しかしこれは、その珍菓が日本産のものでなく極めて貴重なものであったために、古代人の世界観の範囲内で、その伝来の経路・由来を『書紀』のように解釈したものとすべきであろう。したがってこの説話の要点は、弱水の地理的追求や、田道間守の出自を根拠として常世国の固有名詞化にあるのではなくて、古代人の世界観としての常世国の性格究明に置かるべきである。その意味において、弱水をただ遙遠なる海水を越えゆく路の、潤飾に書るものなれば、其心して見過すべし。本にヨワノミなど訓るは、とるに足らず。今かりにウナハラと訓り。（『日本書紀通釈』三）とする飯田武郷の方がむしろ正しい(41)。

似たような意見は久野昭氏にも提出されている。久野氏は、古代日本人の他界観を論ずるにあたり、浦島太郎と田道間守（多遅摩毛理）伝承における「常世」の性質について、

田道間守の赴いた常世が必ずしも東方洋上でなく、たとえば済州島に擬せられてもいいように、日本では中国の方士のいだいたような海東憧憬よりも、方位はどうあれ、ひたすら海界（うなさか）の彼方の常世への憧憬そのものが、この世に生きる者の想像力を書き立てたのであった。その想像力の描き出す表象は、必ずしも霊亀の出現を契機とはしていない(42)。

との見解を示している。

かくして右記両記事における、天孫、多遅摩毛理と龍の関係を、そのまま「陸」対「海」の関係に置きかえられ、この関係から窺えるのは、「仙境」到達の難しさと、龍の世界が日本にとってあまりにも遠い、無関係な存在という意識である。久野氏がいう「霊亀を契機としていない」は、まさに古代日本において、中国や朝鮮のように、すべての水路（井戸、河川、泉など）が、崑崙を囲む水界＝「地脈」に通じるという認識が薄かったことを言い当てた見解である。したがって、仮に龍に関係するような象徴物が現れても、それを直ちに緯書思想でもって解釈しようとしなかった。例えば、先にも論じたように、『日本書紀』神武即位前紀戊午年八月条に見える、

是後、天皇欲レ省二吉野之地一、乃従二菟田穿邑一、親率二軽兵一巡幸焉。至二吉野一時、有レ人出レ自二井中一。光而有レ尾。天皇問之曰、汝何人。対曰、臣是国神。名為二井光一。此則吉野首部始祖也。

という記事であるが、井戸から出てきた「光而有尾」なる国神について、一部の解釈では「尾」を服の飾りとして捉

える見解もあったが、私見ではその具体的な描写と特徴からして、祥瑞をもたらす龍のイメージを暗に託された可能性が考えられる。しかし、それを決して明言しないところに、逆に龍に対する忌諱の意識が強く滲み出ている。さらに興味深く思われるのは、ほぼ同時代の文献では、こうした讖緯思想の色彩を帯びた井戸関連の記事が存在する一方、相似た状況でありながら、あくまでも写実的な筆致で記録する内容が一方では行われている。その例として挙げられるのが、やはり前掲『豊後国風土記』直入郡条の「泉」をめぐる記事である。再びその内容について見よう。

此村有泉。同天皇（景行天皇）、行幸之時、奉膳之人、擬於御飲、令汲泉水、即有蛇䨠。於茲、天皇勅云、必将有臭。莫令汲用。因斯名曰臭泉、因為村名。

景行天皇が行幸先の泉から水を汲もうとしたところ、中に蛇が棲んでいると分かったところで詔を発して、「ここの水はきっと臭いだろう」といい、ついに村の名前まで「臭泉」と命名した伝承であるが、この何気ない記事から読み取れるのが、古代日本人の、泉（井戸）と蛇の関係を、必ずしも朝鮮史料に見るような、蛇を龍と見做し、それが泉（井戸）に現れることを祥瑞または符命だと、政治的な意味づけをしようとしなかったことである。泉に蛇の入る状態を決して好ましく思わなかったところに、水界を含む神仙思想が、まだそれほど深く浸透していなかったことを示唆していると言えよう。この点、まさに三宅和朗氏が近年の研究で指摘しているように、古代日本人の「湧水」「温泉」「熱湯・クカタチ」「酒」「変若水」などに対する感覚には、それらを通して「神異」を受け止める傾向が広く認められ、特に『延喜式』に見える式内社などに「――井神社」「温泉神社」は、〈水〉の不思議を基盤としていることと深く関わるものであろう。日本における水を象徴するそうした数々の対象は、たとえ渡来思想の衝撃があったとしても、依然として土着的な信仰に深く根ざしていたのである。(43)

六、龍との関係を絶たれる反正天皇

イギリスの科学史家フィリップ・ボール（Phlip Ball）氏は、水界（地脈）への古代中国人の関心に深く関わる政治統制の伝統に注目し、「水」は、古代中国哲学が最高の理念価値とする「道」の具体的な顕現ばかりでなく、同時に政治的な「力」を構成する基本的な「通路」（Channels）でもある故、「水」や「水界」を統御することは、そのまま帝国の繁栄や安定を保証するという、興味深い論を披露している(44)。

そもそも東洋的専制国家は、灌漑の統制を基礎として出来上がったという観点が早くから提唱されているが、これを多角の角度からアプローチするボール氏の論は、水界、地脈に強い関心を寄せてきた中国人の「水」をめぐる意識のあり方を見事に捉えている。このようなコンテキストにおいて考えれば、人間と、水界を代表する龍との交信、交流が、一層重要な意味を持つものとなろう。別の言葉でいえば、水界を統御する龍の力を借りることは、地上の世界を根底から支える神の世界の力によって支持されることを意味するだけでなく、同時に天下を支配する正統性を得ることになる。

しかし、興味深いことに、このような広大な宇宙構想を背景とした権力構造も、最初から日本で受け容れられなかったようである。後述するように、権力の起源や象徴を龍に求める中国や朝鮮と違って、独自のコスモロジーである高天原を持つ古代日本人にとって、龍は威厳の象徴でこそあるものの、所詮海の彼方に棲む、「大八州国」の領域外に属する権力であり、場合によって、高天原に受け継がれる神統の権威の正統性を脅かす存在としても見なされていた。この点、荒川紘氏の次の観察がやはり注目される。

日本で龍が避けられたのには、記・紀から中国の龍が排されたのとおなじ事情があったと思われる。多くの点で中国を模倣しながら、天皇支配の独自性と正当性を主張しようとしたゆえに、天皇のシンボルに中国の龍はふさわしくなかったのではなかろうか。

むろん、歴史的にも、大和の王権が、蛇を信仰していた旧勢力に対して、太陽と鏡を権力のシンボルとして出発していたという歴史も見落されてはならない。土着の蛇と同類とみなされる龍は受け容れがたかったのではなかろうか。その結果、龍は力のシンボルではあっても天皇の権威のシンボルとみなされることはなかったのである。日本の龍が人間的であった理由のひとつともいえよう(45)。

このように荒川氏は、龍が日本に広く受け容れられなかったのは、「天皇支配の独自性と正当性を主張しようとしたゆえに、天皇のシンボルに中国の龍はふさわしくなかったのではなかろうか。」と述べているが(46)、これは「龍」という名称とイメージが持つ文化的・政治的な異質性をいうものであろう。事実、讖緯思想を熟知した上代の知識人にとって、龍というイメージが、現在我々が想像する以上に、容易く語れない、現実政治にとってタブーに近いような存在だったようである。

例えば、先に掲げた朝鮮史料では、大王の出生が龍に直接関連するような形で記されている例が多く見られる。これは、龍が王者の正当性を裏付ける神聖なる象徴という、緯書思想を踏まえた認識が朝鮮において定着していることを示唆しているが、日本における天皇の出生記事では、逆にそうした知識や認識に対して、故意に無視するか、または日本風に書き換えられるか、という形になっており、こうした傾向は反正天皇の記事にも反映されている。

反正天皇の歯、身長などについて詳細に描写しながらも、龍との関連性を一切避けているかのように、全く言及していない。しかし、この伝承を構成する諸要素を仔細に分析すれば、一旦隠ぺいされた龍のイメージがかすかに見え隠れしている。というのも、河村秀根の『書紀集解』では、当該記事に対して興味深い注釈を与えている。

釈曰、天書曰、天皇生有㆓亀歯㆒、法非常。及㆑沐有㆑泉涌出。虎杖花竝出㆓泉中㆒。名曰㆓瑞歯大聖㆒。

文中に掲げる『釈』という文献は不明であるが、その孫引きとして、藤原浜成の著とされる通史の一種である『天書』（『天書記』・『天書紀』・『浜成天書紀』ともいう）の内容が引用されている。それによれば、反正天皇は生まれながらにして亀のような歯並を持っていたために「瑞歯大聖」との名を与えられていたという。

ここで注目したいのは、反正天皇の歯を「有亀歯、法非常」と記すところである。何故なら、緯書『春秋合誠図』にある次の内容と思いあわされるからである。

伏羲龍身牛首、渠方達掖、山準日角、龕目珠衡、駿毫翁鬣、龍唇亀歯、長九尺一寸、望レ之広、視レ之専。渠通也、掖腋同、衡目上也、珠衡者目一衡、骨有二連珠一、象二玉衡星一也。（『春秋合誠図』）

伝説上の帝王伏羲の容貌を描くにあたり、「龍の唇に亀の歯並」、しかも「身長は九尺一寸」、顔に「珠のように連なる骨の形」、それはあたかも「玉衡星」をかたどっているようだ、とのようになっている。「法非常」の「法」は恐らく「骨法」を略した表現であろう。これを『古事記』反正天皇条の、

此天皇御身之長、九尺二寸半。御歯長一寸広二分、上下等斉、既如貫珠。

とを比較すれば、いかにも似通った記述となっていることが分かる。とりわけ「骨有連珠、象玉衡星也」という記述は、既に第一章で掲げた『易緯坤霊図』の、

○王者至徳之萌、日月若二連璧一、五星若二貫珠一。
○王者有二至徳之萌一、則五星若二連珠一。鄭玄曰、謂下聚二一舎一以徳上、得二天下之象一也。

を改めて想起させる。唯一の違いは、緯書の「亀歯」という記述が『古事記』では抜けている点である。

龍と亀は緯書にもっとも頻繁に現れる神獣の一つであり、その根底に『礼記』礼運がいう「麟・鳳・亀・龍、これを四霊と謂う」ような思想があったことは無論、その役割は神仙世界の消息を伝える者であった。そのために、場合によって人体の一部として顕現することもあると考えられていた。右記に見られる反正記と『春秋合誠図』の類似か

ら、『天書』の内容もまた、緯書と関連していることが推測される。

さて、前章にも引用したように、中国の歴史では、自分には王者たる要素があることの正統性の根拠として、競って訴え出るという状況まで現れていた。第一章で一度引用した『東観漢記』巻二十二の内容をもう一度掲げてみよう。

令功臣家各自記功状、不得自増加、以変時事。或自道先祖形貌表相、無益事実。復曰歯長一寸、龍須虎口、奇毛異骨、形容極変、亦非詔書之所知也。

既に説明したように、この詔文は貴族に対して、むやみに身体特徴を讖緯にちなんで名乗ることを禁止するものであったが、文中の「歯長一寸」は、反正天皇の御歯をめぐる「御歯長一寸二分」とは近い表現であり、ともに緯書を踏まえたものと見られる。ここで注目したいもう一つのポイントは、詔文にある、容貌の特徴として「龍須虎口」――龍の髭と虎の口を持っている、と記すところである。こうした「龍」の要素を人間の容貌に認める記述は、下記の例のように、緯書では王者または聖者たる必須条件の一つとして頻繁に現れるからである。

○孔子長十尺、大九囲、坐如二蹲龍一、立如二牽牛一、就レ之如レ昴、望レ之如レ斗。（『春秋演孔図』）

○孔子長十尺、海口尼首、方面、月角日準、河目龍顙、鬥唇昌顔、均頤輔喉、齗歯龍形、脊亀虎掌。（『春秋演孔図』）

○少昊、秀外龍庭、月懸通鷗、顓項渠頭併幹、通眉帯レ午、帝嚳、駢歯方頤、龐覬珠庭、仳歯戴干。（『河図握矩記』）

○秦距之帝、名政、虎口日角、大目隆鼻、長八尺六寸大七囲、手握二執矢一、名祖龍。（『河図稽命徴』）

右記文中の「坐如蹲龍」「齗歯龍形」も、やはり孔子の容貌に含まれる龍の特徴をいうものであり、現代語に訳せば、「座れば蹲っている龍のようだ」、「駢歯であり、しかも龍の形だ」という意味になる。そもそも龍の要素を強調するのは、その出自の非凡さ、つまり聖なる世界、例えば神仙の世界につながりを持っていることを明示するがためであった。

緯書のこうした表現が、朝鮮史料の方にも影響を及ぼし、例えば前掲古代朝鮮の史書『三国遺事』にも、

翌日平明、衆庶復相聚集開合。而六卵化二為童子一。容皃甚偉。仍坐二於床一。衆庶拝賀。尽恭敬正。日日而大。踰二十余晨昏一、身長九尺、則殷之天乙。顔如レ龍焉。則漢之高祖。眉之八彩、則有二唐之高一。眼之重瞳、則有虞之舜。其於二月望日一即位也。

（駕洛国記）

とのような内容が確認されるのである。

上記緯書の引用例を反正天皇をめぐる『古事記』と『日本書紀』の内容とを比べてみれば、記紀において反正天皇の風貌を緯書に近い表現で記しつつも、直接に龍という表現を避けている。龍に関わるあらゆる情報が、注意深く外されているという作者の意図がはっきりと現れている。

相似た事例は、天武天皇の事蹟をめぐる、記紀以外の上代文献の記述にも認められる。例えば、奈良「薬師寺東塔檫銘」には、天武天皇の逝去に関して、漢籍に見られる天子の逝去を比喩する表現として「龍駕騰仙」が用いられている。

維清原宮馭宇天皇即位八年庚辰之歳建子之月以二中宮不悆一、創二此伽藍一。而鋪金未遂、龍駕騰仙。大上天皇奉遵二前緒一、遂成二斯業一。照二先皇之弘誓一、光二後帝之玄功一。道済二郡生一、業伝二劫式一。於二高躅一敢勒二貞金一。其銘曰、……(47)

右の銘文の関連記事として、『日本書紀』天武天皇九年十一月十二日条には、天武天皇が後の持統天皇である鸕野讃良皇后の病気平癒を祈願して、この銘文に関わる薬師寺の建立を発願し、百僧を得度させたとある。ただ、右記銘文の内容では、未完成のうちに天武天皇が崩御したとの記述となっているが、文中の「龍駕騰仙」という文言は、『日本書紀』では一例も見当たらない。多くの場合「崩」という、天子の逝去を表わす用語が使われている。この現象は、先に指摘した、『古事記』と『日本書紀』全体に見える龍に対する消極的な記述態度にも通じており、正史において、つとめて龍が持つ中国的な政治思想の象徴性を拒否する姿勢とも取れる。

七、龍と「天つ日嗣」の天下

さて、漢籍には「潜龍」「臥龍」の表現がある。いずれ天子になる資質のある者の、いまだ頭角を現さない状態を喩えると同時に、「政権にとって脅威である」というニュアンスも帯びている。ところで、反正天皇が龍として描かれなかったのは、どうやらそうした漢籍の「潜龍」「臥龍」とは関係がなかったようである。その原因は、先述の崑崙を中心とする「地脈」や水界の思想が、古代日本において完全に受け容れられなかったことと関係があると同時に、古代日本と中国における「天下」観の違いも大きく働いているようである。

東洋史学者の渡辺信一郎氏は、かつてその『中国古代の王権と天下秩序』において、日中の歴史文献に見られる次のような興味深い現象を指摘している。

日本の「六国史」を縦覧してまず気がつくのは、天下の語が頻繁に出てくることである。それは、朝鮮古代の『三国史記』と比べてみれば、いよいよ明らかである。『三国史記』には、天下は数例しか出てこず、しかも自らの国土や権力にかかわらせて使用した例はない。天下を用いて不思議ではない箇所でも、たとえば「四方」という同義語を使用している。かなり周到に回避されているふしがある。金石文などには、あるいは例があるかもしれないが、日本古代の使用例に比して圧倒的に少ないことは変わらないはずである。(48)

（「日本律令制国家における『天下』」）

実際、六国史だけでなく、『古事記』にも「天下」が頻出している。かつて神野志隆光氏は、漢籍の「天下」と記紀などに見える「天下」の異同について詳しく論じることがある。(49)それによれば、古代東アジアにおける「天下」は、意味が重なっていながらも、地域によって微妙に違っている。中国の場合、「天下」は、皇帝が支配する全世界であるのに対して、それに配慮する朝鮮では、中国の「天下」との相克と矛盾をあえて避けようとして、たとえ皇帝として政治に当たっても、「天下」という用語を控えていたのである。同じような態度は、「天子」の死去に関する記述にも反映されている。一方、西郷信綱氏も「天子」の使い方をめぐる日中朝の違いについて次のように論じたことがある。

古代朝鮮の三国（百済・新羅・高句麗）との違いが、ここにある。三国史記では王の死は、すべて「薨去」と記している。礼記によれば「薨」は「諸侯の死」をいう語である。「日本」でも、「薨」は天皇以外の王族や三位以上の貴族について用いる習いとなっていた。中国との間に正式の冊封関係がある否かで、こうした関係は左右されたわけで、例えば新羅王は中国の皇帝にたいし、みずからを「藩屏ノ家臣」と称している。「日出ヅル処ノ天子」と推古が大きく構えることができたのは、この冊封関係の外にいたからに他ならぬ。少なくとも正式の冊封関係はなかったのである。(50)

中国に対して「天下」を使うことを憚った結果として、国王の死去を諸侯の死のように表現するという、興味深い現象が指摘されているが、石母田正氏にも、古代における「天皇」の称号を東アジアの錯綜した国際関係において捉えた論が見られる。

「天皇」は古代中国において「天帝」＝北極星をさし、推古以前に中国で君主の称号として用いられたことがない。しかし問題の鍵はその語義にあるのではない。むしろ「天皇」という称号が、一方において朝鮮諸王の「大王」号と区別され、同時に他方において中国の君主の「天子」や「皇帝」等の称号からも区別されるところの第三の新しい称号であったところに重要な意味があったとみられる。それは対隋国交の従来の経過および前記の対朝鮮関係から必要とされた条件を充たすからである。いいかえれば、従来の「大王」号は、倭国内部の称号であったにたいして、「天皇」号は「大国」または被朝貢国の王としての地位を示す称号として成立したのではなかろ

うか。(51)

右両者の観察から、古代朝鮮と違って、日本における「天下」と「天皇」は、少なくとも政治意識において中国のそれとはほぼ対蹠できるような構造を持っていたことが窺える。この点、古代日本の「天下」「天皇」と深く関わるよく日本の呼称（雅称）の一つに「大八州国、略で大八州」（「大八嶋国」とも）という名称の意味が参考になる。『古事記』に起源するこの概念は、本州・九州・四国・淡路・壱岐・対馬・隠岐・佐渡などの「八つの島」を総称していうものであるが、場合によって漠然と数が大きいことを示すことにも用いられた。よって本来の意味は、「多くの島からなる国」であり、学者によってこの概念は、中国にあった「大九州」、「大八州」の概念に影響を受けて出来た可能性があるとも指摘されている。しかし、その用法について見れば、中国の場合、崑崙を中心とした、何処までも陸続きの世界と違って、日本の「大八州国」は、海に囲まれた、閉鎖された内部世界を指していることが分かる。この点、例えば『養老令』儀制令皇后条の「率土之内」に付された「古記」の注に見える、

率土之内、謂二大八州一是也。

という一文によっても裏づけられる。

この「大八州」という名称の成立について、岡田精司氏は、「大八州」という用語が初めて現れたのが天武十二年正月の詔に見える「明神御大八州日本根子天皇」（アキツミカミトオホヤシマシラスヤマトネコノスメラミコト）であり、最終的に「大宝令」で確定したと見ている。(52)

七世紀中葉から律令体制の進展に伴い、天皇中心の専制支配体制を〈公地公民〉という形で津々浦々にまで浸透させてゆく。この時期こそ、天皇の統治する〈大八州〉という観念が、中央貴族の間に強く意識されたのであろう。そして天皇だけがこの国土の正当な支配者であるということを主張する思想を固定化する必要が起ってくる。「天皇制神話」が形を整えるのは、この前後——天武朝を中心とした時期と考えられている。神々の物語によっ

て専制支配の裏づけをすることは、単なる伝承による権威づけではなく、古代人にとってはそれが呪術的な機能を発揮すると考えられたのである(53)。

さて、ここの問題は、「大八州」が「天下」に対等する概念であれば、それは具体的にどのような範囲を指していたのだろうか。

これについてかつて倉野憲司は、日本海の隠岐・佐渡、黄海・東シナ海の知訶島（五島列島・平戸列島）両児島（男女群島）、朝鮮海峡の壱岐、対馬などが大八州中に数えられたのが、この神話に既に強い対外意識が含まれていると指摘したことがある(54)。また、西郷信綱氏も、当時における日本人の国土意識について次のように論じている。

この国の王権の祖とされる「天つ神」が天照大神という女神であり、みずから田を作ったり、まるで巫女であるかのように「神御衣」を織ったり云々と記紀が語り伝えている事実を忘れてはなるまい。少なくとも、天照大神がCorn Monther（五穀の母）ともいうべき属性をもっているのは、ほぼ確かである。だからこそその血を受け継ぐことになる代々の王たちにも、「水穂国」の統治者としての資格が与えられたのである。原始の面影を留めるこういった「天つ神」と、宇宙の主宰者である中国流の「天帝」との違いは明らかで、したがって本朝の「皇御孫命」を、「たった一人の強大な徳（力）が天におおわれたあらゆるものに達し、宇宙の果てにすら至る」という中国皇帝に似るなどと見たりするのは危いのでないかと思う。「天の下治らしめす」天皇とは決まり文句だけれども、その威力の及ぶのは、しょせんこの「粟散辺土」に限られていた(55)。

このように、中国の「天下」と日本の「天下」は、用語は同じでも、その内容はかなり食い違っている。既にしばしば論じたように、中国の「天下」は、皇帝が支配する世界を指しているが、それが同時に神仙の世界にも支持されており、両者はいわばパラレルな関係にあったのである。それを根底から支えているのは、陸続きで到達できる崑崙とそれを中心に展開される巨大な水界（「地脈」）である。皇帝の正当性が認められる際に、崑崙からのメッセージとして龍を始めとする数多くの祥瑞を伝える神獣が現れ、既に論じたように、多くの場合、それらは井戸、河川を通して顕現するのであった。

さて、日本の国土意識と好対照となっているのが、古代朝鮮の場合である。先に見た渡辺信一郎氏の指摘のように、中国との冊封関係に置かれていた古代朝鮮では、「天下」は禁忌用語となっていたほど、その使用が極度に控えられていた。つまり、古代朝鮮にとって、「天下」といえば、それは既に中国の「天下」に組込まれたものとして、かりに独自の王権を擁したとしても、統治空間は「四方」という概念でしか表せなかったのである。このような意識は、神仙思想の受容にも反映されており、一度中国の「天下」に組込まれた以上、その構成要素となる「水界」や「地脈」の世界も、神仙思想の一色に染められるようになったと見える。我々が前掲『三国史記』や『三国遺事』に見る数々の「龍」をめぐる記事のあり方も、そうした意識の所産であろう。

ところが、それに対して日本は、「大八州国」を擁するのみで、それを取りかこむ海の世界は外部とを隔絶するためのものに過ぎず、いわゆる水界や「地脈」を持たなかったのである。このことが原因で、中国の龍は井戸や河川に現れる発想と違って、「龍宮」も「常世」も、「大八州国」の外部へ追いやられた形になっている。先に挙げた『日本書紀』巻第二神代下の彦火火見尊の例と、多遅摩毛理の常世訪問譚、更に『豊後国風土記』直入郡条の井戸記事は、いずれも天皇の支配する「大八州国」が、崑崙とそれをめぐる水界（地脈）とは完全に離れた、独立とした地域という認識の現れであろう。この三例に見る「陸」と「海」、そして「天孫・多遅摩毛理」と「龍神」の関係は、そのまま古代日本における「大八州国」と「九州」、「天孫・多遅摩毛理」と「神仙」の関係に対応する。

以上のことを踏まえて上代文献における龍のあり方について考えれば、およそ次のようなことが言えよう。

まず、漢詩文集『懐風藻』は、それ自身中国の文化を模倣するために作られたものなので、龍をはじめとする神仙思想をめぐる表現も、つとめて中国の漢詩文集を踏まえようとした。したがって、そこに神仙思想の要素が認められても、そのまま古代日本人の宇宙観の反映として見なされない。『古事記』、『日本書紀』、『万葉集』などに龍があまりに登場しなかったのは、これらの文献をささえる宇宙観、世界観が、中国のような「天下」ではなく、あくまでも高天原に源を持つ「天つ日嗣」――天皇によって支配される「大八州国」であることによる。この「大八州国」を王権支配の内側と見なし、それ以外の世界を外側と見なせば、ここにおのずから見えてくるのが、「大八州国」と龍の関係である。

例えば、荒川紘氏に指摘されているように、『古事記』や『日本書紀』では、蛇に関する伝承が数多く見られ、本来龍であったそうした数々の蛇の有り様が、詳らかに記されている。その一例に、『古事記』の三輪山伝承を、前掲『三国遺事』の次の記事と比べてみよう。

又古記云、昔一富人居二光州北村一。有二一女子一、姿容端正。謂レ父曰、毎有二一紫衣男一到レ寝交婚。父謂曰、汝以二長糸一貫レ針刺二其衣一。従レ之、至レ明尋二糸於北墻下一。針刺二於大蚯蚓之腰一。後因妊生二一男一。自称二甄萱一。
（後百済・甄萱）

後三国時代の群雄の一人で、後百済の始祖「甄萱」の誕生説話であるが、ここでは「甄萱」はその母が紫の着物を着た男子と通じたとあるが、よく知られるように、「紫」は本来皇帝が専有する色であり、緯書などに数多く見られる「紫――」にまつわる記載は、すべて天界の象徴として祥瑞または讖緯に関連しているのである。右記の伝承における「紫衣男」の意味を理解するのに、『孝経中契』にある次の記事が参考になろう。

丘作二孝経一、文成道立、斉以白レ天、則玄雲踊二北紫宮一、開二北門一、角元星北落二司命一、天使書レ題、号二孝経一、篇云、神星裔、孔子知元、今使二陽衢一乗二紫麟一、下告二地主要道之君一、後年麟レ至、口吐二図文一、北落二郎服、諸魯端門一、隠レ形不レ見、子夏往観、写得二十七字一、余字滅消、文其余、飛為二赤烏一、翔摩二青雲一。

緯書特有の難解さを持つこの記事の大意は、『孝経』を完成した孔子が天に報告したところ、天は「紫麟」＝紫の麒麟を魯の国へ遣わし、メッセージとして十七文字を残して去っていったが、ここで天の象徴として「北紫宮」と、その使いの「紫麟」が注目される。「紫」は明らかに天を意味し、同時に、現れてはすぐに「隠形不見」――形を隠してしまうところも、いかにも「紫衣男」の所作と似ている。

　右記二つの伝承は、直接的な関係があると言えなくても、文中の「大蚯蚓」は「蛇」と同等視され、古代文献において「蛇」と「龍」がしばしば交錯したように、いずれも讖緯に関わる象徴物であった。また、讖緯思想において、「麒麟」は「龍」としばしば神獣として同等視されていたので、『三国遺事』の当該記事に見られる「紫衣男」は、やはり「龍」や「麒麟」に近いような象徴として見なされているのであろう。それが後百済の始祖譚と結び付けられたところもまた、いかにも讖緯としての機能を発揮していると言えよう。

　ところで、この『三国遺事』とは極めて類似する事例として、『古事記』の三輪山伝承がある。両者の内容を比較することによって、われわれは龍にまつわる観念が古代朝鮮と日本においていかに違っていたかを知ることができる。まず、記事の原文を掲げよう。

　此謂意富多泥古人、所三以知二神子一者、上所レ云活玉依毘売、其容姿端正。於是、有二壮夫一、其形姿威儀、於レ時無レ比、夜半之時、儵忽到来。故相感、共婚共住之間、未レ経二幾時一、其美人妊身爾。父母恠二其妊身之事一、問二其女一曰、汝者自妊。無レ夫、何由妊身乎。答曰、有二麗美壮夫一、不レ知二其姓名一、毎レ夕到来、共住之間、自然懐妊。是以其父母、欲レ知二其人一、誨二其女一曰、以二赤土一散二床前一、以二閉蘇紡麻一貫レ針、刺二其衣襴一。故如レ教而、旦時見者、所レ著レ針麻者、自二戸之鉤穴一控通而出、唯遺二麻者、三勾一耳。爾即知下自二鉤穴一出之状上而、従レ糸尋行者、至二美和山而留神社一、故知二其神子一。故因二其麻之三勾遺一而、名二其地一謂二美和一也。

この伝承では、「麗美しき壮夫」の正体がついに明かされなかったが、『日本書紀』崇神天皇十年条の倭迹迹日百遅姫命の伝承では「蛇」として明記されている。一方、『古事記』ではそれが一切明言されていないのである。しかも、それと交わった意富多多泥古命には、『三国遺事』の甄萱のように龍の変身だった「大蚯蚓」との交わりによって後百済の始祖になるような運命の展開もなかった。つまり、この「大八州国」において龍という存在を容認せず、すべて蛇に置き換えられ、それでもって王権に対するあらゆる脅威の可能性を排除しようとしていた。そうした記述のあり方から、龍が持つ水界や「地脈」を絶とうとする意志さえ感じられる。

同時に、反正天皇をめぐる『古事記』と『日本書紀』の内容に見るように、たとえ「図讖」を踏まえた記述でも、龍を思わせるような要素が注意深くはずされている。そこに窺えるのは、次のような思想であろう。日本的「天下」観では、この世界の中心はあくまでも天照大神がすまう「高天原」と、その血筋を受け継いだ「天つ日嗣」が地上にて統治する大八洲（日本）であり、この世を統治する資格を有する者は、「天つ日嗣」の外に有りうべくもなく、あるとすれば、それは「懸けまくも畏き明つ御神と大八島国知らし食す天皇命」（「出雲国造神賀詞」）――「天つ日嗣」への挑戦であり、いち早く駆除すべき存在であった。

八、龍と革命の思想

『古事記』と『日本書紀』が龍に対して消極的な態度を取っていたのは、宇宙観の相異だけでなく、古代の日本における王位継承の仕組みもその原因として考えられる。

例えば、古代中国、特に讖緯思想がもっとも流行っていた漢の時代におけるそのあり方については、呂宗力氏はその『漢代の謡言』において次のように指摘している。

讖緯の「君権神授」理論は、人間界の帝王を高度に神秘化した。しかし、よく考え、そして分析すれば、これは甘い衣に包まれた苦い薬のようなものだ。帝王をまつわる種々の神秘な色を除けば、所詮は上天に委任された官吏に過ぎず、たとえよく出来ても、期限つきであり、失敗すれば、随時に更迭される。過分に君権が「神に授けられた」と強調するのは、実質的に人間界の帝王の価値を貶め、その主導権を剝奪したようなものだ。同時に豪族や地主たちに最高指導者を更迭する便利を提供している。「感生」「異貌」「符命」ごとき身分証明に至れば、誰にでも操作できる。つまり、「受命の帝王」を必要とした時、このような「証明」はごく簡単に入手できる。事実、多くの豪族や地主がしばしば自分が「神祇に感応」し、祥瑞をもたらし、特異な風貌を持ち、神霊に感じて生まれたと主張していたのである。(56)

呂氏が述べている漢代の各種政治勢力の讖緯をめぐる態度や行動から読み取れるのは、ほかならぬ古代中国の政治史において一貫してその核心をなしていた「革命」の思想である。

古代中国の政治思想では、社会秩序が保たれ、王朝が続くためには、君主や皇帝は徳を持つことが絶対条件であった。君主が徳を持っていなければ、王朝は別の一族に倒され、替えられる、と考えられていたのである。例えば、殷の最後の王――紂は徳を持たない、極悪無道の暴君であったため、その紂を倒して殷に代えて周の国を建てた。かくして中国の王朝は、王の姓でもって命名されていたので、殷から周へ変わるということは、姓が変わることを意味し、これがすなわち「易姓革命」というものである。

そもそも讖緯思想を支える基本的な構造は、先にも触れたように、人間界と「天」の間の交流である。中国の場合、選ばれる対象はそれこそ殷や周などのように不特定多数であったため、一度「符命」とおぼしきものを受ければ、それまで一平民であった者が、たちまち「天子」として歴史舞台に登場できる仕組みとなっている。その場合、必ず徳の現れとして、具体的な事象が強調される。それは多くの場合「感生」「異貌」「符命」などのような異常現象によって表象される。この中のひとつが起きれば、「易姓革命」の資格を有すると目されていた。呂宗力氏が指摘する、豪族や地主たちが争って讖緯を好んでいたところにも、自分自身に天子たる資格の降臨への期待があったと言える。

ところが、日本の場合、王権は天皇系及びその近親の中で形成されるというシステムとなっていたため、讖緯思想とともに受け容れられていた「符命」のあり方は、中国のそれとは根本的な違いを持っていた。

この点、東洋史学者の官文娜氏は、古代日本における王位継承と血縁集団の構造を考察するにあたり、この問題を解く重要なヒントを提供している。

日本では皇族の中で単位家族がいまだ独立も、成立もしていなかったからである。中国においては、王を中心とする単位家族としての血縁集団内における権力・財産などの分配・相続の権利を守るために、王は必ず自分の息子を継承する必要があった。日本では継承者は皇族内の全員から生み出され、またそれによって一族の権力や財産が守られた。したがって、継承者を王の息子に限る必要はなかった。そして、中国とは異なり、皇族内の女性も男性同様皇族としての構成員資格を持っていたために、皇族内の極端な近親婚が行われ、その結果、彼女らは皇后や女帝となり得たのである。こうした特徴はすべて血縁親族集団の構造がしからしめるものであった。(57)

このような原因からか、皇位争いをめぐる兄弟間の陰謀、暗殺、逃亡、隠匿の伝承が『古事記』や『日本書紀』にしばしば見られるにもかかわらず、日本における王権の交代は主として「日嗣の御子」である皇族家に限定され、いわゆる「革命」の形でなされるものではなかった。あたかも松本健一氏がその『「孟子」の革命思想と日本』において論じたように、「革命」思想は、ごく早い時期から、中国伝来の政治思想の中から注意深く取り除かれたのである。(58)換言すれば、日本では本来神である天皇が、「符命」を上天より授けられる、いわゆる「受命説」など必要としなかったようである。

ただ、例外は一つだけあった。神代から人間である神武天皇の世へ切り替えの時、初の人皇として天下に君臨したため、周の文王の伝説にちなんで、太公望伝承をふまえた亀の甲に乗って釣をする者が「符命」として現れたのである。それだけでなく、井戸から尾のついた「国神」が現れるという記事も、「符命」の色彩が濃厚につき纏っているのである。しかし、注目すべき点は、『古事記』と『日本書紀』では、「符命」の意味として記事は、神武天皇の一代に限るという特別な事象である。初めての「人皇」に対してこのような「符命」を与えられることによって、天皇たる正当性が証明され、それ以降の天皇記事は、第一章に挙げた例のように、たとえ異常風貌説でもって記述したとしても、あくまでも既に「符命」を与えられた者の出自の高貴さを強調する機能に止まっている。仁徳天皇の場合、その漢風諡号にも象徴されるように、儒教的な善政を全面的に施したために、「雁の卵」、「醴泉」、「大樹」が祥瑞として現れたにもかかわらず、それらは「符命」としてではなく、あくまでも祥瑞の意味が大きい。

つまり、日本において、それ独自の皇位継承のシステムがあったために、「符命」というものは神武天皇の御代に一度しか発生せず、しかもそれは「革命」というより、神の代から人の代への転換点を意味するものであった。また、昌泰四年（九〇一）二月、文章博士三善清行が朝廷に奉ったかの有名な「革命勘文」というものも、政権の転覆や改変を目指すものではなく、所詮は新しい「人皇」の御代の始まりにちなんだ、「改元」して「天道に応ずる」ことを求めるものだけであった。

このようなコンテキストにおいて再び日本における龍の政治的な意義を考えてみれば、反正天皇の場合、本来「日嗣の御子」の系譜を継ぐ者であり、龍の性質を明記すれば、「日嗣の御子」の出自と矛盾することになる。いわゆる「天人合一」という言葉が示すように、天の意志との一致性を保つことは、即ち中国政治の正統性であるゆえ、天の意志の現れである龍と関連し、その要素を身に持つことがほかならぬ正統を意味した(59)。この点、既にしばしば触れたように、中国では、龍は天の使いというシンボルであると同時に、場合によって聖体示現（Hierophani）の形で、天子の身体の一部として顕現される。しかし、天子には、たとえすべての権力を一身に集めたとしても、絶対的な支配権は、やはり天の方にあったのである。従って、一度龍が現れ、または身体特徴に龍の要素が認められれば、ただちに正統性のあることが証明される。

ところが、日本の場合、「日嗣の御子」自身は、すでに「天人合一」のような存在であったため、そこへ龍という異国伝来の「天」の象徴を必要としなかった。換言すれば、別の「天」を意味する龍が、「天」そのものである「日嗣の御子」とは、もともと相容れない思想であった。龍はむしろ不自然にして、邪魔な存在であり、古代日本人の目からすれば、まったく異なるコスモロジーを背後に持った、「天」と「神」の対抗しうる、もう一つの権力構造だったのであろう。つまり、「現人神」である天皇＝天子にとって、龍の存在は脅威と見なされていたため、日本の祥瑞は、讖緯でもって改元のような言説が現れても、一揆、謀反などを目的とした言説はついに見られなかった。龍に対する態度も、これに関連する。そもそも讖緯思想に見られる他の象徴的な神獣と違って、龍に対する信仰を容認すれば、龍を使った讖緯説がみだりに生まれても不思議ではない状況が生じやすいことになる。この点も松本健一氏が論じていたのと同じように、一旦革命の思想が日本に植え付けられれば、政権に対するある種の脅威が永遠に存在することになる。かくして龍の信仰には「革命」の思想に近い危険性を孕んでいるため、それに対する警戒から、歴史記述から故意に排除されていた可能性がある。これはまた『続日本紀』に見られる祥瑞にちなむ数々の改元に、亀、白鳳などと違って、最も強力的なイメージを持つ龍が一度も登場しなかった原因ではないかと思う。

このような観点から見れば、既に数度引用した『東観漢記』散句にある次の言葉が一層重要な意味を帯びてくるのであろう。

令功臣家各自記功状、不得自増加、以変時事。或自道先祖形貌表相、無益事実。復曰歯長一寸、龍須虎口、奇毛異骨、形容極変、亦非詔書之所知也。

この中で、功臣たちが勝手に自分の容貌の特徴を讖緯と結び付けたりする行為を戒める理由として、「以変時事」——現下の政治状況を変える、と明言している。一度龍にちなんだ身体特徴を主張すれば、そこにおのずから政治的な危機がひそむという、讖緯思想が孕む極めて危険な要素を示唆している。

さらに、龍が日本であえて避けられていた原因は、中国の政治思想における龍の象徴性に対する警戒心だけでなく、恐らくエリアーデがその『聖と俗』の中で論じられていた、龍が持つ混沌の力への畏れもあったのではないだろうか。エリアーデはいう、

〈われらの世界〉はコスモス（宇宙）である。それゆえ、これをカオス（混沌）に変えようとする外からのあらゆる襲撃に脅かされる。〈われらの世界〉は神々の模範的作業たる宇宙創造に倣って形成されている。それゆえこれを襲撃する敵は、神々の抗争者、悪魔、なかんずく悪魔の首領、太初神々に征服された大蛇の祖と同一視される。〈われらの世界〉に対する襲撃は、神々の作業たるコスモスに反対して起ち上り、これを無に投げ返そうとする神話の龍の復讐を意味する。……龍は海の怪物、太初の蛇の形象であり、宇宙の水、闇、夜および死――ようするに形なき潜在者、未だ何の〈形態〉をも成さぬ一切を象徴する。コスモス（宇宙）が出現するためには、この龍が神によって征服され、ずたずたに切断されねばならなかった。(60)

龍の出現が、新しい秩序や時間の開始を意味すると述べているが、これを中国風に表現すれば、すなわち「天命が革まる」ということであろう。考えてみれば、一度龍を含む水界、地脈の観念を受け容れれば、「日継の御子」によって統治される日本列島「大八州国」が、たやすく鄒衍が描いた中国の「大九州」に組み込まれてしまうことを意味しよう。これは言い換えれば、龍が代表とする別の新たな「天」の意志が、いつでも「日継の御子」の政権を取って代えられるということである。その意味で、古代日本人にとって、龍は、中国人が考える権力の象徴という一面があると同時に、エリアーデが指摘する、文字通り「宇宙の水、闇、夜および死」の意味をも帯びた、すべてをカオスに変えられる力を持つ脅威の象徴でもあったのである。

九、異常風貌説の変容——「長人」から土蜘蛛・酒呑童子へ

ところで、漢籍に比べ、記紀の天皇記事をめぐる異常風貌説がそれほど顕著でなかったということは、決して異常風貌説への受容が積極的でなかったことを意味するものではない。焦点を天皇記事から視野を少し広げてみれば、緯書によってもたらされた風貌説が、従来の帝王関連の記事とは別のところでその機能を発揮するようになったと見える。

この点について、「長人」によって象徴される神聖なる者のイメージが、後世の歴史の中でいかに変容していったかを、記紀などに見える「土蜘蛛」を手がかりに考えて見たい。

土蜘蛛の名が見られる最も古い文献は『古事記』で、神武天皇東征のおり、忍坂にて穴倉に住む尾の生えた種族「土雲」を討ったとの記述がある。関連記事は、

自二其地一幸行、到二忍坂大室一之時、生尾土雲八十建、在二其室一、待伊那流。

というような記述に始まり、天皇の行く手を阻む地方の政治勢力としての土蜘蛛を、巧みな戦術によって殲滅するような展開であるが、類似記事が『日本書紀』と『風土記』の方により多く記録されている。

また、『日本書紀』にも土蜘蛛に関する記述がいくつも散見される。神武紀には新城戸畔、居勢祝、猪祝という三者が登場し、それぞれ大和国の各所を本拠地としていたが、神武天皇に従わなかったために退治された。同じく大和の高尾張邑という場所にも土蜘蛛がいたとされている。

己未年春二月壬辰朔辛亥、命二諸将一練二士卒一。是時、層富懸波多丘岬、有二新城戸畔者一。又和珥坂下、有二居勢祝者一。臍見長柄丘岬、有二猪祝者一。此三処土蜘蛛、並恃二其勇力一、不レ肯二来庭一。天皇乃分二遣偏師一、皆誅之。又高尾

張邑、有二土蜘蛛一。其為レ人也、身短而手足長。與二侏儒一相類。皇軍結二葛網一而掩襲殺之。因改号二其邑一曰二葛城一。

（神武即位前紀己未年二月条）

さて、土蜘蛛について、馬場アキ子氏が、日本における鬼文化の発生と展開を考察するにあたり、その性質に触れて次のように論じたことがある。

土蜘蛛とは、先住土着民の力の強大なものをさしていったことばである。『風土記』のなかにはことに多く記録されているが、一般に今日知られている土蜘蛛は、歌舞伎や能のそれであり、塚にこもる妖怪のイメージが強い。折口氏は、オニとは大人（おおひと）のことであり、征服された先住民のことではないかと述べておられるが、そういう意味ではもっとも古代的なオニの一種として土蜘蛛をみることもできよう。(61)

このように、馬場氏は土蜘蛛を「先住土着民」としながらも、近世以降に発達した歌舞伎と能において妖怪とされていることにも注目し、その性質について「古代的なオニの一種」という判断を下している。

ところが、土蜘蛛を「妖怪」または「オニ」たらしめる理由について、従来の研究はさほどの関心を寄せなかったようである。筆者の考えでは、『古事記』に「生尾」、『日本書紀』に「其為人也、身短而手足長」と記されるように、最初から特異な身体特徴を付されている点が注目に値する。何故なら、こうした身体特徴をめぐる表現が、そもそも土蜘蛛を「異形異類」として規定づける決定な条件であるだけに、その由来について慎重に考察する必要があると思う。

以下、記紀を含む、いわゆる土蜘蛛によって象徴される、王権に服従しない政治勢力に関する具体的な描写を上代文献から掲げてみたい。

①すべて、この倭建の命、国を平らげ廻り行きし時に、久米の直が祖、名は七拳脛、恒に膳夫として従ひ仕へまつりき。

（『古事記』景行天皇条）

②天皇、則ち吉備武彦と大伴武日連とに命せて、日本武尊に従はしめ、亦七掬脛を以ちて膳夫としたまふ。
（『日本書紀』景行天皇四十年七月条）

③能登に服はぬ羽白熊鷲あり、人となり強く、健くて、翼を持ち翔る。
（『日本書紀』神功皇后摂政前記）

④古老の曰へらく、昔、国巣、俗語都知久母《つちくも》。又、夜都賀波岐《やつかはぎ》と云ふ。山の佐伯・野の佐伯に在り。
（『常陸国風土記』茨城郡）

⑤この川上に荒ぶる神あり、往来の人の半ばを生かし半ばを殺しき。ここに、県主等の祖大荒田、占問ひき。時に、
土蜘蛛大山田女・狭山田女あり。
（『肥前国風土記』佐嘉郡）

⑥大家嶋。この村に土蜘蛛あり、名を大身と曰ふ。
（同右松浦郡）

⑦値嘉郷。第一の嶋の名は小近、土蜘蛛大耳居み、第二の嶋の名は大近、土蜘蛛耳垂居めり。
（同右松浦郡）

⑧美麻紀の天皇の御世に、越の国に人あり。名をば八掬脛といふ。その脛の長さ八掬なり。力多り太強し。こは土
雲の後なり。その属類多し。
（『釈日本紀』巻十所引『越後国風土記』）

このように、王権に対立する「まつろわぬ」存在であった者たちが、それぞれ「羽白熊鷲」、「荒ぶる神」、あるいは「土蜘蛛」と称せられていたが、その形姿容貌も、「翼を持ち翔る」、「八束脛」、「大身」、「大耳」、「垂耳」とのように、尋常ならぬ特徴を帯びていた。この中で、「翼を持ち翔る」は龍の性質を思わせ、また「八束脛」、「大身」、「大耳」、「垂耳」も、緯書に記される聖者の特徴に通じる要素であるが、「八束脛」の描写で想起されるのが、前掲『古事記』垂仁記大帯日子淤斯呂和気命の記事の、

故、大帯日子淤斯呂和気命者、治二天下一也。御身長、一丈二寸。御脛長、四尺一寸也。

という内容である。前述のように、身長に関する文中の「一丈二寸」の表現は実際の身長ではなく、緯書から借りた表現である。

一方、『山海経』大荒西経にも次のような内容が見られる。

　西北海之外、赤水之東、有二長脛之国一。

郭璞の注は、「脚長三丈」としている。一方、清の学者郝懿行の解釈は次のようになっている。

　長脛即長股也、見二海外西経一。郭云脚長三丈、正与二彼注一同。

さて、興味深いのは、同じ『古事記』において、大帯日子淤斯呂和気命の身体をめぐって「御脛長、四尺一寸也」と記す一方、王権に反抗する久米の直が祖や「土雲＝土蜘蛛」についても、「七拳脛」「八束脛」「八掬脛」という表現が用いられている点である。それだけでなく、「大身」「大耳」「翼を持ち翔る」のような、既に第一章で論じた、本来聖人や神仙に使われる「長人」や「大人」などの表現も、王権の脅威となる反対勢力を描写するに使われている。

　ところで、讖緯思想受容の結果として、先に見た革命の危険性を孕む龍を正統から排除するだけでなく、龍に類した様々な讖緯の要素も、その後の歴史においてすべてネガティブな存在として扱われ、最終的に王権に対立する存在に仕上げられていったところが、思想史的現象として注目されねばならない。というのも、従来の研究が、あまりこの点について注意を払わなかっただけに、その後に続出する類似現象についても、十分な理解が出来なかったようである。中でも土蜘蛛をはじめとする、上代文学において王政に従わなかった存在として扱われていた勢力が、近世初期、浄瑠璃の世界において酒呑童子と一体とされたことが、実に不思議で、興味深い現象といわざるを得ない。

　数多くの中世説話の中でとりわけ名高い酒呑童子の話は、あまたある異本の存在からも、中世日本における流布の範囲の広さ、影響の深さが窺える。その詳細については、豊富な資料によって裏打ちされた佐竹昭広氏の『酒呑童子異聞』がよく知られている。ところが、佐竹氏によって集められた諸本を読んでいると、おのずから目を引き付けられるのが、いわゆる「捨て子童子」の基本構造と緯書に見える貴種流離譚の類似と、さらに酒呑童子によって象徴される中世説話のヒーローたちの形姿容貌に見える緯書の影響である。例えば、佐竹氏はその著において、不思議な誕生をした子どもが深山に捨てられ、山の動物に守護されつつたくましく成人し、威力を世に振るうというモチーフは、中世口承文芸の典型的な一類型であった。この類型を山中異常誕生譚「捨て童子」型と命名することができよう。伊吹童子、役行者、武蔵坊弁慶、平井保昌、かれらはおしなべて山中の「捨て童子」だったと言える。(62)

とのように述べているが、ここに改めて『春秋元命包』の次の記事について見よう、

姜源（嫄）遊閟宮、其地扶桑、踏大人蹟而生男、以為不祥棄之。牛羊不践、又棄山中、会代（伐）木者、薦覆之、又取而置寒氷上、大鳥来以一翼籍覆之、以為異、乃収養焉、名之曰棄、相於呉、是為稷。

このように、「大人」の足跡を踏んで生んだ男の子が、不吉と言われ、山中に捨てられるにもかかわらず、鳥などに助けられて命拾いし、ついに立派な人間に育つ展開は、酒呑童子の出生譚とあまりにも通じるところが多い。それだけでなく、左記『前太平記』と『日本大蔵経』修験道章疏三所収の伝承と比較しても、緯書との関連を示唆する表現がところどころに認められる。

○サレバ彼本姓ハ越後国、何某ノ妻胎メル事十六箇月ニシテ産ニ臨ム。苦ム事甚クシテ、終ニ不産得、悶エ死ニ死ケリ。母死テ後、胎内ヨリ自這出テ、誕生ノ日ヨリ能歩ミ言事、四五歳計ノ児ノ如シ。諸人怪ミ不恐ト云者ナカリシカ共、父子ノ恩愛難捨テ、五六歳ニ成マデハ育置シガ、其為人不尋常、戯遊ブ正ナ事マデモ更ニ人間ノ所為トモ不見ケレバ、父モ流石恐シク覚エテ、遂ニ幽谷ノ底ニ棄テゲリ。サレドモ狐狼ノ害モ無ク、木実ヲ喰ヒ、谷水ヲ飲デ成長シ、其長八尺有余ニシテ、力飽マデ逞シク、然モ外法成就シ、或ハ陸地ニ人ヲ溺シ、或ハ空中ニ身ヲ置、様々ノ術ヲ成ス。

（『前太平記』巻二十、酒顛童子退治事）

○小角生時、握二一枚之花一出レ胎也。生而能言。其母愕然曰、此児鬼神也。棄二之山林一。雖レ経二数十日一無二衰色一。狼狐不レ食レ之、却守護。于レ時大和之商人行路之次観レ之。即抱二取之一帰レ家字レ之。

（『役行者顚末秘蔵記』）

右記二記事の基本構造は『春秋元命包』姜嫄伝承とほぼ重なるのみならず、以下の諸点においても緯書に通じている。①妊娠の時間が異常に長いこと。②誕生の日からものが言えること。③身長が異常に高いこと。この三項目は、佐竹氏が「捨て童子」の原話として引用しているすべての伝承に認められる。ここに諸本の内容から一部を引用してみよう。

①その丈二丈ばかりにて、面の色うす赤うして、髪をばかぶろに、肩のまはりに切りまはし。（慶応大学蔵『しゆてん童子』）

②丈七尺あまりにて、そのころ四十ばかりにやあらん、髪はかぶろに切り、色白く、肥えふとり。（麻生太賀吉氏蔵『酒典童子』）

③高さ一丈斗もあるらんと見え、髪はかぶろに、白く肥えふとり、容顔美麗にして、年四十計に見えたる。（岩瀬文庫蔵『酒癲童子絵詞』）

④丈一丈ばかりあるが、髪はかぶろに、色白くして肥えふとり、容顔美麗にして、年は四十ばかりに見えにけり。（大東急文庫蔵『しゆてん童子』）

⑤たけ一丈ばかりあるが、かみはかぶろに、いろしろくしてこゑふとり、としは四十ばかりにみえたり。（龍門文庫奈良絵本『しゆ天童子』）

⑥さて月日満ちて産月になりぬれど、いさゝかその気色もなし。物思ひ給ふ故にかく侍るかと、母上心ならず思ひ給ふ。つゐに三十三月と申すに、産の紐を解き給ふ。取上げ見給へば、珠のやうなる男子なり。髪黒々と肩のまはりまでのびて、上下に歯を生ひ揃ひたり。乳母抱き取りて「あらうつくしの若君や」と申しければ、目を鮮かに見開きて、「父はいづくにましますぞ」との給ひしこそおそろしけれ。胎内に三年まで宿り給ひしことなれば、ものをの給ふをあやしむべきにあらず。（中略）このちゝ（ごカ）酒を愛して飲み給ふよし聞えしかば、世の人酒

天童子とぞ名づけける。月日にしたがつて容儀骨柄ゆゝしく見え給ふ。

（島津久基編・市古貞次校訂『続お伽草子・伊吹童子』）

右記の酒呑童子の容姿をめぐる描写、一読して反正記や、『日本書紀』の天皇描写との共通点が認められよう。「一丈」は「十尺」と同義であり、そして、ここでは、反正記の「九尺二寸」とは一致しないものの、「二丈」、「丈七尺」、「一丈ばかり」という表現は、いずれも実際の身長より、異常風貌説に影響を受けた、象徴的、誇張的なものと見受けられよう。

酒呑童子の身長だけではない。もう一つの中世説話『弁慶物語』にも、かの反正天皇の容貌に通じる左記のような内容が見られる。

○この人は十月廿月過ぎ、三年にてぞ生まれける。姿を見れば、世に越えて恐ろしく、常の人の三歳ばかりにぞありける。髪は首まで生いさがり、目は猫の目に異ならず。歯は生いそろひ、足手の筋さし表れ、伏したりけるが起き上がり、東西をきつと見て、「あら明かや」と言ひて、からくとぞ笑ひける。

（岩波新古典文学大系『弁慶物語』）

○かくてとし月をふるほとに三とせ三月と申に御さんのひもおとき玉ふすかたを見れはよにこへて三さいはかりに見へにけりかみなかくまなこはとらのことくなるかおくはむかふはおひそろひあしてもふとくたくましうそ見えにけるふしたるところをかつはとおきとうさいをきら〈と見まはしてあらあかやといひてから〉とわらふへんしんこれを見てあたわぬこを申によりおにこをたまわりけるとてこしのかたなをひきぬいてすてにかいせんとしたりけり。

（京大国文研究室蔵写本『弁慶物語』）

この外にも、例えば江戸初期の無法者、大島一兵衛の誕生譚にも、次の一節が見られる。

見しは今、大島一兵衛と申す者、江戸町にありて世にまれなる徒者、是によって禁獄す。……然るに一兵衛、篭中東西を静め、大声あげて言ふやう。何某、生前の由来を人々に語りて聞かせん。武州大鳥といふ在所に利生あらたなる十王まします。母にて候ふ者、子のなき事を悲しみ、この十王堂に一七日篭り、満ずる暁、霊夢の告げあり、懐胎し、十八月にしてそれがし誕生せしに、骨格たくましう、面の色赤く、向歯ありて、髪はかぶろにして、立ちて三足歩みたり。皆人これを見て、悪鬼の生れけるかと驚き、既に害せんとせし所に……。

（『慶長見聞記』巻六）

右記三例は、それぞれ弁慶をめぐる異本の中から引用されたものであるが、このように、弁慶の歯について、生まれた瞬間から、「歯は生いそろひ」、「向歯ありて」とのように、立派な歯並が強調されている。かかる弁慶の歯をめぐる記述を、先の酒呑童子の桁違いの身長とならべて見れば、ほぼ反正記の記述内容に重ねても不自然でないくらい、類似の度合いが高いものとなっている。既に前掲の多くの例が示しているように、特異な歯は聖者たる象徴として見なされ、生まれながらにして歯が生えるという記述も、第二章に引用した『三国史記』列伝の弓裔に関する「此児以重午日生。生而有歯。且光焔異常」という記録に見られる。

さらに、ここで再び想起されるのが、第一章で一度掲げた台湾阿里山蕃の知母撈社流々柴社（プグ社）で祀っているヤエプク神の伝承を記した『蕃族調査報告書』にある、

早ヤ一人ノ男ノ子ヲ分娩セリ。見レバ髪一面ニ生ヒ宛ラ、熊ノ如キ児ナリ。暫時ニシテ歩ミ、又歯ノ数ハ大人ノ如シ。五日モタタヌ中ニ、早山ニ行キテ狩シ。大熊ヲモ猶ホ鶏ノ如ク提ゲ来ル

という内容である。かくして、海を隔てながらも、日本の民間説話に数々の類似点を持つこのような伝承は、古代東アジアという広範囲にわたる類話の流布を物語っている。

また、「身長」と「歯」の描写に限らず、酒呑童子と弁慶の「目」と、特別に長い懐妊期間も、やはり緯書の影響を強く受けている。例えば、文中に見える「目を鮮かに見開きて」「目は猫の目に異ならず」「まなこはとらのごとく

なる」などから容易に想起されるのが、緯書の「重瞳」という表現である。既に第一章において述べたように、『孝経援神契』の注に見られる「重童（瞳）取象雷、多精光也」――重瞳は雷をかたどったものであり、目が鋭く光る、という解釈は、『懐風藻』の大友皇子をめぐる「眼中精耀、顧盼煒燁」という表現とほぼ重なる。「精光」と「精耀」と同義語であり、ともに「鋭く輝く、光る」の意である。これを敷衍し後世の歴史文献では、例えば前掲魏の太祖と隋の高祖の出生譚に見られる、「弱にして能く言い、目に光曜あり」「目の光は外射し」とのようになっている。

さらに、「弱にして能く言う」という特徴もまた、生まれたばかりの伊吹童子と弁慶がそれぞれ、「父はいづくにましますぞ」、「東西をきつと見て、あら明かや」、「あらあかや」という表現と重なる。さらに、これらを次の『史記』と緯書『春秋元命包』の内容と合わせてみれば、その関連性が容易に推知されよう。

○黄帝者、少典之子。姓公孫、名曰㆓軒轅㆒。生而神霊、弱而能言。（『史記』五帝本紀）

○神農生、三辰能言、五日而能行、七朝而歯具、三歳而知㆓稼穡般戯事㆒。（『春秋元命包』）

○帝嚳高辛氏、姫姓也。其母不㆑見、生而神異、自言㆓其名曰㆑夋。駢歯。有㆓聖徳㆒、能順㆓三辰㆒。（『春秋元命包』）

以上の例にとどまらず、酒呑童子と弁慶の妊娠期間に関するやや誇張された左記の一連の表現も、やはり恣意的なものではないようである。

○何某ノ妻胎メル事十六箇月ニシテ産ニ臨ム。

○つゐに三十三月と申すに、産の紐を解き給ふ。

○この人は十月廿月過ぎ、三年にてぞ生まれける。

○かくてとし月をふるほとに三とせ三月と申に御さんのひもおとき玉ふ。

○この十王堂に一七日篭り、満ずる暁、霊夢の告げあり、懐胎し、十八月にしてそれがし誕生せしに……。

右記の内容を次の緯書の引用と比較すれば、両者の間にやはり何らかの関係を認めるべきであろう。

○足下五翼星。

宋均注、赤龍与㆓慶都㆒合、十四月而生㆓帝祁㆒。

（『春秋合誠図』）

○粤若尭母曰、慶都遊㆓於三河㆒、龍負㆑図而至、其文要曰、亦受㆓天佑㆒、眉八采、鬢髪長七尺二寸、円兌上豊下、足履翼宿、既而陰風四合、赤龍感㆑之孕、十四月而生㆑尭㆓於丹陵㆒、其状如㆑図、身長十尺。

（『尚書中候握河紀』）

○付宝見㆓大電光㆒、繞㆓北斗権星㆒、炤㆓郊野㆒、感而孕、二十五月而生㆔黄帝軒轅㆓於寿邱㆒、龍顔有㆓聖徳㆒。

（『河図稽命徴』）

かくして「十四月而生帝祁」「十四月而生尭於丹陵」「二十五月而生黄帝軒轅於寿邱」は、表現こそ一致しないものの、格別に長い妊娠期間でもってその出自の特異さを強調するところが、酒呑童子、弁慶の出生譚に一脈通じている。加えて、『慶長見聞集』と『伊吹童子』に見える、

○骨格たくましう。

○月日にしたがつて容儀骨柄ゆゝしく見え給ふ。

という表現も、由来なきものではなく、それぞれ第二章において論じた「骨品」の思想に通じた表現であり、前記『三国遺事考証』の例に見える、

母謂曰、汝非常人。骨相殊異、宜従学以立功名。

の「骨相殊異」とほぼ重なっている。

さて、こうした中世説話と緯書の間に見る表現の一致や類似を、偶然の所産とするより、日本における讖緯思想の変容と捉えたい。先に論じたように、中国とは宇宙観も天下の仕組みも、そして政治意識も異なっていた日本では、讖緯に対して慎重かつ選択的な態度を取っていたのであり、とりわけ革命思想に対しては極めて警戒的であった。そのため、緯書に対する利用も、中国とは異なった理解のもとで行われていたと見られる。酒呑童子に現れる緯書思想

の要素は、その王権との関係という政治学的なコンテキストと合わせてみれば、元来の機能とは全く正反対の方向に設定されている傾向が目立つ(63)。この点について、例えば佐竹昭広氏は「二代目と似せ者」なる章において、まず、次のような内容を引用している。

さてもその後、六人の人々は、童子人屋のあたりを見給へば、取られ給ひし女ばうたち、人々のすそやたもとに取りつき、かなしみ給ふぞあはれなり。心やすかれ人々、是にはいかですておくまじと、姫君たちをともなひ、都をさしてぞ上らる〻。都になれば、姫君たちを本所々々におくり、それより参内なされける。みかど叡覧ましまして、このたびの褒美として、頼光をばせい将軍になし給ふ。かたじけなしとて御前をまかりたち、人々に近づき、このたびの恩賞とて、皆々所知を下さる〻。この程の疲れにや、頼光すこしまどろみ給ふ所、その丈八尺ばかりなる大の法師きたり、頼光の枕もとに立ちより、千筋のよりかくる。保昌、夢さめ、かつぱとおき、太刀ひんぬいてはつしと切る。うたれてあとなくなりにけり。五人の人々おどろき騒ぎ、われもわれもと立ちより見れば、血のながれたるあとあり。たづねのぼりて見給へば、大きなる穴あり。不思議さよ思ひ、よく見れば、かしらは蜘蛛のごとくにて、眷属どもを殺され、その恨みをなさんがために、千筋の縄をゑりかくると申しければ、六人の人々は、このよしを聞き給ひ、土も木もわが大君の国なるに、なにの恨みあるべきとて、やがてからめとつて、くろがねの串にさしつらぬき、大路にさらされける。それよりもなにの子細はなかりけり。国土安穏、長久末繁盛、めでたきともなかなか、貴賤上下おしなべて、んぜぬ者こそなかりけれ。

（寛文三年刊正本『大ゑやましゆてん童子』最終段）

ここでは、頼光を「せい将軍」――「征夷将軍」とすることによって、酒呑童子が「土蜘蛛」として、完全に王権から排除されるべき存在、それも蜘蛛の形をした「夷」という、「異形異類」にされていることが窺える。酒呑童子の形姿が、「その丈八尺ばかりなる大の法師きたり」と、図識のそれよりも誇張された表現となったのが、「捨て童子」

としての聖なる要素が完全に消滅してしまった証拠とも見なされよう。例えば、寛文三年刊『しゆ天どうじ』東洋文庫蔵「どうじさいご並くびそらへまいあがる事」の次の内容についてみよう。

頼光は御前に立ち、供人あまた引き具して所知入りあるこそめでたけれ。その後、童子が執心、一丈五尺の蜘蛛となり、夜な夜な頼光にたゝりをなす。かれもことごとくほろぼして、天下安全になし給ふ。……上古も今も末代も、ためし少き次第とて、貴賤上下おしなべ、感ぜぬものこそなかりけれ。

この外にも例えば、延宝六年刊仮名草子『お伽物語』（巻四ノ三）にも、類似の描写として、

百物語して蛛の足をきる事。

とあるのが見え、さらに、元禄四年刊『多田満仲五代記』（巻六）所収「頼光朝臣瘧病事付討捕ル山蜘蛛ヲ事」と、東大図書館蔵『いぶき山』にもそれぞれ、

○是ホドノ虫類ニ侵サレヌルコソ奇怪ナレ、如何サマ大江山ノ童子ガ化生ト覚ヘタリ。

○今この山に二面悪鬼と出生せり。

という内容が記されている。この「虫類」はむろん蜘蛛を指しているが、「二面悪鬼」の描写から想起されるのが、『日本書紀』仁徳天皇六十五年の条に地方の抵抗勢力として描かれている「宿儺」である。

六十五年、飛騨国有二一人一、曰二宿儺一。其為人、壱体有二両面一、面各相レ背、頂合無レ項、各有二手足一、其有レ膝而無二膕踵一。力多以軽捷、左右佩レ劒、四手並二用弓矢一。是以、不レ随二皇命一、掠略二人民一為レ楽。於レ是、遣二和珥臣祖難波根子武振熊一而誅レ之。

かくして「宿儺」が「不随皇命」――「まつろわぬ」者として王権に真向から対立する存在であったから、『抱朴子』の鬼に原型を持つこの「二面」なる者が、いつしか伊吹山の酒呑童子と融合させられたのである。

ところで、ここの「宿儺」と「二面」の表現で想起されるのが、既に繰り返し引用してきた『春秋演孔図』の内容

である。例の孔子の容貌について記す文章の中で、次のようにそれぞれ「方面」と「面如蒙倛」の表現が用いられている。

　孔子長十尺、海口尼首、方面、月角日準、河目龍顙、斗脣昌顔、均頤輔喉、齗歯龍形、脊亀虎掌。胼脅修肱。参膺圩頂、山臍林背、翼臂注頭、阜脥堤眉、地定谷竅、雷声沢腹。修上趨下、末僂後耳、面如蒙倛、手垂過膝、耳垂珠庭、眉十二采、目六十四理。

「方面」、「面如蒙倛」は、現代語に訳すれば「蒙倛のような四角い顔をしている」になるが、前掲『荀子』非相篇と『荘子』盗跖篇も、一様に「仲尼之状、面如蒙倛。」とのように記している。

「蒙倛」は、一名「魌頭」ともいい、左記『隋書』に見られるように、方相氏とともに追儺行事において演じられる鬼払いであった。

　三品已上及五等開国、通用二方相一。四品已下、達二於庶人一、以二魌頭一。（『隋書』八）

文中の「魌頭」について、『周礼』の「方相氏」に鄭玄が「如今魌頭也」と注し、『通典』八六に「魌頭與方相小異」と解しているように、両者が完全に同じものではなく、微妙な差異があるということを述べている。晋・葛洪の著『抱朴子』博喩篇には、古代中国伝説上の司法の神であった咎繇について、「面如蒙箕」と記すのもその一例であるが、より明確な説明は楊倞の次の注釈である。

　倛、方相也。其首蒙茸然、故曰二蒙倛一……。韓侍郎云、四目為二方相一、両目為レ倛。

右の文にしたがえば、方相も蒙倛も四角い顔となっているが、ただ前者は目四つであるに対して、後者は目二つになっているようである。また、三宅和朗氏も、追儺行事における両者の使い分けを次のように指摘している。

　各王朝毎の方相氏・魌頭の使用に関しては、隋以降、方相氏が四品以上、魌頭が七品以上という使い分けが定着する。ただし、唐の開元七年のみは方相は五品以上であった。(64)

さて、ここで興味深く思われるのは、「蒙倛」は早くから人間の風貌を形容する用語となったことである。かかる「宿儺」や「両面」の方相もしくは「蒙倛」という、本来古代中国の祭祀儀礼において鬼払いの役割を担わされていたイメージが、日本では王権に「服はぬ」存在として、「異形異類」とされてしまったことである。その背後に、三宅氏などが指摘する、葬送とのかかわりで触穢思想によってクローズアップされた理由もあろうが(65)、類似の例は「蒙倛」に止まらないようである。前掲その他の多くの緯書に見られる異常風貌説関連の表現も本来の聖なる部分、つまり貴種が持つ聖なる者の身体特徴がことごとくネガティブに用いられ、「悪しき鬼」の象徴とされてしまったことは、やはり特異な現象と言わざるを得ない。一体いかなる原因で、緯書の聖なる者を象徴する表現が、土蜘蛛を始め、上代から中世、近世に至るまでの史書及び説話伝承に見られる王権に服従しない「異形異類」の描写に進んで取り入れられ、そして本来の意味を失ったのであろうか。

十、古代東アジアにおける神秘思想のあり方

これまで中国の神秘思想を代表する緯書が古代東アジアにおける流布と受容の状況について、いくつかの文献を通して考察してきた。同時に、地域によってその理解と受容の仕方も或いは微妙に変化し、或いは全く異なる様相を呈していることについても、具体的な例に即して分析してみたが、ここに至ってどうしても避けられない問題は、一体古代東アジアにおいて「神秘思想」というものはどのような形態や特徴を有していたか、ということである。

そもそも神秘思想（Mysticism）という概念は、西洋から流入した学術用語として日本に定着したのが二十世紀以降のようであり、定義も学者によって異なる。例えば、この方面の名著とされるルドルフ・シュタイナーの『神秘学概論』を繙いてみれば、西洋における神秘学の概念は、近代の唯物的な科学主義に対蹠するものとして提起されている

ものであり、その議論の本質的かつ核心的な部分は、「霊魂」のあり方をめぐる人間の経験と意義に重点を置くことが説かれている。また、神秘思想に関するさまざまな定義の中で、アンリ・セルーヤの次の言葉が参考になる。

広義には、理性を超絶しているように思われる何か崇高なものを漠然と暗示している。思想家たちにとっては、その中に「直接的」「直観的」な接触の感覚、自己と自己よりはるかに偉大な、世界の魂と呼ばれるもの、すなわち絶対者との結合が現れる内面的な状態が神秘主義である。換言すれば、それは人間精神と実在の根元との内密な、直接的な結合、すなわち、神性の直接的な把握なのである。[66]

ここにいう「絶対者との結合」または「神聖の直接的な把握」を、古代東アジアのコンテキストにおいて考える時、極めて複雑な状況を想定しなければならない。何故なら、既に本章において論じてきたように、「神聖」なるものをめぐる日中の認識の違いが、『古事記』という文献が成立する早々、既にあい矛盾するような事例を孕むようになってきている。そのような矛盾は、主として「神」に対する異なる意識や態度に現れており、そうした違いをもたらした原因も、常にまったく異なる二つの神秘主義的な源流が見え隠れしているからである。

日本における神秘思想の研究は、金岡秀人氏によって先鞭をつけられ、その著『日本の神秘思想』の序文では、まず、神秘思想そのものの定義を次のように述べている。

合理・超合理という二つの思潮を内に包含し、超合理的なもの、力を思考外に排除し、排除後の思考のフィールドで、理性の力と働きを位置づけようとする合理主義・科学主義に、改めて、その排除したものを問う思惟方法を、私は「神秘思想」と呼びたいのである。[67]

アンリ・セルーヤの定義を若干の言い換えでもって表現しているようにも取れるが、それでも、理性や合理主義ではとらえきれないある種の対象を指している点で、両者は立場を同じくしていると言える。

さて、金岡秀友氏は、古代日本の神秘思想の特徴を主として仏教の伝来、とりわけ密教思想の流入を主な原因と見なしている。ところが、『古事記』の反正天皇条に見えるこのような神秘的な色の濃い記述は、密教の文献にはとうてい見当たらない、特殊なケースに属する。つまり、仏教という視点だけでは物足りないのである。上記一連の漢籍との類例、特に讖緯関係の文献との類似から見れば、我々はむしろ、範囲を拡大して、漢籍との関連において、このケースを捉え直すべきであろう。

まず、東アジアにおける神秘思想の起源を考える時、どうしても史料のもっとも古い中国から始めなければならない。しかし、その中国では、戦国時代において、既に神を敬遠し、怪力乱神を語らず、死を論ずることを好まなかった孔子の教説に対抗して、天神の実在を説く墨教や、超越的境涯の幸福や不老長生の夢を説く老荘哲学が出て、人心一面の要求に答えようとしている。不老長生の夢は、思想弾圧を事とした秦の始皇帝さえも熱心に追及して、多くの方士を召し抱えた。ところが、古代中国の神秘主義は、いわゆる一神論（Monothiesm）や多神論（Polythiesm）のような、造物主または不可知な神格に対する信仰ではなく、「気」を基礎とするような認識論であった。例えば、緯書の場合、いわゆる儒家の経書を補助するために書かれたものとされ、その構成要素と成立背景が多岐にわたっているとはいえ、究極のところ、政治的な目的が主旨としてすべての成書理念に貫かれているのである。この点はまた、中国における神秘思想の本質を規定する決定的な要素ともいえる。

戦後いち早く古代中国の讖緯思想の研究に着手した安居香山氏は、『中国神秘思想の日本への展開』において、初めて古代日本における神秘思想の影響、流布について詳しく論じている。その中で、中国の神秘思想について、安居氏は次のような定義を下している。

（中国の）神秘思想を培養し、中国人の物の見方や考え方に決定的基盤を与えたものは、西暦紀元前後、全漢・後漢に流行した緯書とされるもので、一般的にこれは未来予言の書と受け取られている。讖緯思想として広く紹介されているものが、この中に盛られている思想である。しかしこれは、単に世に通行している予言書の類ではなく、中国儒家思想の一つの流れの中で形成されたものであって、緯書そのものには未来予言書としての内容も一面では持っているが、より重要な面として、儒家の経典を漢代の神秘思想によって解釈したという重要な内容を持っているのである。極言すれば、漢代思想を特徴づけるものは、この緯書の思想で、これはその後の中国思想の展開に決定的な影響を与えているものなのである。したがって、漢代以降の中国思想を理解するためには、この緯書の思想を理解することなくしては不可能であるといっても、いい過ぎではない。(68)

（「はしがき――日本文化と中国神秘思想――」）

かくして古代日本に伝来された、いわゆる中国の神秘思想とは、主として漢の時代に形成された、未来予言の性質を帯びつつ、同時に儒家の経典を神秘的な色に染めた思想のようである。一方、古代朝鮮における神秘思想のあり方については、既に三品彰英氏の先行研究によって示されているように、中国伝来の文献と在地の習俗や伝承との習合がその特徴をなしているようである。この点、第二章において論じた『三国史記』と『三国遺事』と緯書との関係からもその一端が確認されている。総じて言えば、崑崙を中心とするコスモロジーへの全面的な受容が、朝鮮における神秘思想の性格を決定している傾向が強い。「骨品」を始めるとする帝王をめぐる異常風貌説の普及、井戸の記事にまつわる符命・祥瑞の象徴性なども、これを証していると言えよう。

さて、神秘学の見地から見れば、祝詞によって執り行われる人間と神の霊的なコミュニケーションは、日本における神秘思想の本来のあり方であり、中国と朝鮮の即物的かつ具象的な神仙信仰に比べて、むしろ異なる形態に属する。ただ、反正記を手がかりに考察してきたように、讖緯思想は、古代日本の歴史記述と政治思想に早くから受容されていた。いわゆる「追尊」記事や、建内宿禰伝承などにその関連性が例示されている。しかし、一方では、神・天皇の容貌に関する記述は、異常風貌説を全面的に受け容れるというより、むしろ抑制的な姿勢が印象的である。『日本書紀』に見られる天皇の出生譚や形姿容貌は、仲哀、反正、雄略、清寧を除き、基本的には「明達」「聡明」「容姿端正」

などのように、特異な身体特徴を細かく記すよりも、抽象的な表現が目立つ。それは例えば応神について「聖表有異焉」という表現を取っていることからも窺えるように、異常風貌説を全面的に出すことはなかったのである[69]。筆者は、讖緯思想の異常風貌説に対するこうした抑制的な姿勢にこそ、日中の神秘思想の違いを考える上で重要なヒントが隠されているように思われる。

古代日本人にとって、外来思想としての讖緯思想は、何らかの目的でもって歴史事件や歴史人物の記述をするのに新鮮な手法であった。この点、『日本書紀』に始まり、『続日本紀』に拡がる夥しい災異、祥瑞の記事などに見られるその影響から、かなり積極的に受け容れられたことが窺える。同時にまた神や人間の形姿容貌に対して、常にある種の神秘感を抱き、それを微に入り細にわたって描写することをあえて避けていた傾向も著しく認められる。これはもとより日本人の美意識、自然観と深く関わるものであり、たとえ一般の人の容貌についても、誇張された表現または比喩を使うことをあまり好まず、即物的で、グロテスクな容貌描写に抵抗があったのであろう。

例えば、前引『三五暦記』の内容に見える、「天皇」と呼ばれる「神霊」に頭が十三もあるという内容である。この記述が示しているのは、古代中国人が、神霊というものに対して持つ、神霊の人と異なる所以は、超常のパワーもさることながら、そのパワーを持つ者の象徴として、特異な形姿容貌を必ず持っている、という意識である。ところが、「神霊」と「天」はまた別の存在である。絶対的な支配者でありながら、決して姿を現さない「天」について、中国人は一度もその形姿容貌について記したことはない。道教の世界に、「天帝」「玉皇大帝」のような人格神は、あくまでも後世の産物であり[70]、中国人は、「絶対者」である「天」に形姿容貌のイメージを持たなかったと同じように、日本人は、「天」そのものの化身となる「天皇」を「現人神《あらひとがみ》」と呼ぶことによって、第一章において論じたように、容貌など具体的なイメージを持つことに、むしろ忌諱する心情の方が強かったのではないだろうか。「天子」と「天皇」の最大の違いもここにあるように思われる。天子は、「天」とは血縁関係にはなく、あくまでもその代言者として任命されているので、その資格を証明するものとして、どうしても図識を含む讖緯のようなものが必要であった。一方、「天皇」の方は、宇宙を統括し、存在させる存在として理解されていたので、形姿容貌でもってその正統性、特殊性を証明する必要性が最初からなかったのである。したがって、『日本書紀』のような、やや抑えた表現——「生而有岐嶷之姿」「幼而聡達」の如き表現で充分事足りたのである。『続日本紀』に至って、天皇をめぐる異常出生や形姿容貌に関する描写がまったく見られなくなったことも、このような思想と関連する。

考えてみれば、異常風貌説のような「聖体示現」類の思想が成立しうるのは、「聖」と「俗」の激しく対立する文化構造の中で発生するものであり、それは人間と自然が早くも分離し、ある程度発達した文化の中にしか見られない現象であろう。「孔子」や「キリスト」などの歴史人物に付与される類似の特徴は、すべてこれにあてはまる。ところが、多神的信仰（Polytheism）によって構成されるコスモロジーの中で、「宇宙的聖体示現」のような象徴はそもそも成立しえないものである。すべてのものが、おのずから等しく「聖体示現」となっているからである。日本の神秘思想に見られるこのような性質は、いわゆる神仏習合や草木成仏論によって象徴されている本覚思想の性格を理解する上でも、極めて重要な背景となっている(71)。

同じような理由で、神のみならず、日本では人間の体と動物や想像上の神獣とを直接的に関連させることもあまり好まなかったようである。『山海経』のように動物と人間を合体させなかっただけでなく、「玄鳥」ひとつを例に取れば、中国と朝鮮の方では、その卵を呑んで「王」を誕生し、あるいはその卵から「王」が産まれるようになっているが、日本では、卵が産まれただけで、既に祥瑞としての機能を発揮している。一般の人の容貌についても、誇張された表現または比喩があまり好まれなかったのであり、即物的で、グロテスクな描写に抵抗があったように見える。大谷雅夫氏がかつて「蛾眉」に対する日本人の感覚を論じるにあたり、次のように述べているくだりである。

しかし、『万葉集』には、それに類する表現はどこにもない。三日月から眉を連想する表現は家持によって学び取られたのだが、その一方で、眉から蛾の触角を思うことは『万葉集』の歌にはない。それどころか、国語には「蝶」や「蛾」にあたる一般的な言葉さえない。日本人は、それらを普通「テフ」「ガ」の漢字音によって呼んできたのである。特に「蛾」に対して日本人は全く無関心であった。あるいはそれには生理的な嫌悪さえおぼえてきたであろう。美しい女性の眉を蛾の触角に喩えるなど、およそ論外であった。「蛾眉」「双蛾」の表現は歌の世界にはついに受容されなかったのである。(72)

それもそのはず、神や人間の詳細な容姿の描写をなるべく避けようとした古代日本人にとって、昆虫や動物の特徴を人間の容姿の比喩として使うことは、およそ考えられなかったことであろう。大谷氏に指摘されたように、昆虫でもって人間の容貌を比喩するような表現は、生理的に拒否する一方、形姿容貌と関係のない部分で、例えば三日月で眉を比喩する表現は抵抗されなかったようである。

繰り返すが、古代日本人にとって、人間は、あらゆるものを超越した存在たるべくもなく、あるとすれば、むしろそれを取り巻く聖なる自然の世界と抵触してしまう。従って、孔子や中国の天子に用いられていた図讖のようなものは、一時的に古代日本の天皇に使われたものの、結局はある種不自然の作為としか見なされず、こうした不自然の作為は、自然を尊ぶ日本的歴史風土の中で、むしろネガテイブな方向に発展していったのではないか。つまり、異常風貌説でもって人間を聖化する中国の図讖には、逆に人間を聖なる秩序から排斥されるべき存在にしてしまうような可能性を、日本において受容される最初から孕まれていたのである。これはまた「長人」、「駢歯」、「重瞳」などのような異常風貌をめぐる表現が、後世になって鬼と結びついた原因でもあろう。

注

(1) 武田雅哉『星への筏——黄河幻視行』、一九三—一九四頁

（2）『折口信夫全集』第二巻（中央公論社、一九七二年）一四二―一四三頁
（3）拙著『日本古代文献の漢籍受容に関する研究』（和泉書院、二〇一一年）九五―一二六頁
（4）和田萃「養老改元――醴泉と変若水――」（『日本古代の儀礼と祭祀・信仰』〈中〉・塙書房・一九九五年）二四五―二六六頁
（5）中鉢雅量『中国の祭祀と文学』、二二三―二二五頁
（6）『佐竹昭広集』第二巻（岩波書店、二〇〇九年）一八九頁
（7）山本博『井戸の研究』（総芸社、一九七〇年）二三一―一〇六頁
（8）佐伯有清『新撰姓氏録の研究』〈考証篇第四〉（吉川弘文館、一九八二年）五五頁
（9）『球陽』（三一書房、一九七一年）一九七―一九八頁。
（10）中西進『中西進万葉論集』第三巻（講談社、一九九五年）一〇二頁
（11）小島憲之注釈・岩波古典文学大系『懐風藻・文華秀麗集・本朝文粋』一三七頁
（12）和田萃「吉野と神仙思想」『日本古代の儀礼と祭祀・信仰』下巻（塙書房、一九九五年）二四九―二五一頁
（13）下出積與『神仙思想』、二二九―二三〇頁
（14）李豊楙『憂與遊――六朝隋唐遊仙詩論集』（学生書局、一九九六年）。同氏『仙境與遊歴――神仙世界的想像』（中華書局、二〇一〇年）
（15）李豊楙『仙境與遊歴――神仙世界的想像』（中華書局、二〇一〇年）四三八頁
（16）小南一郎『西王母と七夕伝承』（平凡社、一九九一年）一七四頁
（17）李豊楙『仙境與遊歴――神仙世界的想像』、四四七頁
（18）陳垣編『道家金石略・唐』（文物出版社、一九八八年）八〇頁
（19）唐暁峰『人文地理随筆』（三聯出版社、二〇〇五年）九〇―九二頁
（20）三浦國雄『中国人のトポス――洞窟・風水・壺中天』（平凡社、一九八八年）、二六六―三〇〇頁

(21) 白幡洋三郎「日本庭園の〈誕生〉と『作庭記』の意義」白幡洋三郎編『「作庭記」と日本の庭園』（臨川書店、二〇一四年）三―二一頁

(22) 小野健吉「臨池伽藍の系譜と浄土庭園」。白幡洋三郎編『「作庭記」と日本の庭園』、六三―八六頁

(23) 『津田左右吉全集』別巻第二（岩波書店、一九六六年）一三三頁

(24) 上田正昭『古代伝承史の研究』（塙書房、一九九一年）三九二頁

(25) 例えば、佐竹昭広氏が『仮名草子大倭二十四孝』所収の「木幡の藤栄」と、『八幡宮巡拝記』下などに見える「柚」と「橘」について、仙境や神仙思想の強い性質を持つとの指摘をしたことがある。『佐竹昭広集』第二巻（岩波書店、二〇〇九年）二六五―二七〇頁

(26) 李豊楙『仙境與遊歴――神仙世界的想像』一九一―二〇三頁

(27) これ以外の文献として『太上洞淵神呪経』にも宇宙樹としての桃の木に関する描写が見られる（『道蔵』）巻六）。また、橋本循『中国文学管見』に「桃の伝説について」という詳論があり、参考になる。（朋友書店、一九八二年）九〇―九八頁。山田利明「『太上洞淵神呪経』の図識的性格――その成立をめぐって」『大正大学研究紀要・仏教学部・文学部』六六、一四五―一六二頁、一九八一―二

(28) 小南一郎『西王母と七夕伝承』、一五一―一五二頁

(29) 拙著『日中比較神話学』（汲古書院、二〇一四年）五四―五六頁

(30) 西王母伝承が日本に流布していた実例として、『続日本後紀』の仁明天皇の大嘗会の記事にある次の内容から確認される。

戊辰、御豊楽院、終日宴楽。悠紀主基共立レ標。其標、悠紀則慶山之上栽二梧桐一。両鳳集二其上一。従二其樹中一起二五色雲一。……主基則慶山上栽二恒春樹一。樹上泛二五色卿雲一。雲上有レ霞。霞中掛二主基備中四字一。且其山上有下西王母献二益地図一。及偸二王母仙桃一童子上。（天長十年十一月十六日）

また、『凌雲集』菅野真道の詩、「晩夏神泉苑、同勒深陰心応製一首」に「王母仙園近、龍宮宝殿深」なる句があり、平安時代中期、藤原師通が吉野金峰山に捧げた願文にも、「王母の桃、子を結ぶ」（『平安遺文』⑪補遺二八〇）という一節が見え

る。他にも、『古今著聞集』一一「大江匡房夢想によりて安楽寺祭を始むる事」に「況亦崑崙万歳三宝（実）之桃」という文言が見られる。更に、中世に下って、『蜻蛉日記』の上巻と中巻に、天暦十年と安和二年の桃の節句を記す内容にも、

○三千年を見つべきみには年ごとにすくにもあらぬ花と知らせむ

○桃の花すき物どもを西王がそのわたりまで尋ねにぞやる

の歌二首が見られ、いずれも西王母神話を踏まえた内容となっている。しかし、そうした記事や詩文に見られる西王母像は、中国の伝承にある政治的な象徴性が色薄く、殆ど仙界＝不老不死の象徴とのみされている。

(31) 森脇祐治「『啓龍編於馬厩』について」（『懐風藻研究』四号、一九九九年五月）三二一―四二頁

(32) 小島憲之注釈『懐風藻・文華秀麗集・本朝文粋』、四五〇頁

(33) 山田孝雄『古事記序文講義』（国幣中社志波彦神社塩竈神社、一九三五年）八〇頁

(34) 『南方熊楠全集』第一巻（平凡社、一九七一年）八三―一五七頁

(35) 『南方熊楠全集』第一巻、一四〇頁

(36) 荒川紘『龍の起源』（紀伊国屋書店、二〇〇四年）一八五頁

(37) 荒川紘『龍の起源』二〇二―二〇三頁

(38) 中西進『ユートピア幻想――万葉びとと神仙思想』（大修館書店、一九九三年）一一四頁

(39) 西郷信綱『古代人と死――大地・葬り・魂・王権』（平凡社、二〇〇八年）七二―七三頁

(40) 西郷信綱『古代人と死――大地・葬り・魂・王権』、八六―八七頁

(41) 下出積與『神仙思想』、一三三頁

(42) 久野昭『日本人の他界観』（吉川弘文館、一九九七年）六八頁

(43) 三宅和朗『古代の王権祭祀と自然』（吉川弘文館、二〇〇八年）一九八―二一三頁

(44) *Philip.BALL. The Water Kingdom: A Secret History of China*, Vintage, London, 2017.

(45) 荒川紘『龍の起源』、二〇四頁

(46) 荒川紘『龍の起源』、二〇四頁
(47) 狩谷棭斎著、山田孝雄・香取秀真増補『古京遺文』(勉誠社、一九七六年)二五頁
(48) 渡辺信一郎『中国古代の王権と天下秩序——日中比較史の視点から』(校倉書房、二〇〇三年)五三頁
(49) 神野志隆光『古事記とはなにか——天皇の世界の物語』(講談社学術文庫、二〇一三年)二二五—二五三頁。同氏『古事記の世界観』(吉川弘文館、一九九七年)八—一六頁
(50) 西郷信綱『古代人と死——大地・葬り・魂・王権』、三七九—三八〇頁
(51) 石母田正『日本の古代国家』(岩波書店、一九七一年)六一頁
(52) 岡田精司『古代王権の祭祀と神話』(塙書房、一九七〇年)二〇五頁
(53) 岡田精司『古代王権の祭祀と神話』、二〇六頁
(54) 倉野憲司『日本神話』日本文学大系第六巻(河出書房、一九三八年)一一八—一二四頁
(55) 西郷信綱『古代人と死——大地・葬り・魂・王権』、三八〇—三八一頁
(56) 呂宗力『漢代的謡言』(浙江大学出版社、二〇一一年)二八三頁
(57) 官文娜『日中親族構造の比較研究』(思文閣出版、二〇〇五年)二〇六頁
(58) 松本健一『「孟子」の革命思想と日本』(昌平黌出版会、二〇一四年)六五—七九頁
(59) 溝口雄三「中国の天と日本の天」『思想』Vol.55(岩波書店、一九八七年十二月)一九四—二〇八頁
(60) ミルチャ・エリアーデ著・風間敏夫訳『聖と俗——宗教的なるものの本質について』(法政大学出版局、一九六九年)四〇—四一頁
(61) 馬場アキ子『鬼の研究』(角川文庫、一九七六年)一五七頁
(62) 『佐竹昭広集』第三巻(岩波書店、二〇〇九年)四二頁
(63) 酒呑童子の政治学的な象徴性に関する言及は小松和彦氏の一連の研究(『酒呑童子の首』、せりか書房、一九九七年。『異界と日本人』、角川選書、二〇〇三年)のほか、高橋昌明『酒呑童子の誕生——もうひとつの日本文化』(中公新書、一九九二

年）及び島内景二『御伽草子の精神史』（ぺりかん社、一九九一年）など数多く見られる。ただ、これらの研究では、主として酒呑童子の棲む場所が持つ、王権という中心に対する脅威としての象徴性が強調されてきたが、酒呑童子の容貌の象徴性、特にその由来及び同類の説話との関連性についての考察は疎かにされてきたように思われる。

（64）三宅和朗「古代大儺儀の史的考察」『古代国家の神祇と祭祀』（吉川弘文館、一九九五年）二七一頁

（65）三宅和朗「古代大儺儀の史的考察」『古代国家の神祇と祭祀』、二五九―二六二頁

（66）アンリ・セルーヤ著・深谷哲訳『神秘主義』（白水社、二〇一一年）一一頁

（67）金岡秀友『日本の神秘思想』（講談社学術文庫、一九九三年）九頁

（68）安居香山『中国神秘思想の日本への展開』（大正大学出版部、一九八三年）三―四頁

（69）平秀道「讖緯思想と仏教経典」『龍谷大学論集』第三四七号（龍谷学会、一九五四年）一二三―一四一頁

（70）藤野岩友「中国古代における不具者尊重の習俗について」『中国古代の礼俗と文学』（角川書店、一九七六年）二八二―二九四頁

（71）日本思想史における本覚思想の意義について、田村芳朗『本覚思想論』（春秋社、一九九〇年）のほか、末木文美士氏の『日本仏教史』（新潮社、一九九九年）と『草木成仏の思想』（サンガ、二〇一五年）が参考になる。

（72）大谷雅夫『歌と詩のあいだ――和漢比較文学論攷』（岩波書店、二〇〇八年）三頁

第四章　『古事記』と『帝王世紀』

一、『古事記』は歴史書か

紀伝体と編年体という中国の歴史書を構成する二大の主流に照らしてみれば、『日本書紀』は編年体に属する。それに対して、『古事記』の体裁が果たしてどちらに属するかは不明とされ、このことは、『古事記』の成立の最大の問題であり、「六国史」のうちに数えられなかった原因とも見られる。

『古事記』の研究史を振り返れば、その体裁をめぐる議論が長らく中心に位置付けられてきたことに容易に気づく。例えば、山田孝雄は、かつてその『古事記概説』の中で、神話、歌謡などを雑多に含んだ『古事記』を論じるにあたり、次のように述べたことがある。

古事記にどんな模様が織込んであるかと云ふことは暫く今問はないのであります。其の模様を論じますれば、色々な面白い模様が織込んでありります。又面白くない模様も少しは入つて居る。それはどう云ふ訳でさう云ふ所へ入つたかと云ふことは別に考へて見る必要がありますけれども、兎に角古事記はさう云ふ性質を持つて居ると思ふのであります。そこでさう云ふ風にして考へて見ますと云ふと、古事記は一体歴史かと云ふことも問題になるのであります。

若し古事記が本当の歴史であるならば、天皇様の御名前と、宮城と、皇后様の御名前と、御子様の御名前と、それから御治世の年代が何年だ、御年が御幾つだつた、何処の山陵へ葬つた、斯う云ふことだけ、仮りに今の模様を取つてしまひまして地合だけ残ると、それだけです。それだけをずらりと竝べた歴史と云ふものは、一体世界にあるものでありますか。我々はさう云ふものはまあ年表だと云ふ、歴史だとは言はない。だから古事記が歴史の材料にはなりませうが、古事記其のものは歴史だとは考へられない。さう云ふ歴史はない。(1)

かくして山田孝雄は、『古事記』の体裁について、あくまでもその不統一性を強調し、「天皇様の御名前と、宮城と、皇后様の御名前と、御子様の御名前と、それから御治世の年代が何年だ、御年が御幾つだつた、何処の山陵へ葬つた」という記録を、年表風の、それほど歴史的価値の高いものではない、とした上で、「だから古事記が歴史の材料にはなりませうが、古事記其のものは歴史だとは考へられない。さう云ふ歴史はない。」と断言しているのである。

山田の見解は、言い換えれば『古事記』の撰者にもとより歴史意識というものはなく、ただ漫然と、集められるだけ集めた資料を、『古事記』と題しただけだ、ということになろう。

一方、井上光貞氏も、『古事記』を歴史書として見ず、あくまでもフイクションによって構成された、文学作品に近いものだとの見解を示している。

古事記は一種の文学作品である。日本書紀にしても、古事記の記載と対応する部分、つまり帝紀・旧辞にもとづいている部分は、だいたいにおいてその性質を同じくしているといってよいであろう。従って、古事記や日本書紀が、過去のある時代について何事かを述べている時、その述べられていることの大半は、その時代の歴史事実と認めるわけにはいかないのである。そこには、帝紀・旧辞の述作当時に全く架空に作られたものもあろう。(2)

（「帝紀から見た葛城氏」）

井上光貞氏が『古事記』を「文学作品」のように扱っているが、「あれこれのできごとを継起的に構成」するという表現は、丸山真男氏がその『謀反と反逆』において『古事記』の叙述方法をめぐって唱えた「なる」説に極めて近い観察であり、やはり『古事記』の体裁を歴史書としてよりも、文学的な性質を強くもつものと見ている立場である。

しかし、天皇の勅命を奉じて行われた国家事業からして、これはあまりにも粗末すぎる見解ではないか。少なくとも、その八年後に完成された『日本書紀』が駆使する膨大な歴史資料から推測すれば、『古事記』は、決して限られた史料と貧弱な発想のもとで編纂されたものではないことが想像される。むしろ、ここで考えるべきことは、何故、序文にも指摘されたように、膨大な帝紀・旧辞を擁しながら、『古事記』は『日本書紀』のような書物にはならず、今の形に仕上げられてしまったか、ということであろう。つまり、角度を換えて考えて見れば、逆に山田によって「年表風」と呼ばれた「天皇様の御名前と、宮城と、皇后様の御名前と、御子様の御名前と、それから御治世の年代が何年だ、御年が御幾つだつた、何処の山陵へ葬つた」という部分が、『古事記』の特色の一つとして浮かび上がってくるのである。

ところが、近年になっても、神野志隆光氏は、編年体で記される『日本書紀』と違って、紀年をもたない『古事記』の独特な体裁を強調しながら、次のような見解を述べている。

『古事記』中下巻の天皇たちの物語には、紀年がありません。『日本書紀』が、「――年――月――朔――」（日が干支で示されます）、として記述するのと、原則が異なるものとなっています。それが、時間的構造をつくらない、できごとの継起として組み立てられる物語のありようの必然であることは、もう理解されますね。天皇にかかわるあれこれのできごと（おこったこと）を継起的に構成し、その天皇たちをつなぐことが『古事記』全体なのです。

各天皇のはじめには、「――天皇、坐――宮、治天下也」とあり、おわりは、「天皇御年、――歳。御陵、在――也」と、御年（すべての天皇に記されるわけではありません。三十三天皇のうち、十天皇〈みな下巻です〉には記されません）・御陵で閉じます。いわば縁取りははっきりしていて、そのなかで、系譜を記し、できごとを継起的に構成します。その構成によって天皇を位置づけ、帝位するものとしてあるのです(3)。

また、三浦祐之氏も、その近著『古事記のひみつ――歴史書の成立』において次のような論を述べている。

（日本書紀）巻三以降の各天皇紀は編年体の体裁をとり、それぞれの天皇の事跡を中心に国家に生じた事件や制度・事業を年月を追って記述する、それが日本書紀の叙述方法である。どの記事も天皇に焦点を据え、過去を時間軸に繋留するかたちで叙述される。それが、それぞれの事跡を一回的な出来事として固有化する編年体である。それに対して、古事記の中・下巻は、そこに登場する天皇たちの固有の像、あるいは歴史のなかに一回化された固体としての天皇像を浮かばせにくい文体になっている。連綿たるものとしての系譜部分を除くと、古事記の中・下巻は、一つ一つの独立した説話の羅列あるいは累積としてしか存在しない。そこでは、それぞれの天皇像は個々の説話の積み重ねによって構想化される。しかし、そこに描かれた出来事は必ずしも天皇へと集約してゆくわけではないから、絶対的な像を形成しにくい。個々の説話のもつ個別的な語りの視線が解体されないままに、古事記というテクストは構成されているのである。(4)

このように両者とも終始『古事記』の天皇記事の不統一性、すなわち記述のバラつきに注目し、とりわけ『日本書紀』との間に見る歴史事件に対する認識と記述の齟齬や相違を問題視しつつ、『日本書紀』と違って、個々の独立した説話がある明確な歴史意識でもって統一されるというものではない、との見解を示している。

以上見てきたように、諸家は『日本書紀』に対して一通りの共通認識を持ちながらも、『古事記』の性質をめぐっては、互いに立場を大きく異にする傾向が目立っている。「古事記其のものは歴史だとは考へられない」、「古事記は一種の文学作品である」、「天皇にかかわるあれこれのできごと（おこったこと）を継起的に構成し、その天皇たちをつなぐ」、「個々の説話のもつ個別的な語りの視線が解体されないままに、古事記というテクストは構成されている」といった見解は、それぞれの立場や角度からの観察を反映したものとはいえ、そのいずれに従うにもためらわれるものである。

二、『古事記』の核心は何か

ところで、以上諸氏の見解は、すべて『古事記』という書物が、一体何を目的に、どのような方針で編まれたか、という質問に帰着する。実際、このような問題意識をもった宣長はその『古事記伝』において、『古事記』の構成と成書の問題を論じて、次のような観点を示している。

帝紀は下文に帝皇日継とあると同じく、御代御代の天津日嗣を記し奉れる書なり。書紀天武御巻の川島皇子等の修撰の処にも帝紀とあり。推古御巻の皇太子の修撰の処、又皇極御巻の蘇我蝦夷が焼ける処などには天皇記とあり。国史などいはずして、かく帝紀、天皇記といへるぞ古への様なるべき。

本辞は下文に先代旧辞とあるに同じ。かの蝦夷の焼し処に国記といひ、聖徳太子の修撰の処に、国記、臣連伴造国造百八十部並公民等本紀と云へるなど、是にあたるべきか。川島皇子等の修撰のところに、上古諸事とあるは正しくこれなり。然るに、今は旧事といはずして、本辞、旧辞とへる辞字に眼をつけて、天皇（天武）の御事おもほし立し大御意は、もはら古語に在けることをさとるべし。（二之巻）

このように宣長は、帝紀は歴代の「天津日嗣」を記録したものであり、本辞は、聖徳太子の編集した国記、臣、連、伴造、国造、百八十部並びに公民などの本記のような、人民に関する書であり、特に本辞と旧辞はもっぱら「古語」を中心に編集されたものとの見方を示している。これを踏まえて、宣長は、帝紀も帝皇日継も、本辞や旧辞とは内容こそ異なるものの、いずれも文字化された文献という見解を明らかにしている。

平田篤胤『古史徴』は、基本的に宣長の見解を受け継いだ形で、「帝紀」を「帝皇日継」と同義の表現とみなし、各時代における天皇の系譜を記したものとの認識を示している。

帝紀は下文に帝皇日継とあるに同じく、御代御代の天津日嗣を記し奉れる書なり。さて其文の状は、仮字文と宣命書と書交へたる書等なりけむ。……本辞は下文に旧辞また先代旧辞など有と同く、先代に漢字と倭語を配たる記し聚たる辞書を云へるなり。（一之巻）

近代に入り、上記両者の説に対して、植木直一郎は次のように述べている。

本・平二翁及び諸家の所説の如く、「帝紀」及び「帝皇日継」なるものは、主として歴代の御系譜をはじめ御事蹟等を記載したものであつて、或時代に或人々の手に依つて作成せられたる一種若くは数種の成書であるべきは、余も信ぜんと欲するものである。次に引用する日本書紀欽明天皇第二年の条の註記に見えたる「帝王本紀」の如き、蓋し此の種の成書の存在を徴証するに足る一事例であらう。[5]

欽明紀

帝王本紀、多有古字、撰集之人、屢経遷易。後人習読、以意刊改。伝写既多、遂致舛雑。前後失次、兄弟参差。今則孝覆古今、帰其真正。一往難識者、且依一撰、而注詳其異。他皆効此。

さて、植木が掲げる『日本書紀』欽明天皇条の記事は、左記顔師古の「漢書叙例」の文章を模倣したことが、津田左右吉らによって指摘されている。[6]

漢書旧文、多有二古字一。解説之後、屢経二遷易一。後人習読、以レ意刊改。伝写既多、弥更浅俗。今則曲覈二古本一、帰二其真正一。一往難レ識者、皆従而釈レ之。

欽明紀の文章にある「帝王本紀」がここでは「漢書旧文」となっているが、これは逆に「帝王本紀」の存在を証明しているような記述とも取れよう。つまり、我々は「帝王本紀」を本来「帝紀」と「帝皇日継」に近いような史料として推測できよう。

一方、安藤正次は、『古事記』の基本構成を「系譜」、「伝説」、「記事」との三つの部分に分けた上で、上巻から下巻までの内容と記述方式の特徴について、史実と伝説の交錯が目立ちながらも、漸次合理的な記述方法になっていったと指摘している。

古事記と日本書紀を通じて、その史料となつたと思はれるものは、これを性質の上から見れば、三つに大別することが出来る。第一は系譜的のもの、第二は伝説的のもの、第三は記事的のものである。系譜的といふのは、皇室に関したものでは帝王本紀の類、諸家に関したものでは本系帳や家牒の類である。伝説的といふのは、古事記の序文に所謂類書の類で、天地開闢の事とか、高天原の事とか、すべて神代に関した伝説、神武天皇の御代以下の部分でも、天皇東征の事蹟とか、天日槍来朝の物語とか、菟餓野の鹿の説話とかいふ類のもの、記事的といふのは、実際の政治上社会の出来事を記したものである。この三つのものは性質上からは判然と区別されるものであるが、記録の上では一のものと他のものとが結付いてゐることもある。(7)

（古事記・日本書紀の性質）

ここで、安藤も欽明紀に見える「帝王本紀」という表現を、「帝紀」と「帝皇日継」が意味する「本系帳や家牒」の類として理解しているが、後述するように、『古事記』の体裁が抱える根源的な問題には、古代中国の「牒」の伝統が見え隠れするものであり、安藤の指摘はその意味で極めて鋭い見解と言わざるを得ない。

さて、『古事記』の「帝紀」をめぐる近代以降の研究の中で、最も系統的かつ詳細な調査を行ったのが、上代文学者の武田祐吉であった。武田はその『古事記研究一――帝紀攷』において、記紀の帝紀的部分の共通項目として、(一)御続柄、(二)御名、(三)皇居と治天下、(四)后妃と皇子・皇女、(五)皇子・皇女の御事蹟、(六)御事蹟に関する簡単なる記事、(七)宝算・崩御の年月日・山陵の七項目をかかげてそのそれぞれについて詳説し、こうした基本要素を、『古事記』が素材とした帝紀自体の構成要素という推論を立てている。それを更に踏まえた形で、天皇記から長い物語を除去した部分が、大体帝紀からきていると見ることができる、という指摘をしている。(8)さらに、「帝紀」の本質について武田は、帝紀の本質は、天皇登極の正しき歴史を伝ふるに在りすなはちかくの如くにして現在の天皇に到り給ふ所以を明にするに在る。これを主脈として、更にこれを繞つて、皇別、神別、諸蕃の諸氏の、皇統の御歴史との関係をも説くのである。これらの諸氏の歴史は、皇統の御歴史に結ぶことに依つて、その諸氏の位置が明にされる。殊にその家が皇室の別であること、及びその家から后妃を出し奉つたことは、輝しい事実として登記せられねばならない。諸氏に伝ふる帝紀が、その氏の歴史の結合に熱心である余には、帝紀の本質から遠ざかつた瑣事をも加へ、場合に依つては伝来の錯雑をも来したが故に、これを正して帝紀の真面目を後世に伝ふることはまた起されねばならなかつた。(9)

とのような見解をも示している。これは前掲津田左右吉の説を踏まえたものと見られる。

ところで、一方、倉野憲司は、『古事記』の内容を「帝皇日継」と「先代旧辞」が「統一合併」されたものと見ている。その上で、歴代の天皇の記事に見られる「天皇の騰極」、「皇宮の名号」、「后妃皇子」（御系譜・皇子の総数・皇子に関する重要事項）、崩御年寿、崩御の年月日、山陵等は、「史的事実もしくは史的事実と信ぜられる事項」としながら、その中の若干の内容もまた、帝紀が一度に作られた後に書き加えられていったと推測している。(10)

現在では、『古事記』の構造を、一応「帝紀」を中心とした、種々資料の融合の結果と見る見解が主流を占めている。(11)最近の研究として「帝紀」や「旧辞」の成立時期に関する笹川尚紀氏の新たな見解が打ち出されているが、基本的に津田説を継承し、再確認したものであり、(12)その核心をなすものが「皇統譜」である意見に変わりはない。

三、「帝紀」とは何か

以上見てきたように、諸説はいわゆる原『古事記』の形態について推測を試み、中でも「帝紀」（帝皇日継）と「旧辞」が終始焦点となって、様々な角度から光を当てられてきた。しかし、一方では「帝紀」という用語にあまりにも無頓着であった嫌いがある。そもそも「天津嗣日」「帝皇日継」と言わずに、あえて「帝紀」と記されたのは、何らかの出典がなければならない。

「帝紀」という用語の出典について、武田祐吉の『古事記研究――帝紀攷』において注目したのが、正倉院文書などに見える次の諸例である。

正倉院文書続修後集第十七巻で、天平十九年に写書所で借り受けて書写すべき書物の目録を作ったのを天平二十年に写し取った『更可請章疏等目録』第一巻に、

帝暦並史記目録一巻　　帝紀二巻日本書

とある内容が見られ、武田は「日本書」という小文字による注釈について、「他の書物、殊に上段の帝暦並史記目録に対して、国書であることを明にしたもので、当時我が国に帝紀と称する書二巻の存在したことが証せられる」と述べている。(13)

右記の記録で想起されるのが、神田喜一郎氏の見解である。神田氏は、漢籍の史書の書名を踏まえつつ、『日本書紀』という書名に色々不自然な点が存在すると指摘した上で、その本来の書名は「日本書」であるべきであることを推測している。

しかし、その『日本書』は、実は「紀」があるだけで、「志」や「列伝」は無い。それでは困る。何とかこれが『日本書』の一部である必要がある。そこで、『日本書』という題名の下に、小字で「紀」とするし、これが『日本書』の「紀」であることを表示したのであろう。(14)

もし、このような推論が成立すれば、ここの「日本書」は、右記正倉院文書に見える「日本書」との間に、一縷の関係が見出されるものである。即ち「皇室の系譜」という意味で使われる、まさしく「帝紀」のようなものとなろう。

武田祐吉は同時に『大日本古文書』（二十四ノ三七八所収）京都里見忠三郎氏所蔵文書と、正倉院文書続々集十四帙七に見える左記の内容にも注目している。

○穂積三立解　申所写疏用神事

合用紙貳陌伍拾貳枚之中注十九枚

解深密経疏巻第二用六十三　花厳経疏巻第十用卅七

喩伽抄巻第廿四用六十枚　喩伽抄巻第十九用七十三

日本帝紀一巻十九枚注

天平十八年潤九月廿五日穂積三立手実

○大進帝紀写卅五張　又陰陽書写廿五張受丹比史生

右記の資料に見える「日本帝紀」と「帝紀」について、武田は「以上の如き文献は、天平時代にあつて、帝紀、日本帝紀もしくは帝記と呼ばれる書籍に在つたことを語るものであるが、これだけでは、その内容に就いて知られる所が無い」とも指摘している。(15)

一方、津田左右吉は、前掲欽明紀の「帝王本紀」の記載内容から推測して、それを太安万侶がいう「帝紀」に相当するものとし、ある種の系譜を記したものとの見解を示している。その上で、更に前掲正倉院文書に見える「帝紀二巻」についても、

それには特に、シナ撰述のものでないことを示す意義に於いて「日本書」と注記してあることから見ると、この書が我が国のものであることが知られるが、それが僅か二巻であることから考へると、皇室の系譜を記したものとしての帝紀が即ちそれではあるまいか。もしさうならば、帝紀が系譜のみを記したものであることは、これからも知られよう。(16)

との推論を行っている。

このほか、木下礼仁氏の『日本書紀と古代朝鮮』にも、「原帝紀と王統譜」なる一節があり、「帝紀」について以下のように詳しく論じている。

王統系譜ともっとも関連性のふかい記載内容を持っていたらしいのは、おそらく「帝紀」であろう。この「帝紀」について、『書紀』は、天武十年三月の条に「令記定帝紀及上古諸事」と記し、『古事記』は、その序文に「諸家之所賷帝紀及本辞既違正実多加虚偽……」と記しているのは周知のとおりである。「帝紀」の編纂年次については、津田左右吉博士が「六世紀の中ごろに於いて一とほりはまとめられたのであろう」と推論されて以来、それがほぼ承認されてきているようである。そこで問題なのは、「この一とほりはまとめられた」いわば「原帝紀」とでもいうべきものの内容とそれへの信憑性如何という問題であるが、この問いに対する研究も最近では次第に煮詰まってきて、結局、（一）続柄、（二）名、（三）皇后と皇子、皇女、（四）皇后と治天下、（五）御墓などに関する記載には、ある程度の史実性があるとされている。[17]（「七、八世紀における王統系譜の形成」）

以上諸氏の考察から、「帝紀」（帝記）という名称は、早くから文献として使われていたことが窺え、そして、『古事記』序文がいう「帝紀」は、文字化された天皇の系譜であったと推測される。ただ、ここで問題として浮上してくるのが、『古事記』という書名と「帝紀」との関係である。『日本書紀』が、正倉院文書にあるような、「帝紀」としての「日本書」であれば、「古事記」も、「帝記」（帝紀）としての「古事＝ふるきこと」と解せられよう。

近年になって西条勉氏は、「ふることをどう考えるか」なる一文において、『古事記』の構成をそれぞれ帝紀系＝帝紀・帝皇日継・先紀と、旧辞系＝本辞・旧辞・先代旧辞・上古諸事とに分けて、基本的に津田左右吉が説く、帝紀系は神代の神々の系譜を含まれた「皇室の歴代の系譜及び皇位継承のことを記したもの」であり、旧辞系は「神代の物語をはじめとする神武以下の種々の物語」である見解を継承している。[18]

さて、この「帝紀」としての「ふるきこと」――「古事記」は、欽明紀に見られる「帝王本紀」に近い意味となっている点に注目したい。というのも、「帝王本紀」は、短縮した言い方は「帝紀」になるが、「本紀」の訓みが、「もとつふみ」とされる一方、この「本」という漢字に基づく用語として「本故」という用例があり、『後漢書』巻十一所載「劉盆子伝」に、

攻破二城邑一、周遍天下、本故妻婦、無レ所二改易一、是一善也。

とのように、「本」と「故」は同義であり、ともに「もと」の意になる。したがって、「本紀」は「故紀」と表現されても、本来の意味は変わらない。

『史記集解序』に、『史記』執筆に関して、「采『世本』、『戦国策』」とのように、『世本』や『戦国策』が原資料として利用されていたことを指摘している。これに対して『索隠』の方は劉向の次の説を引用している。

『世本』、古史官明于二古事一者之所レ記也。録二黄帝已来帝王諸侯及卿大夫系謚名号一、凡十五篇也。

右記の内容で、『世本』の性質を「古史官の古事に明らかなる者の記す所なり」――昔のことに詳しい史官が記したもの、との一文が、『古事記』という書名の意味を知る上で重要な手がかりとなる。というのは、文中の「古事」は、その直後に続く「皇帝已来帝王諸侯及び卿大夫の系、謚、名、号」という明確な注釈を付されているからである。「系、謚、名、号」は、それぞれ「系譜」、「死後のおくりな」、「名前」、「治世の名称」と解せられ、紛れもなく黄帝以降の、中国古代の各王朝の系譜という記録と推測される。

漢籍における「帝紀」の用例は、漢代の史学者荀悦（一四八―二〇九）が著したとされる「漢紀目録並序」及び『漢紀』巻一に見える。

○悦、於是、約集二旧書一、撮二序表志一、総為二帝紀一、通比二其事一、例繋二年月一。（「目録並序」）

○謹約撰二旧書一、総為二帝紀一、列二其年月一、比二其時事一。（巻一序論）

かくして「帝紀」とは、帝王の事蹟を年代紀の形で叙述したものを指している。具体的には上記「系、謚、名、号」のような内容によって構成されるのであろう。

さて、この「系、謚、名、号」で想起されるのが、『古事記』の「帝紀」と「旧辞」である。こちらも先述したように、宣長は、「帝紀」を歴代の「天津日嗣」を記録したものとし、「本辞」を聖徳太子の編集した国記、臣、連、伴造、国造、百八十部並びに公民などの本記のような、人民に関する書であるとしていたが、右記漢籍の『世本』も、基本的にこれと対応するものである。つまり、黄帝、帝王の「系」が「帝紀」にあたり、諸侯及び卿大夫の「系」が「本辞」にあたるのである。実際、『古事記』の内容自身も、あたかもこれに呼応するかのように、天皇記事を主軸としながら、各種の臣、連、伴造、国造関連の記事や伝承によって縁どられている。

このようなことから、『古事記』の編纂に使われる「帝紀」と「旧辞」は、太安万侶が編纂事業を仰せつかった時点で既に大量に蓄積されていたと推測される。目の前に山積みにされていた「帝紀」と「旧辞」の中から、彼自身がいうように、文字通り「削偽定実」――偽りを削り、真実をさだめて撰録せねばならなかったのであろう。ただ、この推測が成立すれば、一体どのような手本が、どのようにして太安万侶に選定され、利用されていたのだろうか。可能性は二つ考えられる。一つは、安万侶には既に明確に決められた手本があって、その手本に沿って『古事記』をある一定の形に仕上げる計画を立てていた。もう一つは、『古事記』の撰述は、終始一種の模索作業であり、最後の最後まで、どのような形になるか、安万侶自身にもはっきりしたイメージはなく、関連資料と思われる「帝紀」と「旧辞」も、特に明確な基準もなく、適宜取捨選択を経て現在我々が見る『古事記』に仕上げられてしまった、ということである。

右記二つの推測は、立場を変えて見ればいずれも成り立つようである。とりわけ後者は、前記『古事記』の性質をめぐる諸家の意見などと合わせてみれば、一層有力のようにも見える。ただ、そのいずれも、文献学的な手法でもって対処する以外、別に道が存在しない。これまで緯書との関連において反正天皇の伝承の性質について様々な推論を行なってきたが、この二つの推論の如何についても、筆者はやはり、小さな糸口となった反正天皇の記事をひきつづき手がかりとしたい。

四、反正記と『帝王世紀』の接点

第一章と第二章において、反正記の御歯記事を手がかりに、緯書との関連を考察し、『古事記』の時代では、讖緯思想は既に日本へ流布し、受容されていたことを論じてみた。ところが、出典論の立場から見れば、こうした図讖記事を草するにあたり、『古事記』の撰者が具体的にどのような文献を踏まえていたのか、ということが依然として問題である。

まず、前章においても述べたように、『日本国見在書目録』を繙けば、「七緯」を始めとする前引の讖緯思想関連の漢籍が殆ど著録されているので、上代官人にとって、こうした緯書をはじめ、他の漢籍も利用の範囲に入っていた可能性がある。従って、この中から直ちに反正記の図讖記事の出典と関わる具体的文献を特定することは難しい。

しかし、多少困難であっても、出典を探る道が完全に閉ざされている訳ではない。小島憲之氏は、かつて『日本書紀』の成書をめぐって、広汎かつ綿密な調査を行ったうえで、『日本書紀』の文章の潤色における類書の利用と、歴史記述における史書の利用をそれぞれ明らかにしている。反正記の御歯記事の出典についても、当時比較的簡単に利用できたと思われる『初学記』『芸文類聚』のような類書や史書との関連において考察することが近道であろう。

実際、『初学記』と『芸文類聚』にあたってみれば、表1に示したように、所謂図讖と思われる記事が数多く収録されている。

表1　『初学記』・『芸文類聚』に見る『帝王世紀』の記事

番号	文献	内容
①	初	太昊帝庖犧氏、『帝王世紀』曰、風姓也。蛇身人首、有聖徳。
	芸	『帝王世紀』曰、太昊帝庖犧氏、風姓也。虵身人首、有聖徳。
②	初	『帝王世紀』曰、女媧氏、亦風姓也。承庖犧制度、亦蛇身人首。
	芸	『帝王世紀』曰、帝女媧氏、亦風姓也。作笙簧、亦虵身人首。
③	初	炎帝神農氏、『帝王世紀』曰、神農氏、姜姓也。母曰妊姒、有喬氏之女、名女登。……人身牛首、長於姜水。有聖徳。
	芸	『帝王世紀』曰、炎帝神農氏、姜姓也。人身牛首、長於姜水。有聖徳。
④	初	黄帝有熊氏、『帝王世紀』曰、黄帝少典之子、姫姓也。母曰附宝、見大電光繞北斗枢星照野、感附宝而生黄帝於寿丘。龍顔、有聖徳。
	芸	『帝王世紀』曰、黄帝有熊氏、少典之子、姫姓也。生寿丘、長于姫水、龍顔、有聖徳。
⑤	初	少昊金天氏、『帝王世紀』曰、少昊帝、名摯、字青陽、姫姓也。母曰女節、黄帝時、有大星如虹、下流華渚、女節意感而生少昊。
	芸	『帝王世紀』曰、少昊帝、名摯、字青陽、姫姓也。降居江水、有聖徳。
⑥	初	帝顓頊高陽氏、『帝王世紀』曰、顓頊皇帝之孫、昌意之子、姫姓也。……首戴干戈、有聖徳。
	芸	『帝王世紀』曰、帝顓頊高陽氏、黄帝之孫、昌意之子、姫姓也。……首戴干戈、有聖徳。
⑦	初	帝嚳高辛氏、『帝王世紀』曰、帝嚳、姫姓也。其母不覚、生而神異、自言其名、曰夋。齵歯。有聖徳。
	芸	『帝王世紀』曰、帝嚳高辛氏、姫姓也。有聖徳。
⑧	初	帝尭陶唐氏、『帝王世紀』曰、尭伊祁姓也。母曰慶都、孕十四月而生尭於丹陵、名曰放勛、鳥庭荷勝、眉有八采、豊下鋭上。
	芸	『帝王世紀』曰、帝尭陶唐氏、祁姓也。母慶都、孕十四月而生尭於丹陵、名曰放勛、鳥庭河勝、……身長十尺、嘗夢天而上之。
⑨	初	帝舜有虞氏、『帝王世紀』曰、舜、姚姓也。
	芸	『帝王世紀』曰、帝有虞氏、姚姓也。目重瞳、故名重華、字都君、有聖徳。
⑩	初	伯禹帝夏後氏、『帝王世紀』曰、禹、姫姓也、其先出顓頊。
	芸	『帝王世紀』曰、伯禹夏后氏、姒姓也。……身長九尺二寸、……有聖徳。
⑪	初	商殷氏、『帝王世紀』曰、殷出自帝嚳。子姓也。……長九尺、臂四肘。有聖徳。
	芸	『帝王世紀』曰、成湯、一名帝乙。豊下鋭上、倨身而揚声。長九尺、有聖徳。
⑫	初	周、『帝王世紀』曰、周姫姓也。文王始修政、三年而天下二分帰之。
	芸	『帝王世紀』曰、文王昌、龍顔虎肩、身長十尺、胸有四乳。

このように、両類書における神話伝承色の強い帝王記事は必ず何らかの図讖的要素を帯びている。表1で見る限り、反正記の内容と類似するものは、『初学記』の「駢歯有聖徳」の一例だけで、『芸文類聚』には「駢歯」に関する記載は見当たらない。しかし、反正記の出典を特定するには、両類書に限らなくてもよいようである。何故なら、表1の引用内容に注目すれば、両文献の帝王に関する記事は、すべて『帝王世紀』という文献からの引用であることに気づくからである。『初学記』と『芸文類聚』における帝王の記録は、『呂氏春秋』、『左伝』、『尚書』、『世本』、『史記』からの引用も散見するが、引用頻度の最も高い文献はやはり『帝王世紀』であり、図讖記事も殆ど『帝王世紀』に集中している。これは、『帝王世紀』が両類書の編纂される時代における重要度を示唆しているにほかならない。

では、この『帝王世紀』は一体どのような書物であろうか。『日本国見在書目録』にも「帝王世紀、廿巻」と記録されている『帝王世紀』は、晋の時代の皇甫謐（二一五—二八三）が撰述した歴史書であり、佚書である。皇甫謐の伝記は『晋書』に詳しいが、その著述は『帝王世紀』を始め、『年暦』、『高士伝』、『逸士伝』、『烈女伝』、『玄晏春秋』などが知られている。中でも『帝王世紀』は、司馬遷の『史記』の不足を補うものとして高く評価されている。『帝王世紀』は『隋書』経籍志に拠れば十巻本であったらしく、それが宋の時代になって散逸し、完本はついに伝わらなかったのである。ところが、清の時代になると、佚書の蒐集事業が盛んになり、『帝王世紀』も複数の蒐本が作成された。中でも宋翔鳳の蒐本が量と質とも良い故、これに清の学者銭保塘が増補して、光緒年間に刊行された『訓纂堂叢書』に収められ、現在に至っている。

『日本国見在書目録』の「廿巻」という記録は、『隋書』経籍志の「十巻」とは一致せず、その具体的な内容について知る術はない。しかし、『帝王世紀』が『日本国見在書目録』に記録されている以上、『初学記』や『芸文類聚』のような類書と同じように、太安万侶のような上代官人の手の届く範囲に存在していたことが推測されるのである。従って、反正記の「骿歯」の図識の出典を考える場合、『初学記』と『芸文類聚』に限る必要はなく、『帝王世紀』をも考察の視野に入れるべきであろう。

五、『帝王世紀』の歴史叙述

『帝王世紀』の内容全体に注目すれば、従来の史書には見られない二つの特徴が認められる。それぞれ（一）帝王の事績を記録する独創的な内容構成と、（二）讖緯や神話伝承を重んじる歴史叙述の態度である。

まず、（一）について、「骿歯」が見える帝嚳篇を例に論じてみよう。「骿歯」の図識記事を収録する『初学記』の帝嚳高辛条と『芸文類聚』の当該記事の全文はそれぞれ左記の通りである。

帝王世紀曰、帝嚳姫姓也。其母不レ覚、生而神異。自言二其名一曰レ夋。骿歯有二聖徳一。年十五而佐二顓頊一。三十登二帝位一、都亳。以レ木承レ水。在位七十年、年一百五歳而崩。（『初学記』）

帝王世紀曰、帝嚳高辛氏、姫姓也。有二聖徳一、年十五而佐二顓頊一。四十登レ位、都亳。以二人事一紀レ官。故以二句芒一為二木正一、祝融為二火正一、蓐収為二金正一、玄冥為二水正一。後土為二土正一。是五行之官。分レ職而治二諸侯一。於レ是化被二天下一。遂作二楽六茎一以康二帝位一。世有二才子八人一。号曰二八元一。亦納二四妃一、卜二其子一皆有二天下一。元妃有台氏女、曰二姜嫄一、生二后稷一。次有娀氏女、曰二簡翟一、生レ卨、次陳豊氏女、曰二慶都一、生二放勛一。次娵訾氏女、曰二常儀一、生二帝摯一。帝嚳在位七十年。年百五歳而崩。葬二東郡頓丘広陽裡一。（『芸文類聚』）

このように、『初学記』における『帝王世紀』の引用に比べ、「骿歯」の図識を含まない『芸文類聚』の方がより充実した内容となっている。また、当該記事に対する両類書以外の史書の記述を点検すれば、例えば『世本』、『史記』な

帝王世紀第一　自開闢至三皇
晉徵士皇甫謐譔　長洲宋翔鳳集校
天地未分謂之太易元氣始萌謂之太初氣形之始謂之太
始形變有質謂之太素太素之前幽清寂寞不可爲象惟虛
惟無蓋道之根道根既建由無生有（由一作猶通由）太素質始萌萌
而未兆謂之龐洪蓋道之榦既育萬物成體於是剛柔始分
清濁始位（位一作立古通）天成於外而體陽故圓以動蓋道之實質
形已具謂之太極（御覽一列子天瑞篇易乾鑿度又易稽覽圖推易按太易太初太始太素之說見）
天地人之元衛云先置天元太初癸巳元年一百九十萬八
千八百五十三歲乃始太初元年已來載數其言天元太初
者謂元氣始萌之太初也言太初元年者謂漢之太初也蓋
自元氣之萌而已有可推之數御覽又引禮斗威儀曰二十
九萬一千八百四十歲而反太素禮含文嘉曰推之以上元
爲始起十一月甲子朔旦夜半冬至日月五星俱起牽牛之
初鄭注上元太素已來至所求年據此知太初
太始太素已來俱有年可求故世紀敘之於首
天皇大帝曜魄寶地皇爲天一人皇爲太一（五行大義五）
天子至尊之定名也應神受命爲天所子故謂之天子故孔
子曰天子之德感天地洞八方（洞一作動）是以功合神者稱皇德
合天地稱帝義合者稱王（御覽七十六引作仁義合者稱王又按藝文類聚十一）
八年注引孔子曰德合天地者稱帝河洛受瑞可
放仁義合者稱王此義上當有仁字本春秋讖也
功合神者稱皇德合地者稱帝德合人者稱王（初學記九）
太昊帝庖犧氏風姓也（按初學記引此下有景龍之瑞故以龍紀官十字）蛇身人首
有聖德都陳（路史後紀一引作天皇伏羲都陳留）作瑟三十六弦（按初學記引此下有長八尺一寸）
燧人氏沒庖犧氏代之繼天而王首德於木爲百王先
帝出於震未有所因故位在東方主春象日之明是稱太昊

図２　上海図書館蔵訓纂堂本『帝王世紀』（筆者撮影）

どに「駢歯」の図識が含まれておらず、記述内容も左記のように偏ったものとなっている。『世本』の場合、例えば黄帝に関する記述が、

嚳、黄帝之曾孫。帝嚳卜其四妃之子、皆有天下。上妃有邰氏女、曰姜嫄、而生后稷。次妃、有娀氏之女、曰簡狄、而生契。次妃、陳鋒氏之女、曰慶都、生帝堯。帝嚳下妃娵訾氏之女、曰常儀、生摯。帝嚳上妃有邰之女、曰姜原。

とのように、その出自と王統譜だけを記し、『大戴礼記』帝系篇も次のように『世本』の一部を継承する形になっている。

帝嚳卜其四妃之子、而皆有天下。上妃有邰氏之女也、曰姜原氏、産后稷。次妃有娀氏之女也、曰簡狄氏、産契。次妃曰陳隆氏、産帝堯。次妃曰陬訾氏、産帝摯。

これによって、『尚書序』の正義に見える「『大戴礼』帝繫は世本に出づ」との指摘はけだし間違いではないことが知られる。一方、『世本』と『大戴礼』帝繫の内容を受け継ぐものとされる『史記』五帝本紀の当該記事は次のようになっている。

帝嚳高辛者、黄帝之曾孫也。高辛父曰二蟜極一、蟜極父曰二玄囂一、玄囂父曰二黄帝一。自三玄囂與二蟜極一、皆不レ得レ在レ位、至二高辛一即二帝位一。高辛於二顓頊一為二族子一。高辛生而神霊、自言二其名一。普施利レ物、不於二其身一。聡以知レ遠、明以察レ微。順二天之義一、知二民之急一。仁而威、恵而信、修レ身而天下服。取二地之財一而節二用之一、撫二教万民一而利二誨之一、暦二日月一而迎二送之一、明二鬼神一而敬二事之一。其色鬱鬱、其徳嶷嶷。其動也時、其服也士。帝嚳漑執レ中而遍二天下一、日月所レ照、風雨所レ至、莫レ不二従服一。帝嚳娶二陳鋒氏女一、生二放勛一。娶二娵訾氏女一、生レ摯。帝嚳崩、而摯代立。帝摯立、不善（崩）、而弟放勛立、是為二帝堯一。

このように、『史記』は帝嚳の出自と王統譜を記すと同時に、『世本』と『大戴礼』帝繫に見られない、司馬遷個人の感想や賛辞が多く書き込まれている。かつて安居香山氏が指摘したように、『史記』の史料利用と歴史叙述は、司馬遷の個人的な基準によって取捨される傾向があり、とりわけ緯書や古代帝王をめぐる神話的な伝説についてはあまり関心がなかったようである。「五帝本紀」の終わりにいう「雅馴ならぬ」というのがその理由であったらしいが、事実、司馬遷自身の歴史叙述は、個人の価値観に主導されやすい、多分に文学的な要素を盛り込まれたことが指摘されている。[19] 図讖が記されないところから見ても、その「雅馴ならぬ」は、文章表現や文体の典雅さをいうものではなく、図讖など神話伝承の要素に対する文句と理解されよう。

今一つ、漢の学者王符が著す政治学の書『潜夫論』五徳志にも、帝嚳に関する記述が見られる。

後嗣帝嚳、代二顓頊一氏、其相戴レ干、其号高辛。厥質神霊、徳行祇粛。送二迎日月一、順二天之則一。能叙二三辰一以周レ民、作二楽六英一。世有二才子八人一、伯奮、仲堪、叔献、季仲、伯虎、仲雄、叔豹、季狸、忠粛恭懿、宣慈恵和、天下之人謂二之八元一。

ここでは、帝嚳をめぐる図讖が「駢歯」ならぬ「干を戴く」となっているが、『世本』と『史記』の間にあるような記述内容であり、情報量は『帝王世紀』に遙かに及ばないものである。『帝王世紀』の帝嚳記事は次のような内容構成である。

①帝嚳高辛氏、姫姓也。其母不レ見、生而神異、自言二其名一曰レ夋。駢歯。有二聖徳一、能順二三辰一。

②年十五而佐二顓頊一。三十登二帝位一、都亳。以木レ承レ水。以二五行一名レ官、故以二句芒一為二木正一、祝融為二火正一、蓐収為二金正一、玄冥為二水正一。后土為二土正一。是五行之官。分レ職而治二諸侯一。於レ是化被二天下一。遂作二楽六茎一以康二帝位一。世有二才子八人一。号曰二八元一。

③亦納二四妃一、卜二其子一皆有二天下一。元妃有邰氏女、曰二姜嫄一、生二后稷一。次有娀氏女、曰二簡狄一、生レ卨、次娵訾氏女、曰二常儀一、生二帝摯一。

④帝嚳在位七十五年。年百五歳而崩。

⑤葬二東郡頓丘広陽里一。

右の記事の番号は、便宜上筆者が付けたものであるが、このように記事の基本構造は次の五項目からなっている。それぞれ、①出自と人となり、②政治実績、③王統譜、④死去時の年齢または在位期間、⑤埋葬地、である。この五項目でもって『帝王世紀』所収すべての帝王記事に当れば、個別的な記事では項目がやや前後する場合があるが、殆どの記事は右記五項目を基本的な構成要素としている。つまり、前掲『世本』、『大戴礼記』帝系篇、『史記』、『潜夫論』に比べ、『帝王世紀』の記述に、一定の順序に従って帝王の事績を記すという、明らかな一種の規範意識が認められる。

この規範意識のようなものは、『帝王世紀』の歴史叙述の態度にも鮮明に出ており、とりわけ頻出する「有聖徳」という表現において顕著に現れている。

『帝王世紀』では、各帝王の風貌を描くにあたり、手始めに決まって「図讖＋有聖徳」という構造でもって展開している。先に述べたように、緯書などでは、図讖に続き、たまには聖者の「聖者慈理也」、「有徳文也」という表現が見られるが、これらはいずれも個別のケースに止まっており、「有聖徳」でもって定型するには至っていない。しかし、『帝王世紀』ではそうした神話的な描写に必ずと言ってよいほど、定型的な表現となっている。ここの「有聖徳」は、無論前引『白虎通』の議論に基づく思想であるが、『帝王世紀』に見える「有聖徳」という叙述法は、神話伝承的・讖緯的資料を儒教的な理念でもって正当化させ、それらを歴史事実とを結び付けている。このような伝承と史実の有機的な結合は、歴史人物にまつわる神話的・讖緯的な伝説が、そのままその人物の存在の正統性を証明し、保証するものとなっている。

上述の規範意識の視点から見れば、『帝王世紀』の史書としての意義は決してそれだけに止まらないであろう。歴史的な立場を貫くことによって、神話伝承に対しても合理的な解釈を与え、わずかの史料をたよりに年代、年月、場所の考証を行い、各帝王をめぐる記載をあたかも実在したかのように、その裏づけとなる記述につとめる点が、『帝王世紀』が歴史記述において自ら創り出した規範である。とりわけ「有聖徳」を媒介に、神話伝承に歴史的な位置づけを与える方法は、この史書の最大の特徴かつ価値とも言えよう。

六、『帝王世紀』の内容構成と『古事記』

以上、『帝王世紀』の内容構成及び叙述態度について述べたが、『古事記』との関連の可能性を次の三点から推論してみたい。

第一、『古事記』中巻以降の天皇記事の内容構成と『帝王世紀』の構成との対応である。試みに前出『帝王世紀』帝嚳の記事を反正記の記事と比較して見よう。

①弟、水歯別命、坐多治比之柴垣宮、治天下也。此天皇御身之長、九尺二寸半。御歯長一寸広二分、上下等斉、既

如貫珠。

②（即位前の、垂仁記における活躍ぶり）

③天皇、娶丸邇之許碁登臣之女、都起郎女、生御子、甲斐郎女。次、都夫良郎女。二柱。又、娶同臣之女、弟比売、生御子、財王。次、多訶弁郎女。並四王也。

④天皇之御年、陸拾歳。丁丑年七月崩。

⑤御陵在毛受野也。

この中で、②を除き、①、③、④、⑤の諸項は『帝王世紀』（二六八頁）の基本構成とほぼ対応している。もし、履中記における反正天皇の即位前の活躍ぶりをここに入れれば、『帝王世紀』と完全に一致した構成になる。このような対応は帝嚳の記事と反正記の記事に限らず、図讖の要素が含まれなくても、①から⑤までの構成要素において、ほぼ共通したものとなっている。反正記などに見える「歯」や「身長」をめぐる図讖記事は、言うまでもなく、この「有聖徳」の理念を踏まえた用例であり、ただ単に文章の潤色の程度に止まるものではない。

『古事記』の天皇記事を構成する五つの要素が、右記反正記の如く、すべて『帝王世紀』の帝王記事の内容構成に対応すると指摘したが、その具体的な様相を把握するために、表2に対応する内容を項目ごとに掲げる。

『帝王世紀』に見る「納」、「取」、「嬪」、「娶」、「妃」など多様なる名称と婚姻回数の相違は、古代中国と日本の婚姻形態や血属観念の相違に拠るものであろう。それでも、「天子が某を娶り」に続き「子を産む」という表現パターンは、古事記のすべての記事に一致している。この表では『古事記』中巻と下巻の中から一部しか引用しなかったが、両者を比較して見れば、その類似性がたやすく認められることであろう。

『帝王世紀』と『古事記』における三つの項目を図表2～4のように表示してみれば、表現上多少の違いが認められるものの、項目立てや内容の類似が明らかである。これは、太安万侶が『古事記』を撰述するにあたり、『初学記』

と『芸文類聚』の利用に止まらず、『帝王世紀』という書物も参考した可能性を強く示唆している。また、王統譜を除く二項目の記事の分量がほぼ同じであるところも注目される。現存する『帝王世紀』の総字数は約二万三千六百字、古事記は約五万四千字であるが、『帝王世紀』が佚書を再整理したものであり、記述内容に明らかな欠損状態があることから考えれば、その分量が少なくとも現在見るより多かったことが推測される。

表2　王統譜と皇統譜

記事内容＼文献	帝王世紀	古事記
①	（顓頊）納勝墳氏女娽、生老童。有才子八人、号八凱。	（綏靖）天皇娶師木県主之祖、河俣毘売、生御子……。
②	（堯）取富宜氏女、曰女皇、生丹朱。又有庶子九人。	（安寧）天皇娶河俣毘売之兄、県主波延之女、阿久斗比売、生御子……。
③	（舜）嬪於虞、故因号有虞氏。有二妃。元妃娥皇無子。次妃女英生商均、次妃登比氏生二女。宵明燭光、有庶子八人皆不肖。	（孝昭）天皇娶尾張連之祖、奥津余曾之妹、名余曾多本毘売命、生御子……。
④	（禹）娶塗山之子、名曰攸、生餘。	（孝元）天皇娶穂積臣等之祖、内色許男命妹、内色許売命、生御子……。
⑤	（湯）娶有莘氏女為正妃、生太子丁。	（垂仁）天皇娶沙本毘古命之妹、佐波遅比売命、生御子……。
⑥	（文王）取太姒、生伯邑考、武王発、次管叔鮮、次蔡侯、次郕叔武、次霍叔処、次周公旦、次曹叔振鐸、次康叔封、次冄叔季載。	（仁徳）天皇娶葛城之曾都毘古之女、石之日売命、生御子、大江之伊邪本和気命。次墨江之中津王。次蝮之水歯別命。次男浅津間若子宿禰命……。
⑦	（武王）妃太公之女、曰邑姜、修教於内。生太子誦。	（履中）天皇娶葛城之曾都毘古之子、葦田宿禰之子、名黒比売命、生御子……。
⑧	（昭王）娶於房、曰房后。生太子満、代立、是謂穆王。	（允恭）天皇娶意富本杼王之妹、忍坂之大中津比売命、生御子……。
⑨	（劉邦）納呂公之女、謂之高皇后。生太子盈、代立。	（継体）天皇娶三尾君等祖、名若比売、生御子……。

（補注）煩雑さを避けるため『古事記』の内容は中巻と下巻の一部にとどめた。

表3　天子・天皇の年齢、在位年数

帝王世紀	古事記
（太昊帝庖犧氏）在位一百一十年。	（神武天皇）凡此神倭伊波礼毘古天皇御年、壱佰参拾漆歳。
（太昊）在位一百一十年。	（綏靖）天皇御年、肆拾伍歳。
（神農）在位百二十年而崩。	（安寧）天皇御年、肆拾玖歳。
（黄帝）在位百年崩。	（懿徳）天皇御年、肆拾伍歳。
（黄帝）在位百年而崩、年百一十歳。	（孝昭）天皇御年、玖拾参歳。
（少昊帝）在位百年而崩。	（孝安）天皇御年、壱佰弐拾参歳。
（顓頊）在位七十八年、九十八歳。歳在鶉火而崩。	（孝霊）天皇御年、壱佰陸歳。
（帝嚳）在位七十五年。年百五歳而崩。	（孝元）天皇御年、伍拾漆歳。
（堯）在位九十八年、年百一十八歳乃殂。	（開化）天皇御年、陸拾参歳。
（舜）年八十一即真、八十三而薦禹、九十五而使禹摂政。……崩於鳴条、年百歳。	（崇神）天皇御年、壱佰陸拾捌歳。戊寅年十二月崩。
（禹）年百歳、崩於会稽。	（景行）天皇御年、壱佰参拾漆歳。
（啓）在位九年、年八十余而終。	（成務）天皇御年、玖拾伍歳。乙卯年三月十五日崩也。
（湯）為天子十三年、年百歳而崩。	（衷哀）天皇御年、伍拾弐歳。壬戌年六月十一日崩也。
（太甲）享国三十三年、年百歳。	（応神）天皇御年、壱佰参拾歳。甲午年九月九日崩。
（武丁）享国五十有九年、年百歳。	（仁徳）天皇御年、捌拾参歳。丁卯年八月十五日崩也。
（紂）即位三十三年。	（履中）天皇御年、陸拾肆歳。壬申年正月三日崩。
（文王）嗣位五十年。……文王九十七而崩。	（反正）天皇御年、陸拾歳。丁丑年七月崩。
（武王）崩於鎬、殯於岐、時年九十三歳矣。	（允恭）天皇御年、漆拾捌歳。甲午年正月十五日崩。
（穆王）五十五年。王年百五歳。崩於祇宮。	（安康）天皇御年、伍拾陸歳。
（景王）在位二十五年。	（雄略）天皇御年、壱佰弐拾肆歳。己巳年八月九日崩也。
（悼王）以景王二十五年四月始即位、十一月崩。王立凡二百日。	（顕宗）天皇御年、参拾捌歳。治天下八歳。
（秦王）三十七年、崩於砂丘平台、年五十。	（武烈）天皇、治天下捌歳也。
（漢王）都長安、十二年。崩于長楽宮、年六十二。	（継体）天皇御年、肆拾参歳。丁未年四月九日崩也。
（孝文）即位二十三年、年四十七。	（安閑）天皇。乙卯年三月十三日崩。
（孝景帝）在位十六年、年四十八。	（敏達）天皇、治天下壱拾肆歳也。甲辰年四月六日崩。
（光武皇帝）在位三十三年、中元二年二月、崩於洛陽南宮。年六十三。	（用明）天皇、治天下参歳。丁未年四月十五日崩。
（魏武帝）都洛陽、皇初七年崩、年四十。	（崇峻）天皇、治天下肆歳。壬子年十一月十三日崩也。
	（推古）天皇、治天下参拾漆歳。戊子年三月十五日癸五日崩。

表4　陵墓の所在

	（伏羲）葬南郡。或曰、冢在山陽高平之西也。	（神武天皇）御陵在畝火山之北方白檮尾上也。
	（神農）葬長沙。	（綏靖天皇）御陵在衝田岡也。
	（黄帝）葬於上郡陽周之橋山。	（安寧天皇）御陵在畝火山之美富登也。
	（顓頊）葬東郡頓丘広陽里。	（懿徳天皇）御陵在畝火山之真名子谷上也。
	（帝嚳）葬東郡頓丘広陽里。	（孝昭天皇）御陵在掖上博多山上也。
	（尭）葬於済陰之成陽西北。	（孝安天皇）御陵在玉手岡上也。
	（舜）葬蒼梧九疑山之陽、是為零陵。	（孝霊天皇）御陵在片岡馬坂上也。
	（禹）葬会稽山陰県之南。	（孝元天皇）御陵在剣池之中岡上也。
	（文王）葬於畢、畢在杜南。	（開化天皇）御陵在伊邪河之坂上也。
	（武王）殯於岐。	（崇神天皇）御陵在山辺道勾之岡上也。
	（景王）葬景王於翟泉。	（垂仁天皇）葬狭木之寺間陵也。
	（秦文公）葬於西山。	（景行天皇）御陵在山辺之道上也。
	（秦寧公）葬西山大麓。	（成務天皇）御陵在沙紀之多他那美也。
	（秦荘公）葬於芷陽之麗山。	（仲哀天皇）御陵在河内恵賀之長江也。
	（漢高祖）葬長陵。長陵山東西広百二十丈、高十三丈、在渭水北、去長安三十五里。	（応神天皇）御陵在川内恵賀之裳伏岡也。
	（漢孝文皇帝）葬覇陵。	（仁徳天皇）御陵在毛受之耳原也。
	（漢景帝）葬陽陵、廟名徳陽。	（履中天皇）御陵在毛受也。
	（漢光武帝）葬臨平亭南、西望平陰。	（反正天皇）御陵在毛受野也。
	（漢孝章帝）其墓曰長信冢。	（允恭天皇）御陵在河内之恵賀長枝也。
	（漢孝沖帝）禅陵在濁鹿城西北十里。在今懐州修武県北二十五里、陵高二丈、周回二百歩。	（安康天皇）御陵在菅原之伏見岡也。
続補	（漢武帝）廟名龍淵、廟在茂陵東。	（雄略天皇）御陵在河内之多治比高鸇也。
	（漢光武帝）原陵、在臨平亭之南。	（顕宗天皇）御陵在片岡之石坏岡上也。
	（漢章帝）敬陵、在雒陽東南。	（武烈天皇）御陵在片岡之石坏岡也。
	（漢和帝）慎陵、在雒陽東南。	（継体天皇）御陵者、三嶋之藍御陵也。
	（漢殤帝）康陵、高五丈四尺、去雒陽四十八里。	（安閑天皇）御陵在河内之古市高屋村也。
	（漢安帝）恭陵、在雒陽西北。	（敏達天皇）御陵在山内科長也。
	（漢順帝）憲陵、在雒陽西北。	（用明天皇）御陵在石寸掖上、後遷科長中陵也。
	（漢質帝）静陵、在雒陽東。	（崇峻天皇）御陵在倉椅岡上也。

（漢桓帝）宣陵、在雒陽西北。	（推古天皇）御陵在大野岡上、後遷科長大陵也。
（漢霊帝）文陵、在雒陽西北。	
（漢献帝）禅陵、在河内山陽之濁城西北。	

七、『帝王世紀』の源流――葉書・牒

さて、『帝王世紀』と『古事記』に間に見られる上記のような類似点をどのように理解すればよいのだろうか。この問題を考えるには、まず中国における歴史書の成立、変遷の歴史を背景に『帝王世紀』という史書の性質を明らかにすることが前提でなければならない。

皇甫謐は後漢末の黄巾の乱の鎮圧に手柄があった皇甫嵩の曾孫であり、字は士安、号は玄晏先生である。安定（今の甘粛省）の人。二十歳ころまでは放蕩の生活にあけくれたが、発奮して「書淫＝書物の虫」とあだ名されるまでの読書家となり、再三の仕官の誘いを断って著述に専念した。

『帝王世紀』は、天地の開闢から人皇が出現する魏の咸熙二年（二六五）に至るまでの二七二代にわたる歴史を、帝王を中心に記し、このような雄大な構成、あるいはまた緯書を多く利用するなどの点において、六朝時代の史書の一つの特色を示す。これについて、唐の司馬貞がその『補三皇紀序』において次のように述べている、

太史公作二史記一、古今君臣、宜応下上自二開闢一、下迄二当代一、以為中一家之首尾上。今、闕二三皇一、而以二五帝一為レ首者、正以下大戴礼有二五徳篇一、又帝系、皆叙上自二黄帝已下一、故因以二五帝本紀一為レ首。其実、三皇已還、載籍罕レ備。然君臣之始、教化之先、既論二古史一、不レ合二前闕一。近代、皇甫謐作二帝王代紀一、徐整作二三五暦一、皆論二三皇已来事一、斯亦近古之一証。今、並採而集レ之、作二三皇本紀一。雖二復浅近一、聊補レ闕云。

かくして司馬貞は、「三皇本紀」を補修するにあたり、『帝王代紀』つまり『帝王世紀』と、徐整の『三五暦紀』を用いたことを明言しているが、同時に二つの文献の史料価値を、かつて司馬遷が『史記』の撰述に用いた「五帝徳」「帝系」に匹敵するものという認識をも示している。

さて、開闢以来の歴史をなるべく詳細に記そうとした司馬遷自身も、『史記』の「三代世表・序」では、その執筆に関する具体的な様相を次のように明言している。

余、読二諜記一、……稽二其暦譜諜一……。於レ是、以二五帝繋諜尚書集世紀皇帝以来一、訖二共和一、為二世表一。

ここで注目したいのは、文中に見える「諜記」「譜諜」「繋諜」という言葉である。「諜」に対する司馬貞の注釈は次のようになっている。

〔索隠〕(「諜」、) 音牒。牒者、紀系謚之譜也。……案、大戴礼有二五帝徳及帝繋篇一。蓋太史公、取二此二篇之諜一、及二尚書一、集而紀二黄帝以来一、為二系表一也。

このように「諜」は「牒」は同音にして同義であり、これによって、「三皇本紀」が踏まえたとされる『帝王世紀』と『三五暦紀』が、いずれも「諜＝牒」――「紀系謚之譜」を中心とした性質を持つ史料であることが知られる。ここで興味深く思われるのは、「諜＝牒」というものが持つ性質と、『古事記』の「帝紀」との間に一縷のつながりを認められることである。そもそも「帝繋」という名称は、『古事記』の「帝紀」と同じ意味として理解され、両者ともに「紀系謚之譜」――系譜や謚を記したものを指している。

このような推論が成立すれば、当然「帝繋」の源流について改めて考察する必要が出てくる。つとに戸川芳郎氏に指摘されたように、皇甫謐の『帝王世紀』の制作は、帝紀である『漢紀』の体例を借用したが、そもそも『漢紀』に太古の事績を加え、これを通代の歴史に仕立てたのは譙周の『古史考』などである。ただ、その後汲冢書『竹書紀年』の出現によって、『古史考』の内容が補強され、それがそのまま『帝王世紀』にも影響を及ぼしていたというのであ

る。(20)

しかし、近年中国における木簡学の発展によって、我々は譙周の『古史考』や『竹書紀年』よりも、「課＝牒」という紀年体の原始的形態に接することができるようになったのである。例えば、歴史学者陳偉氏の最新の研究によれば、中国における紀年という歴史記述の濫觴は、「葉書《ようしょ》」と称せられる一群の史料に溯れる。ここに陳偉氏の関連研究をその最新の論文によって概説してみよう。(21)

一九七五年、中国湖北省雲夢県にある雲夢睡虎地第十一号の秦墓から出土した一群の竹簡が「大事記」または「編年記」と称せられていたが、その形態が印台漢簡と松柏漢簡の「葉書」に近いことから、文字学者の李零氏は「葉書」と名付けた。(22)これらの竹簡は総数五三枚に及び、秦の昭王元年（紀元前三〇六年）から、始皇帝三十年（紀元前二一七年）までの皇位更迭及び各自の在位期間や年月を記している。多くの年代記述の下に、国家の重要な出来事（ほとんどは戦争の記録）も記されている。現在、「葉書」と命名された竹簡はそろって荊州近辺に出土している。

「葉書」の語義について李零氏は、「葉書」は「牒書」と読むべきであり、本来は「世表」、「年表」、「月表」の類を指していうものであるとしている。例えば、江陵にある毛家園一号漢墓から出土した木牘告地書「今牒書所具」を引用した上で、李零氏は次のように論じている。

古代の文献に見られる所謂「牒」は、簡冊の基本単位であり、竹簡一枚、木牘一枚はすべて「牒」と呼ばれていた。古代の史書の基礎は文書であり、文書の基礎は日常的な記録である。所謂編年と大事記も、ばらばらの記録を編集して出来たものである。事後の整理を経て、はじめて系統を持つ世次、系統的な編年になる。「牒書」は、ばらばらの簡牘を編集して出来た文書類に属する。(23)

李氏だけでなく、荊州博物館の学者たちも、松柏漢簡のニュースを発布した時にも、「葉書」の「葉」を「牒」と読解している。

一方、江陵毛家園漢墓の木牘告地書に見える「牒書」という用語も、里耶秦簡牘にしばしば現れる。例えば、里耶簡八—六四五説に「牒書水火敗亡課一牒上」、簡八—七六八説に「今牒書応書者一牒上」、簡八—一五一四の「今牒書当令者三牒署弟（第）上」、『漢書』薛宣伝の「乃手自牒書」に対する顔師古の注が、「牒書、謂書于簡牒也。」となっているのも、おおむね妥当な意見であろう。また、『史記索隠』にも、「余読牒記」に対して「牒者、記系諡之書也、下云稽歴譜諜、謂歴代之譜諜也。」とあるように、「牒」の意味を系譜としている。

以上の諸例から、簡牘に見られる「牒書」の含意も、比較的に広いものと考えられ、一般的には「世表」、「年表」のような特定の含意を持たないものと言えよう。

陳偉氏は、「葉書」の訓みについて、「葉」が実際に「世」とすべき見解を示している。その根拠として睡虎地日書乙種簡一五八に、「外鬼父葉為姓（眚）」、更に、簡一七二には「母葉外死為姓（眚）」に対して、整理者たちはそろって「葉」を「世」としていることを踏まえ[24]、「葉」と「世」の二字が通用できる例として注目している。

『国語』楚語上第十七には、「荘王使士亹傅大子葴」に、申叔時の言葉として、

教之世、而為レ之昭二明徳一而廃二幽昏一焉、以休二懼其動一。

との内容が記されている。これに対する韋昭の注は、「世、先王之世系也」としている。また、『周礼』春官・瞽矇に見える賈疏が引く『国語』古注にも、

先王之繫世本、使レ知二有レ徳者長、無レ徳者短一。

とある。さらに、『周礼』春官・瞽矇に見える「世奠繫」に対して、鄭玄の注は、

杜子春云、……世奠繫、謂二帝繫一、諸侯卿大夫世本之属是也。小史主次序二先王之世一、昭穆之繫、述二其徳行一。瞽矇主誦詩、并誦二世繫一、以戒勧二人君一也。……玄謂二諷誦詩一、主謂二廞作柩諡時一也。諷誦二王治功一之詩、以為レ諡。世之而定二其繫一、謂三書于二世本一也。

とのようになっている。(25)

また、『小史』に見える、「小史掌邦国之志、奠繋世、弁昭穆。」という記述に対して、鄭玄注は鄭司農の次の言葉、「繋世、謂帝繋、世本之属是也。」を引用しながら説明している。『史記集解序』にも、「采『世本』、『戦国策』」とあり、これに対して『索隠』の方は劉向の次の説を引用している。

世本、古史官明二于古事一者之所レ記也。録二黄帝已来帝王諸侯及卿大夫系謚名号一、凡十五篇也。

このように見れば、「葉（世）書」というものは、『国語』の「世」、『周礼』の「世繋」、さらに秦漢時に流行していた『世本』とおおよそ類似していた文献を指し、世繋を記述する書物と推測される。

以上見てきたように、『帝王世紀』の源流は、早くに戦国時代の「葉書」に溯れ、その成立に至るまで、世本、汲冢書『竹書紀年』、『漢紀』、『古史考』などの基礎史料としての紀年物の存在があったのである。

さて、『古事記』と『帝王世紀』の間に見られる数々の類似現象を踏まえて、ここに改めて本章の冒頭に引用した山田孝雄の『古事記』の体裁を評した、「それだけをずらりと竝べた歴史と云ふものは、一体世界にあるものでありますか。我々はさう云ふものはまあ年表だと云ふ、歴史だとは言はない。だから古事記が歴史の材料にはなりませうが、古事記其のものは歴史だとは考へられない。さう云ふ歴史はない。」という言葉を読めば、それが極めて限られた知識の環境において発した、必ずしも的を射た見解ではないことが知られる。『古事記』のはるかな淵源には、「牒」に始まる世本、汲冢書、『漢紀』、『古史考』、さらに『帝王世紀』があったのである。

八、『帝王世紀』の達成

『帝王世紀』の著者皇甫謐は、晋の太康三年（二八二）に六十四歳で没しているが、その著作が生前から広く読まれ、利用されていたことは、現存する南北朝以来の諸注釈書、類書などにある頻繁な引用に窺える。(26) そうした現象の背景について、戸川氏は、

後漢のすえに、紀伝体の『漢書』を、年暦をたて軸にとって帝王の事蹟を年月ごとに繋ける編年史に組み替えたこと、つまり帝紀の編年「通史」が新たに流行しだしたのである。が、西晋の後半においてこの史体が、経書の体例に合致することを発見したことによって、記事と体例（義法）の両面から「古史」の権威を定立させたのである。(27)

（「帝紀と生成論――『帝王世紀』と三気五運――」）

とのように指摘しており、さらに流行の理由について、

この『帝王世紀』が、魏晋南北朝を通じて当時の風尚にかなって流行した理由の一つは、この文献をとおして歴史的社会の生成のすがたが、もっとも完全なるイメージのもとに、簡要な内容として与えられたことによる、と考えられる。……人間史の開幕の説明と帝紀とを統一するに成功したことである。そこにある叙述は、説話としての天地開闢伝説の完成ではなく、人間社会の文明の歴史を遡源した、人間の根元の状態を、明確に描いてみせたからであった。……陰陽五行説による休祥災異思想や天人感応思想といった、政治支配の統治原理は、既に両漢を通じて一おうその完成度をたかめ、宇宙自然と人間社会を共通に覆いつくして、その倫理的な構成をおしすめていた。それは一方、劉歆の「世経」や讖緯の書を中心として、具体的に帝王統治の累代の系譜をも整序しつつあったことを意味する。……そして、これらを踏まえた古典的な宇宙生成論と帝王統治の世紀は、この『帝王世紀』の叙述において、徐整の「三五暦紀」をもあわせて簡便に網羅的に与えられるものであった、と言いうるであろう。(28)

（同右）

とのように分析している。

かくして「帝紀」と「人間史」の統一を成し遂げたことを『帝王世紀』最大の意味として強調しているが、ここで

特に注目したいのは、戸川氏が指摘する、「古典的な宇宙生成論と帝王統治の世紀」が「簡便に網羅的に与えられる」という『帝王世紀』の達成である。実際、これに類した積極的な評価は早くから現れている。かつて清の銭保塘が『帝王世紀』を補訂する際にも、すでに次のように評したことがある。

皇甫士安、多見二異書一、去レ古未レ遠。所撰『帝王世紀』雖二久佚一、然散見二於諸書引用者一尚多。所レ紀三代以前事、出二入諸子緯候一、間渉二詼奇一。往々出二『史記』之外一、足レ資二考証一。

大意は、『帝王世紀』が三代以前の諸子の書物から緯書まで、数多く蒐集し、場合によって神話や異説も含まれるが、『史記』の記述しないものまで含まれているため、極めて貴重な文献である、というものである。銭保塘がいう「異書」は、『史記』五帝本紀の論賛にいう、

太史公曰、……孔子所伝宰予問二五帝徳及帝繫姓一、儒者或不レ伝。……総レ之、不レ離二古文者一、近レ是。

との内容から、『尚書』のような儒教の経書でないことが知られる。これに対して、司馬貞はさらに索隠で、

五帝徳・帝繫姓及孔子家語篇名。以二二者一、皆非二正経一、故漢時儒者、以為三非二聖人之言一、故多不二伝学一也。

とのように、「皆非正経」と注していることからも窺える。ここの「五帝徳」「帝繫姓」は当時の『大戴礼』所収「五帝徳第六十二」と「帝繫第六十三」、そして『孔子家語』所収「五帝徳第二十三」に該当する。司馬貞が更に論賛の「古文」について、

古文即帝徳・帝系二書也。近レ是、聖人之説。

と、より具体的な資料を指定している。

このように見てくれば、『帝王世紀』を撰述するにあたり、皇甫謐がもっとも盛んに利用したのは、「帝徳」「帝系」及び緯書のような、文字通り「間渉詼奇」の性質を帯びた史料である。この点について、内藤湖南はその『支那史学史』において次のように指摘している。

劉勰の文心彫龍は、……「一般に奇なることを愛し、実理を顧みず、伝聞を書いてその事を偉にせんとし、遠い時代のことを書いてその跡を詳かにせんとする。その為めに務めて普通に知られぬ異事を取り、正しい説以外の事を穿鑿し、昔の歴史にないことを自己の書で伝へんとする傾きがるのは誤りの本である。同時に事を書くことになると殊に偽りが多く、立派な家柄の人はつまらぬ者もよく書かれ、失敗した人は有徳の者も嗤はれる。遠い世のことも近い世のことも実を伝へることは難しい」と云つてゐるのは面白い観察であつて、……これは当時実地にかかる書籍を見て云つたことであらう。これより前に出来た皇甫謐の帝王世紀などは、古い事を史記よりも詳記し、それ以来、古代の事については、史記が典拠とならないまでになったけれども、その書の弊は正に右の文心彫龍の非難に相当するものである。また同時の事を曲筆するのは毎にあることであった。とくに六朝の如く門閥の盛であつた時には、有り勝ちのことであらう。(29)（「史記漢書以後の史書の発展」）

このように決して高い評価ではないが、しかし、立場を換えてみれば、『帝王世紀』が持つ「間渉詠奇」の性質はまた、まさにその価値の存するところではないだろうか。これは、単に『帝王世紀』が、『史記』の史料の不足を補った点だけではなく、史書としての『帝王世紀』の達成は、何よりも新たな規範意識を創り、その規範意識が、後世の史家にとって多くの刺激を与えたところにあるのであろう。

ここにいう規範意識とは、主に二つのことを指している。一つは、緯書思想を利用して、宇宙自然と人間社会を一体化させ、その論理的な構成を推し進めたこと。今一つは、緯書の図讖、風貌説を利用して、宇宙生成論を人間史的に転換させ得たことである。以下この二点について論じてみる。

九、『帝王世紀』の生成論と緯書

それでは、『帝王世紀』が依拠するところの生成論とは、一体どのようなものだろうか。

人間史の成り立つ前提は、人間が何処より来たり、という疑問に答えることでもある。ギリシア神話などと違って、中国の場合、女媧が天を補うような断片的な説話があっても、人間史の始まりに関する系統的な神話や伝承が存在せず、その代わりに早くから発達していた無神論が、人間史の始まりに関する説明の礎になったようである。所謂「気」の思想がそうである。

ところが、漢の時代になると、俄に流行し出した緯書思想の影響によって、「気」の思想にもある種の変化が見られるようになった。それはすなわち万物化成以前の、混沌の状態を、気、形、質の未分離の宇宙として描いたものが、東漢になって流行した緯書思想——「三気」の生成論に取って代えられたことである。まず『帝王世紀』冒頭にある内容を引用してみよう。

天地未レ分、謂二之太易一。元気始萌、謂二之太初一。気形之始、謂二之太始一。形変有レ質、謂二之太素一。太素之前、幽清寂寞、不レ可レ為レ象。惟虚惟無、蓋道之根。道根既建、由レ無生レ有。太素質始萌、萌而未レ兆、謂二之龐洪一、蓋道之幹。既育二万物一成体、於レ是剛柔始分、清濁始位。天成二於外一而体レ陽、故圓以動、蓋道之実。質形已具、謂二之太極一。

かくして天地開闢から説き起こす『帝王世紀』では、元気の萌しとされる「太易」に始まり、「太初」、「太始」、「太素」という諸段階の変化を経て、ようやく「由無生有」——無から有が生まれた、という過程を示しているが、これを同じく天地開闢の様子を描く緯書『易緯乾鑿度』（巻上）の内容と比較してみよう。

昔者、聖人因二陰陽一、定二消息一、立二乾坤一、以統二天地一。夫有形生二於无形一。乾坤安従生。〔注〕天地、本無レ形而得二有形一、即有形生二於無形一矣。故繋辞曰、形而上者、謂二之道一。夫乾坤者、法二天地之象質一。然則有二天地一、則有二乾坤一矣。将明二天地之由一、故先設問、乾坤安従生也。

故曰、有二太易一、有二太初一、有二太始一、有二太素一也。

太易者、未レ見レ気也。〔注〕以二其寂然無物一、故名レ之為二太易一。

太初者、気之始也。〔注〕元気之所二本始一。太易既自二寂然無物一矣。焉能生二此太初一哉。則「太初」者、亦忽然而自生。

太始者、形之始也。〔注〕形見、此天象形見之所二本始一也。

太素者、質之始也。〔注〕地、質之所二本始一也。

炁・形・質、具而未レ離、故曰二渾淪一。渾淪者、言三万物渾成而未二相離一。

文中の「太初者、気之始也。」に対して、「元気之所本始。〈太易〉既自〈寂然無物〉矣。焉能生此〈太初〉哉。則〈太初〉者、亦忽然而自生。」という鄭玄の注が、天地の有物は、忽焉として突如としてそのものが自然必然的に発生する。無形を存在の根拠におく「無―有」の存在論は、元気「三気」系の気一元論をこのような論理によって包摂しようとしたのである。戸川氏に言わせれば、

この、「忽然自生」説、いいかえれば魏晋に発展した「無」の存在論は、その発生をこの鄭注『乾鑿度』に求めることによって楊雄の「玄」や張衡の「霊憲」から脈絡をたどって東漢期の生成論の展開のありさまを見い出すことができるのである。(30)

とのことになるが、相似たような論理は、緯書『孝経鈎命決』にも見られる。

天地未レ分之前、有二太易一、有二太初一、有二太始一、有二太素一、有二太極一、是為二五運一。形象未レ分、謂二之太易一。元気始萌、

謂二之太初一。気形之端、謂二之太始一。形変有レ質、謂二之太素一。質形已具、謂二之太極一。五気漸変、謂二之五運一。

天地が分かれる前に、「太易」というのがあり、それから「太初」「太始」「太素」となって、最後に「太極」となるが、この五種類の気「五気」が代わるがわる巡り移っていくもの、これを「五運」という。「三気」とは、その真ん中にある太初、太始、太素の三者である。

ところが、緯書に見る右記のような天地生成の理論——「三気」と「五運」が、いつしか中国における人間史の始まりを象徴する「三皇」「五帝」と結び付けられ、人間史の開幕の説明と帝紀とを統一するようになったのである。戸川芳郎氏の言葉でいえば、「そこにある叙述は、説話としての天地開闢伝説の完成ではなく、人間社会の文明の歴史を遡源した、人類の根原の状態を、明確に描いてみせた」のである[31]。

比較すれば分かるが、前記図讖を含む『呂氏春秋』、『左伝』、『尚書』、『世本』、『史記』などの史書は、天地開闢についての記載がなく、いずれも季節をめぐる解釈や、歴史事件に関する叙述、またはいきなり帝王の記録から説き起こすものである。この中で、唯一『帝王世紀』は、コスモロジーの生成を起点として述べている。

このような史体は、後漢に興起した経学史観とも称すべき、三皇・五帝の帝王統治を重ねあわせた礼教国家的歴史観をベースとして、細密な暦数の操作を加えた緯書説による年代観を軸にして成立したものである。また、『帝王世紀』において宇宙と人事の総合的な世界のありさまが見事に完結されたのであるが、ここで注目したいのは、神々の誕生をめぐって使われる「成」、「生」の表現と、緯書『易緯乾鑿度』に見える「忽然而自生」という言葉との関係である。

「忽然而自生」は、戸川氏の説明では、「〈無物〉の根元から、有形の原始の物を発生せしめる能力は、もとより有しない。有と無との関係は、このように截然としている。寂然たる無物の〈太易〉からは、原初の有物の〈太初〉以下は生じない。すべての事物は、忽焉としておのずから発生する。天地の有物は、突如としてそのものが自生する」

とのように解せられている。(32) また、中国思想史におけるその位相を次のように指摘している。

この「忽爾として自生す」る、とは六朝思想史上の、重要な主張を含む用語であって、任意の表現ではない。そこには、すべての有限の事象・万物は、なんらかの因使関係を保つことなく、おのずから自生し自存する、いわば対他的なつながりの認められないものとしての、個々の存在である。突如、忽焉とそのものが即自的に存在する、と主張するその背後には、個々の事象の能動・連帯の性質を否定した、現状の自足・調和をむねとする〔自然〕思想の一つが、そこに託されている。(33)

このような理論を踏まえて、戸川氏は、『帝王世紀』成立の意義を、「帝王の統治する人間社会へとつながる、宇宙自然と人類史の総合を可能にする型式は完成を見て、かくして『帝王世紀』の世界が形づくられていったのである」とした上で、東晋の学者張湛がその『列子注』に述べた次の言葉にも注目している。

謂二之生一者、則不レ死、無者、則不レ生。故有無之不二相生一、理既然矣。則有何由而生。忽爾而自生、而不レ知三其所以二生一。不レ知二所以生一、生則本同二於無一。本同二於無一、而非レ無也。此明有形之自形、無形以相形也。

世界の生成にはこれといった理由は存在しない。有も無も本来は同じようなものであり、その間に必然的な関係はもとより存在しない。これをかの『旧約聖書』の「創世記」と比較すれば、その違いが明瞭になる。

始めに神が天地を創造された。地は混沌としていた。暗黒が原始の海の表面にあり、神の霊風が大水の表面に吹きまくっていたが、神が、「光あれよ」と言われると、光が出来た。神は光を見てよしとされた。神は光と暗黒との混合を分け、神は光を昼と呼び、暗黒を夜と呼ばれた。こうして夕あり、また朝があった。以上が最初の一日である。

そこで神が、「大水の間に一つの大空が出来て、大水と大水の間を分けよ」と言われると、そのようになった。神は大空を造り、大空の下の大水と大空の上の大水とを分けられた。

神は大空を天と呼ばれた。神はそれを見てよしとされた。こうして夕あり、また朝があった。以上が第二日である。

そこで神が、「天の下の大水は一つの所に集まり、乾いた所が現われよ」と言われると、そのようになった。神は乾いた所を地と呼び、水の集まった所を海と呼ばれた。神はそれを見てよしとされた。そこで神が、「地は青草と種を生ずる草と、その中に種があって果を実らす果樹を地上に生ぜよ」と言われると、そのようになった。地は青草と各種の種を生ずる草と、その中に種をもつ各種の果を実らす樹とを生じた。神をそれを見てよしとされた。こうして夕があり、また朝があった。以上が第三日である。(34)　（「祭司資料の創造記（一ノ一—二ノ四前半）」）

このように、神が天地を創造する『旧約聖書』では、すべての存在は、神の意志の顕現として、混沌の状態から現在ある世界に創り上げられたとのような理論が展開されている。また、江戸時代初期のキリシタン教理書『妙貞問答』の内容も参考になる。

サテサテ初心ナル作り立様サブラフヤ、同ジ作り事ニテモ又似ツキタルコトモ有物ナルガ、是ハ皆キヨウコツ（軽忽）ナル巧ミニテサブラフゾ、……先（ヅ）大八州国ト云フハ、日本一州、其海山草木マデモ生メリトヤ、アラオビタタダシノ腹ヤ。（中巻）

作り玉フトハ云ヘドモ、今ノ人間ノ家ヲ立、城ヲ作リナスヤウナル事トハ思ィ玉フベカラズ。其ハ作リ出スニハアラデ、有物ヲ取テ、ナリ形チヲナシ、サシ合スルノミナリ。——デウスハ此天地ヲ下地モナク、御手間モ入玉ハズ、有レト思召ス御一念ヨリ如此ニアラセ玉フハ、真ノ御作者トハ是也。（下巻）

かくして和洋の習合という内容が多分に認められるとはいえ、根本的なところでは聖書と同じく、やはり世界は「デウス」の「一念」によって創造されたことを力説しているのである。『古事記』の冒頭を飾る天地開闢の文章——「於高天原成神、名天之御中主神」——高天原になった神は、名前は御中主神であった」と比較すれば分かるように、片やいきなりその存在を顕現する「成る」という表現で始まり、片や造物主の手によってすべてを「作る」という、世界の始まりは、二つの動詞によって鮮明に区別され、意義づけられているのである。(35)

十、「有聖徳」の継承、発揚と緯書

では、『帝王世紀』において、形而上的概念である「三気」「五始」と人間史の始まりである「三皇」「五帝」との結合がどのようにして行われたのだろうか。この疑問を解決する手がかりは、「道徳」という言葉にある。「道徳」という概念をめぐって注目されるのが、第一章において一度触れた賈晋華氏の研究である。賈氏によれば、「道徳」は本来「道」と「徳」に分かれた、それぞれ異なる意味を持つ概念であった。(36)その詳細について省くが、ここでは賈氏にしばしば言及されていた戦国の思想家『管子』の「道」と「徳」に関する議論を見てみよう。

虚無無形謂二之道一、化育二万物一謂二之徳一。……天之道、虚其無形。虚則不レ屈、無形則無レ所二位忤一。無レ所二位忤一、故偏流二万物一而不レ変。徳者、道之舎。物得二以生生一、知得三以二職道之精一。……無為之謂レ道、舎之之謂レ徳。故道之與徳無レ間、故言レ之者不レ別也。（心術）

つまり、「道」は本来目には見えないが、天地宇宙の存在や運行を支配する力であり、それに対する「徳」は、その表象として目に見える人間の行為を指す。ただしその究極の所有者は人間ではなく、あくまでも「天」または「上帝」なのである。青銅器『史墻盤』（一九七六年出土）の「上帝降懿徳」、『詩経』周頌の「維天之命、於穆不已。於乎不顕、文王之徳之純」、更に『左伝』宣公三年の「周徳雖衰、天命未改。鼎之軽重、未可問也」、『論語』の「天生徳於予」は、いずれも古人を超越する存在としての「天」「上帝」が、「徳」の所有者であると同時に、その授与する対象の人間との関係を述べたものである。

このため、「天」「上帝」によって授与された「徳」の現れ方＝行為について、中国思想史家の李沢厚氏は、次のように述べている。

「徳」は一通りの人間の行為のように見えて、その実一般的な行為を指すものではない。主として氏族や部落の首領が祭祀、出征などの時に行使する重大な政治的行為を意味する。……「徳」という概念は、原始の呪術儀礼の伝統と深く関わっており、同時に神秘色の強い祖先崇拝や、さらに「天意」、「天道」の信仰と観念とも関係する。(37)

以上の論述に窺える「道」と「徳」の関係を、既に第一章で掲げた『白虎通』の議論と合わせてみれば、一層明確に見えてくるものであろう。

○帝王は何ぞや。号なり。号は、功の表れなり。功を表し徳を明らかにし、臣下に号令する所以の者なり。徳の天地に合する者を帝と称し、仁義合する者を王と称し、優劣を別つなり。『礼記』謚法編に曰く、「徳は天地を象りて帝と称し、仁義の生ずるところ王と称す。」（号）

○又た、聖人に皆異表あり。……黄帝は龍顔なり……顓頊は干を戴く……帝嚳は駢歯なり……尭の眉八采あり。（異表）

このように、帝王の号にしても風貌にしても、ひとつとて「徳」の現れでないものはない、との論理を説いている。

さて、右記の論を踏まえて、『帝王世紀』における「道」と「徳」の関係について見れば、そこにも、やはり両者の密接な結びつきによる、『帝王世紀』独特の表現パターンが認められる。

例えば、『帝王世紀』には、しばしば「有聖徳」という表現でもって古代の帝王を記述している。

○神農氏、姜姓也。母曰任姒、有喬氏之女、名二女登一。……人身牛首、長二於姜水一。因以氏焉。有二聖徳一。

○黄帝少典之子、姫姓也。母曰二附宝一、見下大電光繞二北斗枢星一照上野、感二附宝一而生三黄帝於二寿丘一。龍顔、有二聖徳一。

○少昊帝、名摯、字青陽、姫姓也。降居㆓江水㆒、有㆓聖徳㆒。
○顓頊皇帝之孫、昌意之子、姫姓也。……首戴㆓干戈㆒、有㆓聖徳㆒。
○帝嚳高辛氏、姫姓也。有㆓聖徳㆒。
○帝嚳、姫姓也。其母不㆑覚、生而神異、自言㆓其名㆒、曰㆑夋。駢歯。有㆓聖徳㆒。
○帝有虞氏、姚姓也。目重瞳、故名㆓重華㆒、字都君、有㆓聖徳㆒。
○伯禹夏後氏、姒姓也。……身長九尺二寸、……有㆓聖徳㆒。
○成湯、一名帝乙。豊下鋭上、倨身而揚声。長九尺、有㆓聖徳㆒。

右記諸例は、既に図表でもって一度掲げた『帝王世紀』の記事から抽出したものであるが、それぞれの文に「有聖徳」という表現のあり方から、帝王なるものの「徳」は、すべてその特異な風貌によって克明に記されていることが分かる。これは言い換えれば、帝王の「徳」は「天」と「上帝」の存在を根拠づける「道」にかなった人間の身体特徴をさし、そして、このような身体特徴を備えた者に限って、「天」や「上帝」の意志を執行する資格を有する、ということになる。

それだけでなく、『帝王世紀』にしばしば見られる帝王の尋常ならぬ寿命と治世の長さも、その「徳」の有無と関係があるようである。この点、『周礼』春官・瞽矇に見える賈疏が引く『国語』古注にある「先王之繫世本、使知有徳者長、無徳者短。」という言葉が示すように、「有徳」ならば治世や寿命が長く、「無徳」ならばその反対になる。

『帝王世紀』では、各帝王の風貌を描くにあたり、手始めに決まって「図讖+有聖徳」という構造でもって展開している。先に述べたように、緯書などでは、図讖に続き、たまに聖者を論じるにあたり「聖者慈理也」、「有徳文也」という表現が見られても、これらはいずれも個別のケースに止まっており、「有聖徳」のような定型までに至っていないようである。『史記』の五帝本紀黄帝篇にこれに近い表現は一例しか見られないが、『今本竹書紀年』には俄かに増えるようになっている。しかも、その構文と表現は、『帝王世紀』とは極めて類似するものとなっている。

○黄帝軒轅氏、母曰二附宝一、見三大電繞二北斗枢星一、光照二郊野一、感而孕。二十五月而生三帝於二寿丘一。弱而能言、龍顔、有二聖徳一。（巻上）

○帝顓頊高陽氏、母曰二女枢一、見二瑶光之星貫レ月如レ虹、感レ己於二幽房之宮一、生三顓頊於二若水一。首戴二干戈一、有二聖徳一。（巻上）

○帝嚳高辛氏、生而駢歯。有二聖徳一、（巻上）

○帝尭陶唐氏、母曰二慶都一、生二於斗維之野一、常有二黄雲覆二其上一。及レ長、観二於三河一、常有レ龍随レ之。一旦、龍負レ図而至、其文要曰、……。孕二十四月一而生レ尭三於二丹陵一、其状如レ図。及レ長、身長十尺、有二聖徳一。（巻上）

○帝禹夏后氏。母曰二修己一、出行、見二流星貫レ昴、夢接意感、既而呑二神珠一。修己背剖、而生レ禹三於二石紐一、虎鼻大口、両耳参鏤、首戴二鉤鈐一、胸有二玉斗一、足文二履己一、故名二文命一。長有二聖徳一。（巻上）

このように『今本竹書紀年』では、帝王の事蹟を記すにあたり、「図讖＋有聖徳」という定型的な表現を用いている。先に『帝王世紀』の源流は、早くに戦国時代の「葉書」に溯れ、その成立に至るまで、世本、汲冢書『竹書紀年』、『漢紀』、『古史考』などの根本史料としての紀年物の系統を受け継いでいると論じたが、『今本竹書紀年』との間に見られるこうした共通点は、何よりそうした継承関係を雄弁しているものである。そして、繰り返すまでもなく、このような記述法――伝承と史実の有機的な結合は、歴史人物にまつわる神話的・讖緯的な伝説が、そのままその人物の存在の正統性を証明し、保証するものであり、とりわけ「有聖徳」を媒介に、神話伝承に歴史的な位置づけを与える手法は、『帝王世紀』が『竹書紀年』という史書から受け継ぎ、発揚した最大の特徴かつ価値とも言えよう。

上述の規範意識の視点から見れば、『帝王世紀』の史書としての意義は決してそれだけに止まらないであろう。歴史的な立場を貫くことによって、神話伝承に対しても合理的な解釈を与え、わずかな史料をたよりに年代、年月、場所の考証を行い、各帝王をめぐる記載をあたかも実在したかのように、その裏づけとなる記述につとめる点が、『帝王世紀』が歴史記述において自ら創り出した規範である。それだけでなく、『帝王世紀』にしばしば見られる帝王の尋常ならぬ寿命と治世の長さも、その「徳」の有無と関係があるようである。この点、『周礼』春官・瞽矇に見える賈疏が引く『国語』古注にある「先王之繫世本、使知有徳者長、無徳者短。」という言葉が示すように、「有徳」ならば治世や寿命が長く、「無徳」ならばその反対になる。この言葉でもって『古事記』の天皇記事を読みなおせば、そこには、「有徳」の思想が天皇の年齢によって表現されていることが鮮明に読み取れるのである。

十一、『古事記』の生成論と緯書

史書としての『帝王世紀』の性質について述べてきたが、ここで改めて考えなければならないのは、『古事記』との関係である。

角林文雄氏がかつて『日本書紀』と『古事記』の成書理念を主として史観の角度から考察を行い、とりわけ天地の生成を語る記紀の冒頭部分が、『史記』や『漢書』に見られない、新しい思想が入っていることに注目し、そうした要素が『帝王世紀』を含む六朝時代に形成された史書に影響を受けた可能性が高いと推測したことがある。『古事記』の成書を考える上で極めて示唆深い論文であるにも関わらず、何故かこれまであまり注目されることはなかった。

例えば、角林氏は中国の史書に関する一般的な見解として、『史記』は最高峰であり、一方『帝王世紀』は、見識もなくいろいろな文献を広く集めたに過ぎないというものに対して、

> それは正しい評価であるが、ただそれはあくまでも現在の史家の見識に基づいた評価である。『帝王世紀』は六朝時代から唐代にかけては有用な史書として広く用いられたのである。八世紀の日本の歴史編纂者にとっては皇

甫謐の『帝王世紀』のようなものも手本となる有益な史書であり、その史観は吸収すべきものであった(38)という意見を述べた上で、更に次のような指摘をしている。

『日本書紀』欽明二年三月条の注記に『帝王本紀』という書名がみえる。また天武十年三月条に『帝紀』と『上古諸事』を「記定」せしめたことがみえる。この『帝紀』と『上古諸事』が『古事記』序文にいう『帝皇日継』と『本辞』にあたるものと考えられることについてはこれまで多くの研究者が論じているところである。ところでこの『帝王世紀』といい『帝紀』という書名であるが、それは六朝時代から唐代にかけて広く利用された『帝王世紀』のような書名を基にしたものだったのではないか。戸川は当時流行した『帝王世紀』のような編年体の史書を「帝紀」という名でくくっている（一九七六・三五七）。日本における史書編纂者もとうぜんそういう中国の動向に影響されたものと考えられるのである(39)。

それでは、かりに角林氏が指摘した通りであれば、『古事記』にとって、『帝王世紀』から吸収すべきものは一体どのような要素だったのだろうか。

この点、少し迂遠であるが、思想史家丸山真男氏のある有名な論点から説いていきたい。丸山真男氏は、かつてその『忠誠と反逆』において、いわゆる「歴史意識の古層」という論を提起し、耳目を集めた。その中で丸山氏は、「神代」と「人代」を一貫した歴史として記述する記紀の歴史記述の方法を記紀独特の発明とし、世界史的に見ても「特異である」との高い評価を与えている。

日本にも早くから知られていた中国の盤古説話や、『山海経』などに見える女媧氏の人間説話は、中国の伝統的歴史叙述のなかでは、大した比重をもっていないし、そうした神話の発想と中国の歴史意識との間の関連性はどう見ても密接とはいえない。ところが、日本の場合はどうか。ここで宇宙と神々の発生神話を代表的に伝えて来たのは、中国の場合の『三五歴紀』や『述異記』のような「雑本」ではなくて、なによりも記紀であり、しかも後者、すなわち『日本書紀』は古来「六国史」の冒頭に位置づけられて来た。そうして記紀に共通して、天地初発（ないしは「開闢」）の神話は、皇祖神および大和朝廷の有力氏族祖神の誕生と活躍への前奏曲をなし、そこでの神話全体が、文字通りの呼称として（『記』）、あるいは巻別として（『紀』）、「神代」を構成しつつ、そのまま第一代神武以下、歴代天皇を中心とする、いわゆる「人代」史に流れ込むように叙述されている。宇宙発生神話を含む民族神話が右のような形で、一貫した「歴史的」構成のなかに組込まれているのは、国際的に見てもきわめて特異である。(40)

（「歴史意識の〈古層〉」）

右記丸山真男の「「神代」を構成しつつ、そのまま第一代神武以下、歴代天皇を中心とする、いわゆる「人代」史に流れ込むように叙述されている。」という論点は、その「古層」論を引き出すための布石として打ち出されたものであり、どこまで史実として認められるかどうか、甚だ疑問である。

このような丸山の見解に対して、鈴木貞美氏は文化ナショナリズム論の観点から批判を行ったことがある。鈴木氏は丸山氏の論点のキーワードとして使われる「成る」をめぐって、

記紀神話に「成る」が頻出するのは、いわば当然なのだ。多くの部族の創出神話、「国生み」神話、この世はこうして成った、この国はこうして成った、という伝説がたくさん集められ、ひとつに煮とける前の、それぞれの姿を半ば残したまま編纂されたものだからだ。編纂の事情に対する考察抜きに、ある語が登場する頻度によって、その神話の性格を、ましてや民族の心性をはかることなどできはしない。(41)

と厳しく批判したのであるが、丸山説の盲点を必ずしもついたものではない。記紀の神代史と人代史の結合という独特の達成論は、そのまま維持されつづけてきた。ところが、このような日本史を各天皇の時代が順次に生起する自律的なものと見る、一国中心主義的な史観を相対化させた研究として、戸川芳郎氏の指摘が注目に値する。戸川氏は『帝王世紀』の歴史叙述を踏まえながら、『日本書紀』を「帝紀ものの通史に、まぎれもなく合致する史体の歴史書」

としつつ、その内容についても、「そのかみ、人間史の肇まりに現れる神たちは、もちろん中国における文明の創始者、三皇・五帝に照応させようとする、文明世界にみちびく行為者として描かれる」としている。戸川氏はとりわけ『日本書紀』の冒頭を飾る文章、

古天地未レ剖、陰陽不レ分、混沌如二鶏子一、溟涬而含レ牙、及二其清陽者、薄靡而為レ天、重濁者、淹滞而為レ地。

という部分を中国の「通史」の史体を模擬した、魏晋以来六朝期「通史」の常例を踏襲したものと強調している。[42]戸川氏をして右記のような結論を至らしめた原因は、『古事記』と『日本書紀』の文体や内容構成にあるようである。事実、両文献に対する従来の態度も、変体漢文と純漢文の違いなどを理由にその性質について分離して考えることが習慣となり、最新の論述を見ても、やはり両者の相違点を強調するものが多いようである。三浦佑之氏の論を見よう。

現存する古事記と日本書紀は、ともに「帝紀＝帝皇日継」と「上古諸事＝本辞・旧辞・先代旧辞」とによって編まれ、その内容は、天皇家の起源を保証する神話と、今につながる縦の時間軸の中に組み込まれた天皇の事績とによって構成された歴史書である――そのように説明される通説的な認識には、実は大きな陥穽があるのではないか。……ほぼ同時に、なぜ接近した二つの歴史書が存在するのか。しかもその内容は日本書紀は天皇の事績を編年体によって、古事記は古い伝承群を積み重ねたような「累積的」な方法によって叙述している。しかも、同じ出来事を記述しながら、出来事に対する認識と叙述のしかたは、まったく異質なものになっている。そうでありながら、古事記も日本書紀も、編纂の始発を天武天皇の「詔（勅語）」によって位置づけている。そのことに、どこか不自然さが感じられるのである。[43]

このような観点から、三浦氏が記紀に対して「まったく別の造型」という表現まで用いて、その性質の違いを論断している。しかし、実際、『帝王世紀』との関係において両者の性質を改めて比較すれば、むしろ多くの共通点が認められることも否めない。例えば、ここに『古事記』序文に見る全巻の構造に対する説明を掲げよう。

大抵所レ記者、自二天地開闢一始、以訖二于小治田御世一。故、天御中主神以下、日子波限建鵜草葺不合尊以前、為二上巻一、神倭伊波礼毘古天皇以下、品陀御世以前、為中巻、大雀皇帝以下、小治田大宮以前、為二下巻一、並録二三巻一、謹以献上。

（『古事記』）

右の説明を、徐宗元によって纏められた『帝王世紀輯存』諸本に散見する『帝王世紀』の冒頭部の内容と比較してみよう。

○天地開闢、有二天皇氏、地皇氏、人皇氏一。或冬穴夏巣、或食二鳥獣之肉一。

（『北堂書鈔』巻百五八引『帝王世説』）

○自二天地開設一、人皇以来、迄二魏咸熙二年一。凡二百七十代、積二二百七十六万七百四十五年一。分為十紀。[44]

（『博雅音』巻九注引）

このように、表現に若干の違いは認められるものの、両者そろって「自天地開闢（開設）、迄（訖）――」という表現と構文でもって、「天地開闢」から「人代」に至るまでの歴史期間をそれぞれの宗旨として表明している。このような歴史叙述の構成はまさしく戸川氏がいうように、「古典的な宇宙生成論と帝王統治の世紀」を統一したものであり、『古事記』序文が述べる主旨とも一致する。

また、先に『帝王世紀』における生成論を論じるにあたり、『易緯乾鑿度』の内容を引用したが、そこに見える表現を『古事記』の冒頭を飾る天地開闢の表現と仔細に比較すれば、叙述の方法や用語に違いはあるものの、両者の間にもある種共通した認識論が認められる。

まず、『古事記』の冒頭を飾る天地開闢の描写についてみよう。

天地初発之時、於二高天原成一神、名天之御中主神、次高御産巣日神、次神産巣日神。此三柱神者、並独神成坐而、隠レ身也。次、国稚如浮脂而久羅下那州多陀用幣流之時、如二葦牙一、因二萌騰之物一而成神、名宇摩志阿斯訶備比古遅神、次天之常立神。此二柱神亦、独神成坐而、隠レ身也。上件五柱神者、別天神。

次成神、名国之常立神、次豊雲上野神。此二柱神亦、独神成坐而、隠レ身也。次成神、名宇比地邇上神、次妹須比智邇去神、次角杙神、次妹活杙神、次意富斗能地神、次妹大斗乃弁神、次於母陀流神、次妹阿夜上訶志古泥神、次伊邪那岐神、次妹伊邪那美神。

ここで注目すべき点は、天地開闢に関わる神々を叙述するにあたり、「天之御中主神」「高御産巣日神」「神産巣日神」の「三柱神」の役割を、「宇摩志阿斯訶備比古遅神」「天之常立神」の「二柱神」とを別々に羅列した上で、「上件五柱神者、別天神」と統括して「五柱神」と称することである。これを前掲緯書『孝経鈎命決』の内容と比べてみよう。

天地未分之前、有太易、有太初、有太始、有太素、有太極、是為五運。形象未分、謂之「太易」。元気始萌、謂之「太初」。気形之端、謂之「太始」。形変有質、謂之「太素」。質形已具、謂之「太極」。五気漸変、謂之「五運」。

右記の「三気」と「五運」説を『古事記』天地開闢の内容と照応すれば、次のような対応関係が浮かび上がってくる。

太易――天之御中主神
太初――高御産巣日神
太始――神産巣日神
太素――宇摩志阿斯訶備比古遅神
太極――天之常立神

緯書などにおける「三気」とその後の「二気」の区別は、主として「気」から「形」への変化をいうものであり、「形変有質」――一定の形に定着した状態になった場合、「太素」と「太極」と称せられる、という意味である。

似たような論理は、漢代の他の文献にも認められる。『白虎通義』天地篇には、

始起之天、始起先有二太初一。後有二太始一、形兆既成、名曰二太素一。混沌相連、視レ之不レ見、聴レ之不レ聞、然後剖判二清濁一。既分、精出曜布、度レ物施レ生。精者為二三光一、号者為二五行一。行生レ情、情生二汁中一、汁中生二神明一、神明生二

道徳一、道徳生二文章一。故乾鑿度云、太初者、気之始也。太始者、形兆之始也。太素者、質之始也。陽唱陰和、男行婦随也。

とある一節があり、さらに『潜夫論』本訓篇にも、

上古之世、太素之時、元気窈冥、未レ有二形兆一、萬精合并、混而為一、莫レ制莫レ御。若レ斯久之、翻然自化、清濁分別、変成二陰陽一。陰陽有レ体、実生二両儀一。天地壱鬱、万物化淳。和気生レ人、以統二理之一。是故天本二諸陽一、地本二諸陰一、人本二中和一。三才異レ務、相待而成。各循二其道一、和気乃臻、機衡乃平。

との内容が所収されている。

山田孝雄『古事記序文講義』では「参神」について何故かまったく触れなかったが、こうした天地の生成論を踏まえて『古事記』の「五神」のあり方を見れば、最初の三神とその後の二神の区別は、主として「国稚如浮脂而久羅下那州多陀用幣流之時」を境界としている。つまり、後の二神の生成状態は、具体的な形としての「如葦牙、因萌騰之物」の出現によって生成した、というのである。

『古事記』の研究史を振り返れば、その生成論に対して緯書的な解釈を行おうとした研究が、既に中世に現れている。例えば、室町時代の成立とされる『古事記裏書』（神宮文庫所蔵影印本）には、『古事記』序文にある、

臣安万侶言。夫、混元既凝、気象未効、無名無為、誰知其形。然、乾坤初分、参神作造化之首、陰陽斯開、二霊為群品之祖。所以、出入幽顕、日月彰於洗目、浮沈海水、神祇呈於滌身。故、太素杳冥、因本教而識孕土産嶋之時、元始綿邈、頼先聖而察生神立人之世。寔知、懸鏡吐珠而百王相続、喫劒切蛇、以万神蕃息與。議安河而平天下、論小浜而清国土。

という内容に見える「気象」「乾坤」「太素」「元始」という諸表現に注目しつつ、次のような注を施している。

○気象　易鉤命決云。天地未分之前。有二太易一。

又云。気象未形謂㆓之太易㆒。

○乾坤　易緯通卦云。大極是生㆓両儀㆒。言㆓気清軽者上為㆑天。重濁者下地㆒。

○太素　易鉤命決云。元気始萌、謂㆓之太素㆒。

又云。形変有㆑質。謂㆓之太素㆒。

○元始　易鉤命決云。有㆓気形之端㆒、謂㆓之大始㆒。

このように主として『易緯』の思想に基づいて説明しているのである。近年に至り、緯書資料の研究が進むに従い、これに関する部分的な研究が再び見られるようになったのである。例えば、福永光司氏はその「古事記の天地開闢神話」という論文において、まず、『古事記』序文に見られる「大抵所記、自天地開闢始、以訖于小治田御世」の出典を、『尚書考霊耀』にある「天地開闢、耀満舒光」とし、本文冒頭にある、

天地初発之時、於㆓高天原㆒成神名、天之御中主神。次高御産巣日神。次神産巣日神。此三柱神者、並独神成坐而、隠㆑身也。

にある「隠身」の出典を、『易緯乾鑿度』（巻上）の、

太初者気之始也。……太始者形之始、太素者質之始。……気形質具而未㆓相離㆒、故曰㆓渾淪㆒。言㆔万物相渾淪而未㆓相離㆒。……視㆑之不㆑見、聴㆑之不㆑聞、循㆑之不㆑得、故曰㆑易也。易無㆓形埒㆒。

とある内容に基づくとし、「隠身」は文中の「これを視れども見えず」によって端的に示されていると指摘する。さらに、本文「次国稚……如葦芽因萌騰之物而成神名」にある「葦芽」の出典を、『周易参同契』にある「陰陽始、玄含黄芽。……金為水母、母隠子胎」の「黄芽」としているのである。[45]

『易緯乾鑿度』に「太素者、質之始也。〔注〕地「質」之所本始也。」とあり、また、『孝経鉤命決』では「元気始萌、謂之太素」とのように、「太素」とは具体的な形として現れた状態を指す。『古事記』の「如葦芽因萌騰之物」は、ま

さしくそれに対応するような内容である。この点、『古事記』序文にある「参神作造化之首」と合わせてみれば、意味が一層明瞭になる。

それでは、「成る」に注目し、それを「古層」と称する丸山真男氏の論は果たして成り立つものだろうか。たしかに、『古事記』の天地開闢における神々の出現も、互いに「因使関係」はなく、すべて自然発生のような形で現れている。しかし、だからと言って、我々は記紀の天地開闢が「国際的に見てもきわめて特異」であるという観点に従うべきではない。少なくとも中国六朝時代に形成された宇宙観、とりわけ『帝王世紀』に展開されている天地形成の言説と緯書の関係から捉えれば、記紀の天地開闢説は、そうした『帝王世紀』の受容を通してもたらした、日本における一つの変型として見る可能性があるからである。

ここに、丸山真男氏がキーワードとして重視する「なる」という用語について具体的に見よう。

記紀の宇宙と国土神において、「なる」発想がいかに「うむ」論理にも浸透しているかの様相を略述した。この「古層」を通じてみた宇宙は、永遠不変なものが「在」る世界でもなければ、「無」へと運命づけられた世界でもなく、まさに不断に「成り成」る世界にほかならぬ。こうした「なる」の優位の原イメージとなったものは、おそらく、「ウマシアシカビヒコヂ」の「葦芽」が「萌え騰る」景観であろう。……有機物のおのずからなる発芽・生長・増殖のイメージとしての「なる」が「なりゆく」として歴史意識をも規定していることが、まさに問題なのである。(46)

このように、一神論的な生成論とは完全に異なった生成論の根源を、「なる」という動詞に秘められる「有機物のおのずからなる発芽・生長・増殖」の意味に求められ、この言葉にこそ日本独自の宇宙生成論の秘密が隠されていると見なされている。

しかし、右記丸山氏の「有機物のおのずからなる発芽・生長・増殖」という言葉を先に掲げた緯書『易緯乾鑿度』

に見える「忽然而自生」と比較すれば、まさしく『帝王世紀』に強く影響していた六朝時代の生成論そのものではないか、という疑念が抱かれる。戸川氏の指摘にしたがい、「忽然而自生」を、「すべての有限の事象・万物は、なんらかの因使関係を保つことなく、おのずから自生し自存する、いわば対他的なつながりの認められないものとしての、個々の存在である。突如、忽焉とそのものが即自的に存在する。」として捉えるならば、「有機物のおのずからなる発芽・生長・増殖」の「なる」も、主宰者の要らない、それこそ「おのずから」その存在を示現する意味にほかならない、ということになろう。

この点、角林文雄氏も、『帝王世紀』の生成論を次のように指摘したところが注目される。また六朝時代に広く流行した晋代の皇甫謐の『帝王世紀』という史書は「天地未分、謂之太易（天地がまだ分かれていない状況を「太易」という）としている（『太平御覧』天部）。「天地がまだ分れていない」というのは「何もない」というわけではない。何かはあるが、それはまだ天地という形をとっていない、ということである。このように六朝時代といえどもさまざまな史観が存在した。しかしいずれにせよ、このように太古の混沌とした状況から歴史を説き起こすことは『史記』や『漢書』にはなかったことである。そうして日本の知識人が中国の学問を学びはじめたとき、こういう傾向の史観が入ってきており、その影響を受けたことと考えられる。(47)

このように見てくれば、われわれは『古事記』の神代記に頻繁に使われる「なる」という表現を、むしろ『帝王世紀』を始めとする六朝時代の生成論との関係において捉えなおすべきではないかと思う。ただ、天地開闢をめぐる描写は、『帝王世紀』、緯書と『古事記』との間では、やや抽象的な表現と、完全に神話的な表現という隔たりは存する。例えば、先に指摘したように『帝王世紀』や緯書が天地開闢にかかわる諸要素を「太易」「太初」「太始」「太素」「太極」とのような概念を用いるに対して、『古事記』では、「高御産巣日神」「神産巣日神」「宇摩志阿斯訶備比古遅神」「天之常立神」など多くの神名でもって述べている。この点はいわゆる抽象的思惟と神話的思惟の違いによるものと考えられ、その原因は、各文献の成立過程における編纂者の方針と関わるのであろう。かつてヘシオドスの『神統記』に見られる天地自然をめぐる表現の不一致について、哲学者のリーゼンフーバー氏は次のように分析している。

世界をその成立の秩序に従って順序立てて捉えようとする努力の表現であると考えることができる。彼が描く神々の姿の中には、「天」と「大地」といった人格的なかたちをとった自然の事物や現象が含まれているが、この点で神話的な思考から理性的な思惟への移行はさらに推し進められていると言えるであろう。また、彼が世界秩序を、自らの法によって世界を統治するゼウスという最高神によって表現された最高の精神的原理に基づくものとして説明するとき、彼は宇宙論を一神論に接近していく神学と結合するのである(48)。

右の論をそれぞれ皇甫謐と太安万侶の立場に照らしてみれば、既に長らく抽象的な「気」一元論と緯書の宇宙生成論に浸潤していた前者と違って、「天地初発之時、於高天原成神名、天之御中主神、次高御産巣日神、次神産巣日神。此三柱神者、並独神成坐而、隠身也。」という書き出しから窺えるのは、始めて自国の通史を完成させようとする太安万侶が、口承の世界に保たれてきた天地開闢にまつわる神話伝承を、半分歴史的、半分神話的な形でもって表現しようとする態度である。これについて丸山氏が、

なぜ皇室統治の正統性が、天地開闢→国生み→天孫降臨→人皇という時間の流れの中で、しかも系譜的連続性という形で行われたのか、そこに伏在する思考のパターンが問題なのである(49)。

との疑問を発しているが、筆者の考えでは、その思考パターンは、まさに『帝王世紀』によって確立された神と人間の世界の歴史的な一貫性と一体性ではないだろうか。思想史家の苅部直氏も、『古事記』の内容構成をめぐる大変興味深い発言をしている。

巻の区別があるとはいえ、神代巻は天上の物語で、人皇巻はいまも人間が暮らしている地上の話といったような違いがあるわけではない。神々の物語に登場する天照大神の子孫として天皇家が登場し、人々の世界もその一続

きの歴史の延長線上にある。内容のみに関するかぎり、この二つを決定的に分けるのは神武天皇による全国平定事業と「帝位」（『日本書紀』による表現）への就任なのである。その背景となっている時間の流れは、「神代」から、天照大神の子孫の系譜にそって、一つながりになっている。それはすべて、いまも人々が生活している、この現実界の内の出来事として語られているのであり、その意味では「神代」の物語もやはり歴史の一部である。[50]
刈部氏がここにいう神の世界と人々の世界が「一続きの歴史の延長線上にある」というものは、まさに緯書の生成論に触発された『帝王世紀』の歴史意識であり、それを積極的に取りこむことで、それまでにはなかった新たな、天地開闢に始まる「気」と人間の歴史が生まれたのであろう。

ただ、ここの問題は、緯書と『帝王世紀』では、あくまでも気を中心とした記述に対して、『古事記』の方は神々でもって天地開闢が叙述されているという、両者の間に見られる相違である。これについて、筆者が注目したいのは、朝鮮史料『高麗史』の中で、済州島始祖伝説に見られる次の天地開闢に関する記述である。

太初人物なし、三神人、地より聳出せり（その主山の北麓に穴あり、毛興と云う、是れその地なり）。長を良乙那と云い、次を高乙那と云い、三を夫乙那と云う。……。三人荒僻を遊猟し、皮衣肉食す。（三人は日本から渡来した三女子を娶って）泉甘土肥の処に就き、矢を射て地をトす。良乙那の居る所を第一都と云い、高乙那の居る所を第二都と云い、夫乙那の居る所を第三都と云う。始めて五穀を播き、かつ駒犢を牧す。（「地理志」所引「古記」）

三品彰英氏は、神話学の見地から、右の伝承を建国神話の三類形の一つである「大地出現型」とした上で、その基底には、大地を生命の源泉とする信仰が存在し、それ自身旧石器時代から既に成立したという見解を示している。[51]しかし、筆者は逆に天地開闢に関わるこの三人の人物が、前掲緯書『孝経鉤命決』に見える「天地未分之前」の「三気」――太易、太初、太始を形象化したものではないかと考えている。そもそも「太初」という概念でもって天地の始まりを語っている点が、既に緯書との関係を示唆している。「三神人」という神話的なイメージとの結合を通して、天地開闢を語ろうとしているが、この記事の内容構成が、『古事記』の天地開闢の部分を考える上でも参考になる。というのは、ここでは「三神人」は「三気」の形象化された表現と見なされ、抽象的な概念と形象的なイメージをないまぜにしながら、天地開闢の様子を語ろうとする朝鮮文献に比べ、『古事記』の方は完全に神話化されたイメージで語っている。これは、両者の成立にまつわる撰者のそれぞれ異なった立場や思惑を示唆していると同時に、天地開闢叙述を先に掲げたキリスト教の天地開闢伝承とも好対照となっている。そうした対照から、古代東アジアにおける宇宙観の形成、流布ひいては変容の一端も浮上し、興味深い事柄と言わざるを得ない。

十二、『古事記』の文章表現と『帝王世紀』

生成論だけではなく、『古事記』の文章表現についても、丸山真男氏は独自な観察を述べながら、そこから歴史意識の特質のようなものを引き出そうとしている。例えば、丸山氏は、『古事記』の神代篇の神話伝承に頻繁に使われる「次」という表現に着目し、次のような論を示している。

『古事記』においては、最初に「成」った天之御中主神につづいて、「次高御産巣日神。次神産巣日神」として、また『紀』本文においては、最初に神と「化為」った国常立尊につづいて、「次国狭槌尊、次豊斟渟尊」として、造化三神が紹介される。以下、『古事記』では、「次成神名……」「次……」という表現で、神世七代までの神々が出現し、さらに、イザナキ・イザナミの国生みの際にも、「次生」「次生」を煩瑣なまでにくりかえして、一々の具体的な島名が紹介される。国生み竟えてのちの一連の神々の誕生も同じ形であって、国生みの開始から、イザナミの「神避」にいたるまで、「次」という字は実に四十七回という頻度で用いられている。……しかしただ「物を列挙」するにしては、あまりに「次に」「次に」の繰り返しがくどすぎるではないか。(52)

このような疑問を呈した上で、丸山氏は、このような表現が本来口承に根ざした、祝詞の文体に近いような、一定の祭儀と結びついたリズムであると推測し、

そこにはやはり、世界を、時間を追っての連続的展開というタームで語る発想の根強さを見ないわけにゆかない(53)。

という、やや抽象的な意味を「次」の用法に見出そうとしている。この論を踏まえて、丸山氏は、「次」を祝詞などに見える「いやつぎつぎに」という表現と結びつけ、最終的に「次」という表現を、「なる」という表現と同様、『古事記』が醸し出す日本独特の生成論ないし歴史・時間意識を構成する重要なタームとして規定している。

「なる」が「なりゆく」として固有の歴史範疇に発展するように、「つぎ」は「つぎつぎ」として固有の歴史範疇を形成する。そうして「なる」と「つぎ」との歴史範疇への発展とともに、両者の間に生まれる親和性をなによりも象徴的に表現するのが、血統の連続的な増殖過程にほかならない(54)。

かくして、「次」を「次に……次に……」と訓読することにより、「次」は「なる」「いきほひ」とともに、丸山の「古層」説を構成する基本的な要素とされ、そのあまりにも有名な理論についてここで詳述するまでもないであろう。ところが、「次」を手掛かりに展開する右記丸山の論が果たして的を射たものかどうか、甚だ疑わしいものである。天地開闢をめぐる記述は、『古事記』のほかに多くの文化に見られるからである。

アダムの伝の書は是より神人を創造りたまひし日に神に象りて之を造りたまひ。彼等を男女に造りたまへり。彼等の創造られし日に神彼等を祝してかれら其の名をアダムと名けたまへり。アダム百三十歳に及びて其像に循ひ己に象りて子を生み其名をセツと名けたり。アダムのセツを生みし後の歳は八百歳にして男子女子を生り。アダムの生存へたる齢は都合九百三十歳なりき而して死り。セツ百五歳に及びてエノスを生り。セツ、エノスを生し後八百年生存へて男子女子を生り。セツの齢は都合九百十二歳なりき而して死り。エノス九十歳におよびてカイナンを生り。エノス、カイナンを生し後八百十五年生存へて男子女子を生り。エノスの齢は都合九百五歳なりき

而して死り。……ヤレド百六十歳に及びてエノクを生り、ヤレド、エノクを生し後八百年生存へて男子女子を生り。ヤレドの齢は都合九百六十二歳なりき而して死り。[55]

右は手近に『新約聖書』創世記の章から引用された一部である。やや突飛であるが、『古事記』神代篇に見える神々の誕生の部分と比較して分かるように、時代や宗教を完全に異にした二つの文献でありながら、共通した特徴として、やはり煩を厭わず、一人ひとりの神の出自を丁寧に記していることである。とりわけ次々と現れる神とその出生記事は、言語形態が違っても、類似のパターンが認められる。

さて、古代へブライ語の文法ならいざ知らず、日本語と中国でかかるパターンで記事を書く場合、やはりそれを接続する言葉として、和語「つぎ」または漢語「次」がどうしても必要となってくるのではないだろうか。

ここの問題は、丸山真男氏が、「次」を「つぎ」と読むと同時に、それを更に「つぎつぎ」という副詞と解した上で、「固有の歴史範疇を形成する」にまで深読みしてよいか、ということである。

興味深いことに、「次」の頻繁の使用は、『帝王世紀』にも認められ、その特殊性は『古事記』に限らないようである。例えば、『帝王世紀』では、文王の王統譜が次のように述べられている。

(文王)取㆓太姒㆒、生㆓伯邑考㆒、武王発、次管叔鮮、次蔡侯、次郕叔武、次霍叔処、次周公旦、次曹叔振鐸、次康叔封、次冊叔季載。

このように、僅か五十字足らずの文章には、「次」が八回も現れている。

さらに注目すべき点は、この段に含まれている「娶○＋生○＋次○＋次○＋次○」という構文は、他の漢籍にあまり見られないものである。『史記』「五帝本紀」の黄帝紀の内容について見よう。

黄帝二十五子、其得㆑姓者十四人。黄帝居㆓軒轅之丘㆒、而娶㆓於西陵之女㆒、是為㆓嫘祖㆒。嫘祖為㆓黄帝正妃㆒。生㆓二子㆒、其後皆有㆓天下㆒。其一曰㆓玄囂㆒、是為㆓青陽㆒、青陽降居㆓江水㆒。其二曰㆓昌意㆒、降居㆓若水㆒。昌意娶㆓蜀山氏女㆒、曰㆓昌僕一、生二高陽一、高陽有二聖徳一焉。黄帝崩、葬二橋山一。其孫昌意之子高陽立、是為二帝顓頊一也。

右のように「娶○＋生○＋其一○＋其二○」という構文となっている。ところが、『古事記』では上、中、巻の神代記、皇統譜にこの構文が一貫して用いられ、『古事記』の文章表現の一大特徴をなしている。

天地初発之時、於二高天原成一神、名天之御中主神、次高御産巣日神、次神産巣日神。此三柱神者、並独神成坐而、隠レ身也。次、国稚如二浮脂一而、久羅下那州多陀用幣流之時、如二葦牙一、因二萌騰之物一而成神、名宇摩志阿斯訶備比古遅神、次天之常立神。此二柱神亦、独神成坐而、隠レ身也。

このように神の誕生である故、「娶」が省かれ、また「生」が「成」に変えられているが、構文の一特徴である「次」の頻用が認められる。中巻、下巻になると、次のようにほぼ『帝王世紀』の構文と一致するようになる。

御真木入日子印恵命、坐二師木水垣宮一、治二天下一也。此天皇、娶二木国造・名荒河刀弁之女遠津年魚目目微比売一、生二御子、豊木入日子命一、次豊鉏入日売命。又娶二尾張連之祖・意富阿麻比売一、生御子、大二入杵命一、次八阪之入日子命、次沼名木之入日売命、次十市之入日売命。又娶二大毘古命之女・御真津比売命一、生二御子、伊玖米入日子伊沙知命一、次伊邪能真若命、次国片比売命、次千千都久和比売命、次伊賀比売命、次倭日子命。（崇神記）

袁祁王兄・意祁命、坐二石上広高宮一、治二天下一也。天皇、娶二大長谷若建天皇之御子・春日大郎女一、生二御子、高木郎女一、次財郎女、次久須毘郎女、次手白髪郎女、次小長谷若雀命、次真若王。（顕宗記）

従来、この「娶○＋生○＋次○＋次○＋次○」という構文の成立についてはあまり関心が寄せられなかったが、前引『帝王世紀』に先立つ文献『世本』に見える次の表現法が注目される。

帝嚳卜二其四妃之子一、皆有二天下一。上妃有二邰氏女一、曰二姜嫄一、而生二后稷一。次妃、有二娀氏之女一、曰二簡狄一、而生レ契。次妃、陳豊氏之女、曰二慶都一、生二帝尭一。下妃娵訾氏之女、曰二常儀一、生レ摯。帝嚳上妃有二邰之女一、曰二姜原一。

この帝王譜には「卜○＋生○＋次妃生○＋次妃生○」という構文が含まれ、『帝王世紀』の構文に類似する。『世本』

に基づいた『大戴礼記』帝系篇も、

帝嚳卜二其四妃之子一、而皆有二天下一。上妃有二部氏之女一也、曰二姜原一、氏産二后稷一。次妃有二娀氏之女一也、曰二簡狄一、氏産レ契。次妃曰二陳隆氏一、産二帝堯一。次妃陬訾氏、産二帝摯一。

とのようにほぼ同じ構文を含む。しかし、「次」の用法は、『帝王世紀』の「次」につづく名詞が不確定なるに対して、『世本』と『大戴礼記』は「次妃」というやや名詞化された表現となっている。また、「娶」という要素が抜けている点も、『古事記』との直接関連の可能性を低くしている。ここで推測されるのは、『帝王世紀』の「娶○＋生○＋次○＋次○」という構文は、撰者が『世本』などを利用する際、自らの表現に取り込み、現在見る文型に改変されたのであろう。換言すれば、『古事記』に見える当構文の起源を『帝王世紀』に遡らせた方がより合理的な推測となろう。

ここで『帝王世紀』の用例における「次」の機能について見るに、助辞として、王位を継承する者の順番を表わす以外、特別な意味は付与されていない。そこから「歴史範疇」という意識が読み取れないし、「世界を、時間を追っての連続的展開」という形而上的な観念とも無縁の文章である。

確かに、先にも引用した官文娜氏の研究にもあるように、古代日本の王位継承の形態は、それ独自の血縁関係や家族構造によって、中国のそれとは径庭をなすことが認められる。しかし、それは何も「次」の連用という修辞方法でもって、「血統の連続的な増殖過程」を表わす必要はなかったのであろう。このような文型を、丸山氏が「世界を、時間を追っての連続的展開というタームで語る発想の根強さを見ないわけにゆかない。」とまで評しているが、助辞としての「次」と、擬態語としての「つぎつぎ」との間には、漢文と和文の違いのみならず、意味においても千仭のクレバスが厳として存在する。丸山真男氏は、「次」の頻用現象を「つぎつぎ」と結び付けることによって、ついにあの有名な「古層」論を発明したのであるが、ここに掲げた『帝王世紀』に見られる類例が、まさしく氏の説に対して疑義を呈した形となっている。

十三、『上宮聖徳法王帝説』の場合

以上、図讖を手がかりに、『帝王世紀』と『古事記』の叙述方法、内容構成に見られる類似点について論じてみたが、こうした類似点は『上宮聖徳法王帝説』にも認められる。

『上宮聖徳法王帝説』に関する研究がかなり進んでいるにもかかわらず、その成書過程及び表現などについてなお疑問が残っている。これまで家永三郎、山田孝雄、矢嶋泉などによる諸説があり、焦点は主として内容の構成と成立年代にある。[56] ここでは、『帝王世紀』との類似点を手がかりに、両文献の関係に関する筆者なりの仮説を述べてみたい。

例えば、『上宮聖徳法王帝説』という文献の「帝説」なる名称にも、これまで色々な疑義を抱かれてきた。この点に関する東野治之氏の最近の研究に基づけば、「帝説」は他に類のない書名であるため、他書での引用例を参考に「帝記」の誤りとする見解もあるが、ただ他書での引用も伝本も、全て知恩院本から出たことが証せられるので、誤写を裏付ける根拠はない、という。ところで、『日本書紀』欽明天皇条に、

帝王本紀、多有二古字一。撰集之人、屢経二遷易一。後人習読、以レ意刊改。伝写既多、遂致二舛雑一。前後失レ次、兄弟参差。今則考二覈古今一、帰二其真正一。一往難レ識者、且依レ一撰、而註二詳其異一。他皆効レ此。（欽明紀二年夏月条）

という割注に見えるように、『帝王本紀』という書物が存在していたことと合わせて見れば、この文献のそもそもの書名が『上宮聖徳法王帝紀』であった可能性も否定できない。少なくとも、叙述や表現に『帝王世紀』との類似が認められるということは、聖徳太子をめぐる「紀」であり、「説」ではなかったことの傍証となろう。

一方、太田晶二郎氏は、「法隆寺金堂座釈迦仏光後銘文」などを手がかりに、「帝説」が本来「帝紀」の誤りであっ

た可能性が高いと指摘している。

書中、「少治田宮御宇……元興四天皇等寺」云々なる文は、「法隆寺金堂座釈迦仏光後銘文」に対する「釈」のなかに、「案但案帝記云、少治田天皇之世、東宮厩戸豊聡耳命、大臣宗我馬子宿祢、共平章而建立三宝、始興大寺」という「帝紀」の文と同じ趣意のものである。かように本書の一部が「帝紀」と呼ばれているのだから、全体も帝紀、即ち、書名は「上宮聖徳法王帝記」ではなかろうか、と思いついた。且又、『上宮太子拾遺記』や『浄土真宗教典志』に、その通り「法王帝記」と見えている。(57)

このように太田氏は、「帝記」に続く部分が、当該文献の核心部分の取意文とも見なされるから、その書名は『上宮聖徳法王帝記』であった可能性を述べるとともに、「帝記」は「帝紀」と同義であり、前述したように、本来天皇の系譜、継承関係、事績などを記した書を指している。

さて、「帝説」と「帝紀」のいずれにすべきかは、決定的な証拠がない限り、いつまでも仮説の域を出ないが、しかし、この問題を含めて、太子の出自をめぐる記述の部分を『帝王世紀』と比較して見れば、この文献の成立について、新たな可能性が考えられるのである。まず原文を引用しよう。

聖徳法王、娶二膳部加多夫古臣女子一、名菩岐々美郎〔女、生〕児舂米女王、次長谷王、次久波太女王、次波止利女王、次三枝王、次伊止志古王、次馬屋古女王。(已上八人)又聖王、娶二蘇我馬古叔尼大臣女子一、名刀自古郎女、生二児山代大兄王一(此王有二賢尊之心一、棄二身命一而愛二／人民一也。後人、与二父聖王一相濫也)、次財王、次日置王、次片岡女王。(已上四人)又聖王、娶二尾治王女子、位奈部橘王一、生二児白髪部王一、次手嶋女王。合聖王児、十四王子也。(Ac)

少治田宮御宇天皇之世、上宮廐豊聡耳命、嶋大臣共輔二天下政一、而興隆二三宝一、起二元興四天王等寺一。制二爵十二級一。大徳、少徳、大仁、少仁、大礼、少礼、大信、少信、大義、少義、大智、少智一。(Ba)

池辺天皇後、穴太部間人王、出㆓於廏戸之時㆒、忽産㆓生上宮王㆒。王命幼少聡敏、有㆑智。至㆓長大之時㆒、一時聞㆓八人之白言㆒而辧㆓其理㆒。又聞㆑一智㆑八。故号曰㆓廏戸豊聡八耳命㆒。池辺天皇、其太子聖徳王、甚愛㆓念之㆒。令㆑住㆓宮南上大殿㆒、故号㆓上宮王㆒也。(Bb)

右の引用に見える(Ac)、(Ba)、(Bb)は、東野治之氏が『上宮聖徳法王帝説』に付けた順番号である。この文献では、聖徳太子の系譜を父王伊波礼池辺双槻宮の代から記すことに始まり、その異母兄弟姉妹、子女、孫などと続くが、(Ac)の部分は太子の系譜にあたる。

ところで、試みに三つの部分を①(Bb)→②(Ba)→③(Ac)の順に並べ返れば、次のような構成になる。

①池辺天皇後、穴太部間人王、出於廏戸之時、忽産生上宮王。王命幼少聡敏、有智。至長大之時、一時聞八人之白言而辧其理。又聞一智八。故号曰廏戸豊聡八耳命。池辺天皇、其太子聖徳王、甚愛念之。令住宮南上大殿、故号上宮王也。

②少治田宮御宇天皇之世、上宮廏豊聡耳命、嶋大臣共輔天下政、而興隆三宝、起元興四天王等寺。制爵十二級。大徳、少徳、大仁、少仁、大礼、少礼、大信、少信、大義、少義、大智、少智。

③聖徳法王、娶膳部加多夫古臣女子、名菩岐々美郎〔女、生〕児春米女王、次長谷王、次久波太女王、次波止利女王、次三枝王、次伊止志古王、次馬屋古女王。(已上八人)。又聖王、娶蘇我馬古叔尼大臣女子、名刀自古郎女、生児山代大兄王〈此王有賢尊之心、棄身命而愛／人民也。後人、与父聖王相濫也〉、次財王、次日置王、次片岡女王。(已上四人)又聖王、娶尾治王女子、位奈部橘王、生児白髪部王、次手嶋女王。合聖王児、十四王子也。

このように、聖徳太子の伝記が①出自と為人、②政治実績。③王統譜、とのように、先に示した『帝王世紀』の記事とほぼ対応することになる。ただ、対応する諸項目の中で、天子や天皇の記事のように、④去時の年齢または在位期間。⑤埋葬地の代わりに、逝去の時間だけを記す形になっている。これは、太子が天皇ではなかったことによるかもしれないが、それでも、①、②、③の記述は、文章表現から構成の特徴まで多くの点で『帝王世紀』と対応しているのである。

ほかに注目すべき点は、太子の出自を描く部分に見られる『帝王世紀』との類似である。「幼少聡敏」に「有智」が続き、更に「至長大之時、一時聞八人之白言而辨其理」という内容は、『帝王世紀』の「有聖徳」を中心とする帝王の描写と類似している。ただ、ここに一見図讖の要素がなく、「有聖徳」ではなく「有智」となっているが、太子に用いられる「豊聡八耳」という表現は、図讖の機能を果たすものとして注目される。諸注釈ではこれを太子の聡明さを形容する表現と見るが、「豊聡八耳」は、聴力を現す図讖「視豊」に極めて近い表現と発想である。例えば、『初学記』では、他の図讖と並んで「視豊」について、

視豊、春秋合誠図曰、蒼帝之為レ人、望之広、視之専、而長九尺一寸。又曰、赤帝之為レ人、視之豊、長八尺七寸。

との内容があるが、ここの「視豊」は、聖徳太子をめぐる『上宮聖徳法王帝説』の「豊聡八耳」と類似した表現である。上代の図讖をめぐる表現に、「豊旗雲」もその類例としてあるので、「豊聡八耳」は、図讖との関連において捉えなおすべきであろう(58)。ただ、漢語と違って、これらの表現に置いて「豊」が体言の前に置かれるのは、日本語の語順に従って訓み下されたもので、言わば翻訳語の類と言える。

また「有智」については、「有聖徳」という表現と異なるものの、「徳」と「智」は併用される類義語として多見するもので、ここの「智」をめぐる意味も、やはり讖緯思想のコンテキストにおいて理解されねばならないだろう。このことを『日本書紀』所収の太子記事と合わせて見れば、そうした性質が一層鮮明に見えてくる。

夏四月庚午朔己卯、立二厩戸豊聡耳皇子一、為二皇太子一。仍録摂政。以二万機一悉委焉。橘豊日天皇第二子也。母皇后曰二穴穂部間人皇女一。皇后懐妊開胎之日、巡二行禁中一、監二察諸司一。至二于馬官一、乃当二厩戸一、而不レ労忽産之。生而能言、有二聖智一。及レ壮、一聞二十人訴一、以勿レ失能弁、兼知二未然一。

（推古元年紀）

上記の内容を一読して、『初学記』所収帝嚳記事が想起される。

帝王世紀曰、帝嚳姫姓也。其母不レ覚、生而神異。自言二其名曰一レ夋。駢歯有二聖徳一。年十五而佐二顓頊一。三十登二帝位一、都亳。以レ木承レ水。在位七十年、年一百五歳而崩。

このように、推古紀の「生而能言」は、『帝王世紀』に見える「生而神異、自言其名曰夋」という表現を略したものとも見られる。また、「生而能言」の直後に続く「有聖智」という表現は、『帝王世紀』にしばしば見える「有聖徳」という表現とほぼ重なる。『日本書紀』の当該部分が撰述の過程で、類書かまたは直接『帝王世紀』の表現を踏まえたのであろう。

東野治之氏は、『上宮聖徳法王帝説』の文体が、「いわゆる『帝紀』に基づくとされる『古事記』の皇室の系譜などと類似する記載に終始し、説話的な要素を欠く」（岩波文庫）との指摘をしたことがある。また、日本思想大系『聖徳太子集』でも、その文体と表現の由来を『高僧伝』に求めているが、図讖を手がかりに、『帝王世紀』とのこうした類似点を確認することで、その成立過程における『帝王世紀』の影響の可能性がより強くなったと言えよう。

このことは、『上宮聖徳法王定説』の書名と「聖徳太子」という謚号の成立を考える上でも、極めて示唆的な意味を持つ。右記『日本書紀』の太子記事について、頭注では次の解釈を与えている。

津田左右吉は、反正の名、瑞歯別について「生而歯如一骨」、清寧の名、白髪について「生而白髪」とあるのと同じ説明説話に過ぎないとして、帝説に聖徳の子として馬屋古女王の名のあることを指摘する。……帝説に、「聖徳」、「聖徳法王」、「上宮聖徳法王」とある。太子の死後、仏徒の唱え出したものであろう。

（『日本書紀』用明天皇即位前紀頭注）

確かに表現のパターンからして、当該記事には図讖の性質が認められるものであるが、ここでむしろ注目したいのは、この表現が明らかに緯書に由来するにも関わらず、それが『上宮聖徳法王定説』と『日本書紀』において、完全なる歴史叙述の一部として機能している点である。つまり、先に述べた『帝王世紀』の創出した歴史叙述の法則に従って、太子の出生、政治能力などを描く文章の一部として機能している。

多田一臣氏は、諸文献に伝わる聖徳太子像の身体特徴に関する表現を主として「巫者の呪力」の視点から捉えた上で、その名前の「聖徳」についても、

「聖徳」の名も、本話ではもっぱら仏教とのかかわりによって説明されるが、「聖」の本義がもともと巫者の呪力を示すところにあったように、また「徳」が『日本書紀』でしばしばイキホヒと付訓されているように、儒教的徳治主義の理想をあらわすばかりでなく巫者の呪的支配力を示す意味をもっていた。本話の後半部は片岡山説話と呼ばれる伝承だが、ここに説かれる太子の聖者としての奇跡も巫者としての呪能をよく強調するものといえる。(59)

（「聖徳太子像の形成」）

との見解を述べているが、しかし、既に先にも論じたように、『上宮聖徳法王帝説』とのように「帝」が含まれる以上、「徳が天地に合する者は帝を称す」という『白虎通』の言葉を想起すべきであり、「有聖智」や「有智」の訓読についても、今一度「徳」との関連において検証されなければならない。

『日本書紀』斉明紀六年七月条では、高句麗の帰化僧道顕の『日本世記』を分注に引用して、百済は外部の力によってではなく、内部の頽廃によって自滅した云々のことを書いているが、この『日本世記』の書名も、『帝王世紀』の影響を受けた可能性が高い。

最後に、更に注目すべき一例として、『北堂書鈔』（一五八）が、『帝王世紀』の内容を引用するにあたり、「帝王世説」として記していることを指摘しておきたい。これは明らかに「帝紀」を「帝説」に間違えたと見られ、『上宮聖徳法王帝説』という書名も、もしかしたらこれと同じような書写の過ちであったことも考えられよう。ともかく、以上の考察により、今後『上宮聖徳法王帝説』の書名だけでなく、その成り立ちについても、『帝王世紀』との関連に

おいてより綿密な比較研究がなされるべきであろう。

十四、太安万侶が果たした使命

さて、讖緯思想や『帝王世紀』との関連を手がかりに検討を行ってきた結果、『古事記』の成書過程、とりわけその編纂を促成させた時代の背景と気運が、これまでの諸家の推論とは違う可能性が見えてきたのである。つまり、『日本書紀』が編年体という、当時においてかなり近代的な歴史書の体裁をとったことに相似て、それより八年早く編集された『古事記』も、手本となるべき漢籍史料を狙い定め、あえて『帝王世紀』の体裁をその基本構成のモデルにしたのではないか、というのが筆者の推論である。安万侶をそうさせたのは、何より当時の日本の政治風土そのものも大きく作用していたことが考えられる。ここで想起されるのが、早くに一九四〇年代に公表された倉野憲司『古事記論攷』の、その成立背景についての次の論である。

大化の改新によって、天皇の権威は確立し、中央集権的法治国家が確立したことは既に述べたところであるが、懐風藻の序に天智天皇を称揚して、

及淡海先帝之受命也、弘開帝業、弘闡皇猷。道格乾坤、功光宇宙。既而以為、調風化俗、莫尚於文。潤徳光身、孰先於学。爰則建庠序、徴茂才、定五体、興百度。憲章法則、規摹弘遠。夐古以来、未之有也。云々。

と記し奉り、天平宝字元年閏発月壬戌の藤原仲麻呂の上表に「緬尋古記、淡海大津宮御宇皇帝、天縦聖君、聡明睿主。考正制度、創立章程。」とあるのは注意すべきである。法制と文学、この二つは大唐の国家の統一に於ける大きな精神的規準であり、燦然たる光りを放つて我が国の識者の眼に映じたのであるから、天智天皇が特にこの二つを重んぜられたのは当然の事と言わねばならない。(60)

右記に近いものとして、最近では、矢嶋泉氏もこうした系譜を中心とする、皇統継承の連続性こそ『古事記』の歴史叙述の特徴であり、目的でもあったと指摘している(61)。

さて、このような天智天皇の歴史に対する姿勢が、そのまま重沢俊郎氏が、かつて六朝時代の梁の武帝が『通史』編纂に燃やした情熱を描く次の言葉に当てはめても不自然ではなかろう。

武帝の精神はここに存する。天子として南朝に於ける最大の国家権力を掌握し天下意識を抱懐し得た彼が、高級貴族たる自己一身の存在意義を反省しただけでも、歴史的回顧の念を惹起するに十分であつたであろうが、広く梁の国家、更には天下を視野に収めた時、かかる構造をもつ歴史的現在に就いて、より深く歴史的究明を加えようとする欲求を生じたのは当然と言ってよい。断代史や部分的時代史は、この種の欲求には決して十分には貢献しない。独り上古以来の通代史のみが、現代に至る歴史の積層を解明する意味に於いて、この欲求に直接応えることが可能であつた。武帝が経及び諸子の書に関する多くの業績を残したのは、之を可能ならしめた社会的条件と彼自身の豊富な学殖に大いに関係しているが、しかし根本的には彼の現代に対する意識の問題が存すると思われる(62)。

ここに論じられているように、中国の歴史書の世界において、『帝王世紀』は特殊な存在であった。それは、氏族の歴史意識の高揚と、通史への全体的な把握という、二つの意欲に突き動かされて、撰者皇甫謐が成し遂げた仕事であり、とりわけ讖緯思想が色濃く反映されているのは、そうした通史に宗教的な権威を持たせるがためであった。

このような『帝王世紀』を、後世に数多くの史書が模倣し、引用していたのも、以上のような理由と関連する。要するに、『帝王世紀』は新たな歴史書の規範・手本として見なされていたのである。

ところで、『帝王世紀』が日本にも伝来されていた以上、仮に中国におけるそれとは程度が異なっているにしても、それなりに注目されていたことが容易に想像される。とりわけ、数多くの渡来の歴史書に囲まれながら、帝紀や旧辞といったかずかずの史料を目の前にして、いかに日本独自の歴史、言い換えれば天皇を中心とする日本自身の系譜を書くかは、太安万侶にとって、大きな課題であり、悩みでもあった。確かに、『日本国見在書目録』を見る限り、中国古代の殆どの史書が当時に既に伝来されていたことが確認できる。しかし、日本に生まれた最初の歴史書は、『史記』、『漢書』のような史体ではなく、世本の系統を受け継いだ、『帝王世紀』のような史書に近いものであったことは、やはりここでは尋常ならぬ、意味の深いこととして受け止めるべきであろう。

この、『帝王世紀』を手本として選定した具体的な理由について、内藤湖南の『支那史学史』における次の一節が参考になる。

世本も大体やはり当時のものであつて、当時姓氏が混乱した結果出来たものと思はれる。元来それ以前は姓氏がどれだけ大切であつたかは疑問であつて、一体何十代もの系図を書くということは、春秋時代の姓氏を言ふ本旨ではない。春秋時代までは、周の制度としては、宗廟の制と姓氏とは関係がある。姓は婚姻の関係から、即ち同姓を娶らない必要から生じたものであり、氏は本宗より支宗の家が分れる場合、大抵五世たつと新たに氏を作つて分れてしまひ、それと同時に、その家の廟も全く別のものとなるのである。従つてその各々分れた家が長い系図を作り、その系図上の祖宗を皆な祀るといふことはない筈である。ところが世本は非常に長い系図を書いた元祖ともいふべきものである。唐の時の宰相世系表は、六朝唐の系譜の学を代表したやうなものであるが、それがやはりむやみに長い系図を書く流となつて居る。世本はそれに似て居つて、つまり春秋以後、名家で絶える家があり、かかるものが自分の家柄の古いことを誇る為めに、段々長い系図を書くやうになつたことが、かかる書の編纂された理由であらう。司馬遷なども三代世表を作るには大体世本に依つたのであるが、それには又、昔の人民に功徳のあつた人の子孫は後世必ず一度は天下を支配するとの考が信ぜられて居つて、これが戦国頃に行はれた一種の考を代表するものである。世本はつまりその考のもとに書かれた史料である。(63)

（「史書の淵源」）

以上の考察から、およそ次のような推測ができよう。太安万侶が編集の資料として利用する帝紀と旧辞は、もともと単一の系譜を主とする歴史記録であり、漢籍にいう帝紀と相近いものであった。ただ、律令国家の正統性を裏づける史書としての『古事記』の編纂を命じられた彼は、そういった単一の資料（『日本書紀』に見える数多くの「一書曰」が示すように）に対して、新たな方針でもって統一性を与えねばならなかったのである。このような作業は、非常に明確な目標が伴っていた。すなわちあらゆる現存資料でもって、長らく世俗の権力によって統治されてきた中国とは違う史書を作るものであった。この違いとは、ほかならぬ日本は「日継の御子」の治める国であり、日本の歴史も、「日継の御子」の歴史を主軸とする、天地開闢以来の続いてきたものである。そこで、当時として中国より輸入されていた数多くの史書の中で、もっとも統一性のある『帝王世紀』が、おそらく太安万侶の目に最適の見本として映ったのであろう。

『古事記』の序文によれば、「撰録帝紀、討覈旧辞、削偽定実、欲流後葉」との詔を受けた太安万侶が、稗田阿礼をして「帝皇日継及先代旧辞」を「誦」させたとあるが、問題は、ここの「誦」は、現在でいう口述か、それともある種の文字化されたものを暗誦させたか、である。この作業から窺えるのは、現存の文字資料（漢文）と、口述資料（和文）を、ある新しい歴史叙述の規範に統一していくという編纂方針である。太安万侶にとって、緯書などの漢籍との接触によって図讖の知識を持ったとしても、その関心は「天地開闢より始めて、小治田の御世に訖る」歴史をいかに歴史書として完成させることであろう。この点既に天地開闢の神話伝承に始まり、漢代までの歴史を記す『帝王世紀』とほぼ一致している。

更に、中国、朝鮮における神秘思想のあり方との比較から窺えたもう一つの事実は、『古事記』の撰者が、意図的に讖緯思想を支える古代中国の宇宙観を拒否する姿勢である。本書が掲げた多くの事例にあるように、讖緯思想、またはそれと深く関わる神仙思想に対して、古代日本人は深い関心を抱きながらも、ついにそれを仏教のように普遍的な信仰体系として受け容れることはなく、あくまでも個別的な関心または一時的なレトリックとして使用していただけのようである。これは実に興味深い現象と言わざるをえない。このことは、我々が記紀という、一見性質を大きく異にする両文献の本質を知る上でも重要な手がかりとなる。なぜなら、『日本書紀』は、従来漢籍との深い関わりにおいて成り立ったものとされ、近世以来盛んに行われてきた出典論の研究によって、ほぼ論じ尽くされているような観さえ呈しているが、しかし、こと神秘思想に至れば、中国の宇宙観に対してははなはだ警戒的かつ慎重な姿勢を取っていたことが、本書に掲げた事例からも窺える。この点において、記紀はむしろ性質を同じくするものと言ってよいかと思われる。そのもっとも根本的な部分は、神と人間の歴史を合一する、緯書的な歴史観、宇宙観に由来するものではないだろうか。既にこれまで多くの紙幅を費やして論じたように、その核心に『帝王世紀』という文献が決定的な役割を果たしたのであろう。

以上、長々と論考を重ねてきたが、『古事記』の成書過程における『帝王世紀』の役割について、およそ次のことが言えるのではないかと思う。

『古事記』の編纂事業は、歴史的な立場から神話伝承を含む種々雑多な帝紀、旧辞の整理を通して、新たな時代に相応しい帝王の系譜を作ることであったため、太安万侶にとって、新しい歴史叙述の方法を模索する第一歩として、そうした先行資料の点検や取捨と同時に、規範たるべき史書の選定によって執筆方針を決定することも、その編纂作業の重要な一環であったと想像される。『帝王世紀』という書物は、『初学記』や『芸文類聚』とともに、恐らく当時既に利用できる条件にあったのであり、我々が両文献の間に見る前掲の諸々の類似点を、『古事記』における『帝王世紀』受容の痕跡として認めるべきであろう。

また、こうした類例を通して、太安万侶の編纂方針――『古事記』をして「帝皇日嗣」としての統一性を持たせる意向と使命感のようなものも強く感じられる。『古事記』は、複数の人があまたの資料の編纂に携わることで文体のバラつきと、木田章義氏によって指摘された、「以音注」の不統一性を生みだしているという現象もあるが、(64) 客観的に見れば、それはむしろ二次的な問題で、この事業で終始優先されていたのは、明らかに各代の皇統譜を漏れなく、一定の規範に則って記述することである。我々が『古事記』に見える執拗なまでの、同じパターンで繰り返される皇統譜こそ、太安万侶の目指した目標であり、到達点でもあろう。そして、そのような彼の仕事を成就させたのは、新たな歴史叙述を模索する史家としての情熱のほか、『帝王世紀』という漢土伝来の書物もその参考書たるべく一役を買っていたのであろう。

ともかく、『古事記』の成書をめぐる研究が、今後『帝王世紀』との関係において大いに展開されていく必要があるように思われる。

注

（1）山田孝雄『古事記概説』（中央公論社、一九四三年）二三―二四頁
（2）井上光貞『日本古代国家の研究』（岩波書店、一九六五年）二九頁
（3）神野志隆光『漢字テキストとしての古事記』（東京大学出版会、二〇〇七年）一一四頁
（4）三浦佑之『古事記のひみつ――歴史書の成立』、六四頁
（5）植木直一郎『日本古典研究』（大明堂書店、一九二七年）一〇六―一〇七頁
（6）津田左右吉『日本古典の研究』上（岩波書店、一九七六年）四三頁。小島憲之『万葉以前――上代びとの表現』（岩波書店、一九八六年）一七九―一八〇頁
（7）安藤正次『日本新文化史』第一巻（内外書籍株式会社、一九四二年）九〇―九一頁
（8）武田祐吉『古事記研究一――帝紀攷』（青磁社、一九四四年）
（9）武田祐吉『古事記研究一――帝紀攷』、四七五頁

(10) 倉野憲司『古事記論攷』(立命館出版部、一九四三年) 九五頁
(11) 矢嶋泉『古事記の歴史意識』(吉川弘文館、二〇〇八年) 一二二—一二五頁
(12) 笹川尚紀『日本書紀成立史攷』(塙書房、二〇一六年)
(13) 武田祐吉『古事記研究一——帝紀攷』、九七頁
(14) 神田喜一郎「『日本書紀』といふ書名」『神田喜一郎全集』第八巻(同朋舎、一九八三年) 二九頁
(15) 武田祐吉『古事記研究一——帝紀攷』、九八—九九頁
(16) 津田左右吉『日本古典の研究』上(岩波書店、一九七二年) 四三頁
(17) 木下礼仁『日本書紀と古代朝鮮』(塙書房、一九九三年) 二六一頁
(18) 西条勉『古事記と王家の系譜学』(笠間書院、二〇〇五年) 一一—五九頁
(19) 谷口洋「〈悲劇の星雲〉との格闘——文学としての『史記』研究序説——」(『中国文学報』第七十冊、二〇〇五年) 一—三三頁
(20) 戸川芳郎『漢代の学術と文化』(研文出版、二〇一四年) 二三四—二三六頁
(21) 陳偉「秦漢簡牘『葉書』芻議」『簡帛』第十輯(上海古籍出版社、二〇一五年) 八五—八九頁。また、『葉書』研究の概論として、同氏主編『秦簡牘合集——釈文注釈修訂本(壱)甲編』も参考になる。(武漢大学出版社、二〇一六年) 七—九頁
(22) 李零「視日、日書和葉書——三種簡帛文献的区別和定名」『文物』(二〇〇八年第十二期) 七七—八〇頁
(23) 李零「視日、日書和葉書——三種簡帛文献的区別和定名」『文物』(二〇〇八年第十二期) 七七—八〇頁
(24) 睡虎地秦墓竹簡整理小組『睡虎地秦墓竹簡』(文物出版社、一九九〇年) 二四五頁
(25) 兪樾『群経平議』巻十三に、「世奠繋」について、「疑経文本当作「奠世繋」、與『小史』職同。固故書仮「帝」為「奠」、渉杜注「帝繋」之文、誤為「世帝繋」、又依杜義読之、遂為「世奠繋」。而後鄭拠以作注、乃曰「世之而奠其繋」、於文義甚為不安矣。」としている。
(26) 尾崎康「通史の成立まで」(『斯道文庫論集』第七輯、一九六八年) 二九一—三三二頁

(27) 戸川芳郎『漢代の学術と文化』、一九七—一九八頁
(28) 戸川芳郎『漢代の学術と文化』、一一七頁
(29) 『内藤湖南全集』第十一巻（岩波書店、一九六九年）一六七頁
(30) 戸川芳郎『漢代の学術と文化』、一四頁
(31) 戸川芳郎『漢代の学術と文化』一一七頁。安居香山「緯書における生成論」『緯書の基礎的研究』、一七一—一九〇頁
(32) 戸川芳郎『漢代の学術と文化』、一二六頁
(33) 戸川芳郎『漢代の学術と文化』、一二六頁
(34) 関根正雄訳『旧約聖書・創世記』（岩波文庫、二〇一〇年）九—一〇頁
(35) 『古事記』神代記に頻繁に現れる「成神名」という表現は極めて重要な問題を抱えているにも関わらず、従来の研究によってほぼ無視されてきた。例えば、

①天地初発之時於高天原成神名天之御中主神。
②次成神名国之常立神。
③次成神名宇比地邇神。

という文章に対して、諸種注釈書はそろって、

①於高天原成神名、天之御中主神。
②次成神名、国之常立神。
③次成神名、宇比地邇神。

と訓まれてきたが、「神名」が「成る」という訓み方は文法上意味が通じないにもかかわらず、そのように訓んだ上で「成った神の名は」という曖昧な訳を通してきた。正しきは「成神、名」——「—という神が成った、名は—」とすべきであるが、何故「成神、名—」と切らずに「成神名、—」としなければならなかったのか、「成」と「名」の関係をめぐる理解という、思想史的な問題がそこに含まれている可能性があり、後考を俟ちたい。

(36) 賈晋華「道和徳之宗教起源」、七二―九一頁
(37) 李沢厚『中国古代思想史論』(人民出版社、一九八六年) 八六―八七頁
(38) 角林文雄「『日本書紀』と『古事記』冒頭部分と中国史書」『京都産業大学日本文化研究所紀要』第六号。(京都産業大学日本文化研究所、二〇〇〇年) 四〇頁
(39) 角林文雄「『日本書紀』と『古事記』冒頭部分と中国史書」『京都産業大学日本文化研究所紀要』第六号、四〇頁
(40) 丸山真男『忠誠と反逆』(筑摩書房、二〇一四年) 三五六―三五七頁
(41) 鈴木貞美『日本の文化ナショナリズム』(平凡社、二〇〇五年) 二五五頁
(42) 戸川芳郎『古代中国の思想』(岩波現代文庫、二〇一四年) 一九六―二〇二頁
(43) 三浦佑之『古事記のひみつ――歴史書の成立』(吉川弘文館、二〇〇七年) 二六―二七頁
(44) 徐宗元『帝王世紀輯存』(中華書局、一九六四年) 二頁
(45) 福永光司「古事記の天地開闢神話」『ユリイカ』第一七巻一号 (青土社、一九八五年一月) 六九―七五頁
(46) 丸山真男『忠誠と反逆』(筑摩書房、一九九二年)、三〇九頁
(47) 角林文雄「『日本書紀』・『古事記』冒頭部分と中国史書」『京都産業大学日本文化研究所紀要』第六号、三九頁
(48) クラウス・リーゼンフーバー『西洋古代・中世哲学史』(平凡社、二〇一三年) 一九頁
(49) 丸山真男『忠誠と反逆』、三五八頁
(50) 苅部直『日本思想史への道案内』(NTT出版、二〇一七年) 三一頁
(51) 三品彰英『日本神話論』『論文集』第一巻 (平凡社、一九九八年) 一一―一三頁
(52) 丸山真男『忠誠と反逆』、三七六頁
(53) 丸山真男『忠誠と反逆』、三七八頁
(54) 丸山真男『忠誠と反逆』、三七八頁
(55)『文語訳旧約聖書』(岩波文庫、二〇一七年) 一六―一七頁

(56) 東野治之校注『上宮聖徳法王帝説』(岩波文庫、二〇一三年)一一五―一四二頁
(57) 太田晶二郎「『上宮聖徳法王帝説』夢ものがたり」『太田晶二郎著作集』第二冊(吉川弘文館、一九九一年)一―四頁
(58) 東野治之「豊旗雲と祥瑞」『遣唐使と正倉院』(岩波書店、一九九二年)二八七―三〇四頁
(59) 多田一臣『古代文学の世界像』(岩波書店、二〇一三年)三七六頁
(60) 倉野憲司「古事記生成過程論」『古事記論攷』(立命館出版部、一九四四年)八五頁
(61) 矢嶋泉『古事記の文字世界』(吉川弘文館、二〇一一年)六〇頁
(62) 重沢俊郎「文献目録を通して見た六朝の歴史意識」(『東洋史研究』第十八巻第一号、一九五九年)一六頁
(63) 『内藤湖南全集』第十一巻、八九―九〇頁
(64) 木田章義「古事記そのものが語る古事記の成書過程――「以音注」を手がかりに――」(『万葉』第一一五号、一九八三年十月)三三―五五頁

参考文献

第一章（出版年順）

『蕃族調査報告書』（臨時台湾旧慣調査会刊行、台湾日日新報社、一九一五年）
飯田季治『日本書紀新講』（明文社、一九三九年）
倉野憲司『古事記論攷』（立命館出版部、一九四三年）
那珂通世著・三品彰英増補『増補上代年紀考』（養徳社、一九四八年）
津田左右吉『津田左右吉全集・日本古典の研究』（岩波書店、一九六六年）
岸俊男『日本古代政治史研究』（塙書房、一九六六年）
安居香山・中村璋八『緯書の基礎的研究』（漢魏文化研究会、一九六六年）
下出積與『神仙思想』（吉川弘文館、一九六七年）
ミルチャ・エリアーデ著・風間敏夫訳『聖と俗』（法政大学出版会、一九六九年）
石母田正『日本の古代国家』（岩波書店、一九七一年）
藤野岩友『古代中国の礼俗と文学』（角川書店、一九七六年）
益田勝実『秘儀の島』（筑摩書房、一九七六年）
岸本英夫『宗教現象の諸相』（大明堂、一九七七年）
安居香山『中国神秘思想の日本への展開』（大正大学出版部、一九八三年）
岡田精司『神社の古代史』（大阪書籍、一九八五年）
小島憲之『古今集以前』（塙選書、一九八六年）
安居香山『緯書の成立とその展開』（国書刊行会、一九八九年）

山折哲雄『日本人の顔――図像から文化を読む』（日本放送出版協会、一九八六年）
馬継興『馬王堆古医書考釈』下冊（湖南科学技術出版社、一九九二年）
諏訪春雄『日中比較芸能史』（吉川弘文館、一九九四年）
神野志隆光編『古事記・日本書紀必携』（学灯社、一九九七年）
遠山一郎『天皇神話の形成と万葉集』（塙書房、一九九八年）
御手洗勝『古代中国の神々』（創文社、一九九九年）
門脇禎二『葛城と古代国家』（講談社学術文庫、二〇〇〇年）
佐藤弘夫『アマテラスの変貌』（法蔵館、二〇〇〇年）
林巳奈夫『中国古代の神がみ』（吉川弘文館、二〇〇二年）
種村季弘『畸形の神』（青土社、二〇〇四年）
黄人二『上海博物館蔵戦国楚竹書（三）研究』（高文出版社、二〇〇五年）
程樹徳『論語集釈』（中華書局、二〇〇六年）
大江篤『日本古代の神と霊』（臨川書店、二〇〇七年）
榎村寛之他編『怪異学の可能性』（角川書店、二〇〇八年）
葛志毅『譚史斎論稿四編』（黒龍江人民出版社、二〇〇八年）
孔祥驊『孔子新伝』（華東師範大学出版社、二〇〇九年）
王小林『日本古代文献の漢籍受容に関する研究』（和泉書院、二〇一一年）
劉宝楠『論語正義』（中華書局、二〇一一年）
呂宗力『漢代的謡言』（浙江大学出版社、二〇一一年）
大山喬平『日本中世のムラと神々』（岩波書店、二〇一二年）
堀一郎『聖と俗の葛藤』（平凡社、二〇一三年）

王小林『日中比較神話学』（汲古書院、二〇一四年）
佐藤将之『荀子礼治思想的淵源與戦国諸子研究』（台湾大学出版中心、二〇一四年）
及川智早『日本神話はいかに描かれてきたか――近代国家が求めたイメージ』（新潮選書、二〇一七年）

第二章（出版年順）

三品彰英「骨品制社会」（『古代史講座』7所収、一九六二年）
今西龍『新羅史研究』（国書刊行会、一九七〇年）
小川環樹『中国小説史の研究』（岩波書店、一九七一年）
大林太良編『日本神話の比較研究』（法政大学出版会、一九七七年）
出石誠彦『古代支那神話伝承の研究』（中央公論社、一九七八年）
池内宏『満鮮史研究』上世第二冊（吉川弘文館、一九七九年）
内野熊一郎『中国古代金石文における経書讖緯神仙説攷』（汲古書院、一九八七年）
安居香山『緯書と中国の神秘思想』（平河出版社、一九八八年）
中鉢雅量『中国の祭祀と文学』（創文社、一九八九年）
Sarah Allan、*The Shape of the Turtle: Myth、Art and Cosmos in Early China*、State University of New York Presss、1991.
塩川徹也『虹と秘蹟――パスカル〈見えないもの〉の認識』（岩波書店、一九九三年）
中野美代子『奇景の図像学』（角川春樹事務所、一九九六年）
武田雅哉『星への筏――黄河幻視行』（角川春樹事務所、一九九七年）
李豊楙『仙境与遊歴――神仙世界的想像』（中華書局、二〇一〇年）
松浦史子『漢魏六朝における〈山海経〉の受容とその展開』（汲古書院、二〇一二年）
葉舒憲『中華文明探源的神話学研究』（社会科学文献出版社、二〇一五年）

浅野裕一『儒教――怨念と復讐の宗教』（講談社学術文庫、二〇一七年）

第三章（出版年順）

山田孝雄『古事記序文講義』（国幣中社志波彦神社塩竈神社、一九三五年）
山本博『井戸の研究』（綜芸社、一九七〇年）
石母田正『日本の古代国家』（岩波書店、一九七一年）
狩谷棭斎著、山田孝雄・香取秀真増補『古京遺文』（勉誠社、一九七六年）
佐伯有清『新撰姓氏録の研究』〈考証篇第四〉（吉川弘文館、一九八二年）
下出積與『古代神仙思想の研究』（吉川弘文館、一九八六年）
三浦國雄『中国人のトポス――洞窟・風水・壺中天』（平凡社、一九八八年）
陳垣編『道家金石略・唐』（文物出版社、一九八八年）
土橋寛『日本古代の呪禱と説話・土橋寛論文集下』（塙書房、一九八九年）
田村芳朗『本覚思想論』（春秋社、一九九〇年）
島内景二『御伽草子の精神史』（ぺりかん社、一九九一年）
上田正昭『古代伝承史の研究』（塙書房、一九九一年）
高橋昌明『酒呑童子の誕生――もうひとつの日本文化』（中公新書、一九九二年）
岡田精司『古代王権の祭祀と神話』（塙書房、一九九三年）
金岡秀友『日本の神秘思想』（講談社学術文庫、一九九三年）
中西進『ユートピア幻想――万葉びとと神仙思想』（大修館書店、一九九三年）
中西進『中西進万葉論集』（講談社、一九九五年）
和田萃『日本古代の儀礼と祭祀・信仰』（塙書房、一九九五年）

坂出祥伸『「気」と道教・方術の世界』（一九九六年）
久野昭『日本人の他界観』（吉川弘文館、一九九七年）
小松和彦『酒呑童子の首』（せりか書房、一九九七年）
下出積與『日本古代の道教・陰陽道と神祇』（吉川弘文館、一九九七年）
ルドルフ・シュタイナー著、高橋巖訳『神秘学概論』（筑摩書房、一九九八年）
西嶋定生『倭国の出現——東アジア世界のなかの日本——』（東京大学出版会、一九九九年）
小松和彦『異界と日本人』（角川選書、二〇〇三年）
渡辺信一郎『中国古代の王権と天下秩序——日中比較史の視点から』（校倉書房、二〇〇三年）
荒川紘『龍の起源』（紀伊国屋書店、二〇〇四年）
官文娜『日中親族構造の比較研究』（思文閣出版、二〇〇五年）
唐暁峰『人文地理随筆』（三聯書店、二〇〇五年）
大谷雅夫『歌と詩のあいだ——和漢比較文学論攷』（岩波書店、二〇〇八年）
西郷信綱『古代人と死』（平凡社、二〇〇八年）
三宅和朗『古代の王権祭祀と自然』（吉川弘文館、二〇〇八年）
『佐竹昭広集』（岩波書店、二〇〇九年）
李豊楙『仙境與遊歴——神仙世界的想像』（中華書局、二〇一〇年）
アンリ・セルーヤ著・深谷哲訳『神秘主義』（白水社、二〇一一年）
白幡洋三郎編『作庭記と日本の庭園』（思文閣出版、二〇一四年）
松本健一『「孟子」の革命思想と日本』（昌平黌出版会、二〇一四年）
Philip.BALL. *The Water Kingdom: A Secret History of China*、Vintage、London、2017.

第四章（出版年順）

植木直一郎『日本古典研究』（大明堂書店、一九二七年）
安藤正次『日本新文化史』第一巻（内外書籍株式会社、一九四二年）
倉野憲司『古事記論攷』（立命館出版部、一九四三年）
山田孝雄『古事記概説』（中央公論社、一九四三年）
武田祐吉『古事記研究一――帝紀攷』（青磁社、一九四四年）
坂本太郎『日本古代史の基礎的研究』上・文献篇（東京大学出版会、一九六四年）
井上光貞『日本古代国家の研究』（岩波書店、一九六五年）
『内藤湖南全集』（岩波書店、一九六九年）
津田左右吉『日本古典の研究』上（岩波書店、一九七六年）
『神田喜一郎全集』第八巻（同朋舎、一九八三年）
小島憲之『万葉以前――上代びとの表現』（岩波書店、一九八六年）
李沢厚『中国古代思想史論』（人民出版社、一九八六年）
太田晶二郎『太田晶二郎著作集』（吉川弘文館、一九九一年）
丸山真男『忠誠と反逆』（筑摩書房、一九九二年）
木下礼仁『日本書紀と古代朝鮮』（塙書房、一九九三年）
稲葉一郎『中国の歴史思想――紀伝体考』（創文社、一九九九年）
西条勉『古事記と王家の系譜学』（笠間書院、二〇〇五年）
鈴木貞美『日本の文化ナショナリズム』（平凡社、二〇〇五年）
神野志隆光『漢字テキストとしての古事記』（東京大学出版会、二〇〇七年）
三浦佑之『古事記のひみつ――歴史書の成立』（吉川弘文館、二〇〇七年）

矢嶋泉『古事記の歴史意識』（吉川弘文館、二〇〇八年）
矢嶋泉『古事記の文字世界』（吉川弘文館、二〇一一年）
多田一臣『古代文学の世界像』（岩波書店、二〇一三年）
クラウス・リーゼンフーバー『西洋古代・中世哲学史』（平凡社、二〇一三年）
東野治之『上宮聖徳法王帝説』（岩波文庫、二〇一三年）
笹川尚紀『日本書紀成立史攷』（塙書房、二〇一六年）
陳偉主編『秦簡牘合集——釈文注釈修訂本（壱）甲編』（武漢大学出版社、二〇一六年）
苅部直『日本思想史への道案内』（NTT出版、二〇一七年）

あとがき

小島憲之氏の『ことばの重み――鷗外の謎を解く漢語』（講談社）には大変印象深い一節がある。それは、小島氏が鷗外の漢詩や小説に現れる漢語のひとつひとつの出典を求め、出典論の方法を用いてその由来や意味を実証する、一見地味すぎる方法に対する揶揄への、小島氏からの反論であった。

かつてこの種の学問の方法を、国語国文学の世界では「用例学派」といって嘲ける風潮があった。それは昭和十年代のわたしの学生時代の頃のことである。これは函嶺以東の学者たちが、西の京都の学問の方法を捕えて、ある種の嘲笑をもってしたことばであり、直観的にものを捕えない泥臭さを評したものであろう。その函嶺もひとまたぎの現今、このあざけりのことばが果たして存在するかどうかは知らない。しかし、学問が自分勝手な評論でない限り、直観のみでは「確かさ」を欠く。やはり一語の意義をさぐるには、まずその用例を求めるところに出発点を置くべきであろう。これは決して「愚直」なことではない。必要欠くべからざる基礎作業である。また、かりに「愚直」であってもわたしは一向に構わない。わたしは思う、それは学問というものの基本であると。

このように、小島氏は、文学研究は、言葉を対象とする以上、その「確かさ」を保証するために、実際に使用された例を探し、検討してゆくことがもっとも基礎的な作業であることを説いている。三十年前に述べられた碩学のことばは、流行りの理論や方法に常に一縷の疑念を抱き、距離を置いてきた私にとって、一種の励ましとして今日もその魅力を失っていない。

小著は、小島氏のひそみに倣って、一、二の漢語と文章表現を手がかりに、『古事記』の成立という大きな問題を解こうとしたものである。「古事記と東アジアの神秘思想」というタイトルを大上段に振りかぶってみたものの、論証能力の貧弱が如何ともしがたく、広げ過ぎた風呂敷が、かえって浅学菲才を暴露してしまったのではないかと、今さらながら気になって仕方がない。私としては、能う限りの努力をしたものの、論証に「確かさ」があるかどうかは、最終的にやはり読者のご判断に委ねるほかはないようである。

思えば、『古事記』に伴う個人的な思い出があまりにも多い。それはこの文献が私にとって、研究者としての出発点を意味するだけでなく、目まぐるしく変わる世の中において、ややもすれば迷いがちな自分を学問の正道に引き戻してくれる指針のようなものでもある。中でも四半世紀前に、手取り足取りで私を研究者の世界に導いてくれた恩師たちの厳しくも温かい一コマ一コマが、この文献を手に取る度ごとに指先を伝わって、甦ってくるものである。

今でもはっきり覚えているが、三十年前の一九八八年の春、当時はまだ京都府立大学に勤められていた木田章義先生の研究室を訪れた際、一九八三年の万葉学会誌『万葉』（一一五号）に掲載された「古事記そのものが語る古事記の成書過程」という論文の抜刷を手渡された。学術研究とは何かさえあまりよく分からなかった二十代そこそこの私にはとうてい理解できない内容であったが、それでも、この論文の書き出しの部分が、極めて新鮮であり、刺激的な言葉として目に映った。

古事記の研究は随分進んだように見える。しかし私は未だ基礎的な部分の解明に不足する所があると思っている。一つの文献に対する研究は、まずその文献そのものが何を語っているかを突きとめておかなくてはならない。その作業なしでは、どれだけの論を積み重ねてみても、無意味な評論に終ってしまうことが多い。

いま読み返しても、反省を促される重要な指摘であるが、この論文を頂いた時点で、自分の興味は近代文学にあり、それも問題意識を持つこともなく、ただ漫然とした乱読に近いようなものであった。しかし、数年後、大学院に進んで、研究対象をまさに『古事記』に決めたのは、この論文が決定的な影響をしたのではないかと思う。その後、修論に続き、博士論文も『古事記』を中心に書きつづけたが、今から見れば、『古事記』の本質に触れることはできなかった。唯一の収穫といえば、この文献の勉強を通して学んだ京都府大と京都大学の自由にして厳しい学風、特に、いかに些細なことに対しても「実事求是」の態度で向かう姿勢だったように思う。先に述べた小島氏の研究方法も、明らかにこの学統に由来するものである。

このように『古事記』に出会ってから、あっという間に三十年の歳月が流れていた。この間、研究環境、生活環境ともに目まぐるしく変化し、私の牛歩のような『古事記』の読解も、香港に職場を移してから、いつのまにか完全に停滞してしまった。一時は、もう永遠に『古事記』を読まないのではないかという状況にまで追い込まれた。それは他ならぬ、国際化、グローバリズム、そして世界ランキングという荒波が人文科学系を翻弄している現実である。英語による論文や著書でなければ、研究として認められない環境の中にあって、『古事記』どころか、伝統的な文学研究という営為そのものが、もはや生存空間を最小限に圧縮されてしまっている。世界も学問も転換期を迎えているこの厳しい現実の中で、私自身の研究も余儀なく方向転換を迫られていたのである。

そうした中、木田先生の退職記念特輯へ寄稿するチャンスを与えられた。編集部から連絡を頂いた時点で、もう『古事記』の研究を中止して七、八年くらい経っていた。さて論文のテーマを何にしようかとしばらく思案していたが、最終的に「古事記の成書過程と帝王世紀」という論文を提出した。これは、かねてから気になっていた『帝王世紀』という書物と『古事記』との関係を報告したものであったが、この論文を執筆することによって、はからずも『古事記』への意欲が再燃した。記念特輯の論文を書きながら、『古事記』というタイトルの著書で一度自分なりの説をまとめてみたい、という思いが浮かびあがり、どうにも抑えられなくなったのである。そこで、二〇一六年の正月頃から、本書の関連資料の蒐集と、内容構成に熱中し始めた。そして、本務校のこまごまとした雑用を処理してから、おもいきって、二ヶ月間の研究休暇をとり、気温も政治も常に高熱状態にある香港を脱出して、外国人招聘研究者として母校京都大学の門をくぐった。それからほぼ毎日文閲（旧文学部閲覧室。今は文学部図書館と改名）にこもって原稿を書いていた。

そんなある日、既に退職されていた木田先生がわざわざ文学部図書館まで尋ねて来られ、昼食へ誘ってくださった。食後、京大北門にある喫茶店の老舗進々堂でコーヒーを飲みながら、「最近どんな研究をしているのか」とのご下問を受けた。おそるおそる本書のタイトルと主旨について報告すると、先生はすぐに次のように言われた。

「東アジア」のような言い方は、フリカケみたいなもんで、ご飯に多少の味づけができても、飾りの程度で、結局はどんなオカズが調理できるかということやな。その文献をどれだけ読みこみ、証拠をどれだけ見つけるかが肝心なんや。

思わず冷や汗をかいてしまったが、執筆中の原稿が、なぜか調理中のオカズに見えて、自分の手際が試されるような気がしてならなかった。

振り返れば、木田先生と知り合ってからの三十年間は、喫茶店で夜明けまで語りあう日々も含めて、実に多くのことを学ばせて頂いた。そうした多くのものの中から、身を以って教えられた一番重要なものを挙げるとすれば、「常に懐疑主義者たれ」ということである。相手がどんな権威であり、言っていることがいかにももっともらしく見えようとも、一度その学説を根底から疑い、自分で確認していかなければ、本当の研究というものは生まれてこない、というのが、先生の学問に貫かれている姿勢である。先生にとって、「権威」という言葉は意味のないものであり、流行ともおよそ無縁である。私に言わせれば、先生のこのようなご姿勢は、もとより京都大学の精神そのものであり、たとえ時代がどんな風に変わろうとも、本物の学者として生き抜く最低条件のような気がしてならない。

本書の執筆に取りかかってから丸二年が経ってしまった。夏の京都で書き上げた原稿を香港で手直ししながら改めて内容を眺めていると、どうしても下手な調理にしか見えず、結局「東アジア」という言葉を安易に使っているだけの、「自分勝手な」、「無意味な評論」に終わってしまったのではないかと、反省することしきりである。しかし、それでも教務と事務を英語でこなすことを義務づけられている多忙のなかで、毎日決まった時間に日本語で思考し、執筆するという営為が、喧噪な現実から逃避する生活方式として定着してしまったことに、一種の幸福感さえ覚えた。古代中国人と日本人の限りなく広くて多彩な、心の中の宇宙を想いのままに旅できたきっかけを作ってくださったのは、ほかならぬ木田先生なので、本書をもってこれまでの先生の学恩に感謝したいと思う。

本書の執筆過程で、大谷雅夫先生にも多くのご助言を頂いた。お会いする度に明晰な日本語を書くことの難しさを説かれる先生のお言葉を本書に生かせたかどうか、甚だ心許ない。京都府立大学時代の指導教官であった井村哲夫先生には、本書の題字を揮毫して頂いた。先生はご高齢に加えて病中にも関わらず、わざわざ高槻の駅まで出かけて手渡してくださったのである。また、磯野浩光先生は、香港にない研究資料をお送りくださっただけでなく、いつものように本書の第一読者となって日本語の表現をチェックしてくださった。長年の親友であり、世界の竹簡研究をリードしている武漢大学陳偉教授から定期的に学界の最新の情報を提供してくださったお陰で、本書が取り扱う重要な問題の解決につながったことも記しておかなければならない。

本書が出版の運びとなれたのは、ひとえに汲古書院社長三井久人氏のふところの広さと、前二著につづき、専門的なアドバイスをして頂いた柴田聡子女史の忍耐強さによる。さらに、妻韓文の献身的なサポートがなければ、短期間にこのような書物を書き上げることは到底出来なかったと思う。ここに全員に対して心より感謝を申し上げたい。

（本書第四章は、住友財団二〇一五―二〇一六度の研究助成金による成果の一部である）

二〇一八年十月十日　香港東涌聴濤軒にて

人名索引

The Formation of *Kojiki* and East Asian Mysticism

by

WANG Xiaolin

2018

KYUKO-SHOIN

TOKYO

著者紹介

王　小林（おう　しょうりん）

1963年中国生まれ。

1984年西安外国語学院日本語学科卒業。

1994年京都府立大学修士。

1999年京都大学博士（文学）。

現在、香港城市大学アジア・国際研究学科准教授。

主な著書

『日本古代文献の漢籍受容に関する研究』（和泉書院、2011年）

『従漢才到和魂——日本国学思想的形成與発展』（台北聯経出版、2013年）

『日中比較神話学』（汲古書院、2014年）

『走入〈十牛図〉』（香港中華書局、2015年）

『日中比較思想序論——「名」と「言」』（汲古書院、2016年）

『新語文学與早期中国研究』共編著（上海人民出版社、2018年）

古事記と東アジアの神秘思想

二〇一八年十二月二十五日　発行

著　者　王　小林

題　字　井村哲夫

発行者　三井久人

整版印刷　富士リプロ㈱

発行所　汲古書院

〒102-0072 東京都千代田区飯田橋二-五-四

電話　〇三（三二六五）九七六四

FAX　〇三（三二二二）一八四五

ISBN978-4-7629-6620-0　C3090